하필 ㅂ

ㄴ,

책이

ㄴ 성냑을

ㅜ 좋아서

하필 책이 좋아서

책을 지나치게 사랑해 직업으로 삼은 자들의
문득 마음이 반짝하는 이야기

김동신 신연선 정세랑

북노마드

정세랑

김동신

신연선

들어가는 말

좋아하는 동료들과 작은 책을 쓰고 싶었다. 신연선 작가, 김동신 작가에게 손을 내밀었더니 흔쾌히 맞잡아주었다. 세 사람 모두 10년차에서 20년차를 향해 가고 있는 업계의 허리 세대에 속한다. 꾸준히 걸어왔지만 남은 길도 많은 상태에서 방향을 가늠하는 이야기를, 그다지 무겁지 않게 해보고 싶었다. 하필 책을 지나치게 사랑하여, 직업으로 삼게 된 이들의 여전한 애정과 가끔 찾아오는 머뭇거림에 대해서 드문드문 나누는 말들을 담아보았다. 분석이라기보다는 빠른 미디어의 시대에 가장 느린 미디어를 만들고 있는 사람들의 마음 표면에 천천히 떠오른 질문들을 모은 것에 가까울 것이다. 그 말들은 출판계 안쪽을 향하기도, 바깥쪽을 향하기도 한다.

저작, 편집, 디자인, 홍보, MD, 콘텐츠 제작까지 다양한 영역에 대해 다루고 있는데 각자 하고 싶은 이야기를 충분히 할 수 있도록 원고 매수를 넉넉하게 잡았다. 이 책에서 미처 다루지 못한 영역들은 또 다른 책들의 몫일 것이기에 즐거운 여백으로 남겨둔다.

7

어떤 분들이 읽어주시면 좋겠는지 그려보니, 역시 함께 일하는 분들이 읽어주셨으면 좋겠다. 읽으시고 부족한 부분은 채워주셨으면 한다. 이 책이 여럿이 그리는 그림의 일부분이 되길 바란다.

2023년 겨울
정세랑

정세랑

추천사를
어쩌면 좋을까?

읽는 속도가 느리지 않은 편이다. 한 달에 열다섯 권 안 팎의 책을 읽기 때문에, 그중에 한 권의 추천사를 쓰는 일은 별로 부담스럽지 않게 여겼다. 읽는 시간 자체는 오래 걸리지 않고, 읽은 것을 여과시켜 짧은 몇 문장을 쓰는 쪽은 어느 정도 시간이 걸리지만 크게 무리는 아니다. 내가 보탠 몇 줄의 소개가 좋은 책이 멀리 가는 데 약간의 추진력이라도 된다면 좋겠다고 생각했다. 그러다 보니 어느새 1년 내내 추천사를 쓰는 사람이 되어 있었다.

"내가 너 때문에 부끄러워서 살 수가 없다. 무슨 추천사를 그렇게 많이 쓰니? 서점에 가서 이 책을 뒤집어도 네 추천사, 저 책을 뒤집어도 네 추천사더라."

엄마한테 종종 핀잔을 듣긴 했어도 엄마 말고는 아무도 모르지 않을까 싶었다. 많은 사람들이 추천사가 책 홍보의 굉장히 중요한 요소이고 판매에까지 영향을 끼칠 거라고 추측하는데, 경험상 언급되는 만큼 큰 부분을 차지하는 것 같지는 않다. 같은 사람이 비슷한 노력으로 추천사를 써도 베스트셀러가 되는 책들은 극히 일부고,

대부분은 수백 부에서 수천 부 정도 판매되니 말이다. 만약 추천사가 정말로 판매에 영향력이 있다면 그보다는 일관적인 결과를 보일 것이다. 추천사는 이 책이 의미 있으니 한번이라도 들여다봐주세요, 하고 말을 걸어보는 정도의 목적을 가지고 있는데, 원래 말을 거는 일은 어렵고 잘되지 않을 때가 많은 듯하다. 공들여 추천의 말들을 써보낸 책이 적은 부수만 팔리고 사라지는 걸 보면 아득해질 정도로 속상하지만, 언젠가 다시 발견되리라 믿는다. 잠시 잊혔다 발견돼 큰 사랑을 받은 책들도 알고 있으니까.

도움이 되지 못한 것에는 속이 쓰리다. 결국 쓰나 쓰지 않으나 마찬가지, 책의 운명에 미미하다시피 영향이 없다는 걸 알면서도 추천사를 계속 쓰는 이유는 무엇일까? 영향 없음의 가뿐함 속에, 번거로운 애정을 쏟아보는 일일지도 모르겠다.

편안한 마음으로 추천사를 쓰지만, 추천사 청탁이 지나치게 몰려오는 것에 대해서는 부담을 느끼고 만다. 심한 날에는 하루에 네 건의 추천사 청탁이 오기도 하는데, 이렇게까지 몰리면 안 되지 않나 싶어진다.

둘러보니 나와 유사한 굴레에 빠진 '한국 출판계 추천사 작성자 그 나물에 그 밥'들이 눈에 들어오기 시작했다. 아이고, 저 사람은 또 어쩌다가 365일 추천사를 쓰고 있나, 애잔히 여기게 된다. 자진해서 '그 나물에 그 밥'이 되고 싶어 하는 사람은 아무도 없다. 책이 좋아서 시간과 노력을 조금 써볼까, 하다가 미끄러지고 만 것이다.

이런 몰림 현상은 추천사를 쓰는 이들 자체가 워낙 적어서 일어나는 일이라고 한다. 다른 사람의 책에 대해 말하는 게, 또 그것이 그 책의 표지나 띠지에 남는 게 버거울 수 있다. 책을 오래 꼭꼭 씹어서 읽는 사람, 짧은 글을 압축하는 데 시간이 많이 걸리는 사람에겐 더욱 무거운 일일 것이다.

많은 저자들이 추천사는 아예 쓰지 않는다고 못박아두는 이유를 이해하면서도, 매번 쓰는 사람들만 써서는 지루해지고 마니 고개를 빼고 밖을 살피게 된다. 저작이 아닌 다른 영역에 계시는 분들이 쓰시는 추천사가 훨씬 재미있을 때가 많기도 하다. 얼마 전에 낸 에세이에는 사전에 원고를 읽어주신 독자 분들의 추천사가 책 날개에 들어갔는데, 매번 쓸 수 있는 방식은 아니겠지만 새롭고 좋았다. 뒷면에 텍스트를 대폭 줄이고 디자인 요소를 흥미롭게 넣은 책들도 가끔 보이는데 해볼 만한 시도인 것 같다.

추천사 읽고 쓰기를 좋아하긴 하지만, 과열의 분위기는 다소 식혀 가야 하지 않을까 싶다. 한 권의 책에 네 명, 다섯 명의 추천사가 붙는 경우가 늘고 있다. 주목할 만한 책이라는 강렬한 신호가 필요한 때가 분명 있지만, 읽는 입장에서는 오히려 눈길이 덜 가기도 하고 추천자들이 겹치는 경우도 늘 수밖에 없다. 과열의 끝이 소모일 때가 많아, 우려의 마음을 표해본다.

책에서 가장 매력적인 부분의 발췌나, 책을 직접 만든 편집자가 쓴 소개의 글이 그리워진다. 그런데 요즘 그렇게 하려면 "추천사가 없네? 별로 중요한 책이 아닌가보다" 하는 인상을 주고 말지도 모른다는 두려움을 이겨야 할 테니 어려운 문제다. 업무의 용이성 면에서도 의견이 갈릴 것 같다.

고민하고 헤매면서, 나름의 추천사 쓰기 기준을 세우고 있다. 이미 쓰고 있는 추천사가 있을 때는 새 청탁을 받지 않고, 출판사와 분야를 최대한 다양하게 선택하려고 노력한다. 작은 출판사의 해외 소설에 대해 쓰고, 큰 출판사의 과학 교양서에 대해 쓰는 식이다. 색깔이 비슷한 국내 작가의 경우 추천사를 썼을 때 득보다 해가 클 것 같아, 성향이 먼 작가들 위주로 쓰기도 한다. 매일 거절의 메일을 쓰는 일만은 쉽지 않은데, 그래도 좋은 원고들이 마침맞은 추천자에게 갔으면 한다.

무용하고 즐거운 추천사의 영역에 신선한 유입이 일어났으면 좋겠다고 바란다. 그 나물의 그 밥들이 좁은 그릇 안에서 비슷한 바람을 품고 있지 않을지, 언젠가

한 사람을 마주치면 물어봐야겠다. ◇

증정본의
미묘함

증정본에 대해 이야기하려면 저자가 교류하는 다른 저자들에게 보내는 증정본과 출판사가 홍보용으로 증정하는 증정본에 대해 나누어 말해야 할 것 같다.

평소 호감을 가진 동료들에게 책을 보내는 일은 꽤 다정한 일이다. 안부 엽서처럼 메시지를 하나하나 다르게 써서 보내다보면 일주일이 걸릴 때도 있고 열흘이 걸릴 때도 있다. 느린 답장이 다른 책으로 돌아오기도 한다.

첫 책을 보낼 때는 무척 떨렸고, 책이 쌓여가면서 받는 사람의 공간을 지나치게 요구하는 게 아닐까 싶어 보내는 부수를 줄이게 되었다. 또 항상 우정에 기반한 것은 아니어서, 누가 누구에게 책을 보냈느니 보내지 않았느니, 먼저 보냈느니 뒤늦게 보냈느니로 뒷말이 나오기도 해 문단의 지형이 묘하게 드러나는 계기가 될 때도 있다. 소설가들에 비해 시인들이 훨씬 많은 부수를 서로에게 보내는 것으로 알고 있는데 그 이유는 무엇일까? 비문학 장르의 저자들은 또 어떻게 다르려나 궁금하다.

신기한 건 문단에서는 증정본이 활발하게 오가는 데

비해, 장르문학계에서는 책을 보내지 않는 것이 보편이라는 점이다. 장르문학 작가들도 직접 만나서 서명을 주고받을 때가 있긴 하지만, 책 봉투를 발송하는 일은 거의 없다.

관련하여 고민을 하다가 몇몇 전자책 애호가 작가님들하고는 약속을 맺었다.

"서로의 전자책에 멀리서 텔레파시로 사인하기로 해요. 제가 책을 보내지 않는다고 해서 작가님을 덜 좋아하게 된 건 아니에요."

"네, 작가님 집도 책으로 무너져 내리기 직전인 거 알고 있어요."

몇 년 해보니 책을 보내지 않는다 해서 멀어지진 않는다는 걸 확인할 수 있어 좋았다. 전반적으로 저자 간 증정본은 줄어드는 추세인 듯하다.

홍보용 증정본의 세계는 최근 더 제대로 알게 되었다. 그 전엔 그렇지 않았는데 한두 해 전부터 한 달에 적게는 몇 권에서 많게는 몇십 권에 가까운 책이 선물로 도착하고 있다. 한 권 한 권은 친밀한 제스처지만, 쌓이면 마음이 복잡해지고 만다.

한층 많은 책들을 받고 있는 분들도 계실 것이다. 경력이 늘수록 접촉하는 회사의 수도 늘고, 개인이 감당하기 힘든 양의 책을 받게 되어 도서관이나 학교에 기증하기 바쁜 분들도 보았다. 그런데 살펴보면 가장 많은 책을 받는 사람들은 책을 이미 충분히 사보고 있고 사볼 여력이 되는 사람들이다. 출판계 사람들은 생계만 해결되면 위험할 정도로 책을 산다. 가장 빨리 사는 사람들이기도 하다. 한번은 이미 사전 예약으로 사서 잘 읽고 있는데 편집부에서 한 권, 마케팅부에서 한 권을 더 보내주셔서 난감했었다. 인터뷰하러 오신 대학생 기자님께 잘 안겨드릴 수 있었지만, 기왕이면 얻은 책 말고 산 책을 선물하고 싶다.

아무리 생각해도 책은 직접 사보고 싶어서, 몇몇 분들께는 책을 보내주시지 마시고 꼭 소개하고 싶으신 책이 있으면 그냥 보도자료를 보내달라고 말씀드려보기도 했다. 안부 인사 같은 것 없이 바로 보도자료 파일만 첨부하셔도 된다고 말이다. 혹은 책을 보내주시겠다고 말 걸어주시는 분들께 딱 한 권만 보내주시고 그다음부터는 꼭 사보겠다고 답장을 보내기도 한다. 거리를 두는 것으로 여겨 살짝 섭섭해 하시는 분도 계셨던 것 같다.

"발송 봉투 나오는 거 싫어서 책 안 받겠다고 했다면서요? 하하, 소문이 파다하던데?"

얼마 전 아는 분께 전화를 받고 놀랐다. 대놓고 말하지 않았는데도 모두 눈치 채시고들 있었나보다. 쌓이는 발송 봉투들이 부담스러운 것도 사실이다. 평소 제로 웨

이스트를 위해 노력해도 발송 봉투가 수십 장씩 발생하면 소용이 없어지니 말이다. 겉은 종이고 안에는 본드로 비닐 뽁뽁이가 붙어 있는 제품이 제일 곤란하다. 한 권의 책이 발간되면 보통 150권에서 300권 안팎의 증정본이 발송되는 것으로 아는데 포장재 생산과 물류에 드는 자원을 셈하면 까마득하다.

기후 위기의 시대에 증정의 규모가 대폭 줄어도 좋지 않을까? 따뜻한 마음을 담은 일들도 줄여야 하는 시대라는 것이 슬프긴 해도.

그렇다면 책 증정은 누구에게 가야 할까? 문학의 경우 신인 평론가들에게 가는 게 적합할 것 같다. 나오는 작품들을 곧바로 모조리 읽으며 훈련해야 하는 시기가 필요하다고 들었다. 책값이 부담스러운 신인 작가들에게도 두루 가면 좋을 것이다. 출판사마다 고정된 리스트가 있고, 매번 그 사람들에게 책이 집중되는 일은 불필요하고 효과적이지 않은 것 같다. 적당한 방식의 순환이 일어나면 좋겠다고 바라본다.

카드 명세서에서 책값이 차지하는 비율에 매번 놀라지만 역시 사서 보고 싶다. 직접 사온 책과 사랑에 빠질 확률이 훨씬 높다는 걸 많은 분들이 인정하실 수밖에 없을 것이다. ◇

개정판과 리커버,
그리고 굿즈

2010년에 활동을 시작했으니, 활동 앞부분에 낸 책들의 개정판을 낼 기회가 드문드문 찾아온다. 흐름을 원활히 만들고, 부족했던 개연성을 강화시키기도 하고, 그간 불편해진 표현을 걷어내고, 중요한 용어 변동이나 새로 밝혀진 사실이 있으면 반영하는 작업은 신작을 쓰는 것만큼이나 고심스럽다. 결벽적으로 하지 않아도 된다고 여기지만, 노력을 기울일 만한 일 같다.

본문 수정이 끝나면 표지도 다시 디자인되는데, 출판 디자인의 유행은 몇 년 주기로 크게 변화하는 것 같아 어느 정도 필요한 일인 듯하다. 디자이너님들이 활약하는 것을 보다보면 한국의 출판 디자인에 대한 자부심이 점점 강해진다. 코로나 시대 전에 해외에 여행을 가면 서점을 꼭 방문하곤 했는데, 어딜 가보아도 한국처럼 책을 아름답게 만드는 곳은 드물다는 것을 알게 되었다. 특히 미국은…… 스티븐 킹의 책들이나 근처에 놓인 책들을 보고 충격을 받은 나머지 대중 소설 분야의 디자인이 매우 취약하지 않나 생각했다.

가끔 출판계 밖의 분들이 '표지갈이'라는 단어를 오

해하셔서 개정판이나 리커버가 나오면 기존에 있는 책들을 다 버리는 것으로, 혹은 말 그대로 책등에서 표지를 뜯어내고 새로 씌우는 것으로 착각하실 때가 있다. 단어의 어감이 약간 과격한지도 모르겠다. 오해를 풀자면, 출판은 애초에 소량 생산 제조업이다보니 크지 않은 부수로 한 쇄를 찍기에 꾸준히 나가는 책은 재고가 그리 많이 생기지 않는다. 개정판과 리커버는 기존의 재고가 소진된 후, 그다음 쇄부터 다른 디자인으로 들어가는 것이 보편이다. 그 과정에서 버려지는 책은 없으니 안심하셔도 된다. 원래 찍는 양을 찍을 뿐이다. 생산된 표지가 정말로 버려지는 경우는 심각한 오류가 뒤늦게 발견되는 사고의 경우 정도가 있을 것 같다. 낭비되는 쪽은 물적 자원보다는 인적 자원일 확률이 높다. 출판사 분들이, 특히 디자이너님들이 같은 책을 여러 번 작업하시며 격무에 시달리게 되지는 않았는지 걱정스럽다. 시각예술계의 프리랜서 분들께 자주 청탁이 가는 것은 긍정적일 것 같아 여러 면이 있을 듯하다.

개정판을 생각하는 마음과 리커버를 생각하는 마음은 살짝 다른 것 같다. 책 본문의 수정은 평소에는 페이지가 흔들리지 않게 조금씩만 할 수 있으므로 고치고 싶은 부분이 많으면 5, 6년에 한 번씩 찾아오는 개정판의 기회가 소중한데, 그보다 간격이 좁은 리커버의 경우는 출판사에서 신경 써주시는 것에는 감사하지만 다소 민망할 때가 있다. 반복적으로 하기보다는 정말로 기념할 일이 있을 때 드물게 했으면 좋겠다 싶은데, 또 한편으로는 회사가 스테디셀러를 꾸준히 판매해야 그 이익으로 다른 시도들을 할 수 있다는 것을 알아서 적정선을 찾아가는 중이다.

개정판과 리커버를 할 때, 사용하는 종이와 인쇄 방식을 두고도 상의를 해볼 수 있어 그것은 특히 반갑다. 출판사마다 받아들여주시는 정도는 다르지만 대부분 흔쾌히 반영해주셨다. 얼마 전에는 늘 써보고 싶었던 사탕수수 종이와 콩기름 잉크를 써볼 수 있어 기뻤다. 재활용이 용이한 새로운 코팅도 시도해보았는데, 기존의 코팅보다 마르는 속도가 느려 제작부에서 고생하셨던 듯하다. 기껏 환경에 좋은 종이를 골랐더니 팬데믹의 여파로 수입이 되지 않기도 하고 보관 시 변색이나 부스러짐이 발견되기도 해 예상 밖의 상황은 끝이 없었다.

여러 분께 고민을 안겨드린 셈이지만, 더 나은 방식을 찾기 위해 함께 노력하는 과정 중의 활기도 분명히 있었다. 책도 언젠가는 쓰레기가 될 테고, 그랬을 때 조금이라도 나은 쓰레기가 되길 바라기에 점진적으로 사양을 바꾸어나가고 싶다.

굿즈에 대해서는 그보다 생각이 무거워진다. 굿즈

자체를 싫어하는 것은 아니다. 작품과 관련된 창의적이고 기발한 굿즈들을 보물처럼 작업실에 전시하고 있고, 독서대라든지 방석이라든지 실용적인 형태의 것들은 오래 애용하고 있다. 기후 위기의 시대, 플라스틱 쓰레기의 시대가 아니었더라면 한껏 사랑했을 것이다. 꼭 필요한 만큼만 신중히 생산되고 언젠가 버려질 때도 고려해야 하지 않나 생각이 든 이후로는 제안 받을 때마다 일단 말려보는 입장에 서게 되었다.

각 출판사 마케팅 부와 서점의 굿즈 담당자 분들이 은은하게 원망하고 계실 듯하다. 경쟁이 심한 시장인데 자꾸 저자가 '하지 맙시다' 하고 김을 빼는 게 곱게 느껴질 리 없다. 책은 저자의 것만이 아니고 마케팅과 홍보는 저자의 영역이 아니니 월권이 될 수 있어 조심스럽지만, 기껏 인쇄 방식을 바꾸고 나서 굿즈를 왕창 생산하면 일관성도 노력한 소용도 없어져 늘 팽팽한 상황을 만들고 만다.

한번은 아예 굿즈 없이 가기로 편집부 분들과 흔쾌히 합의했는데, 막상 책이 나오고 나니 어디선가 굿즈들이 계속 나타난 적이 있다. 아마 결정의 단계마다 계신 분들이 "그래도 어떻게 안 해?" 하고 못 받아들이신 게 아닌지 싶다. 말없이 슬그머니 나타난 굿즈들에 당황스러웠지만 또 은근 되도록 환경 아이템으로 정하신 것 같아 '아이고, 내가 여러 사람을 불편하게 만들었구나' 죄송하기도 하고 상황이 희극적이기도 했다. 출판사의 연락이 미묘하게 줄어드는 타이밍에, 물건에 발이 달린 것처럼 주섬주섬 나타났던 모양새가⋯⋯. 이후 같은 일을 피하고자 플라스틱을 막는 데 집중하고 있고 생분해되는 소재나 업사이클링, 리사이클링 소재 쪽을 제안하며 가운데에서 만나게 되었다. 제일 선호하는 것은 핸드폰 배경화면 같은 무형의 디지털 굿즈 쪽인데 점점 늘면 좋겠다.

언제나 생산자 쪽이 움직여야 많은 것을 바꿀 수 있을 거라고 여겨왔는데, 생산자들은 대개 치열한 경쟁 상황에 있어 원래 하던 방식을 내려놓는 데 거부감이 큰 것 같다. 소비자의 선택이 모이면 더 큰 영향력이 있을 수 있겠다는 생각을 위의 경험으로 하게 되었다. '사은품 선택하지 않음'에 함께 체크하고, 이미 소장한 책의 리커버는 눈으로만 즐기고 패스하는 분들이 늘고 있어 반갑다. 독서가와 장서가가 갈리는 지점이 분명하다. 좋아하는 책의 모든 판본을 모으는 장서가 분들께는 요새의 흐름이 죄송스러울 뿐이다.

거의 재활용되지 않는 일회 용기를 비교도 할 수 없이 큰 단위로 생산하는 식품이나 음료 회사들을 생각하면, 출판은 상대적으로 덜 해로운 영역에 서 있다. 잘하는 주체에게 더 잘하라고 요구하는 것은 너무한 일이기는 한데, 그래도 출판은 좋은 방향으로 조금 빨리 움직이는 업계이니까 애정에서 비롯된 무리한 요구를 품어보게 된다. ◇

저자들은
1인 출판사가 될까?

"이제 편집자였던 때를 다 잊지 않으셨어요?"

일로 만나는 분들이 웃으면서 물으실 때가 있다. 그럴 때마다 생각해보는데 실무 능력은 거듭 감퇴하고 있겠지만 책 만들기에 대한 감각은 잔잔하게 남아 있는 것 같다.

일단 자주 만나 깊이 이야기하는 친구들 중에 출판계 종사자가 많고, 크고 작은 기획을 꾸준히 하고 있다 보니 편집과 비슷한 업무를 계속 한다. 그래서인지 가끔은 책을 끝까지 만드는 것이 그립고, 해보고 싶은 것들이 떠올라 직접 출판사를 차리고 싶을 때가 있다. 재미 삼아 회사 이름도 정해두긴 했는데 실행은 아마 하지 않을 듯하다.

원고를 넘기고 상의해서 교정하는 것까지가 저자의 역할이고 그 이후의 과정이라 할 수 있는 편집, 디자인, 제작, 영업, 홍보 등은 어디까지나 출판사의 영역이다. 어느 정도 의견을 나눌 때도 있지만 계약서만 보아도 영역이 확실히 나뉜다. 그랬을 때 하고 싶은 일을 하지 못하거나 하기 싫은 일을 해야 하는 등의 타협은 협업자로서 당연히 받아들여야 하는 부분이다.

평소에는 그 점을 잘 받아들이다가도 약간 더 모난 아이디어를 실현시켜보고 싶을 때, 출판사가 하고 싶어진다. 민폐나 손해를 끼치지 않고 이것저것 실험을 해보려면 직접 차리는 게 맞지 않을까, 생각하게 되는 것이다. 근사해 보이지만 검증되지는 않은 제작 사양을 선택해본다든지, 평소 흠모하던 아티스트들에게 좋은 조건으로 마음껏 제안을 해본다든지, 어떤 책은 전자책으로만 발행해본다든지…… 가벼운 규모일 때 해볼 수 있는 일들이 있다.

그럼에도 지금까지와 같이 계속 해나가기로 마음먹은 이유 역시 많은데, 구체적으로 꼽아보자면 아래와 같다.

— 전문가들에게 최대한 의지하고 싶다. 출판사 내부에는 분야마다의 전문가들이 포진해 있다. 한 사람이 그 모든 전문성을 다 갖추기는 매우 어렵다.
— 지나치게 회사원처럼 사고하는 듯하지만, 한 출판사 안에 경력이 긴 작가와 신인들이 섞여 있어 이윤을 함께 누리고 활기도 나누는 형태가 안정적인 것 같다.
— 저자가 직접 출판하는 경우 외부에 대한 협상력이 작아진다. 예외도 있지만, 판매량도 많은 경우 상당히 줄어든다.

− 출판사는 스토킹 및 여러 위험에서 저자를 보호해주
  는 역할도 한다.

그래도 출판사를 시작하신 분들을 만나면 호기심에
이것저것 여쭤보게 된다. 한번 해보라고 적극 권장해주
시는 분들도 있고 절대 권하지 않는다고 말려주시는 분
들도 있다. 어느 방향으로 걸으시든 가장 잘 맞는 길이
길 응원하게 된다.

출판인 출신인 건 어쩔 수 없어서 마음속에서 출판
사의 이름과 로고를 구슬처럼 굴려보는 일이 즐겁기는
하다. 친한 동료를 만나면 귓속말처럼 들려줘보기도 하
는데, 반응이 그다지 좋지 않은 걸 보면 나만 하고 싶어
하는 이름인 것도 같다.◇

우리 세대의 종합 출판사가
나올 수 있을까?

비슷한 시기에 출판계에 발을 디뎠던 출판인들이 출판사를 창업하고 있다. 지금의 종합 출판사들도 한때는 작은 출판사였으니, 막 시작한 회사들이 언젠가 크게 자라주기를 바라게 된다. 대형 출판사와 1인 출판사 사이 가운데가 비고 있다는 현실을 알면서도, 성큼성큼 나아가주시기를 기원하며 손을 모은다. 무엇이 가장 앞을 가로막는지도 궁금했는데, 대개 유통을 가리켰다.

"A 서점은 현금을 주는 적이 거의 없고 어음으로만 결제해요."

"B 서점은 신간이 나오면 구간을 마구 반품시켜서 수금액을 0으로 맞춰버리더라고요. 직접 계약을 피해야 하는 곳이에요."

"가능하다면 위탁 판매를 아예 하지 않는 쪽이 좋아요. 파본이 훨씬 덜 생깁니다."

"파본을 감안해도 위탁 판매를 해야 독자를 만날 수 있어요."

"매절의 경우도 재고가 많이 쌓이면 반품을 시키는 계약 조항이 있어요. 그러면 사실 매절도 매절이 아닌 거죠."

"총판도 작은 출판사에 돈을 제대로 주지 않을 때가 많습니다."

"서점들과 계약할 때 공급률 협상이 중요한데, 말이 협상이지 통보입니다. 65퍼센트, 하다못해 60퍼센트는 방어할 수 있을 줄 알았는데 50퍼센트를 살짝 넘겨 통보받는 순간 암담해졌지 뭐에요."

들으면 들을수록 아득해지고 말았다. 책 자체가 이윤이 크게 나지 않는 상품인데다 발생하는 이윤도 바람직하게 배분되지 않는 듯하다. 그동안 책을 만들고 써왔으면서도 직접 닿아 있지 않은 영역에 대해서는 부끄러울 정도로 시야가 좁았다는 것을 깨달았다.

위탁 판매와 공급률 협상에 대해 알아볼수록 엉킨실 같은 형국이 아닌지 싶어진다. 얼마 전까지만 해도 실판매 부수 파악을 위해 분기마다 며칠씩 시간을 들여 정리하는 일이 필요했다고 한다. 각 서점에 나가 있는 책이 팔렸는지 팔리지 않았는지 즉각적으로 알기 어려운 상태여서 일일이 연락해서 확인해야 했던 것이다. 주력 분야가 어떤 분야이냐에 따라 위탁 판매에 대한 의견이 갈린다는 것도 알 수 있었다. 문학을 포함한 대중서 분야에서는 위탁 판매의 필요를 못 느낀다고 말씀하시는 분들이 많았고, 학술 및 전문 서적 쪽은 위탁 판매가 간절하다는 입장이어서 어깨를 나란히 하고 있어도 보는 방향이 달랐다. 팔릴 것이 확실한 책들만 서점에 입고되는 것을 피하자니 반품을 악용하는 곳들을 방치하게 되고 말아 복잡해지는데, 해외에도 위탁 판매를 하는 나라와 하지 않는 나라가 혼재해 있어 명쾌한 해답 같은 것은 존재하지 않는가 보다. 최근 선보인 실판매 부수를 알 수 있는 시스템들이 관련된 혼란을 감소시킬 수 있을지 주목된다.

공급률은 더더욱 예민한 문제인 듯하다. 공급률을 조정하면 출판 유통의 여러 문제들을 한꺼번에 해결할 수 있을 거라는 의견들에 동의하면서도, 과연 시장에서 그 조정이 자발적으로 가능할지를 생각하면 아주 먼 일로 느껴진다. 대형 유통사들과 출판사들 사이에서도, 출판사들과 작은 서점들 사이에서도 협상은 쉬이 이루어질 것 같지 않다. 작은 주체들에게는 언제나 협상력이 부족하다. 그렇다고 공급률을 이렇게 합시다, 하고 땅땅땅 외부에서 정해주는 것도 받아들여지는 데 난항이 있을 테고……. 상황이 이런 이상, 미봉책에서 다음 미봉책으로 주춤주춤 나아갈 뿐이다.

새로 태어나는 출판사들이 책을 만드는 일에서 두각을 드러내도, 책을 파는 일에서 꺾이면 어떻게 하나 두려움을 지울 수 없다. 앞선 세대 출판인들의 걸출했던 활약상과 비슷한 이야기를 언젠가 실시간으로 듣고 싶은 마음에 모두 아시는 내용을 한 번 더 적어보았다. ◇◇

기존 출판계와 웹 콘텐츠계는
분리될수록 좋지 않을까?

종이책을 중심으로 운영해왔던 출판사에서 웹 콘텐츠계 진입을 시도하는 경우를 몇 번 보았는데, 성공적인 사례가 적을뿐더러 위험한 측면이 있는 듯하다. 두 업계의 뿌리는 물론 같지만, 그사이 다른 성장 곡선 위에 놓이게 되어 함께 묶였을 때 맞물리지 않는 부분이 크기 때문이다.

전 세계적인 추이로 기존 출판계는 19세기 초에 본격적으로 대중화를 거쳐 현재는 완만한 성숙기에 다다랐다고 볼 수 있다. 그에 비해 웹 콘텐츠계는 최근에 등장하여 가파른 성장 중이다. 규모 역시 차이가 점점 벌어질 듯한데 소설만 따져도 종이책 쪽은 한 해에 7천에서 만 종 정도 발간되는데 비해, 웹 소설은 8만 종 정도 발간되며 작가 수가 40만 명을 넘어섰다고 한다. 웹툰의 경우도 10년 만에 열 배 이상 확대되었으며 타 언어권 수출까지 고려하면 더한 도약을 했을 것이다.

시장의 규모도 성장세도 다를 때 두 업계를 하나로 묶어두면 정책을 제대로 적용시킬 수가 없다. 작은 출판사와 작은 서점을 출혈 경쟁에서 보호하기 위해 만든 방편들이 웹 콘텐츠계의 활보를 막아서는 곤란하고, 실물 유통을 하지 않는 웹 콘텐츠계에서 유효한 방식을 기존 출판계에 적용해서는 부작용이 일어난다. 웹 콘텐츠계의 신인들이 자리잡으려면 과감한 프로모션들이 필요하다고 하니 그것이 자유로웠으면 하지만, 점점 높아지는 제작비와 운송료 등을 줄이는 데 한계가 있는 출판계에서의 비슷한 프로모션은 아슬아슬한 거품이 될 수 있다. 단순히 형식의 측면만을 헤아려도 여러 회차나 여러 권으로 발행되는 시리즈가 대다수인 웹 콘텐츠계와 세트보다 단권짜리 책이 대다수인 출판계의 출간물들을 한데 묶는 것은 무리다. 어느 한쪽의 기준을 다른 쪽에 강요하면 다치는 쪽이 생기고 주로 신인이나 영세 업체들이 피해를 보니만큼 한층 명확한 분리가 필요하지 않을까? 제도와 플랫폼을 따로 한다면 서로가 나아가고자 하는 방향으로 나아갈 수 있을 것이다.

전체의 이익과 개별의 이익은 일치하지 않을 때가 많기에 혼란은 한동안 지속될 듯하고, 분리에 대한 의견이 지나치게 이상적으로 들릴 수 있겠다. 그럼에도 근 몇 년간 터져 나왔던 갈등들이 소모적으로 반복되지 않으려면 멀어지는 방향이 맞지 않을지 묻고 싶다. ◇

책과
얼굴 사이

작가들의 초상 사진을 좋아한다. 박완서 선생님의 부드러운 미소 너머 단단함이 느껴지는 사진과 박경리 선생님이 편하게 서 계신데 기르시던 거위가 슬쩍 같이 찍힌 사진, 동시대 작가들의 근사한 직시가 담긴 사진이나 어색함이 매력이 되는 사진도 좋아한다.

편집자였을 때 사진 요청 업무를 자주 하기도 했었다. 잡지에 손톱만 하게 들어갈 사진과 단행본 책날개에 손바닥만 하게 들어갈 사진을 주로 요청했다. 그래서 시간이 흘러 찍히는 쪽이 되었을 때도 늘 마음이 열려 있는 편이었다. 몇 사람쯤은 반가워하지 않을까, 시간이 많이 지나면 또 사진 위로 쌓이는 것들이 있지 않을까 여겨왔다.

초반에는 그저 얼어 있었지만, 그랬을 때에도 사진작가님들의 작업을 지켜보는 것은 항상 즐거웠다. 소설가처럼 아무렇게나 찍어도 상관없는 대상도 절대 아무렇게나 찍지 않고 순간순간 최선을 다하는 직업인의 움직임을 감탄하며 바라보곤 했다. 렌즈 너머로 사진작가님들과 연결되며 발생하는 교감은 특별한 우정과도 비슷해서 그 순간만큼은 방금 만난 사이도 한껏 가까워지는 게 신기했다. 시간이 흘러 카메라 앞에서 그다지 긴장하지 않으며 해석의 주체가 아닌 대상일 때의 여유로 편안히 있게 되었다.

그 모든 즐거움 속에서 감안하지 못했던 것은 인터넷의 존재였다. 과거 작가들은 사진이 한정적인 종이 지면에 실리는 선이었지만, 요새 작가들의 얼굴은 수천 번씩 복제되며 인터넷 곳곳으로 퍼져나간다. 정식 촬영의 결과물뿐 아니라 행사 한 번을 할 때마다 스마트폰으로 찍힌 사진이 수십 장씩 늘어난다. 이제는 아무렇지 않지만 적응은 좀 필요했다. 언어와 관련된 직업이라 파악하고 선택한 것인데 언어 혼자 퍼져나가는 것이 아니라 거의 항상 얼굴이 따라간다.

활동을 시작했던 10여 년 전에는 출판계 내외부의 외모 언급과 평가가 심하기도 심했다. 비슷하게 데뷔한 작가들과 이런 상황인 줄 알았으면 얼굴에 공을 더 들이고 나왔을 거라고 비틀린 농담을 하며 투덜거렸던 기억이 난다.

스트레스를 제공한 것도 인터넷이었지만, 해결책도 인터넷이 내밀었다. 페미니즘 리부트와 함께 외모에 대한 논의가 활발해졌고, 가깝고 먼 여성들의 도움을 받아 외모 노출에 대한 부담감을 덜 수 있었다. 정장을 입고

굽 높은 신을 신고 전문 메이크업을 받은 후 출간 행사에 가던 시절이 지나가서 반갑다. 그래야 한다고 강요하는 이는 없었는데도 압박감을 느꼈던 것 같고, 출간 행사에 속눈썹은 왜 붙였던 건지 지금 와서는 어리둥절하다. 못 나온 사진이 마구 돌아다녀도, 종종 어이없는 평가를 들어도 웃을 수 있게 되었다. 우습게 나온 사진은 사교 모임에서 대화가 끊기거나 분위기가 가라앉았을 때 유용하게 쓸 수 있다. 자기 비하적인 유머를 하는 것은 아니고 사진 선택 기준에 대해서 회사들을 놀리기에 적합하다. 모 신문사는 왜 바람이 불 때 정신없이 찍힌 컷을 고르는 것인지, 모 출판사는 심각해 보이는 흑백 사진에 유난한 집착이 있는지…….

한번은 상암 근처에 살 때 심야 라디오에 초대를 받아 아주 편한 모습으로 나가 프로그램 SNS용 사진을 찍었다가, 그 사진이 그 밤에 아시아 전역으로 퍼진 적도 있었다. 라디오 디제이가 아이돌 아티스트일 때는 상상 이상의 전파력이 있다는 걸 몰랐다. 그리고 팬들은 아티스트 옆에 선 사람이 누구인지 정확히 조사해서 설명하신다는 것도. 약간 놀랐지만, 국경을 넘어 인사드릴 때는 그래도 격식을 좀 갖춰야 했지 않나 하는 가벼운 후회만 들었다. 다행히 다들 동네 마실 나온 차림을 너그러이 여겨주셨다.

그렇다고 외모 평가에서 완전히 자유로워진 것은 아니다. 책이나 행사 후기를 열심히 찾아보지는 않지만, 책 제목을 해시태그로 팔로우해놓고 자연스럽게 뜨게 해두는데, 몇 년 전 이런 염려와 마주친 것이다(구체적인 내용은 살짝 바꾸었다).

"작가님 안검하수 수술 하셔야겠다. 우리 이모도 얼마 전에 했는데."

재작년쯤 상태가 심각해져 정말 수술하게 되었으므로 정확한 진단이긴 했는데, 그래도 행사 후기로 올라올 줄은 몰랐다. 해야지 마음먹었던 이야기를 빠짐없이 전달했다고 자부했는데, 더 강렬한 인상은 안검하수가 남기고 말았구나……. 깔깔 웃고 넘겼지만 만약 상처를 잘 받는 작가였으면 상심했을 수도 있겠다. 얼마 전에는 또 우연히 다른 작가님들의 행사 후기가 "그사이 머리카락을 많이 잃으셨더라" "사진보다 하체 비만이시더라"인 것을 맞닥뜨리고 괜한 것을 보고 만 것 같아 당황스러웠다.

여러 경험을 하고 나니, 연예면에 댓글란이 사라진 것처럼 문화면의 덧글란도 좀 사라졌으면 좋겠다는 생각을 하게 되었다. 신문사 인터뷰 사진 밑에 여전한 악플들은 시대를 따라잡지 못하고 아직도 외모 이야기를 한다. 더 이상 마음을 다치지는 않지만 지겹다는 감상은 들고 만다. 지리멸렬한 형태의 악플들이 달릴 때 사실

듣는 나보다 하는 사람에게 문제가 있는 것이라 여기면서도, 가까운 사람들이 속상해하는 경우는 막을 수 없어 답답하다.

어쨌든 저열한 평가가 따라붙을수록, 오기가 생겨 카메라를 똑바로 보는 편을 택했다. 유튜브에도 나가고 TV에도 나가고……. 외모 노출에 태연한 사람들이 돌아가며 나가지 않으면 어떤 자리는 성비가 심각하게 불균형해진다. 작가들은 원체 내향적인 사람들이 많고, 여성 작가들은 여러 이유로 방송 출연을 하지 않는 경우가 한결 많아 작가 출신 방송인들의 성비는 한참 기울어 있을 수밖에 없다. 방송을 만드시는 분들이 애써 숫자를 맞춰 섭외하시려는 경우가 많은데도 한계가 생기는 이유는 그래서 아닐까? 시청자일 때 성비가 균형 잡힌 프로그램을 좋아했으면서, 직접 출연을 결정할 때는 역시 감당해야 할 것들이 크다는 걸 느낀다. 작가들 사이에서는 그런 부분에 스트레스가 덜한 편이지만, 가끔 패널이 되는 정도지 전문 방송인은 못 될 것 같다고 스스로의 깜냥을 확인하곤 한다.

외모 노출과 정신 건강의 상관관계에 대한 고민을 데뷔 초기부터 하시는 분들이 늘고 있는데, 현명하신 것 같다. 아예 사진을 찍지 않거나 출판사와 상의해 대표 사진 하나만을 정해서 그것만 노출시키는 방식이 흔히 쓰인다. 애초에 촬영을 좋아하지 않을 수도 있고, 싫지 않지만 외모 노출의 압력에서 결정권을 가지는 쪽을 택한 것일 수도 있다. 자신이 어떤 것을 잘 감당하고 감당하지 못할지 일찍 간파해 단단히 나아가는 분들을 향해 박수를 치고 싶다. 책을 펼쳤을 때 저자 사진이 없는 경우들을 만나면 시대의 변화를 신선히 체감한다.

몇 년 동안 마음의 속도 방지턱에 덜컥덜컥하고 걸렸던 부분은, 인터넷 서점에서 하는 투표가 책 사진이 아닌 작가들의 얼굴 사진을 클릭하도록 되어 있을 때가 많다는 것이었다. 얼굴 쪽이 호응도가 높다는 것은 알고 있다. 생명이 없는 물체 위에 눈코입만 그려도 친근감을 느끼도록 우리의 머릿속이 설정되어 있으니까.

그렇지만 본능에서 애써 멀어지는 방향으로, 역시 사람 얼굴보다는 책 표지가 낫지 않을지 이야기를 꺼내 함께 고민해보고 싶다. 꼭 클릭 투표뿐 아니라 경우마다 저자의 외모 노출이 꼭 필요한지, 지나치게 관습적으로 노출시키고 있지는 않은지 검토해보면 어떨까? 아직 아무도 정답을 가지고 있지는 않지만 이럴 때의 색다른 시도들이 흥미로울 듯하다. ◇

집필과
강연 사이

업무용 메일함을 찬찬히 살펴보니, 원고 청탁과 강연 청탁의 비율이 1 대 9에 다다랐다. 다른 사람들은 어떤 상황인지 정확히 알 수 없지만, 쓰는 일보다 말하는 일을 제안 받는 빈도가 점점 높아지고 있다. 강연이 성격에 맞으면 기쁜 일일 텐데, 어려워하는 편이다보니 생각이 복잡해지고 만다. 묻는 말에 대답만 하면 되는 인터뷰와 달리 주어진 시간을 쭉 혼자 끌고 가야 하는 강연은 누구나 잘할 수 있는 일은 아닌 것 같다. 난이도로 치면 서른 명 앞에서 강연하는 쪽이 방송에서 짧은 대답을 하는 것보다 더 어려울지도 모르겠다.

교직 이수를 해놓고 교직의 길을 선택하지 않은 데에는 여러 이유가 있지만 무엇보다 길게 이어 말하기에 재능이 없어서였다. (교생 실습을 나갔다가 비극적 사건을 목격하고 그만두었다는 루머가 있던데 사실이 아니다. 대체 어디서 그런 소문이……. 학생들과 인스타그램 친구인데 민망하다.) 한 달에 한두 번 발표 수업을 하는 정도일 때는 말하기에 얼마나 약한지 잘 알지 못했다. 실습을 나가 전면적으로 해보자 금세 문제가 있다는 걸 깨닫게 되었다.

일단 성대가 약해서 30분이 넘어가면 목소리가 갈라지기 시작하고 통증도 시작된다. 발음도 나쁜 편인데, 병원에 갔더니 의사 선생님이 혀가 짧다며 어릴 때 혀 밑을 잘랐어야 했다고 아쉬워하셨다. 남들은 영어를 하기 위해 혀 밑을 자르지만 내 경우는 한국어를 하기 위해 잘랐어야 했다는데 그때라도 자르고 다시 적응했어야 했을까? 발음 때문인지 강연을 하다가 책을 추천할 때 제목이 온전히 전달되는 적이 없고, 그래서 가능하면 파워포인트를 추가로 준비하곤 한다. 언젠가 여유가 생기면 발성 수업을 듣고 발음 교정도 받고 싶다고 염두에 두고 있다. 결정적인 조리 없음과 두서없음을 쉬이 해결할 수는 없겠지만⋯⋯.

무엇보다 무척 긴장해버리는 것이 괴롭다. 귀한 시간을 내어주시는 분들을 실망시킬까 두려워 말할 일이 있으면 전날 잠을 잘 자지 못하고, 당일에는 속이 부대낄까 공복으로 강연한 후 밤늦게 허기를 채우기 때문에 그다음 날도 리듬감이 깨지고 만다. 그릇이 작은 게 아닌지 자괴감이 들었지만, 경력이 긴 뮤지컬 배우님이 공연 전에 식사를 못 하시는 걸 보고는 나 까짓것은 당연히 못 먹는구나 받아들이게 되었다. 편안하게 일상에 강연 일정을 끼워 넣으실 수 있는 작가님들, 여러 문장을 껴안은 긴 문장도 제대로 끝맺으며 기승전결까지 만들어내시는 분들이 매우 부럽다.

그럭저럭 말을 할 줄 아는 사람처럼 보이는 것은 극도로 말하는 일을 적게 잡고, 대본을 빼곡하게 쓴 다음 달달 외워가기 때문이다. 대담이나 질의응답의 형식으로 교묘히 부족한 말하기 실력을 가리고 있다. 얼마 전에는 15분만 강연을 하면 된다고 해서 연습도 많이 하고 갔건만, 지나치게 빠른 속도로 준비해 간 내용을 듬성듬성 빠트리며 말하는 바람에 11분 만에 끝내버린 적이 있다. 초시계로 시간을 재는 생방송이었기 때문에 카메라 뒤에서 담당자 분들이 혼비백산하시는 모습을 보며 너무나 죄송했다. 정 피할 수 없을 때는 어찌 저찌 해내야겠지만 강연은 최대한 피해야겠다고, 스스로의 능력을 과신하지 말아야겠다고 결심하게 된 계기였다.

얼기설기 수준의 나보다도 한층 말하기를 어려워하는 작가들이 많다. 편집자일 때 특히 많이 만났다. 책은 정말 좋은데 무대에만 세워두면 아, 그냥 차라리 숨겨둘 걸 그랬다 싶어지는 이들이 말이다. 생각해보면 쓰기에 능한 사람들이 말하기에 능할 수도, 능하지 않을 수도 있다는 점이 재밌다. 머릿속이 빠른 냇물처럼 흐르는 이도 있고, 고인 것을 오래 들여다보는 이도 있는 게 아닐까? 그런데 말하기로의 편중이 심해질수록, 후자의 작가들이 주목받기 힘들어질 듯해 우려가 된다. 수천 년 전부터 글보다 말이 작가의 생계가 되기 쉬웠지만, 요새는 쏠림 현상이 디지털 매체를 통해 걷잡을 수 없이 가속화되고 있지 않은지 가늠한다. 말은 심각히 못하지만 좋은 작가들이 많은데, 어쩌면 말을 못해서 쓰기에 집중하게 된 것일 수도 있는데 스포트라이트가 고루 주어지면 좋겠다.

그런 면에서 작가 없이 진행되는 책 행사들이 일종의 대안으로 느껴져 반가웠다. 작가는 이미 책에서 하고 싶은 말을 다 했으니, 읽은 이들이 차례를 이어받아 자유롭게 해석하고 음악이나 다른 영역으로 다시 표현해보는 모임들이 여러 번 있었다. 『시선으로부터,』를 냈을 때는 아무 말 없이 다 같이 훌라를 배워보는 출간 행사를 꿈꿔보기도 했었는데 실행하지는 못했지만 언젠가 다음 기회를 노려보고 싶다. 강연 말고도 책을 함께 즐길 수 있는 근사한 방식들이 분명 있을 것이다. ◇

출판계는
충분히 안전한가?

출판사에서 일할 때 막무가내로 찾아오는 사람들 때문에 큰 스트레스를 받곤 했다. 약속 없이 찾아와 자기 책을 내달라고 주장하며 한 시간이고 두 시간이고 떠나지 않는 불안정한 분들이 있었고, 그렇게 받은 원고가 좋았던 적은 한 번도 없다. 좋은 원고는 정중하게 우편으로 도착한다. 이틀에 한 번꼴로 오던 욕설 전화와 성희롱 전화들에 대해서는 재차 떠올리는 것도 괴롭다. 대표 전화를 맡아 대응했던 1년 때문에 아직까지도 전화 통화를 힘들어하는 사람이 되고 말았다. 출판사는 방송국과 신문사 다음으로 문제적 인물들이 찾아오는 곳이라고들 했는데, 항시적인 긴장은 사람을 마모시키지 않나 싶다.

방송국 혹은 방송 관계 회사들을 방문하게 되면서 출판사에 비해 얼마나 보안이 잘되어 있는지 놀랐다. 신분증을 확인해야 들어갈 수 있는 입구, 엘리베이터와 문을 활용한 보안 시스템, 상주하는 보안 전문 인력까지 이중 삼중으로 안전을 도모하고 있었다. 더한 위험에 노출되다보니 준비도 되어 있는 것이겠지만, 그에 비해 출판사들은 너무 허술하지 않은지 걱정이 되었다. 도심의 출판사들은 그나마 나을지 몰라도, 파주 출판단지의 경우 "도둑도 여기까지는 오지 않는다"고 마음을 놓는 분위기가 있다. 틀린 말은 아니어서 지갑을 책상 위에 두고 나가도 아무도 훔쳐가지 않았지만……. 문제는 도둑이 아닐 것 같다.

드라마 제작발표회에 처음 참여하고 놀랐던 것은 참여 인원의 모든 동선에 경호가 붙는다는 점이었다. 지하 주차장에서 행사장까지 그 잠시에도 말이다. 낯설면서도 필요한 일이구나 수긍했다. 출판 행사의 경우 때로 수백 명이 넘게 모이는 자리라 위험은 언제든 있을 수 있지만, 주로 출판사의 남성 편집자나 마케터 몇 분이 자리에 계셔주는 것이 전부다. 최선을 다해 경계해주셨고 큰 도움을 여러 차례 받았지만, 남성이라는 이유로 보안 업무까지 떠맡는 것은 과하고 역시 다른 방편이 필요하지 않나 싶어진다. 현실적인 비용으로 혁신적인 개선이 가능한 방도가 없을지 궁리하게 된다.

"누가 칼이라도 들고 오면……."

관련자들은 가끔 각자 품고 있던 최악의 상상을 공유하곤 한다. 타깃이 되기 쉬운 분야의 책 행사일수록 준비하는 사람들이 고민이 깊다.

2019년에 일본 쿄애니에서 방화 사건이 일어나 36명이 사망하고 부상자는 그보다 많았는데, 무척 가슴이 아팠다. 그것은 콘텐츠를 다루는 회사라면 어디나 맞닥뜨릴 수 있는 일이었다. 실제로 한국에서도 자신의 책을 내주지 않는다는 이유로 모 출판사에 시너를 뿌려 방화를 시도한 사건이 있었는데, 진화가 빨랐고 사상자가 나오지 않아 다행이었지만 비슷한 행위가 반복될 수 있지 않은지 염려된다. 토크 콘서트에 황산을 투척한 사건도 이미 있었고, 해외 저자들이 겪은 테러 범죄가 한국에서 일어나지 않으리란 보장은 없다.

책은 느린 매체이지만, 그럼에도 가장 첨예한 생각들을 담는다. 첨예함은 때로 폭력적인 이들의 주의를 끌고 만다. 상상하기 싫은 사람들이 상상하기 싫은 일들을 저지르려 할 때, 더 준비되어 있어야 하지 않을까? 방송계처럼 상시 보안 인력을 갖추는 것까지는 어렵더라도 직원들과 관계자들의 안전을 위해 지금보다는 경계가 필요할 것 같다.

사람이 다치고 나서 하는 후회를 우리가 하지 않을 수 있으면 좋겠다. 공기 중에 폭력의 기운이 느껴지는 나날들이 지나가고, 지금 이 글에 담긴 불안이 아주 무소용한 것이었다고 밝혀지기를 원하면서도 염려를 멈출 수 없다. ◇

책은
스트리밍 될 수 있을까?

가끔 왜 구독 서비스에 책이 적은지 질문을 받는데, 구독 서비스 자체를 부정적으로 여기는 것은 아니지만 아직까지는 조건이 맞지 않았다.

한번은 책 한 권을 1년 동안 무제한으로 제공하는 데 1.5만 원을 주겠다는 제안을 받은 적이 있다. 아무리 전자책으로 얻는 이익이 크지 않다고 해도 심히 적은 금액이 아닌지 당황스러웠다. 도서관에는 무료에 가깝게 제공할 수 있지만, 사기업에 그렇게 제공하기는 어렵다. 창작인들도 경제인이라는 것을 인정받기가 쉽지 않은 듯하다. 이후 1.5만 원보다는 훨씬 나은 제안들을 받았지만 여전히 인세보다 낮은 수준이어서 선뜻 참여할 수가 없었다. 구독 서비스가 저작자와 출판사가 선호하는 파트너가 되기에는 유인 요소들이 부족한 것이다. 향유자는 낮은 비용으로 즐기고, 생산자는 기존보다 나은 수익을 얻는 형태가 가능하면 좋을 텐데 획기적인 경우는 보지 못했다.

전자책 구독 서비스가 유튜브나 OTT처럼 보편화되려면, 결국 광고를 포함하여 더 큰 자본을 끌어들여야 하는 것일까? 기업 협업으로 원고료를 높이는 기획도 종종 있었지만, 높인 원고료도 사실상 기존의 잡지 원고료와 비슷한 수준이었다. 본격적으로 광고를 포함한다면 판을 키우고 시장을 변화시킬 수 있을까? 도서 앱에 광고 배너가 항상 떠 있는 것을 상상하면, 상상만으로도 눈이 번거롭긴 하다. 책을 읽기 전에 광고를 시청해야 하거나 중간 광고가 삽입되는 것도 거부감이 들고……. 그렇다고 드라마 PPL처럼 소설 PPL을 흔히 한다면, 앤설리가 기함할 것이다. 몇 년 전, 백화점 식품관에서 소설을 청탁받아서 좋은 원고료를 받고 독자 분들에게는 무료로 소설을 공개한 경험이 있다. 지역 장인이 지역 재료로 만든 식초를 광고하는 소설이어서 전혀 거리낌 없이 썼는데, 비용은 기업이 부담하고 사람들은 무료로 즐기는 구조 자체는 좋았지만 매번 적용할 수 있는 형태는 아닌 것 같다. 크고 작은 도서관을 전국에 빼곡하게 지을 수 있다면 스트리밍과 거의 비슷한 효과를 낼 수 있을 듯도 한데 그것도 돈이 문제다. 있는 건물들을 활용하며 사서 선생님들께 힘을 실어드리면 결과가 멋지지 않을까?

소유보다는 경험에 집중하는 시대가 왔고, 책도 스트리밍의 방향으로 더 움직이게 될 것으로 예상되지만 직접 생산자들이 지속가능하지 않은 저렴한 금액으로

콘텐츠를 넘겨야 하는 결과가 되지는 않았으면 한다. 한
층 매력적인 제안들이 오가는 미래를 기다린다. 당장은
15만 원을 제안받았던 책을 손에 쥘 때마다, 다른 이들
이 비슷하게 황당한 제안들을 받지 않길 바랄 뿐이다.
◇

심사의
고민

1년에 두세 번 정도 심사위원직을 요청받곤 한다. 책임이 따라오는 역할이라 어려워하고 무거워하면서도 드문드문 참여해왔는데, 경험할 때마다 환경에 따라 편차가 큰 영역이라는 것을 체감했다.

　출판계의 많은 공적 자원이 심사를 통해 배분된다. 심사는 이렇게 이루어진다고 단정 지어 말할 수 없을 만큼 여전히 어떤 곳의 심사는 과정이 흐릿하고 편파적이기 그지없으며, 또 어떤 곳의 심사는 공정을 기하기 위해 언제나 새로운 노력을 기울이고 있다. 뒤쳐진 곳과 앞서 나가는 곳을 합치면 평균적으로 나아지고 있는 것 같기는 하지만 편차 자체가 줄어들어야 할 일이다. 더 나아질 수 있을 만한 방법들을 떠올려보았다.

1.　한 번 심사한 심사위원은 다시 초청하지 않는다.

　심사를 매해 같은 심사위원이 한다면 아무리 그 심사위원이 최선을 다한다 해도 긍정적인 결과를 가져올 수 없다. 풍성하고 폭넓은 결과를 위해서는 심사위원진을 꾸준히 변화시켜야 한다. 심사위원진을 꾸리는 일 자체가 시간과 노력이 크게 들어 운영 측에 부담이 될 수 있지만 장기적으로 봤을 때 꼭 필요한 일이라고 본다.

2. 매번 하는 사람은 덜하고, 전혀 하지 않는 사람은 더 할 필요가 있다.

심사위원 풀(pool)을 확충하려는 노력은 요 몇 년간 지속되어왔다. 그런데 심사를 기존에 해온 사람들은 너무 많은 심사에 중복으로 참여하는 경향이 있고, 심사를 심각히 여기는 사람들은 완전히 고사하는 경우가 흔하다. 아무리 기여의 의도로 참여한다 해도 어느 한 사람의 기준과 취향이 업계 전체에 지나치게 반영되다 보면 왜곡이 생긴다. 같은 심사에 여러 번 참여했는지, 짧은 기간에 여러 곳에 참여했는지 돌아보고 점검해보는 시간을 가져야 한다. 어려운 자리라고 무조건 거절해온 경우에는 은은한 의무를 짊으로써 몸담은 곳의 생태계가 나아지는 것이 분명하니 한 발만 더 나서주시라 권유하고 싶다.

3. 심사의 공정성 보호를 위한 대비책들이 더 필요하다.

심사는 까다롭고 위험하다. 한 심사위원이 공정하려고 애를 써도 함께 참여한 다른 심사위원이 어떻게 행동하고 있는지 알 수 없을 때가 많다. 운영의 단계마다 신중을 기해도 심사자와 피심사자 사이의 모든 특수 관계를 파악하는 것은 전문 조사 기관이 아닌 다음에야 불가능하기 때문이다. 문학상의 경우, 스승이 가까운 제자를 뽑는 일이 가장 빈번했고 심지어 친인척을 뽑은 부조리한 사례도 있었다. 요새는 관계인의 작품을 맞닥뜨리면 해당 심사위원은 그 작품에 있어서는 결정권을 내려놓는 쪽으로 정착되어 가고 있는데 도의에 맡기는 것이라 촘촘한 거름망으로 기능하는 것은 아니다.

눈살 찌푸릴 일 없이 모두가 최선을 다했는데도 예상하지 못했던 지점에서 시비가 불거지는 일도 드물지 않게 발생해, 심사 자체가 보상은 적은데 위험은 큰 일로 분류되어 많은 사람들이 참여를 망설이게 되는 측면이 있다. 문서를 추적하고 심사표를 체계적으로 작성하고 심사가 끝나도 오래 관련 자료를 보관하는 등 여러 방법들이 쓰이고 있지만 조금 더 적극적인 대비책들이 생기면 좋겠다.

어떤 추가 조치가 가능할까? 심사위원 없이, 혹은 심사위원을 보완해 온라인 투표를 하는 경우도 종종 있다. 처음에 접할 때는 상쾌한 방식이라 느꼈는데 매크로로 조작하거나 여러 아이디와 인력을 동원하는 사례가 쌓이며 곤란해지고 말았다. 다수가 참여하되 조작 가능한 인기투표가 되지 않는 쪽으로 방향을 설정할 수 있을까?

4. 심사위원에 대한 고정관념을 탈피하는 것은 심사위
원 군을 넓히는 데 도움이 된다.

경험이 적어 문학출판계에 한해 말할 수밖에 없지
만, 최근 들어 심사위원의 연령대가 달라졌다. 과거에
는 원로와 중견 이상이 심사위원으로 참여했다면 요새
는 막 활동을 시작한 젊은 작가들도 심사위원으로 참여
하곤 하는데, 특정 세대가 아닌 다양한 세대의 사람들이
참여함으로써 얻어지는 것들이 적지 않다. 또 여러 지원
사업 심사에 장르 작가들이 참여한 이후 수혜를 문단에
서만 가져가던 일이 사라지고 있으며, 문학상에 서점인
이나 선별된 독자가 참여하는 일들도 늘고 있는데 고무
적이다. 직접적인 이해관계는 없으면서 전문성은 있는
심사위원 군의 확보가 핵심일 것 같다.

지금껏 다섯 번 안팎의 심사에 참여했고, 한 번 참여한
심사에는 다시 참여하지 않을 계획이다. 2~3년마다 한
번씩은 새로운 심사에 참여해야겠다고 마음먹었는데
근래 주춤하고 있다. 어쩌다보니 미디어 노출이 많아져
악플러가 느는 바람에, 혹 그로 인해 잡음이 생기면 기
여를 하려다 오히려 해를 끼치는 꼴이 되어버릴 것 같아
서다. 그렇지만 조용한 활동기에 다다르면 또 적당한 빈
도수로 참여하려고 한다. 맡은 몫을 해내되 지나치게 취

향과 의견을 휘두르지는 않도록 경계하면서. 신뢰는 얻기도 지키기도 매우 어려운 것이 아닐까 싶고, 관련된 이들이 안정감을 느낄 수 있는 심사 체계가 마련되면 좋겠다. ◇

출판계 밖에서 만나는
출판인들

출판계 밖에서 출판계에서 시작한 분들을 마주칠 때가 있다. 뵐 때마다 얼마나 반가운지 모른다. 영상, IT, 콘텐츠 기획 등 여러 분야에서 전직 출판인들이 활발히 활동하고 있다. 책에서 시작해서 조금 멀리 왔지요, 하고 특별한 인사를 나누며 계속 건승하시길 응원하게 된다. 기획력과 텍스트를 정교하게 다루는 능력은 어딜 가도 환영을 받아서 자연스럽게 인접 영역으로 이동하게 되는 일이 잦은데, 유연하게 상통하는 현상은 기쁘지만 떠난 사람들이 좀처럼 돌아가지는 않는다는 점은 시사하는 바가 큰 것 같다.

낮은 임금이 사람들을 밖으로 내모는 주요 원인일 것이다. 2010년대에 채용 서류 담당자였던 적이 있는데 5년차 7년차 경력직도 1800만 원, 2000만 원을 받고 있다고 적어두셔서 기함을 했었다. 2020년에 출판계의 비공식적인 연봉 표가 인터넷 상에 공개되어 이제는 나아졌겠지, 하고 열어보았다가 크게 나아지지 않은 것을 확인하고 더 속이 상했다. 과거에는 초봉이 낮아도 인상률이 높은 편이라 그나마 상쇄가 되었는데 요즈음에는 큰 회사에서도 동결 소식이 종종 들려온다. 대다수 포괄임금제를 택하고 있는 것도 문제다.

그럼에도 책을 사랑하고 책을 만들고 싶어하는 사람들은 늘 있어서 진입 경쟁률은 높은 편이다. 어렵게 진입하신 분들이 오래 일하면 좋겠지만, 꼭 그렇게 되지는 않는 듯하다. "책을 멀리서 사랑할 때가 나았다"는 말을 빈번히 듣게 되는데, 적은 임금이 문제가 아니었다는 소회가 이어지곤 한다. 경제적인 면은 미리 감수하고 택했는데 기다리고 있던 것은 중구난방인 회사 내부와 비인격적 대우였다고 말이다.

출판학교에서 실무 능력을 미리 준비한다 해도, 출판사마다 교정교열법도 다르고 제작 협업사도 다르다 보니 곧바로 적응하기는 어렵다. 그런데 과거에 비해 사내 교육과 지원이 줄어든 형편이라 업무에 바로 투입되는 경우가 많다. 입사한 지 얼마 되지 않았는데 단행본을 단독으로 담당한다든지 하는 무리한 상황에서 당연히 사고가 날 수밖에 없는데 사고가 나면 혹독한 반응이 돌아온다고 한다. 언어를 다루는 업계에서 폭언은 변명의 여지가 없고 환경을 개선해야 할 때 감정만 폭발시키는 것은 부끄러운 일이다. 사수가 단계별로 경험을 전수할 수 없다면 명확한 매뉴얼이라도 정리되어 있어야 하는데 매뉴얼이 갖춰진 곳보다 갖춰지지 않은 곳이 훨씬 많을 것이다. 매뉴얼의 부재는 잦은 구성원 교체의 결과일 수도 있고 원인일 수도 있겠다는 생각이 든다. 직장 내 괴롭힘이나 부당 징계 및 해고에 대한 소식도 심상찮게 들려온다. 조직 문화 때문에 떠난 사람들이 적지 않을 것이다.

적극적인 스카우트나 과감한 이직의 경우 대개 과장급, 팀장급에서 이뤄지는 것 같다. "10년차가 씨가 말랐네" 하는 한탄을 들을 때마다 경제적인 보상도 성장의 기회도 더 나은 쪽으로 인력 유출이 있었겠거니 짐작하게 된다. 조직 내부에 속한 이들뿐 아니라 계약을 맺고 함께하는 이들도 마찬가지일 터이다. 이 글을 쓰고 있는 2023년에는 14년차에 이르렀는데, 경력이 쌓일수록 안심하고 일할 수 있을 줄 알았건만 점점 더 이상하고 나쁜 계약서를 받는 일이나 인세 입금이 지연 누락되는 일 등이 잦아지고 있다. 벽에 부딪힌 느낌이 들 때 이동의 욕구를 느낄 수밖에 없다.

출판계가 어려워서 사람대우를 제대로 못해준다는 이야기는 반은 맞고 반은 틀린 것 같다. 출판계가 여유 없이 어려운 것은 맞으나 열의를 가진 사람들을 너무 예사로이 여기고 홀대하고 있는 것은 아닌지 물을 필요가 있다. 책을 사랑하는 사람들은 계속 출판계의 문을 두드리겠지만, 이대로라면 떠나는 속도 또한 빨라질지

도 모른다. 마땅한 존중을 이야기할 때가 왔다. ◇

짧은 여행과
색깔이 강한 서점들

긴 이야기를 쓰다 보니 짧은 여행을 좋아하게 되었다. 매일의 루틴을 해치지는 않으면서 내면의 환기는 확실히 할 수 있어 국내 여행을 자주 떠나는 편이다. 주변이 주변인지라 여행 계획을 말하면, 동료들이 근처의 근사한 서점을 추천해주곤 했다.

여행 겸 강연을 위해 방문한 곳이었던 구미의 책방 '책봄'이 특별히 기억에 남아 있다. 그날따라 독자 분들과의 대화가 유난히 물 흐르듯이 편안했고, 마지막으로 가져오신 책들에 서명을 하는 동안 보통은 자신의 책에 사인을 받으면 자리를 뜨시기 마련인 독자 분들이 모두 남아 계셨다. 왜 남아 계시나, 뒤에 다른 행사가 있나 싶었는데 내가 떠날 때 다 같이 환송해주시기 위해서였다! 그런 환송을 받아본 적은 처음이었다. 사실 화장실에 들르고 싶었지만 극히 다정한 환송이라 감격하여 그대로 나왔다. 독립 출판물도 출판하시고, 친환경 마켓도 여시고, 장기적인 테마의 독서 모임도 꾸리시고 여러모로 탁월한 공간이라 서점이 공동체에서 어떤 역할을 하는지 덕분에 명확히 인식하게 되었다. 비슷한 시기에 갔던 대구의 '책방 이층'에서의 기억도 뜻깊은데, 대화의 흐름이 좋았던 공간은 오래 마음에 남는 듯하다. 가을 저녁에 들렀던 청주의 '휘게 문고'도 환하게 머릿속에 남아 있고, 풍성한 시집 코너가 최고인 경주의 '어서어서'도 인상 깊었다. 속초의 문우당서림과 동아서점도 여러 번 다시 가고 싶은 곳이다. 속초에 관한 책들을 속초의 서점에서 만나는 경험은 완전히 달랐다. 수원의 '탐조책방'은 탐조인이라면 꼭 한번 가보실 만한다. 방문한 서점마다 핀을 꽂아 전국 지도를 가득 채우고 싶어진다.

여행을 가기엔 시간이 부족할 때, 가까운 곳의 서점들을 방문하는 몇 시간으로도 비슷한 효과를 얻을 수 있었다. '어쩌다 책방'은 그리 크지 않은 공간인데도 갈 때마다 꼭 읽었어야 했는데 놓쳤던 책들을 발견하게 해준다. 일일 서점지기를 해본 것도 소중한 기억이었다. 어릴 때 이어폰을 긴 시간 낀 탓인지 독자 분들이 낮게 말씀하시는 걸 자꾸 못 들은 것은 슬펐지만……. 서점을 했으면 불친절한 사장으로 소문이 날 뻔했다. '책방 오늘'의 해외문학 서가도 무척 좋아한다. 어떤 서점들은 오래된 책, 잘 알려지지 않았지만 좋은 책, 재발견되어야 할 책들을 빛나는 자리에 두고 그럴 때 공간은 마치 한 사람의 내면세계 같아 재밌어진다. 목록과 배치의 차이가 그려내는 점묘화가 뚜렷한 개성을 자아내는 것이다. 누군가의 머릿속에 문을 열고 들어가는 경험은 서점에서 드물게 가능한 것 같다. '부쿠'의 모든 책들이 다 잘 보이는 애정 깃든 진열 방식, '위트 앤 시니컬' '서점 리스본' '사적인 서점' '밤의 서점' '책 발전소'의 기획력도 항상 감탄해온 대상이다.

해외여행 중에 방문했던, 한 자리에서 백 년을 훌쩍 넘긴 서점들이 부러웠다. 우리에게도 그런 공간들이 늘어나면 좋겠다. 어느 지역을 떠올릴 때 곧바로 함께 부를 수 있는 서점의 이름들이 사라지지 않고 더해지기만을 바란다. 긴 마감을 끝냈으니 가보지 않았던 곳에 가서, 그곳의 공기를 품은 책을 사오고 싶다. ◇

출판단지를
길목으로

얼마 전에 아는 작가 분들과 이야기를 하다가 출판단지 이야기가 나왔다.

"교통이 불편한데 개선이 안 되고 있죠."

"그래서 전 한 번도 안 가봤어요."

"저는 딱 한 번 가봤나 싶어요."

활동 15년을 넘긴 작가 분들이 출판단지에 가본 적이 거의 없다니 갑자기 문제가 한층 더 피부로 느껴졌다. 함께 일하는 회사가 출판단지에 있을 때도, 회의가 있으면 출판사 분들이 서울로 나오셨다고 한다. 아마도 육아를 하는 저자를 위한 배려였겠지만, 사정을 감안해도 접근성이 심히 떨어지는 게 아닐까 싶다. 미디어 단지인데 외따로 위치하며 사람들이 그다지 가지 않고 가고 싶어하지 않는다니, 물질적인 문제가 무형의 영역까지 영향을 미칠지도 모른다.

2023년 평일 기준으로 은석교 사거리 정류장을 골라 교통 상황을 살펴보았다. 출판단지에서 가장 가까운 전철역은 경의중앙선 금릉역이나 야당역인데, 역 앞에서 마을버스를 탈 수 있지만 야당역에서 탈 수 있는 마을버스 83번은 단 한 대만 운행하는 노선이므로 놓치면 한 시간 이상을 기다려야 해 사실 유효하지 않은 방편이다. 금릉역에서 탈 수 있는 78번은 열세 대가 운행 중이고 배차 간격은 10분 남짓이라 양호하지만, 출판단지까지 30분으로 거리에 비해 시간이 무척 많이 걸린다.

마포와 영등포에서 탈 수 있는 직행버스는 2200번과 9030-1번이 있는데, 2200번은 운행 대수가 15대 안팎으로 보이고, 9030-1번의 경우 배차 간격이 45분에서 75분이라 훨씬 적은 편수가 배정되었을 것이라 짐작된다. 제때 탑승한다 해도 안전의 문제는 별개다. 이 버스들에는 파주 신도시와 인근 아울렛을 오가는 탑승객도 적지 않아 서서 타야 하는 경우가 많다. 자유로에서 빠르게 달리다 사고가 날 경우 입석 승차자는 크게 다칠 가능성이 높다.

겨울철 폭설 지역이라는 점도 교통을 불편하게 만든다. 눈이 오면 버스들은 물론 지상철인 경의선도 멈춰 선다. 2010년에서 2012년까지 파주 출판단지에서 일했는데, 그 시기엔 유독 폭설이 심했기에 출근길에 두 번의 교통사고를 당하고 말았다. 눈길에서 느리게 달리던 버스들이 미끄러져 일어난 가벼운 충돌이었으므로 다치지는 않았지만 그렇다고 아무렇지 않은 일은 아니었다.

한번은 출판단지 입구에 버스가 길게 옆으로 누워

있는 것을 목격하기도 했는데, 사람들이 얼마나 다쳤을지 아득했다. 폭설로 버스가 멈추면 중간에 내려서 남은 길은 알아서 가야 했는데 차편을 구하지 못해 여덟 시에 출발해서 열한 시 반에 회사에 도착한 적도 있었다. 요새는 기후 위기로 폭설이 적어졌다고는 하지만, 비슷한 일을 겪은 출판계 사람들은 종종 이직이나 재취직을 할 때도 출판단지를 피해 취직하곤 한다.

자가용을 운전하는 경우엔 대중교통 이용자들보다는 훨씬 나을 듯한데, 주차난 역시 심각한 것 같다. 인원수가 늘어날 것을 예상하지 못해 각 건물마다 10여 대의 주차 공간만을 확보해두었고, 대부분의 사람들은 도로가에 주차를 해야 한다. 처음부터 지하 주차장을 설계에 포함시켰더라면 좋았을 것을……

출판단지 교통 상황 불평을 한참 한 것은 파주 운정에 들어온다는 GTX와 출판 단지가 어떻게든 연결된다면 좋겠다는 바람에서다. 자연스럽게 증식하는 정보, 우연하고 새로운 기획, 접목과 변주 같은 것들은 언제나 사람과 사람이 만나는 길목에서 발생한다. 출판 단지가 고립에서 벗어나 그런 길목 위에 놓이기를 바란다. ◇

원고료는
언제 오를까?

80년대에 활발하게 활동하셨던 시인 선생님과 우연히 저녁을 같이한 적 있다. 선생님이 아주 궁금하시다는 듯 물어보셨다.

"요새 원고료가 얼마예요?"

"장당 만 원쯤 하는 것 같습니다."

"아직도……?"

그때 선생님의 당황스러움 가득한 '아직도……?'가 자주 머릿속에서 메아리가 되어 울린다. 2010년에 데뷔했을 때와 지금을 비교해도 원고료는 전혀 오르지 않았다. 문화예술위의 조사 결과를 따르면 2000년대 초반부터 줄곧 오르지 않았다고 한다. 조사 후 발표된 최저 원고료 가이드라인은 말 그대로 가이드라인에 불과할 것 같다.

물가가 오르는데 원고료는 오르지 않아 작가들은 가난을 피하기 어려워졌다. 한 꺼풀 벗기면, 다른 직업이 있거나 따로 먹고살 방도가 분명한 사람들만 판에 남을 수 있게 되었다는 의미기도 하다. 다양한 경험을 가진 사람들이 책을 쓰는 것은 바람직하지만, 전업 작가가 줄어든다면 전체적인 활기도 함께 줄어들 수밖에 없고 일부의 목소리만이 과대표될 위험도 생긴다.

애초에 정체되어 있는 최저원고료의 기준선 자체를 파격적으로 끌어올릴 필요가 있지 않나 고민하게 된다. 회사들도 어렵다는 말은 이제 좀 지겨운 것 같다. 만약 최저원고료조차 주고 있지 못하다면, 변명의 여지없이 노동력 착취다. 일을 한 사람에게 대가를 제대로 주지 못하면서 '문학을 위해'라느니 '참여 의미를 우선으로'라느니 하는 말들을 늘어놓는 출판사를 마주치면 안쪽이 부글거린다. 그것은 사업이 아니고 아무리 좋게 봐주어도 민폐를 끼치는 취미 활동 정도다. 직업인들이 왜 남의 취미에 휘말려 들어가야 하는가? 원고료에 대해서 이야기하고 있긴 하지만, 번역료·교정료·디자인료·일러스트레이트료·촬영료 등에 대해서도 마찬가지다.

사정이 되는 곳부터 원고료의 눈금을 장당 3만 원 쪽으로 움직여야 할 것 같다(산문 기준이고 편당으로 계산하는 시와 다른 장르는 또 다른 기준이 있어야 할 것이다). 잡지사와 신문사의 원고료는 이미 3만 원을 넘어섰고, 규모가 있는 출판사들은 평균적으로 1만 5천 원에서 2만 원 사이를 지불하고 있다. 정부에서 운영하는 지면들 역시 비슷한 수준이다. 의외로 가장 낮게 측정된 지면이 대형 서점의 온라인 지면들인데, 상향시킬 필요가 있다. 가끔 인터넷 서점의 이벤트 페이지 등을 꾸리면서 원고지 2매에서 10매에 달하는 각종 글들을 무료로 요청해올 때가 있는데, 부적절한 관행이다. 업계에서 차지하고 있는 입지를 생각하면 그래서는 안 되고 매수에 맞춰서 원고료를 정확히 정해 정식 청탁을 해주면 좋겠다.

영어권 작가들의 원고료나 게재료를 들으면 깜짝 놀라곤 하는데, 그 수준에까지 다다르지는 못하겠지만 적어도 생계를 해결할 만한 금액에는 다다랐으면 한다. 새로운 작가들이 두려움 없이 글을 쓰기 시작할 수 있어야 그다음도 있다고 믿는다. ◇

괴롭힘은
방치되고 있다

지난 몇 년간 노출이 많이 되는 지면은 일부러 피하고 있다. 예를 들어 일간지 인터뷰와 칼럼 같은 경우 노출이 매우 큰 편인데, 불특정 다수에게 노출되면 아무리 신중히 임해도 괴롭힘의 손쉬운 표적이 될 수밖에 없다. 기자님들이 얼마나 전문적이고 깊이 있게 인터뷰를 해주시든, 칼럼을 한 문장 다음 한 문장 고심하여 쓰든 무소용하다. 얼굴과 이름을 건 채 말하고 쓰는 사람들은 걸어다니는 커다란 과녁에 가깝다.

클릭 수가 돈이 되는 현실에서, 글의 제목을 결정하는 데스크 담당자 중에는 일부러 한껏 공격을 유도하는 이도 섞여 있다. 본문의 내용과 거리가 먼 제목에 몇 번이나 해를 입었고, 역사가 있어 어느 정도 품격을 기대하는 매체에서도 그런 일을 겪다보면 신뢰가 무너진다.

괴롭힘에 활동 반경을 줄이고 싶지 않지만, 정신 건강을 지키는 것이 우선이다. 그래서 반응의 속도가 느리고 정제된 종이 매체나, 인터넷 지면이라 해도 안전한 울타리를 만들어주시는 쪽을 택하고 있다. 저열한 종류의 집단 공격이 사람들의 행동을 제약해버리는 현상은 사방팔방에서 일어나고, 목격할 때마다 매우 의욕이 꺾인다. 연예계나 정치계보다는 덜할지언정 문화계의 환경도 유독한 지경에 이르렀다.

괴롭힘 문화에 대한 뉴스는 눈에 띄는 대로 읽는데, 모 포털이 소상공인에 대한 '별점 리뷰'를 차차 없애기로 한 것은 기분 좋은 충격이었다. 그동안 별점 테러로 고생한 수많은 가게들이 괴롭힘에서 벗어날 수 있게 될까? 정량적 리뷰를 정성적 리뷰로 대체한다는데 어떤 모습이 될지 궁금하다. 그렇게 해도 진상을 부리는 사람은 계속 부리겠지만 취약한 부분을 점점 보완해나갈 수 있지 않을지 희망적이다. 문득 책에 대한 별점이 꼭 필요한가 하는 생각이 든 것은 그다음이었다.

책은 '좌표를 찍기' 너무나 좋은 대상이다. 조직적인 별점 깎기, 인신공격적 한 줄 평 달기가 벌써 여러 차례 있었다. 심지어 책이 나오기도 전 예약판매 페이지에도 그런 일이 일어난다. 출판사와 서점이 나서서 지우기도 하고 조정하기도 했지만 여력이 없는 경우 그대로 방치되기도 한다.

일이 일어난 후에 수습하기보다는 선제적으로 이 괴롭힘들을 거를 수 있으면 좋겠다. 이미 여러 노력들과 변화들이 있었지만, 조금 더 획기적인 방식을 기대하는 것은 무리일까? 책의 세계에 어울리는 정성적 평가는 어떤 형태일지 이리저리 떠올려본다.

악의적인 사람이 매일 휘두르는 무기를 치워버리는 것, 손해를 보더라도 테두리를 세울 수 있는 사람들이 늘 상처받고 있는 사람들을 외면하지 않는 것. 그것이 전 영역에 걸쳐 우리 시대의 해결 과제일 테지만, 일단 은 가까운 곳에서부터 시작할 수 있으면 좋겠다. ◇

파본 판매를
어떻게 할까?

책은 대표적인 다품종 소량 생산 상품이지만 예상치 못한 악성 재고는 발생하기 마련이며, 유통 과정에서 어쩔수 없이 파본도 생긴다. 파쇄해버리기에는 아까운 책들을 어떻게 판매해야 할지 고민할 필요가 있다. 개인적으로는 책이 살짝 구겨지거나 더럽혀져도 크게 개의치 않는 편인데, 못난이 과일을 즐겨 먹는 소비자가 있는 것처럼 파본을 파쇄에서 구하고 싶어하는 소비자도 있을 것이고 효율적인 연결 방법을 생각해보고 싶다.

크게 시기를 정하거나 공간을 정하는 게 방법일 것같다. 시기를 정한다면 각종 도서전이나 출판사 패밀리데이, 친환경 마켓 등을 이용할 수 있을 듯한데 독자의입장에서는 언제 그런 행사가 있는지 챙겨야 하고 아무래도 행사들이 수도권 편중이라 접근성의 문제가 발생하기도 한다. 그런 면에서 공간을 정하는 쪽이 낫지 않을까? 인가를 받은 공간에 한해 전국적으로 파본을 유통시키면 어떤 결과에 이를지 궁금하다.

핵심은 정상적인 상품과 별개로 유통되어야 한다는점일 텐데, 어떤 해결책이 다른 부작용을 불러오는 경우가 적지 않아서다. 새로운 시도가 있으면 빈틈을 파고 들어 악용하려는 쪽도 꼭 나타나고 마는 것이다.

불과 10여 년 전의 일인데, 한 출판사에서 특정 퍼센트 이상 할인하는 책에 한해서는 인세를 지불하지 않는다는 조항을 계약서에 넣은 다음, 몇 천 부를 모조리 염가에 판 후 저자에게 인세를 1원도 지불하지 않으며 정당한 운영 방식이라고 큰소리를 친 적이 있었다. 크고 유명한 출판사였다. 그게 회사의 방침이었는지 직원 몇의 일탈이었는지는 모르겠다. 관련자들이 여전히 업계에 있을 텐데, 지금이라도 부끄러운 일인 것을 알았으면 좋겠다. 부끄러워할 줄 알면 그런 짓을 저지르지도 않았겠지만 말이다.

그 사건과 별개로, 현재 많은 출판사들이 "반품된 책에는 인세를 지불하지 않는다"는 조항을 계약서에 넣어 두었다. 깔끔하게 제작 쇄당 인세를 지불하는 출판사들을 선호하지만 위의 조항을 사용하는 출판사들이 계속 늘고 있어 피하기 어려운 실정이다. 어두운 상상력을 발휘하자면, 반품된 파본들의 대량 유통이 가능해질 때 분명 어딘가에서는 악용하려고 들 것이다. 반품본이 아닌 책들을 반품본으로 둔갑시켜서 속인다든지 하는 일이 일어나지 않을 것이라 장담할 수 없다.

꼭 인세를 뺏는 쪽이 아니더라도, 서점과 출판사 사

이에서 또한 어느 방향으로든 조작의 가능성이 커질 수 있다. 지금도 대형 서점 측의 임의적인 반품을 위해 멀쩡한 책이 파본으로 둔갑되기도 하니 아무 부작용 없이 좋은 결과만 나오리란 신뢰는 도무지 불가능하다. 대다수의 주체들이 선량하게 행동하더라도 일부가 야비하게 엇나가면 또 상당수가 "앗 저런 요령이 있었구나!" 하며 그것을 흉내 내는 게 사회의 작동 양상이 아닐지 한다. 전체 수량을 감안해 특정 비율로 한계를 거는 등의 세칙이 있으면 어느 정도 악용을 방지할 수 있지 않을까? 아무도 시키지 않은 궁리를 혼자 해본다.

좋을 것 같은 아이디어가 곧잘 시행되지 않는 이유는, 한 걸음 내디디려면 모든 빈틈을 다 막을 고민을 해야 해서일 것이다. 유통 경로를 제대로 분리하고 연결된 여러 조건들을 다시 손보는 등 선행되어야 할 일들이 많지만, 매력적인 흉터가 생긴 책들이 호탕한 성격의 독자들을 쉽게 만날 수 있는 환경이 조성되었으면 한다. ◇

범죄에 닿은
책들

이상한 취향이지만 괴서들을 좀 좋아하는 편이다. 용두사미라고 요약할 수 없을 만큼 중구난방으로 전개되는 책, 키메라처럼 얼기설기 엮은 책, 괴상하다 못해 우스워지는 그런 책들에도 매력이 있고 어딘가에 있어야 한다고 생각한다. 모든 책이 언젠가 고전의 반열에 오를 양서로 발간되었던 시대는 한 번도 없었고 앞으로도 없을 것이다. 와글와글하고 부글부글하게 잡탕 냄비가 끓어야 탁월한 무엇도 그 틈에서 탄생하리라 믿는 편이다.

사람들을 고민하게 만드는 것은 그런 엉뚱한 책들이 아니다. 범죄자들의 책, 혹은 존재 자체가 범죄의 영역에 가닿아 있는 책들이 몇 년 동안 논쟁을 일으키곤 했다. 실형을 살고 있거나 살고 나온 범죄자들도 얼마든지 책을 낼 수 있다. 전국 출판사 수는 7만을 훌쩍 넘겼고 그중 몇몇 곳이 수상쩍은 것은 있을 법한 일이다.

그런 탓에 특정 대상에 대한 혐오가 담긴 책이나 건강과 안전에 위협이 될 만큼 비과학적인 내용이 담긴 책, 사이비 종교 책, 범죄에 대한 2차 가해의 내용을 담은 책까지 해로운 책들은 끝없이 발간된다. 서점에 갔다가 문제적인 책들이 번듯하게 놓인 모습을 보면 스트레스 반응이 급격히 오고 마는데, 출판계 지인들과 한탄을 나눈다.

"그 책이 정말 나와버린 걸 믿을 수가 없다."

"그 출판사는 멀쩡한 곳인 줄 알았는데 그런 책을 내고."

경악과 우려는 한숨으로 흩어진다. 꼭 우리나라의 일만은 아닌 것이, 2020년 미국에서도 우디 앨런의 회고록을 출판하기로 했던 아셰트 출판사의 직원들이 회사의 결정에 반기를 들어 시위를 한 적이 있었다. 결국 아셰트 출판사에서 나오는 것은 무산되었고 첨예한 논쟁의 주제가 되었다. 그 와중에 가장 좋아하는 작가 중의 한 사람인 스티븐 킹이 어떤 책이든 아예 발간을 막는 것은 민주주의적인 일이 아니며 일단 나오게 하고 저자와 관계자들이 결과를 감당하게 해야 한다는 내용의 글을 쓴 것을 읽었다.

이후 책은 회사를 바꾸어 아케이드 출판사를 통해 나왔고 그 출판사의 입장은 표현의 자유를 지지한다는 것이었다. 만약 내가 일하는 출판사에서 피해자의 책을 낸 다음 곧바로 가해자의 책을 내겠다고 했으면 나 역시 회사 건물 앞에 서서 시위를 했을 것이다. 동시에 스티븐 킹이 왜 표현의 자유에 대한 염려를 했는지도 이해할 수 있었다. 언론 출판의 자유를 상황에 따라 임의적으로 제약한다면 더 큰 위험을 불러올 가능성이 높다. 우여곡절 끝에 발간된 우디 앨런의 책은 비난과 혹평을 마주했지만 베스트셀러로 등극하기도 해서 고민은 더욱 깊어졌다.

물의를 일으킬 책이 기어코 발간되는 것은 언제나 민주주의 국가들에서다. 민주 투사의 옥중 수기가 발간될 수 있으면 살인범의 회고록도 발간될 수 있다. 독재 국가들의 출판 통제에 비하면, 이 모든 괴로움은 자유를 누리는 대가일지도 모르겠다. 그걸 알아도 괴로움은 가시지 않지만.

자유에 제약을 걸 수 있는 경우도 드물게는 있다. 출판 금지 가처분에 관련된 내용을 찾아보니, 매우 제한적인 경우에 가능한 듯하다. 가처분에 의한 사전 금지가 검열로 기능할 수 있는 가능성 때문에 엄격한 기준에 의해 적용되어야 한다는 것이 일반적인 해석이었다.

다른 방향의 보완책으로, 미국의 경우 범죄자가 자신의 범죄와 관련된 콘텐츠를 출판사 및 영상 관련사에 팔 경우 그 이익을 환수하여 피해자에게 주는 '선 오브 샘(Son of Sam)' 법이 있다고 한다. 범죄자 본인뿐 아니라 가족, 친구, 이웃까지 확대하여 포함하는데 사례마다 적용되기도 적용되지 않기도 하는 모양이다.

갈피를 잡지 못하고 있을 때 마침 《인문360》의 〈이달의 인문 쟁점 – 질문과 답변〉 코너의 질문 쪽을 쓰게 되어, 나오지 않았다면 더 좋았을 책들에 대해 질문해보았다. 답은 표정훈 선생님이 해주셨는데 헌법 관련 조항에서부터 국내외의 사례를 망라하며 함께 고민해주셨다. 이 주제에 관심이 있다면 읽어보시면 좋을 글이다.✪ 결론은 "시민들의 건전한 판단력"과 "문화 자정 능력"을 신뢰하며 "안전한 통제"보다는 "위험한 자유"를 택하자는 것이어서 알고 있었던 답이었지만 신중한 문장들을 읽으며 마음은 다소 편안해졌다.

시민 사회가 지금보다 성숙한다면, 끔찍한 책들이 베스트셀러가 되지 않을 수 있을까? 앞으로도 범죄에 닿은 책들이 나오기야 하겠지만 시민들의 외면을 철저히 받았으면 좋겠다. 그런 미래를 상상하면서 삼키기 어려운 괴로움을 소화해내고 싶다. 〈〉

✪ https://url.kr/zmngw5

일관적인 문화 정책을
바란다

이 책을 처음 구상할 때는 즐거운 에세이들을 쓰게 될 줄 알았는데, 글을 마무리하고 있는 2023년에는 출판계와 관련된 심각한 뉴스들이 연이어 헤드라인을 장식했다. 예상치 못했던 일들이라 당혹스럽고 진행 중인 상황이 조심스럽지만 기록을 더해본다.

처음 마포구에서 마포출판문화진흥센터 플랫폼 피 사업을 중지하겠다고 했을 때 충격을 받았다. 플랫폼 피는 새 걸음을 딛는 출판인들이 긍정적인 반응들을 자주 들려주던 곳이었고, 작가와 번역가들도 작업실로 이용하곤 했으며, 여러 재미있는 연결들이 발생하던 공간이었다. 그토록 성공적으로 진행되던 사업이 구청장 한 사람의 변덕으로 무너질 수 있다니 뜨악한 일이었지만 일탈적 사례인 줄 알았다.

그런데 세종도서, 문학나눔도서, 우수학술도서 예산 삭감과 한국문학번역원, 국제도서전에 대한 감사까지 이어지자 큰 그림이 이상하다는 것을 알아채게 되었다. 예산은 재배치될 수 있고, 투명한 운영을 위한 감사는 늘 필요하지만 출판계의 숨통을 죄는 방향으로 동시

다발적인 변화가 일어난다면 그 뒤에 숨은 의도는 무엇인지 고개를 들어 살필 수밖에 없다.

출판계가 두드러진 표적이 된 것일지 계속 살펴봐야겠지만, 다른 문화 예술 영역이나 공공 영역도 크든 작든 비슷한 고초를 겪고 있어서 한층 광범위한 움직임이 아닐까 한다. 정치계의 전임자 지우기, 성과 지우기가 횡행함에 따라 문화계까지 휘청이고 있는 것이다. 과거에 없었던 일은 아닐 테지만 거듭될수록 심해지고 있지는 않은지 심려된다. 해외에서의 업적만을 기준으로 삼는 것은 지나치게 기준을 바깥에 두는 것이라 여기면서도, 지난 몇 년간 문화 전파의 흐름이 독보적이었기에 이런 휘청임이 더욱 반갑지 않다.

일관적이지 않은 정책들, 단발적으로 시행되었다 이어지지 않는 사업들, 공공 지원의 축소는 문화계의 활기를 떨어뜨린다. 문화계에 효율성이 더 필요한 경우도 분명 있겠지만 정부의 역할은 개입이나 통제가 아니라 큰 틀의 환경을 조성하는 것이다. 문화계의 특성상 투입된 자원의 사용 결과가 곧바로 나오지는 않아도, 결과가 나올 때는 유무형의 결실이 폭발적이기 마련이니 장기적인 안목으로 튼튼한 토대를 만들어주었으면 한다. 현재의 상황에서 이상적인 환경까지는 먼 길일 것 같아 출판계가, 문화계가 갈지자걸음을 강요받다 주저앉지

않을 수 있도록 많은 분들이 지켜봐주시길 바란다. ◇

출판인들이
글을 더 많이 쓰면 좋겠다

출판인들이 직접 책을 출간하는 경우를 드물지 않게 접하고 있다. 편집부, 영업홍보부, 디자인부, 제작부, 경영관리부 등 부서를 가리지 않고 새로운 저자들이 탄생하는 중이다.

오래 알던 이가 어느 날 갑자기 책을 소중히 안고 나타날 때 박수를 치게 된다. 불과 10여 년 전만 해도 "출판인은 닌자처럼 사방에 존재하지만 아무도 존재를 느끼지 못하도록 스스로를 숨겨야 한다. 오로지 작가만 드러나야 한다"는 말을 자주 듣곤 했다. 취직을 했더니 난데없이 닌자가 되기를 권유받은 셈인데 그런 분위기가 바뀌고 있는 것이 반갑다.

누구든 표현의 욕구가 있다면 자기 삶에 대해, 일에 대해, 현실에서 가깝고 먼 허구에 대해 마음껏 쓰는 쪽이 좋지 않은가? 매일매일 책에 대해서 생각하는 사람들이 결국 자신만의 책을 쓰게 되는 것은 자연스러운 일이다(물론 내향인이 많은 업계인 만큼 전혀 자기 노출을 하고 싶지 않은 마음도 똑같이 존중받아야 할 것이다).

여전히 어떤 사람들은 출판인들은 되도록 글을 써서는 안 된다고 주장한다. 출판 전문인은 전문인의 자리에서 저작과는 분리된 역할을 맡아야 한다고 말이다. 어떤 점을 우려하시는지는 알겠다. 일종의 이해 충돌이 생기지 않을지, 모든 것이 알음알음으로 돌아가는 한국의 여러 영역처럼 출판계도 그러하지 않을지 고민이 드는 것은 사실이다.

하지만 동시에 여러 의문도 떠오른다. 반대로 먼저 작가였다가 이후 출판인이 되는 경우는 어떠한가? 이 경우도 적지 않은데 출판인이 작가가 되는 것은 문제가 있고 그 역방향은 괜찮다면 이상한 일일 것이다. 어문, 철학, 역사 등의 전공자들이 사회로 진입하며 출판계를 택하는 경우가 많은데, 언젠가 책을 쓸 계획이 있다고 출판계를 선택지에서 아예 제외할 수도 없고 현실적으로 얽혀 있는 부분이 크다.

꼭 우리나라만 출판과 저작의 경계가 흐린 것은 아니고 애드거 앨런 포, 버지니아 울프, 토니 모리슨, 옥타비아 버틀러, 글로리아 스타이넘, 캐럴라인 냅, 시그리드 누네즈, 알리나 브론스키, 미쓰다 신조, 마쓰이에 마사시 등 수많은 작가들이 출판인으로도 활동했다. 가끔 그 작가들의 글에서 출판인이었기에 쓸 수 있었을 것 같은 부분을 발견하면 기이한 친밀감을 느끼곤 한다. 더 많은 출판인 출신 작가들을 찾아서 정리하고 싶은 욕구가 들 정도다. 인접 영역인 언론 쪽을 경험한 작가들까지 포함하면 셀 수도 없을 것이다.

일어날 수 있는 이해 충돌에 대해서는 조심스럽게 접근할 필요가 있다. "출판사에서 회사 출신 작가들을 상 주고 계약해주며 밀어준다"는 낭설에 대해서는 백 퍼센트 확인할 수는 없지만 그다지 사실이 아닌 듯하다. 개인적인 경험을 반추해보자면 다녔던 회사들의 문학상에는 근처에도 간 적 없고, 계약도 퇴사 후 5년 넘게 지나서야 겨우 어렵게 할 수 있었다. 주변을 둘러봐도 대개는 비슷하게 껄끄럽고 데면데면하다.

애매해지는 경우는 주로 잡지에 누가 펑크를 낸 시점에 급하게 막아 넣는 원고를 직원 겸 작가에게 쓰게 하거나 하는 데에서 생긴다. 외부에 다시 청탁을 하기에는 지나치게 다급하고 무례한 그림이 되었을 때 상대적으로 편하게 요청할 수 있기 때문이다. 지면은 확실히 혜택이지만, 혜택이 주어질 때보다 행사 진행을 추가 보수 없이 해야 하는 등 사용자에게 이득일 경우가 월등히 많다. 더 솔직히는 출판사들이 최대한 신선한 인물을 원하기 때문에 아예 출판계 밖에서 태어나는 작가를 훨씬 선호하지 않나 싶다. 공정성 시비가 일어나지 않게 규칙들이 명시적으로 정립되었으면 한다. 이미 많은 곳에서 암묵적으로 주의하고 있지만 한층 분명히 하면 좋을 부분들이 있을 것이다.

출판인들이, 인접 영역의 텍스트 노동자들이 저작의 영역에서도 활발하게 활동하면 좋겠다. '처음부터 작가였던 사람들만 진짜 작가'라는 인식에는 아무래도 동의할 수가 없다. 텍스트를 사랑하며 다루는 사람들이 언제든 몸을 바꾸어 직접 생산도 할 수 있는 유연한 환경을 그려본다. ◈

김동신

✂ 일러두기

139~150쪽은 『아름다운서재』 Vol.16(2020년 3월, 인문사회과학출판인협의회)에
기고한 「북 디자인과 여성」을, 94~138쪽, 151~174쪽은 『출판문화』(대한출판문화협회)에
2021년 2월호부터 2022년 9월호까지 연재한 글을 바탕으로 썼습니다.

자주 받는
질문

디자인 일을 해온 동안 사람들 앞에서 디자이너로서 말을 할 기회가 몇 번 있었다. 행사 기획에 따라 내용은 조금씩 달랐는데, 대체로 이제까지 했던 작업들을 특정한 주제로 엮어서 소개하거나 북디자인 장르에 대한 생각을 밝히는 자리였다고 기억한다.

그런 자리를 제안해주신 분도 들으러 와주신 분들도 내가 하는 말을 듣기 위해 시간을 내보겠다고 생각해준 것이니 무척 감사한 일이다. 그래도 언제나 쉽지 않은 자리다. 생각만 해오던 것을 사람들이 들음 직하게 표현하려면 글을 쓰고 적절한 이미지를 만들고 평소보다 목소리를 키워서 말도 해야 하니까. 힘들지만 평소 머릿속에 흐릿하게 있던 것을 읽히고 보이는 또렷한 형태로 꺼낼 수 있다는 점에서 생각을 정리하는 좋은 계기이기도 하다.

다른 디자이너의 강연을 들을 때는 출력의 부담 없이 새로운 것을 받아들이기만 하면 되어서 마음이 편하다. 특히 코로나19 팬데믹 이후로는 온라인을 통한 강연이 행사의 새로운 표준으로 자리 잡으면서 한국의 디자이너뿐 아니라 이름과 작업만 알던 해외 디자이너의 강연도 비교적 쉽게 접할 수 있었다. 아니, 멀리 해외까지 갈 것 없이 서울이 아닌 지역에서 활동하는 디자이너의 강연도 팬데믹 이후로 확실히 늘었다고 체감한다. 이런 강연들을 통해 평소 좋다고 생각했던 디자인들이 어떻게 만들어졌으며 어떤 뒷얘기가 있는지 알 수 있고, 다른 사람들은 어떤 방식으로 일하는지 육성으로 들을 수 있어서 배움과 자극이 함께 되곤 한다.

말하는 이와 듣는 이라는 두 역할로 강연에 참여하면서 느꼈던 한 가지 흥미로운 점은 사람들이 디자이너에게 궁금해하는 것이 상당히 비슷하다는 것이다. 강연 후 마련된 질의응답 시간에 언젠가 내가 답하기 어려웠던 질문과 거의 같은 질문들이 심심치 않게 나와서 연사분이 과연 어떻게 난관을 돌파할지 흥미진진한 마음으로 보게 된다.

그중에서도 내가 생각하는 자주 나오지만 답하기 어려운 대표적인 질문으로 '어디에서 영감을 받느냐'가 있다. 처음 이 질문을 받았을 때 어떤 말을 해야 할지 몰라서 한참 가만히 있었던 기억이 있다. 아마 실제로는 몇 초 안 되는 시간이었겠지만 장내의 모든 사람이 내 입만 쳐다보고 있는 것만 같은 상황에서 몇 초는 참으로 길게 느껴졌다.

이 글을 쓰면서 이참에 처음으로 사전에서 검색해봤다. '영감: 창조적인 일의 계기가 되는 착상이나 자극.' 사전적 정의를 감안하여 생각해보면 어떤 디자인을 할 때 무엇으로부터 아이디어를 얻는지를 묻는 질문일 것이다. 뜻을 몰랐던 것도 아닌데 왜 그렇게 답하기 어려웠을까.

특정한 책의 디자인에 대해서라면 비교적 말하기 쉬웠을 것 같다. 작업 과정을 돌이켜보며 영감에 대응할 만한 무언가를 찾아내 구체적인 사례를 들어 말하면 되기 때문이다. 문제는 대체로 저 질문이 작업물이 아니라 그 작업을 한 사람을 대상으로 던져지기 때문에 답변 탐색 범위를 일과 생활 전반으로 넓혀야 한다는 점이다. 그간 디자인한 책들을 떠올려보면서 그들 사이에 공통적으로 발견되는 착상의 계기가 있는지, 혹은 어떤 습관이나 상황에서 특별히 더 아이디어가 잘 떠오른다는 등의 경향성이 있는지 찾아야 한다. 답변 시간은 한정되어 있고 모든 것을 말할 수는 없으니, 최대한 많은 작업에 적용 가능한 법칙을 도출해내야 하는 것이다.

그런 공통적인 상황이 존재하면 좋을 텐데 아무래도 나는 그렇지 않은 쪽인 듯하다. 아마 작업 과정을 도표로 그린다면 앞쪽에 '작업 의뢰 메일 읽기' '원고 읽기', 끝 쪽에 '최종 데이터 전달' 단계에 해당하는 칸이 짧게 있고, 그 사이를 차지하는 대부분의 영역은 '디자인' 칸 하나만으로 새까맣게 칠해져 있는 엉성한 표가 될 것이다. 그 찐득한 까만 덩어리를 파헤쳐보면 스케치, 수정, 작업, 또 수정, 피드백, 다시 수정, 그리고 마감의 초조함, 클라이언트를 만족시켜야 한다는 불안감, 동시 진행 중인 다른 업무 등이 뒤엉켜 있으리라.

영감의 원천을 재빨리 생각해내지 못하는 또 하나의 이

유는 멋진 대답을 하고 싶다는 욕심 때문이다. 누군가와 얼굴을 마주하고 이야기하다 보면 나에게 뭔가를 물었을 때 상대를 만족시키고 기억에도 남을 만한 멋진 대답을 하고 싶다는 마음을 억누르는 것이 쉽지 않다. 그러나 이른바 멋진 대답—물로부터, 나무로부터, 예술로부터, 여행으로부터, 사람으로부터 영감을 받습니다 등등—은 고도로 추상화된 것일 때가 많다. 실제 작업 생활과 일견 즉각적으로 연결하기 힘들어 보이는 이러한 개념적인 것들을 적절하게 실무에 접목하고 이를 언제 어디서 질문 받든 말로 꺼낼 수 있으려면 평소에 이런 생각을 많이 해두어야 한다. 그래서일까. 묵상이 일상화된 종교인이나 오랫동안 일한 대가들이 이런 식의 문답을 매끄럽게 잘하는 것 같다.

하지만 한 권 한 권 맡은 일 헤쳐나갈 뿐인 사람이 이렇게 말하면 뭔가 느끼해 보이지 않을 도리가 없다. 진퇴양난이다. 일반화와 추상화를 잘해야만 답할 수 있는 질문인데 그러기가 힘들고 요행히 해냈다 해도 그렇게 말하면 느끼한 사람이 된다니. 하지만 멋진 사람까지는 아니어도 느끼한 사람으로 여겨지는 것만은 피하고 싶다……. 이러지도 저러지도 못하는 사이 강연장에 침묵만이 흐른다.

마지막으로 어려운 부분은 강연은 여러 사람이 같이 쓰는 시간이라는 점이다. 보통 질의응답 시간은 30분 정도다. 행사에 따라 연사가 여럿인 경우도 많고, 발표 내용이 나쁘지 않았다면 질문하고 싶은 사람도 한 사람은 아닐 것이다.

길지 않은 시간을 가능한 한 많은 사람이 균등하게 누릴 수 있도록 하려면 순발력과 배려심이 중요하다. 그 와중에 위에 쓴 사정을 하나하나 이야기하면서 '이런 이유로 어떻게 답해야 할지 잘 모르겠습니다, 죄송합니다'라고 말하는 것은 역시 무리다.

그래도 이렇게나마 글로 정리하니 그때 제대로 못한 답변을 해낸 것 같아 홀가분하다. 만약 같은 질문을 받는 일이 생긴다면 그때는 이 글을 참조해달라고 말하는 요령을 조금 부려봐야겠다. ✂

취향의 방향을
가늠하기

가끔 북디자인이 클래식 음악과 닮았다는 생각이 들 때가 있다. 미리 밝혀두자면 나는 클래식 음악에 대해서는 취향이라고 할 만한 것이 없는 사람이다. 그 분야에서 취향을 말할 정도가 되려면 시대, 작곡가, 연주자, 연주 상황 등에 따라 생겨나는 차이를 민감하게 간취할 수 있는 귀를 갖고 있어야 하는 듯한데, 나는 영화 등을 통해 친숙해졌거나 선율이 좋아서 가끔 듣는 몇 가지 악곡이 있는 정도이기 때문이다. 그래서 이것과 저것이 대체 뭐가 다른지, 오래전에 완성되어 악보에 다 정해져 있는 것을 끝없이 다시 연주하면서 즐긴다는 것의 의미란 무엇인지 궁금할 따름이었다.

그러던 중 잡지『씨네21』을 읽다가 이런 생각을 가진 사람을 위해 쓰인 것 같은 글을 읽게 되었다. '취향의 바흐 찾기—랑랑「Bach: Goldberg Variations」'※라는 글이었다. 이 글에 의하면 클래식 음악은 몇 백 년 전에 결정된 곡을 반복해서 해석해온 장르이기 때문에 다른 음악 장르보다 "감상의 단위가 매우 세밀"하다. 그 단위에는 소리의 속도와 음량, 질감 등 미세한 부분까지 포함되는데, 때문에 모

※ 최다은, 『씨네21』, 2020.10.22, http://www.cine21.com/news/view/?mag_id=96349, 접속 일자 2021.1.15.

든 곡은 연주라는 행위에 의해 해석되고 표현되어 이 모든 변수가 실제화한 다음에야 비로소 '음악'이 된다는 듯했다.

이러한 음악을 북디자인과 비슷하다고 느꼈던 것은 둘 다 오래전에 결정된 형식의 반복과 변주를 지속해왔다는 부분 때문이었다. 물론 책의 역사에도 기술의 발명과 시간의 흐름에 따라 많은 변화가 있었고, 때로는 변주라는 말만으로 설명하기에는 부족한 혁신과 비약의 순간들도 있었지만 그 결과로 빚어진 차이는 관심을 기울여 살펴보지 않는이상 좀처럼 감지하기 힘들다. 그리고 이 점 또한 두 분야가 비슷하게 느껴졌다.

그러나 한 분야를 들여다보는 시간이 쌓이면 재능이나 감식안의 유무와 상관없이 누구든 전에는 보이지 않던 부분을 볼 수 있게 되는 법이다. 이 글에서는 북디자이너로서 나에게 흥미롭게 느껴지는 디테일과 거기서 최근에 일어나고 있는 작은 변화에 대해 이야기하려고 한다. 얼마나 세밀한 것이냐면 일단 책에서도 두툼한 본문이 아니라 겉을 감싸고 있는 한 장의 표지에 관한 것이며, 표지 중에서도 앞표지, 다시 앞표지 디자인에서도 특정한 타이포그래피 스타일에 관한 것이다.

⚬ 글자를 나란히 하기 — 정렬과 축 ⚬

지면 위의 글자를 정리하는 것은 타이포그래피의 기본적인 목적 가운데 하나다. 이러한 정돈 작업 중에서도 글줄들이 놓이는 시작점과 끝부분의 위치를 일정한 규칙에 맞춰 통일시키는 것을 '정렬' 혹은 '맞춤'이라고 부른다. 한국타이포그라피학회에서 집필한 『타이포그래피 사전』에서는 정렬을 다음과 같이 정의한다. '글자와 이미지를 가상의 수평 수직선에 맞추어 조정하여 배열하는 일.'✼ '가상의 수평 수직선'이라는 말에서 알 수 있듯이, 특별한 의도가 있는 것이 아닌 이상 잘 디자인된 지면 위에는 글자들을 반듯하게 정리할 기준이 되는 보이지 않는 축이 존재하게 된다. 이 축의 위치에 따라 왼끝맞춤, 가운데맞춤, 오른끝맞춤, 양끝맞춤 등으로 정렬의 종류가 나뉜다.

정렬을 어떻게 할 것인가의 문제는 북디자인 분야에서 드물게 논쟁적인 주제다. 글자 배치를 두고 논쟁까지 하다니 이상하다고 생각할 수도 있겠지만 무언가를 정렬한다는 것은 결국 질서를 세우고 그것을 타자에게 강제하는 행위라는 점에서 넓은 의미에서 정치적 성격을 지닌다. 게다가 정렬 방식에 대한 호불호가 출판 노동자들의 직군에 따라 갈리는 경향이 있다면 갈등을 피하기 어렵지 않을까.

논쟁의 주인공들은 왼끝맞춤과 양끝맞춤이다. 둘 다 왼쪽 수직축을 기준으로 글줄을 맞춘다는 점은 같다. 그러나 왼끝맞춤이 글상자의 왼쪽 변만 가지런하고 오른쪽 변은

✼　한국타이포그라피학회 지음, 『타이포그래피 사전』, 안그라픽스, 2012, 428쪽.

글줄 마지막 단어의 길이에 따라 들쭉날쭉하다면 양끝맞춤은 오른쪽 수직축에도 글줄을 정렬시키기 때문에 글상자의 모양이 반듯한 사각형이 된다(지금 이 지면이 양끝 맞춤이다).

왼끝맞춤과 양끝맞춤 간의 논쟁은 20세기 초 유럽에서 시작되었다. 둘의 관계에서 '대세'이자 표준의 자리에 있었던 것은 양끝맞춤으로, 왼끝맞춤은 양끝맞춤의 단점이 극복된 새로운 시대에 어울리는 합리적 형태로서 제시되었다. 왼끝맞춤 지지자들이 주장한 왼끝맞춤의 장점은 다음과 같다. 첫째, 양끝맞춤은 동일한 글줄 길이를 달성해야 한다는 목적으로 단어들을 양쪽 축에 붙이기 위해 억지로 잡아 늘려서 글자 사이 간격이 고르지 않다. 그러나 왼끝맞춤은 한 줄에 속한 단어들의 길이에 따라 문장의 길이가 자연스럽게 달라지므로 글자 사이 간격이 고르다. 둘째, 단어를 중간에서 끊지 않아 글의 의미를 손상시키지 않는다. 셋째, 조판 작업에 들어가는 노동량이 적다. 넷째, 글줄을 반듯한 사각형 형태에 집어넣기 위해 억지로 조절하는 것은 정치적으로 올바르지 않다.✖

21세기 한국 북디자인 현장에서 정렬을 둘러싼 논쟁은 정치적, 윤리적 충돌이라기보다는 새로운 미적 선택지를

✖ 유럽에서 타이포그래피의 정렬을 둘러싼 논의에 관해서는 다음 책을 참조하라. 로빈 킨로스 지음, 최성민 옮김, 「왼끝 맞춘 글과 0시」, 『왼끝 맞춘 글: 타이포그래피를 보는 관점』, 워크룸프레스, 2018.

확보하고자 하는 디자이너의 욕구와 기존 편집 규범이 마찰을 일으키면서 일어나는 실무적 논쟁의 성격이 짙다. 한국에서 왼끝맞춤 디자인은 1980년대에 발행된 잡지에서도 찾아볼 수 있다. 그러나 단행본 분야에서는 여전히 금기시하는 분위기가 남아 있으며 독자에게 편집이 제대로 되지 않은 것으로 받아들여질 때도 있다.

❖ 표지 디자인에서 정렬의 문제 ❖

표지 타이포그래피에서도 정렬은 기본적인 작업이긴 하지만 본문에서처럼 호불호가 첨예한 안건은 아니다. 일종의 광고 역할을 겸하는 지면으로서 조형적 실험이 권장되기도 하고, 단 한 페이지이기 때문에 가독성에 대한 요구가 본문에 비해 상대적으로 적기 때문일 것이다.

여기에 더해 표지 타이포그래피에서는 애초에 본문만큼 '정렬되었음'이 드러나기 쉽지 않다는 점을 들고 싶다. 본문에서는 페이지당 적게는 17행, 많으면 28행 정도의 글줄이 하나의 축을 기준으로 도열해 있지만 표지의 글줄 수는 짧으면 2행, 많아도 10행을 넘지 않는 것이 보통이다. 마치 지지자가 적은 정치인은 권위를 갖기 어려운 것처럼 따르는 글줄이 적은 기준선은 하나의 축으로서 확고하게 인지되기 힘들 수밖에 없다.

물론 여기에도 경향성이라고 부를 만한 것은 있다. 일

단 이제까지 언급되지 않았던 가운데맞춤이 이 영역의 전통적 강자다. 가운데맞춤은 다음과 같이 정의된다. “글줄 가운데에 맞추어 글줄을 배열하는 문자 정렬 방식. 글줄의 가운데를 중심으로 양쪽 끝이 대칭을 이루어 위엄 있고 우아한 느낌을 준다.”※ 이러한 예는 라틴 알파벳 문화권 도서 표지에서 흔히 찾아볼 수 있는데, 글자들을 가운데 축을 기준으로 행을 바꿔가며 배치한 결과 글상자의 윤곽이 유려한 곡선을 그리며 우아한 분위기를 만든다. 축은 이 모든 요소를 중심에서 지지하는 뼈대로서 지면 전체에 수직적 구도를 형성하며 그 존재감을 뽐낸다.

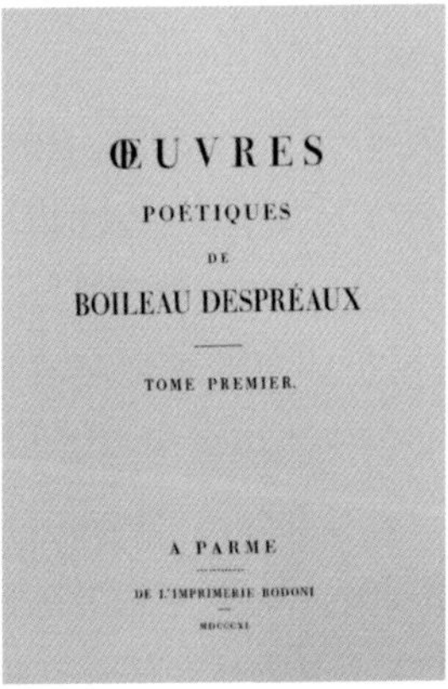
ŒUVRES
POÉTIQUES
DE
BOILEAU DESPRÉAUX
TOME PREMIER.
A PARME
DE L'IMPRIMERIE BODONI
MDCCCXI

이탈리아 타이포그래퍼 잠바티스타 보도니(Giambattista Bodoni)가 1813년 디자인한 표제지. 우아하면서 고전적인 아름다움을 만들어내는 가운데맞춤의 특징이 잘 드러난다.

※ 한국타이포그라피학회 지음, 『타이포그래피 사전』, 안그라픽스, 2012, 63쪽.

그러나 모든 가운데맞춤이 위엄과 우아함의 장식적 효과를 의도하고 선택되는 것은 아니다. 표지 요소 배치의 관습적 원칙—중요한 건 크게, 덜 중요한 건 작게—을 따를 때 가장 손쉽게 정리되어 보일 수 있는 방식이기 때문에 결과적으로 가운데맞춤이 되어버린 경우도 많다. 이런 상황에서는 축의 존재는 물론이고 심지어 같은 이유로 왼끝맞춤이 되어버렸다 한들 누구도 그런 선택의 당위를 묻지 않는다. 그 선택이 표지 전체의 미적 완성도를 좌우할 핵심적 사안이 아니기 때문이다.

⚬ 다중축을 사용하는 표지의 등장 ⚬

한 가지 의문이 들 수 있다. 표지에서 축이 꼭 드러나야 할 필요가 있는가? 축이 감지되어야 좋은 디자인인가?

당연히 그렇지 않다. 그러나 타이포그래피적으로 잘 디자인된 표지에서는 많은 경우 축의 존재가 즉각적으로 느껴진다. 책 표지라는 공간에는 글자만 있는 것이 아니다. 사진, 일러스트레이션, 색상 등 경중을 따질 수 없는 다른 요소들도 함께 존재하며, 이런 상황에서 글자의 역할이란 책의 전체적 인상을 구성하는 일부로서 녹아드는 것이 보다 일반적이다. 그렇기 때문에 만약 어떤 표지 디자인에 정렬의 축이 뚜렷이 드러난다면 그것은 다른 시각적 요소들의 중요도를 감소, 혹은 배제하면서까지 타이포그래피 중심의 디자인 콘셉트를 좇겠다는 디자이너의 의지가 있기에 생겨난 결과다.

나는 이런 자기주장을 하는 표지들과 그것을 가능케 하는 디테일들을 보는 것을 좋아한다. 지금부터 소개하려는 것들은 이런 의미에서 흥미롭게 보았던, 최근 몇 년 동안 꾸준히 눈에 띄는 어떤 타이포그래피 스타일을 가진 표지들이다.

이들의 공통점은 한 지면 위에서 여러 개의 축을 동시에 사용했다는 점이다. 앞서 이야기했던 정렬 방식들은 한 지면 위를 규율하는 중심축은 한 개였으며✕ 표지의 경우 그나마도 축이 잘 인지되지 않았다. 그런데 최근에는 축의 존재가 적극적으로 드러나는 한편 나아가 여러 축을 하나의 지면에 동시에 활용하는 경우들이 보인다. 설명을 위해 내가 디자인한 표지로 예를 들어보겠다.

✕ 양끝맞춤은 왼쪽과 오른쪽으로 두 개의 축이 있다고 생각할 수 있지만 두 수직축이 각각 기준점으로서 고유한 권한을 가진다기보다는 반듯한 직사각형 형태의 글상자를 만든다는 목적을 위해 기능한다는 점에서 결국 하나의 큰 질서 아래에 속해 있다고 할 수 있다. 이 글에서 말하는 축의 다중적 사용에는 해당하지 않는 경우다.

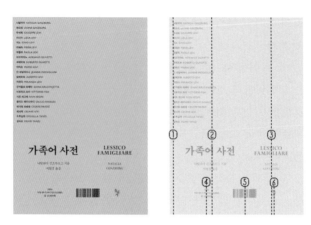

〔그림 1〕

〔그림 2〕

그림 1의 표지에는 총 여섯 개의 축이 존재한다. 축1은 등장인물의 이름을 왼끝맞춤하기 위한 축이며, 나머지 시각 요소들은 축2부터 축6을 각각 기준으로 하여 가운데맞춤으로 맞춰져 있다. 그림 2는 같은 디자인을 단일축 왼끝맞춤과 가운데맞춤으로 바꿔본 것이다. 익숙하고 안정감 있는 인상으로 바뀌었지만 새로운 느낌은 덜하다.

표지에서 축이 다중으로 사용되는 가장 흔한 경우는 제목과 부제, 글쓴이와 옮긴이를 각각 한 덩어리로 묶어서 두 개의 축에 왼끝맞춤으로 배치하는 것이다. 이 경우 대체로 제목이 포함된 덩어리가 넓은 면적을 차지하고 글쓴이와 옮긴이 덩어리는 지면 가장자리에 작게 놓이는데, 이러한 배치는 자주 쓰이는 방식이기 때문에 크게 새로운 인상을 주지는 않는다.

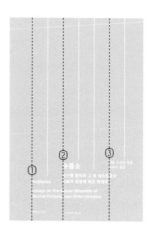

〔그림 3〕

〔그림 4〕

그림 3은 왼끝맞춤 다단정렬을 여러 세부 조절을 통해서 흥미롭게 만든 예시다. 제목과 저자 사이에 극단적인 크기 차를 두는 대신 한글 제목, 영어 제목, 저자명으로 구성된 세 가지 덩어리에 비교적 균등한 위상을 부여함으로써 관습적인 느낌을 피했다. 또한 글자가 화면 위쪽에서 위에서 아래로 흐르는 일반적인 진행과는 반대로 아래에서 위로 세 개의 축을 따라 계단을 올라가듯 배치되었으며, 전체적인 무게중심도 지면 아래쪽에 있다. 정렬축이 가시적으로 드러나 시각 요소로 활용되고 있는데, 표지 전체에 강렬한 수직적 긴장감을 자아내는 한편 '수용소'라는 작품 제목을 직관적으로 표현하고 있다.

그림 4의 표지도 그림 3처럼 축이 시각적 요소로서 직접적으로 사용되고 있다. 눈에 잘 띄는 것이 중요한 한글 텍스트는 지면 상단에 왼끝맞춤으로 안정적으로 배치했다면, 영어 원제는 부제와 함께 지면 중간 아래쪽에 가운데맞춤으로 배치되어 장식적인 효과를 더한다. 파란색 직사각형으로 표시된 축이 바탕의 그림을 가로지르면서 지면에 경쾌한 강조점을 만들어낸다.

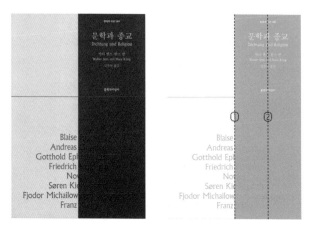

〔그림 5〕

〔그림 6〕

복수의 축을 기준으로 하는 가운데맞춤도 흥미로운 레이아웃 방식이다. 앞서 말했다시피 가운데맞춤이 장엄한 우아함을 풍길 수 있는 것은 중앙의 수직축이 지면의 유일한 축으로서 권위를 갖기 때문이기도 하다. 그러한 가운데맞춤의 축이 한 지면에 둘 이상 동시에 존재하게 되면 변칙적인 느낌이 든다.

그림 5에는 지면 중앙에 축1이 있고, 그 축을 기준으로 나누어진 오른쪽 면을 다시 양분하는 축2가 있다. 축들은 글자를 정렬하는 기준인 동시에 색상이 바뀌는 경계로서 가시적으로 드러나 있다. 수평으로 그어진 남색 선은 세로 방향으로의 긴장감이 강한 공간을 관통하면서 단조로움을 피하고 균형감을 더해준다.

그림6의 표지에서는 3개의 축이 사용되었다. 축2가 화면 가운데에서 인영과 제목 글자를 관통하는 가운데맞춤의 축으로서 중심 역할을 하고, 그것을 기준으로 축1과 축3이 양쪽에서 부가적인 요소를 정렬시키고 있다. 축1은 그 자체의 정렬 기준이 있다기보다 지면 왼쪽 변이라는 더 큰 기준에 맞춰 왼쪽맞춤되어 있다고 보는 게 맞을 듯하다.

[그림 7]

그림7은 축을 세 개로 볼 수도 있고 두 개로 볼 수도 있다. 축2와 축3은 제목과 저자명을 각각 오른끝맞춤과 왼끝맞춤으로 정렬시키는 축이기도 하지만, 동시에 축1을 기준으로 두 요소가 가운데맞춤으로 배치된 상태로 볼 수도 있다. 축4는 인터뷰이의 이름을 왼끝맞춤으로 정돈한다.

수많은 책 가운데에서 나에게 흥미롭게 보였던 표지들에 대해 이야기해보았다. 하나의 표지는 작은 공간이지만 그 안에도 이모저모 뜯어볼 수 있는 재미있는 요소들이 많다. 무언가를 좋아하게 되는 과정을 단계로 나눈다면 첫 단계는 차이를 감지하게 되는 순간이 아닐까. 뭔가 달라 보이는 느낌, 다시 돌아보게 만드는 이상함. 어쩌다 눈에 띈 작은 차이는 '그것'을 그것 아닌 모든 것들로부터 떠내어 흐릿하던 세상을 대상과 배경으로 선명하게 구분하여 인식하게 만든다. 취향과 사랑 같은 편향적인 감정은 그렇게 차이가 벌린 틈에서 자라나기 시작한다.

요즘 나는 앞서 말한 칼럼에서 추천해준 방법을 따라서 바흐의 〈골드베르크 변주곡〉을 여러 버전으로 반복해서 들어보고 있는데, 어쩐지 글렌 굴드의 연주는 일할 때 배경음악으로 듣기엔 자꾸 집중력을 빼앗아가는 것 같아서 잘 듣지 않게 된다. 타이포그래피라면 자기주장이 분명한 것도 좋았는데 장르가 바뀌면 취향도 달라지나 보다. ✂

코어에 힘주기,
책등 디자인

⚙ 책을 책일 수 있도록 하는 곳, 책등 ⚙

책을 보면 가끔 새삼스러운 기분이 들 때가 있다. 여러 장의 종이를 엮었을 뿐인 이 단순한 물건의 생산과 소비에 이토록 오랫동안 이렇게 많은 사람이 열성적으로 가담해왔다는 사실이 신기하고 이상하게 느껴지는 것이다.

우리에게 익숙한 책의 형태, 종이 여러 장을 겹쳐서 한쪽 변을 묶고 표지로 감싸는 코덱스(codex) 형식은 역사상 책이 취했던 여러 형태 가운데 한 가지이지만 다른 경쟁자들을 제치고 지금까지 살아남아 책의 대명사가 되었다. 오랜 세월 사람 가까이에 자리했기 때문일까. 책의 세부를 일컫는 명칭을 살펴보면 신체 부위를 뜻하는 말에서 가져온 것이 많다. 책머리, 머리띠, 책배, 책발…… 앞표지는 자주 '책의 얼굴'로 비유되며, 표지 종이를 판형 폭보다 길게 내어 안쪽으로 접어 넣은 부분은 '날개'라고 부른다. 디자인 저술가 엘런 럽튼(Ellen Lupton)은 「책의 몸」이라는 글에서 책과 타이포그래피 관련 용어에 몸과 관련된 것이 많은 것은 글쓰기가 신체의 확장이기 때문이라고 말한다.※ 눈이 볼 수 없는 영역을 카메라를 통해 보고 발로 갈 수 없는 거리를 자동차로 쉽게 도달하듯이 글은 생각을 그 소유자로부터 시간적·공간적으로 분리해 스스로 존재할 수 있도록 해준다. 글이 생각의 몸이라면 책은 글의 몸이다.

신체와 관련된 책의 세부 명칭 가운데 가장 절묘하다고 생각하는 것은 책등이다. 등에는 인체를 지탱하는 기둥인 척추가 있기 때문이다. 코덱스의 구조적 정수가 종이를 엮었다는 점인 만큼 엮인 부분들이 모여 만들어진 면을 등이라고 일컫는 것이 퍽 적절하게 들린다. 영어권에서는 직접적으로 spine이라고 부르는데, 실제로 노출 바인딩으로 제작한 책에서 표지를 입히지 않은 책등을 보면 종이 묶음을 실로 엮은 모습이 뼈마디와 닮아 보이기도 한다.

✿ 책의 뒷모습을 보게 되기까지 ✿

책꽂이의 역사를 추적한 책『책이 사는 세계(The Book on the Bookshelf)』에서 저자 헨리 페트로스키는 책등의 기능과 취급의 변천사를 자세하게 다룬다. 서기 2000년대를 살고 있는 우리는 책등에는 당연히 제목과 저자 이름, 출판사 로고가 표시되어야 한다고 생각한다. 또 서점이나 도서관이라고 하면 책장에 책등이 빼곡히 늘어서 있는 장면을 떠올린다. 하지만 17세기 이전까지는 이 모든 것이 당연하지

✳   엘런 럽튼·애보트 밀러 지음, 이정선 옮김,「책의 몸」,『커뮤니케이션 디자인 리포트』, 디자인하우스, 2002, 50쪽.

않았다. 책을 세워서 보관하게 된 것부터가 하나의 변화였다. 책이 일부 계급만이 소유할 수 있는 귀중품이었던 시절, 책의 장정 역시 그에 어울리게 보석과 금속으로 장식하여 화려하고 입체적이었다. 이런 책을 세워서 다른 책과 바투 붙여놓으면 손상이 생길 수 있다. 또한 표지 그 자체가 하나의 감상의 대상이었을테니 잘 보이는 것이 중요했을 것이다. 지금과 같은 형식으로 책을 수납하는 것은 좀 더 평면적인 장정으로 유행이 바뀌고 나서야 가능했다.

또한 책의 대량생산이 가능해지기 이전이었기 때문에 지금처럼 개인이 소장하는 책의 수가 많지 않았다. 좁은 면적에 최대한 많은 책을 수납하려고 애쓸 필요 없이 선반에 눕혀서 놓거나 표지가 보이도록 벽에 기대 세워놓는 것으로 충분했다. 때문에 책등에 꼭 정보를 넣지 않아도 어떤 책인지 쉽게 식별할 수 있었다.

책을 세워서 보관하는 관습이 자리 잡은 이후에도 한동안은 책등이 아니라 책배가 보이도록 꽂는 것이 보편적이었다. 책등은 앞뒤 표지를 잇는 연결 장치일 뿐이었기 때문에 "시계의 태엽을 감는 장치를 벽이나 문 뒤에 넣어두는 것과 마찬가지로"[*] 눈에 뜨이지 않도록 한 것이다.

책등이 서가의 전면에 드러나게 된 것은 책의 생산이 증가하면서 일어난 변화다. 책의 양이 늘어나면서 도서관

[*]   헨리 페트로스키 지음, 정영목 옮김, 『책이 사는 세계』, 서해문집, 2021, 172쪽

은 공간 부족을 고민하게 되었고 개인도 집에 서재를 꾸밀 수 있을 만큼 많은 양의 장서를 갖추는 경우가 늘어났다. 책의 디자인도 한 권 한 권이 독립된 예술품처럼 개성이 넘치던 시절을 지나 제본 소재와 형태가 비슷해지면서 외형적 차이가 두드러지지 않게 된다. 책을 잘 보관하는 한편 보관된 책을 쉽고 빠르게 찾을 수 있는 효율적인 관리 방법이 필요하게 된 것이다. 이런 상황에서 책등에 제목과 저자, 연도 등의 정보를 써넣는 것이 좋은 해결법이 되었다. 또한 자신의 서재가 다른 이들의 눈에 어떻게 비칠지 신경 쓰는 애서가들이 늘어나면서 책등을 아름답게 만드는 일이 중요해졌다. 16세기 초부터 시작된 이러한 변화는 17세기에 일반적인 관행으로 정착된다.✳✳✳

책등은 지금도 변함없이 서점과 도서관, 개인의 책꽂이에서 책의 정보를 한눈에 보여주는 표지판의 역할을 맡고 있다. 그러나 21세기를 규정하는 가장 강력한 도구 중 하나인 디지털 기술과의 관계에 집중해서 보면 미묘한 변화가 눈에 들어온다. 책등에 할당되어 있던 정보 전달과 분류, 검색 등의 역할이 웹 언어의 기능으로 대체 가능해지면서, 책등은 인터넷 서점 미리보기의 대상으로도 여겨지지 못하고 있다.✳✳✳✳ 책몸의 다른 부분, 특히 앞표지가 인터넷 환

✳✳✳ 앞의 책, 168~175쪽 참조.
✳✳✳✳ 미리보기를 제공하는 국내 인터넷 서점 네 곳(교보문고, 알라딘, 예스24, 인터파크) 가운데 오랫동안 알라딘만이 책등까지 보여줬으며, 2023년 11월 현재는 예스24도 도서 대표 페이지에서는 책등 이미지를 볼 수 있다.

경에 성공적으로 적응하여 책을 선전하는 대표 이미지로 디지털 세계를 흘러 다니는 것과는 상반되는 상황이다.

반면 같은 이유로 책등이 적극적인 디자인의 대상으로 재발견되고 있기도 하다. 디지털 매체와 대별되는 종이책만의 장점 혹은 존재 가치를 찾으려는 노력이 이어지면서 물리적 실체로서 책의 외형에 주목하는 경향이 생겨나고 있는 것이다. 예컨대 2020년대 전후로 꾸준히 출간되고 있는 두꺼운 합본 특별판은 디지털 도구에서는 얻을 수 없는 종이책만의 입체감 그 자체를 상품성으로 삼고자 부피를 극대화한 결과물이라고 생각한다. 이런 기획을 통해 발생한 비일상적으로 넓은 면적의 책등은 디자이너에게 새로운 디자인을 해볼 수 있는 여건이 된다.

✾ 몇 가지 흥미로운 책등 디자인 ✾

넓은 면적의 책등을 다룰 수 있는 더 간단하고 전통적인 방법이 있다. 바로 다수의 책등을 하나의 대지처럼 여기고 디자인하는 방법이 그것으로 여러 권으로 구성된 작품이나 전집 등에서 그 예를 볼 수 있다.

1946년 미국 조지 메이시(George Macy) 출판사에서 출간한 에드워드 기번의『로마 제국 쇠망사』에서 책등은 정보를 전달하는 라벨일 뿐만 아니라 역사의 흐름이 드러나는 공간이기도 하다. 책등마다 이오니아식 기둥이 하나씩 서 있고 기단부에 책 제목과 번호가 적혀 있다. 기둥은 다음 권으로 갈수록 조금씩 붕괴되어 7권에 이르면 1권의 어엿한 모양새의 절반도 채 남지 않은 폐허 속 잔해와 같은 형상이 된다. 로마 제국의 쇠퇴와 멸망을 다루는 책의 내용을 단순하면서도 시적으로 표현하고 있다. 뿐만 아니라 책등에 표시한 건축물의 부분이 다른 것이 아닌 기둥이라는 점 또한 좋은 선택이라고 생각한다. 책을 은유하는 단어로 신체만큼 자주 거론되는 것이 건축이다. 기둥은 좁고 긴 책등의 형태적 특성 및 책을 지탱하는 책등의 기능적 측면 모두에 잘 어울리는 건축의 요소다.

디자이너 주혜린이 운영하는 출판사 '누나온더비치'에서
2020년 출간한『영화 속 샌드위치 도감』은 1980년대부터
2010년대까지 총 70편의 영화에서 샌드위치가 등장하는
장면을 모은 책이다. 이 책의 책등에는 제목은 물론이고 어
떠한 텍스트 정보도 기입되어 있지 않다. 대신 빵, 달걀, 토
마토, 치즈, 햄, 상추 등이 나열되어 있을 뿐이다. 좁고 긴
공간이 강제하는 선형적인 화면 진행을 따라가다 보면 빵
에서 시작해 빵으로 닫히며 어느새 샌드위치가 완성된다.
샌드위치의 구조를 책등의 공간적 특성에 어울리게 풀어
서 보여줌으로써 문자를 통하지 않고도 주제를 재미있게
드러내고 있다.

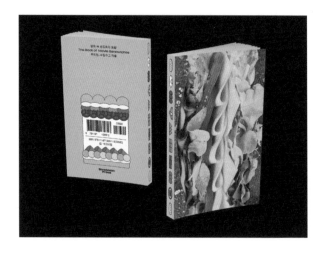

디자이너 신덕호가 디자인한『큐레이팅의 주제들』(더플로어플랜, 2021)에서는 디자이너의 재치 덕분에 책등에게 차가운 디지털 세상 속에서 무사히 살아남은 책등을 볼 수 있다. 아마 인터넷 서점에서 이 책을 처음으로 본다면 출판사가 서점 측에 표지 이미지를 잘못 만들어서 보낸 것이 아닌가 생각할 수 있다. 앞표지 좌측 변에 보이는 시계방향으로 90도 돌려서 써놓은 텍스트들이 내용과 형식 모두 책등 디자인 관습에 따라 표시되어 있기 때문이다. 이들 텍스트 우측으로 희미하게 보이는 누름선은 표지와의 경계선이 되어 이것이 미리보기용 이미지에 잘못 끼어 들어온 책등일 것이라는 의심을 증폭시킨다. 그러나 실제로 책을 보면 이미지가 잘못 만들어진 것이 아님을 알 수 있다. 책등은 앞

표지로 자리를 옮겼고, 이 바람에 표지의 다른 모든 요소들까지 덩달아 책등 폭인 17mm만큼 우측으로 이동하게 되었다. 뒤표지 좌측 변에 책등 폭만큼 하얗게 빈 공간과 앞표지 안쪽 속표지에 책등 폭만큼 흘러넘친 하늘색 면의 디테일도 재미있다. 디지털 세계에서 표지 이미지를 다루는 방식이 표지 디자인에 영향을 준 흥미로운 사례다. ✂

가장 출판사다운 로고를
원한다면

로고를 미워하던 시절이 있었다. 그것은 통제할 수 없는 대상이었기 때문이다. 디자인의 실행은 내가 만든 형태, 내가 고른 색깔, 내가 선택한 글자가 내가 세운 질서에 따라 비어 있던 지면을 채우면서 존재하지 않았던 하나의 이미지를 있도록 하는 과정이기도 하고, 이 순간 느껴지는 감정 가운데 모종의 전능감이 없다고 한다면 거짓말이다. 그러나 로고는 디자이너의 개입 이전에 이 책에 태생적으로 주어져 있는 것이다. 내가 만들지도 선택하지도 않은 이 조그만 아이콘은 디자이너의 얄팍한 뿌듯함에 쉽게 균열을 냈다. 로고가 표지 안으로 들어오면 요소들 사이에 흐르던 긴장감이 맥없이 풀리면서 아까까지는 썩 괜찮았던 표지가 순식간에 진부하게 바뀌어버리는 것만 같았다. 그렇다고 넣지 않을 수는 없었다. 자본이 자신에 기반하여 만들어진 사물에 지울 수 없는 인을 찍어 넣는 것이 로고의 본질이니까. 이 위력에 반항해보겠다며 이런저런 시도를 했던 몇 년이 있었다.

그 후 개인적인 시도들이 결과물로 이어지면서 로고에 대한 미움은 거의 사라진 것 같다. 잘 어울리는 자리에 적당한 크기로 넣으면 되고, 영 아니다 싶으면 넣지 않은 시안도 만들어보고, 익숙하지 않은 위치나 크기로 넣는 것도 해볼 만하다. 출판계의 전반적인 분위기도 표지에 로고를 넣는 문제에 대해 전보다는 자유로워졌다고 느낀다.

그러던 중 창립을 준비하고 있는 출판사의 CI 디자인 작업을 맡게 되면서 로고에 대해 다시 생각할 기회가 생겼다. 자료 조사차 다른 출판사 로고들은 어떻게 생겼나 모아놓고 살펴보았는데, 한 권 한 권 표지를 만들 때는 잘 의식하지 못했던 어떤 경향을 볼 수 있어서 재미있었다. 이 조사의 결과를 공유하고 싶다.

❁ 형태적 특성을 기준으로 살펴본 출판사 로고타입 ❁

로고(logo)는 기업이나 상표를 상징하는 이미지인 심벌마크, 기업과 상표를 나타내는 글자를 디자인한 로고타입, 로고타입처럼 글자만으로 구성됐으나 심벌 역할을 겸할 수 있도록 이미지 성격이 강하게 디자인된 워드마크를 포괄하는 개념이다. 이 글은 로고타입을 중심으로 했으며 인문, 문학, 사회, 과학, 예술, 종교 등의 분야를 중심으로 무작위로 고른 출판사 로고 200개를 대상으로 했다. 수집한 로고들은 글꼴, 글꼴틀, 정렬방식을 기준으로 분류했다.

글꼴
한글 글꼴은 보통 고딕체라고 부르는 돋움체, 명조체로 잘 알려진 바탕체, 손글씨의 형태나 질감을 디지털화한 손멋글꼴 등으로 구분된다. 이 글에서는 이러한 범주를 따르는 한편 여기에 해당되지 않는 영문 로고타입 또는 심벌만으로 이뤄진 로고들은 글꼴 종류를 따로 구분하지 않고 '영문·심벌' 항목으로 묶었다.

돋움체 바탕체 손멋글꼴

조사 결과 출판사 로고타입들은 돋움체 계열 글꼴을 사용한 사례가 70.5%에 달하는 141개로 가장 많았으며, 다음으로 손멋글꼴이 13%, 바탕체 계열이 9.5%, 영문·심벌이 7%를 차지했다.

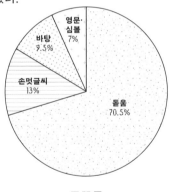

글꼴틀

글꼴틀은 글자를 둘러싸고 있는 가상의 윤곽선을 일컫는 개념으로 네모틀과 탈네모틀로 구분된다. 네모틀 글꼴은 모든 글자가 동일한 사각형 틀에 맞도록 디자인된다. 반대로 탈네모틀 글꼴은 개별 글자의 구조에 맞춰 글꼴틀의 형태가 결정되기 때문에 네모틀로부터 벗어난 글꼴틀을 갖는다. 네모틀에서는 획수가 적은 글자든 많은 글자든 동일한 면적의 사각형 틀을 할당받기 때문에 같은 자모라도 받침의 유무나 중성의 형태에 따라 다른 모양을 갖게 된다. 반면 탈네모틀에서는 자모별 형태 변화가 네모틀에 비해 적으며 특히 세벌식 탈네모틀 글꼴의 경우 모든 낱자의 형태가 동일하게 디자인된다. 다음 이미지에서 상황에 따라 변화하는 이응의 생김새를 살펴보자. 네모틀 글꼴로 쓴 문장에는 각기 다른 형태의 다섯 가지 이응이 있지만 세벌식 탈네모꼴로 쓴 문장에서는 모든 이응의 형태가 같다.

장애인 이동권 보장   장애인 이동권 보장

장애인 이동권 보장   장애인 이동권 보장

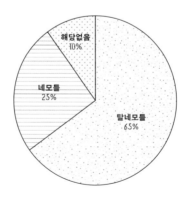

출판사 로고타입들을 글꼴틀을 기준으로 분류해보면 탈네모틀 글꼴이 65%로 과반수 이상을 차지했으며, 네모틀 글꼴을 사용한 경우는 25%에 해당하는 50건이 있었다.

정렬방식

글자의 배치와 정렬은 조형적 완성도에 큰 영향을 미친다. 낱글자들을 정렬하는 방식은 기준이 되는 선의 위치에 따라 구분할 수 있는데, 가로쓰기에서 기준선은 "글자 높이의 윗쪽 기준이 되는 선"인 윗선, "글자 높이의 아래쪽 기준이 되는 선"인 밑선, '글자 높이의 중심을 지나는 선'인 중심선 등이 있다.✄ 기준선은 다시 각 자모의 윗선, 밑선, 중심선으로 세분화할 수 있으나 여기서는 앞선 세 가지 범주를 중심으로 구분했다.

<table>
<tr><td>윗선
중심선
밑선</td><td>충분히 자야 합니다</td></tr>
</table>

로고타입은 글자 수가 적고 개성 있는 인상을 지향하는 경우가 많아 일반적인 가로쓰기의 정렬 기준에 해당되지 않는 다양한 사례가 존재한다. 글자를 상하좌우로 자유롭게 조합한다거나, 기준선이 두 개 이상 있기도 하고 초성이나 중성의 중심선이 기준선으로 사용되는 경우도 있다. 이들은 각각 상하좌우 조합, 복합적, 초성, 중성의 범주로 묶

✄ 안상수·한재준·이용제 지음, 『한글디자인 교과서』, 안그라픽스, 2009, 283쪽.

었다. 종류별 비율은 아래 그래프와 같다. 글꼴이나 글꼴틀에서는 어느 한쪽의 비율이 크게 높았던 반면 정렬방식에서는 다양한 경우들이 비교적 고른 분포를 보이고 있다.

하단 3%
초성 2%
기타 2%
중성 5.5%
상하좌우 조합 10.5%
변칙적 17%
상단 33%
중앙 27%

✧ 결과 분석 ✧

전통의 강자, 윗선 정렬 탈네모틀 돋움체 로고타입
조사 결과 출판사 로고타입 가운데 가장 많은 형태는 탈네모틀 돋움체를 윗선을 기준으로 맞춘 것이었다. 이 유형의 로고는 200종 가운데 57건으로 28.5%를 차지했다. 다수의 대형 출판사는 물론 인지도 있는 중견 출판사들의 로고타입의 상당수가 여기에 속했다.

이런 형태는 탈네모틀 글꼴의 가장 대표적인 생김새이기도 하다. 정렬에 특별히 변화를 주지 않고 탈네모틀 글꼴로 단어를 적었을 때 드러나는 기본적인 형태이기 때문이다.

갈라파고스	나름북스	넥서스	동아시아	문예출판사
문학동네	민음사	바른북스	도서출판 밝은세상	부·키
북하우스	불광출판사	서광사	서해문집	스핑크스
스토리닷	시공사	시대의창	안그라픽스	역사비평사
아카넷	은행나무	좋은땅	채움북스	학고재 도서출판
한겨레출판	한길사	HB한빛미디어	현대문학	후마니타스

윗선에 맞춘 탈네모틀 돋움체 로고타입

탈네모틀 한글꼴은 1970년대 김인철, 양승춘, 조영제의
연구에서 본격적으로 시작되어[※] 1980년대 이상철이 디자
인한 '샘이깊은물체'와 안상수가 디자인한 '안체' 등이 널
리 알려지면서 대중화가 이루어졌다.

샘이깊은물

'샘이깊은물체'를 한 벌의 폰트로 완성한 '샘물1984'체

이 시기 탈네모틀 담론을 추동한 것은 합리성·경제성·

※   한재준, 「탈네모틀 세벌식 한글 활자꼴의 핵심 가치와 의미」, 『기초조형학연
구』, vol.8, no.4, 2007, 762쪽.

추상성으로 상징되는 근대화를 향한 열망과 한국 고유의 시각 문화를 만들겠다는 민족주의적 의지였다. 전자를 뒷받침하는 근거는 다음과 같았다. 첫째, 네모틀 폰트를 만들려면 최소 2,350자를 그려야 하지만 탈네모틀에서는 최소 67개의 자모만 그려도 폰트 한 벌을 만들 수 있다.[※] 둘째, 파일 용량이 적고 기술적 대응에 용이하다. 셋째, 글자별 형태 차이가 커서 판독성이 좋다.

후자에 대해서는 탈네모틀이야말로 초성, 중성, 종성을 모아서 한 글자를 구성하는 위대한 한글 창제의 원리를 온전히 살린 것이라는 점이 강조되는데, 이때 네모틀은 일종의 안타고니스트로서 중국 문화의 잔재이자 한글의 본성을 억압하는 질곡으로 규정된다.

이처럼 선명한 의도를 갖고 디자인된 탈네모틀 글꼴은 당시에는 낯설고 읽기 힘든[※※] 서체로 받아들여졌다. 그러나 동시에 바로 그 점이 어떤 층에서는 새롭고 전위적인 디자인의 증거로 여겨질 수 있는바, 1980, 90년대 막 시작하는 지적 야심이 넘치는 출판사라면 자신들의 시각적 상징으로 탈네모틀 글꼴을 선택했으리라고 상상해볼 법하다. 기회가 된다면 조사 대상을 각 출판사의 창립 연도와 로고 제작 시기로 넓히는 추가 조사로 검토해보고 싶은 가설이다.

[※]   유정미, 「탈네모글꼴에 관한 역사적 연구와 전망 — 세벌식 한글 글꼴을 중심으로」, 『디자인학연구』, vol.19, no.2, 통권64호, 2006, 245쪽.
[※※] 유정미, 위의 글, 248쪽.

<u>더 젊게, 더 세련되게: 탈네모틀 돋움체의 변칙적 정렬</u>

이제까지 말한 로고타입들이 여전히 텍스트성이 강했다면, 아래의 사례들은 좀 더 워드마크에 더 가까워졌다. 자모들을 원소적 도형의 형태로 환원시켜 다양한 기준선에 맞춰 정렬하거나 모아쓰기 원리를 자유롭게 변주해서 율동감과 주목성을 얻고자 한 디자인들이다.

그래비티북스 그린비 달리 동녘 말글터

메디치 메멘토 북로망스 북스피어 사월의책

사회평론 상상출판 수오서재 아름다운사람들 아작

아트북스 오월의봄 이유출판 즐거운상상 커뮤니케이션북스

포레스트북스 푸른숲 한티재 해나무 효형출판

하나 이상의 기준선을 갖는 로고타입. 중성 윗선이나 초성 중심선을 기준으로 하되 중성의 밑선이나 중심선을 함께 기준선으로 쓰기도 한다. 정렬을 맞추면서도 한두 글자는 기준선에서 어긋나도록 상하로 크게 움직여 리듬감을 살렸다.

공존 고양인 반비 봄날의 북드림 블룸스

아몬드 오마이북 비유 작가정신 창비 철암

가로쓰기 정렬에서 벗어나 글자를 상하좌우로 자유롭게 조합했다. 낱자의 기하학적 특성이 더 강해진다.

글자에서 이미지로: 벡터 세상의 캘리그래피

이 유형에서는 위의 사례에서 보이던 이미지성이 보다 극대화되었다. 한글 자모를 기하학적 원소로 추상화하는 데에서 더 나아가 쓰기의 원칙과 무관한 조형적 의지로 획과 낱자의 형태를 과감하게 변형한다.

바탕체와 손멋글꼴

바탕체와 손멋글꼴을 사용한 로고의 비중은 낮은 편이었다. 이 중에서도 기성 폰트에 기반한 바탕체 로고타입은 더욱 적었다. 가는 획과 섬세한 부리가 특징인 바탕체는 회사를 대표하는 이미지로 삼기에 다소 약하게 보일 수 있다고 생각한 것이 아닐까 추측한다.

바탕체를 사용한 로고타입

손멋글꼴을 사용한 로고타입

영문 로고타입과 심벌마크 전용 로고

로고타입을 영문으로 만드는 경우는 많지 않았으나 조금씩 늘어나는 추세다. 한글에 비해 낱자의 구조가 단순해서 그래픽적 변형을 가하기 유리하다는 장점이 있다. 로고타입 없이 심벌마크만 사용하는 경우도 한 사례 있었다.

⟡ 결론 ⟡

조사 결과 200개 출판사 중 과반수 이상이 탈네모틀 돋움체를 로고타입으로 사용하고 있었다. 부리가 있는 바탕체

보다 조형적으로 해석하기에 더 간편한 데다 또렷하고 합리적인 인상이 강한 주목도를 지향하는 로고타입의 특성에 잘 부합하기 때문일 것이다. 그러나 로고의 목적 가운데에는 다른 회사와는 차별된 자신만의 이미지를 시장에 각인시키는 것도 있다. 명백한 주류 디자인의 존재를 가늠할 수 있는 지금과 같은 상황은 어찌 보면 역설적이라고도 할 수 있겠다.

이번 조사는 디자인 작업을 위한 준비로서 진행한 것이지만 앞으로 기회가 된다면 조사 대상 구성이나 분류 기준, 특히 제작 시대와 관련된 정보를 보강하여 더 알아보고 싶다. ✄

'피피티로 한 것 같은 디자인'에 대한 단상

'PPT로 한 것 같은 디자인'이라는 말을 들어본 적이 있나요? 이 물음에 대해서 그렇다고 대답하는 사람도, 또 직접 말해본 적이 있다는 사람도 있을 테지만 디자인에 관심이 있는 편이 아니라면 대부분 처음 듣는 표현이리라 생각한다.

'PPT'는 마이크로소프트사에서 만든 발표 자료 제작용 소프트웨어인 '파워포인트'(Microsoft PowerPoint)를 말한다. 발표 자료는 내용을 자세하게 전달하는 것보다는 여러 사람이 핵심을 빠르게 파악하게끔 하는 것을 목표로 한다. 그래서 파워포인트는 같은 마이크로소프트 오피스 프로그램인 엑셀이나 워드에 비해 이미지 편집 기능이 강력하다는 특징이 있다. 물론 어도비 포토샵이나 일러스트레이터에 비하면 기능의 폭이 제한적이지만 전문적인 지식 없이 누구나 쉽게 쓰는 것을 목표로 한 프로그램이므로 이는 단점이 아니라 당연한 부분일 것이다.

다만 그렇기 때문에 (디자인 전문 프로그램으로 디자인되었을 것이 분명할) 어떤 디자인에 대해 'PPT로 한 것 같다'고 말할 때는 대체로 부정적 뉘앙스를 담고 있다. 참고로 내가 한 디자인들도 이 말을 종종 들어봤는데 예컨대 2018년에 작업한 『역사의 역사』가 그렇다.

『역사의 역사』는 당시 저자가 오랜만에 선보이는 역사 관련 책으로 주목을 받았다. 때마침 그가 출연하고 있던 TV 예능 프로그램이 좋은 반응을 얻으면서 저자에 대한 대중의 호감도 크게 높아진 상황이었다.

책의 인기와는 별개로 내가 이 책을 기억하는 것은 표지 디자인에 대한 반응 또한 작지 않았다는 점 때문이다. 당시 출판계나 디자인계와 아무 관련 없는 대형 인터넷 커뮤니티에까지 표지 디자인을 성토하는 게시물이 여럿 올라왔고 이게 정말 최종 표지가 맞냐며 출판사로 문의 전화가 오기도 했다. 디자이너로 일하면서 긍정적 반응이든 부정적 반응이든 내가 한 것이든 남이 한 작업이든, 책의 디자인이 격렬한 반향을 불러일으키는 일 자체를 접한 적이 거의 없다 보니 이러한 상황이 신기할 따름이었다. 물론 책에 따라 의도적으로 안전한 취향을 배반하는 디자인을 하는 경우도 있기 때문에 부정적 피드백을 받는 경우도 있었지만 수가 많지도 않았거니와『역사의 역사』는 애초에 그런 의도도 별로 없는 작업이었다.

어떤 점 때문에 이런 반응이 생기는지 궁금했다. 그러던 중 댓글 가운데에서 눈에 띄는 말이 있었다.

"디자인 PPT로 한 거 아냐?"

이 말을 본 순간 의문을 해결할 작은 실마리를 얻은 것 같았다. 그렇게 머릿속에 자리 잡은 'PPT로 한 것 같은 디자인'이라는 상은 그 이후로 비슷한 표현으로 비판받는 디자인 사례들을 접하면서 조금씩 구체화되었다.

다음은 'PPT로 한 것 같은 디자인'(이하 'PPT 디자인')이란 무엇인가에 대해서 지금까지 정리된 생각들이다.

1. 많은 이들로부터 큰 애정을 받는 대상을 위한 디자인일수록 'PPT 디자인'이 될 가능성이 높다. '악플보다 무서운 것이 무플'이라는 말이 있듯 비판적 관심도 애초에 사람들이 관심을 주어야만 받을 수 있기 때문이다. 사실 그런 점에서 'PPT 디자인'의 본산은 북디자인이 아니라 케이팝 관련 상품 디자인이다. 케이팝에서 아티스트와 팬의 관계는 단순한 상품과 소비자의 관계가 아닌 애정으로 엮인 특수한 관계다. 앨범 패키지 디자인부터 웹용 배너나 티저 이미지, 굿즈까지 아티스트의 이름으로 발매된 모든 콘텐츠가 그의 격에 맞는 외피를 갖추지 못했다고 판단될 때 소비자는 분노하고 그 디자인 결과물에 'PPT 디자인'이라는 평가를 내린다(유사 표현으로 '시각디자인과 학생 과제 같다'도 있다). 다행히 출판계에 케이팝 아티스트에 준하는 파급력을 가진 저자는 별로 없다고 봐도 무방하기 때문에 북디자이

너들은 조금은 안심하고 작업할 수 있는 것이 사실이다.

그러나 최근 웹소설이나 웹툰 같은 출판계 문법과는 다른 생리로 움직이는 장르의 콘텐츠가 기성 출판사에서 단행본화되는 경우가 늘어나면서 꼭 대중적으로 큰 인지도를 지닌 저자의 책이 아니더라도 'PPT 디자인' 논쟁에 휩싸이는 경우가 잦아지는 듯하다. 웹소설과 웹툰은 인터넷을 기반으로 한 마니아층이 많은 장르이고 이들은 웹상에 자신이 좋아하는 작품에 대한 의견을 적극적으로 개진하는 것에 익숙한 소비자층이기 때문이다.

2. 'PPT 디자인'은 디자인 요소를 대담하게 다룬다. 한 요소가 인접한 요소와 시각적으로 충돌하지 않도록 주의 깊게 배치한다든가, 지금 이 글자가 밑에 깔린 요소에 간섭받아 잘 보이지 않게 되면 어쩌나 하는 두려움은 지면 위에 드러나지 않는다. 특히 원근법의 깊이감은 'PPT 디자인'의 적이다. 그림자 효과, 정확한 원근감을 표현하기 위한 형태 왜곡은 기피된다. 전경의 요소도 배경의 풍광도 모두 단일한 굵기의 외곽선으로 감싸여 하나의 레이어 속에 공존한다. 빛의 영향에 따른 미묘한 색상의 변화가 보이는 사실적인 일러스트레이션보다는 기하학적 그래픽에 가깝게 단순화된 스타일이 선호된다. 요소들은 그것이 지닌 의미나 물리적 법칙에서 풀려나 그들끼리의 형태적 어울림만을 위해서 변형되고 가공된다.

그러나 중요한 건 '자연스러움을 모방하지 않음'이 아니라 철저한 인공미의 추구다. 때로는 자연스러움을 모방하는 것을 다시 과장되게 모방함으로써 'PPT 디자인'을 만들 수도 있다.

이런 특성들을 지닌 디자인은 실제 작업 과정을 알기 힘든 입장에서는 비디자이너가 파워포인트 환경에서 만든 이미지처럼 보일 수도 있다. 쉽게 그린 도형을 쉽게 배치한 것처럼 보이기 때문이다. 2020년 문학동네에서 출간한 무라카미 하루키의 『일인칭 단수』 표지는 'PPT 디자인' 특유의 미감을 잘 보여주는 작업이다.

3. 'PPT 디자인'은 프로그램이 미리 마련해둔 기본 설정을 사랑한다. 새 문서를 열면 도구 팔레트에 미리 준비된 색상들과 무료로 제공되는 기본 서체들은 'PPT 디자인'의 좋은 친구다. 이러한 재료들을 잘 사용하면 애쓰지 않고 날 것 그대로를 무심하게 드러내는 듯한 분위기를 연출할 수 있다. 기본 색상이나 서체가 무엇인지 디자이너가 아닌 사람들은 잘 모를 거라고 생각한다면 착각이다. 예컨대 『역사의 역사』 표지에 대해서 많았던 의견 가운데 하나는 '서체가 왠지 이상하다'는 것이었는데, 실제로 해당 서체는 구글

과 어도비에서 개발하여 무료로 배포한 '본고딕'으로 출판용보다는 웹용 시스템 폰트로 자주 쓰인다.

2018년 워크룸프레스에서 발간한『한국 괴물 백과』는 저자가 직접 SNS에 표지에 관한 의견을 게재하면서 논쟁이 있었던 작업이다. '폰트와 색상 사용이 충격적'이라는 의견이 많았던 이 책의 표지에 사용된 색상은 감산혼합의 사원색인 청록색(cyan), 심홍색(magenta), 노란색(yellow), 검은색으로 모두 인쇄의 토대가 되는 기본 색상이다. 한편 표지에 사용된 서체인 '마노체'는 디자이너 안상수가 디자인한 탈네모꼴 서체로 아래아한글 기본 서체 가운데 하나인 '안상수체'와 유사한 인상을 준다.

대부분 사람들은 서체 이름이나 구체적인 색상값에 대해 특별한 관심은 없다. 그러나 눈은 이미지에서 풍기는 '쎄한' 느낌을 예민하고 정확하게 감지한다.

4. 'PPT 디자인'은 의도적으로 만들 수 없다. 실제로 파워포인트를 사용해서 만든 디자인은 말 그대로 PPT로 한 디자인이지 PPT로 '한 것 같은' 디자인이 될 수 없다. 디자이너

가 없어서 지금 상황이 이 지경이라며 부러 조악하게 만든 디자이너 구인 광고라든가 지방자치단체의 웹 홍보 이미지들이 대표적이다. 그것은 마치 농담을 시작하기도 전에 본인 개그에 스스로 미리 웃어버리는 상황과 같다. 'PPT 디자인'은 디자이너—여기서 디자이너는 디자인 노동으로 돈을 버는 모든 사람을 가리킨다—가 전문적인 툴을 사용해 진지하게 만든 결과물만이 될 수 있다. 물론 디자이너가 모종의 아이러니를 의도하고 만들 수도 있겠지만 그 의도는 완벽하게 숨겨져야 한다(그러나 성공하긴 힘들 것이다). 진정한 'PPT 디자인'은 디자이너가 만드는 것이 아니라 소비자에 의해 만들어지는 것이다.

5. 'PPT 디자인'은 누구나 할 수 있을 것 같은 디자인이다. 디자인 요소나 효과도 적고 단순하기 때문에 쉽게 모방할 수 있을 것처럼 보이기 때문이다. 이처럼 단순한 이미지에는 투입된 노동량을 즉각적으로 읽어낼 수 있는 단서가 부족하기 때문에 소비자에게 의구심이 들게 한다. 이 상품은 과연 내가 지불한 금액만큼의 노동으로 만들어진 상품일까? 합리적이고 현명한 소비자가 되지 않으면 안 된다는 현대인의 보편적 공포를 자극한다. 그러나 '나도 하겠다'는 마음을 불러일으키는 것들이 대체로 그렇듯 실제 만드는 과정은 간단치 않기 때문에 안심하고 소비해도 무방한 경우가 대부분이다.

많은 출판인들이 독자가 무엇을 좋아하는지 궁금해하고 어떻게 해야 그들이 좋아할지 고민하는 모습을 보아왔지만, 개인적으로는 독자에 대해 불가지론에 가까운 입장을 갖고 있었다. 디자인에 대한 호오라는 것이 사람마다 너무나 다르기 때문에 특정한 경향을 예상하고 따라간다는 것이 가능하지 않게 느껴졌기 때문이다. 그런 와중에 'PPT 디자인'을 둘러싼 반응은 독자의 존재를 체감할 수 있는 기회가 되었다. 이제까지 쓴 것은 그러한 만남의 의미를 해석하고자 세운 일종의 가설이다. 이 글을 읽은 분들이 '내가 생각하는 PPT 디자인'에 대한 의견이나 사례를 들려준다면 앞으로 가설을 다듬는 데 도움이 될 것 같다. ✂

북디자인과
여성

'집 안의 천사'라는 표현을 접한 것은 2016년 여름 버지니아 울프의『자기만의 방』을 읽었을 때였다. 책은 '여성이 작가가 되려면 돈과 자기만의 방을 가져야 한다'는 유명한 말 때문에 알고는 있었지만 읽어본 것은 이때가 처음이었다.

　한국어로 출판된 것만 서른 권이 넘는『자기만의 방』들 가운데 내가 갖고 있는 판본은 2015년 펭귄클래식코리아에서 펴낸 특별판으로, 이전에 나온 책들의 서정적인 분위기의 장정과는 조금 다른 느낌의 디자인이 인상적이었다. 보라색, 흰색, 다시 보라색이 세로로 교대하며 앞표지 지면을 셋으로 분할하고 있는데, 가장 넓은 면적을 차지하는 중앙의 흰색 면 상단에는 원제 "A Room of One's Own"이 굵은 산세리프※ 서체로 적혀 있다. 한글 제목은 그 밑으로 8센티미터 정도 떨어진 위치에 영문의 절반 크기의 가느다란 바탕체로 쓰여 있다. 출판사의 소개글에서 짐작하건대 북디자인으로 유명한 영국 펭귄북스 본사의 디자인 스타일을 그대로 살렸음이 특별판으로서 포인트인 듯했다.

※　산세리프(Sans-serif) 서체는 로마자 서체에서 획 끝 부분에 돌기나 삐침(세리프)이 없는 서체를 말한다. 한글 서체에서 흔히 '고딕체'(돋움체)라 부르는 형태에 해당하는 서체라고 할 수 있다.

2015년은 『자기만의 방』이 왕성하게 재발매되기 시작한 해[※]로, 공교롭게도 '페미니즘 리부트'라고 불리는 물결이 시작된 해이기도 하다. 2015년 '메갈리아' 사태에서 본격적으로 점화된 불꽃은 2016년 강남역 살인사건과 문화계 내 성폭력 고발 운동이 이어지면서 거세어졌다. 한국 사회 전반을 페미니즘적 가치에 따라 재편할 것을 요구하는 여성들의 분노를 지금도 생생히 기억한다.

책 한 권을 사서 읽는 것이 이런 상황과 얼마나 관계가 있었는지는 모르겠다. 그러나 창작하는 여성들에게 용기를 갖고 계속 작업할 것을 힘주어 말하는 울프의 문장이 당시의 나에게 적잖은 힘을 주었던 것 같다. 지금 다시 열어본 책에는 전부라고 해도 좋을 만큼 많은 페이지에 밑줄과 메모가 남겨져 있다.

펭귄북스 판 『자기만의 방』에는 부록으로 「여성의 전문직」이라는 글이 함께 실려 있다. '집 안의 천사'는 이 글에서 등장한다.

※ 『자기만의 방』은 1990년부터 2014년까지 25년간 10종(구판 절판 도서 포함)이 시장에 존재했는데 2015년부터 2023년 8월까지 8년 사이 그 두 배가 넘는 23종이 출간되었다(리커버, 큰글자도서, 특별판 포함).

나는 평론을 쓰기 위해서는 어떤 유령과 싸워야 할 필요가 있음을 깨달았습니다. 그리고 그 유령은 여성이었습니다. 그 유령의 존재를 알게 되고 나서, 나는 그녀를 유명한 시에 등장하는 여성 인물의 이름을 따라, 집 안의 천사라고 불렀습니다.

[……]

그녀는 매우 동정심이 많습니다. 그녀는 대단히 매력적입니다. 그녀는 전적으로 헌신적입니다. (……) 간단히 말해 그녀는 어떤 일이든 자신이 다 떠맡았고, 자기 자신의 마음이나 바람 같은 건 갖고 있지 않았습니다. 반대로 항상 다른 이의 마음과 바람에 공감하는 편을 택했습니다.

[……]

저명한 남자가 쓴 소설을 비평하려고 손에 펜을 쥐자마자, 천사는 내 뒤로 살그머니 다가와서는 속삭였습니다. "아가씨, 당신은 젊은 여성이에요. 당신은 남자가 쓴 책에 대해 쓰고 있습니다. 호의를 베푸세요. 부드럽게 대하세요. 듣기 좋은 말을 해주세요. 기만하세요. 당신의 성이 가진 모든 기술과 책략을 동원하세요. 당신이 자기 자신만의 세계를 가지고 있다고 생각하는 사람이 아무도 없게 하세요. 무엇보다 순수함을 지키세요."✲

✲ 버지니아 울프 지음, 이소연 옮김, 『자기만의 방』, 펭귄클래식코리아, 2015, 160~162쪽

이 부분을 읽다가 문득 집 안의 천사(The Angel in the House)와 인하우스(in-house) 북디자이너 사이에 겹치는 단어가 많다는 것을 깨달았다. 또 단어만이 아니라 성격 역시 그렇다는 생각도 들었다.

'인하우스 북디자이너'라는 명칭은 세 부분으로 나눌 수 있다. 회사에 고용되어 있다는 노동 형태, 생산 대상으로서의 책, 생산 행위로서의 디자인이 그것이다. 이 가운데 두 가지와 관련된 출판계와 디자인계는 각각 실무 노동자 많은 수를 여성이 차지하고 있는 여초 업계다. 그러나 관리자·임원급으로 가면 압도적으로 남성이 많고 여성은 실무자·사원으로서 "남성의 '하부구조'"[※]를 이루는 식의 성별에 따른 차별이 공고하다.

이러한 상황은 한국 사회에 분야를 불문하고 존재한다. 그중에는 애초부터 여성의 진입을 막아 여성의 수가 극히 적은 업계가 있는가 하면 출판계나 디자인계처럼 이른바 '여성적'인 노동으로서 여성의 유입이 많은 분야도 있다. 단, 그렇게 유입된 여성들이 올라갈 수 있는 한계는 뚜렷하다. 더 많은 권력을 지닌 보직, 특히 규모 있는 출판사의 소유자는 대체로 남성이다. 여성은 그와 정규직 또는 비정규직으로 계약을 맺고 책을 만드는 데 필요한 노동력

[※] 임아영·조형국, 「여성이 평생 못넘는 벽 '28~30세 남성'」, 경향신문, 2023년 2월 23일, https://www.khan.co.kr/national/gender/article/202302 230550011

을 제공하는 형태로 일한다.

책이라는 사물의 차원에서는 작가와 출판 노동자의 관계에서 비슷한 구도가 반복된다. 물론 최근 여성 작가의 약진이 눈부시긴 하지만 여전히 저명한 저자의 다수는 남성이고 그와 소통하며 책을 만드는 편집자 역할은 여성이 맡는 경우가 많다. 편집자들은 종종 원고 내용이나 제작에 관한 업무적 소통을 넘어 저자가 글쓰기를 잘할 수 있도록 심리적·생활적 돌봄에 가까운 일까지 떠맡기도 한다. 드물지만 편집자가 작가가 써낸 글을 책이 될 만한 수준으로 만들기 위해 거의 새로 쓰는 것에 가까운 작업을 하는 경우도 있다(물론 이런 경우에도 책은 저자의 이름으로 나온다). 백번 양보해서 창작이라는 정신적 노동의 특성 때문에 공과 사의 영역을 명확하게 구분하기 어렵다고 하더라도 여기에 고정된 성역할에서 비롯한 압력, 즉 '천사'의 속삭임이 전혀 작동하지 않는다고 말할 수 있을까.

디자인은 국가의 산업 분류 체계에서 서비스업으로 규정된다. 나는 2020년부터 인하우스 디자이너에서 프리랜서 디자이너로 일하게 되었는데 그때 사업자 등록을 막 마치고 받은 등록증의 업태란에는 '서비스'라고 적혀 있었다.

서비스는 다른 사람의 필요에 부응하여 그것을 충족시

켜주는 일이다. 판매 유통업과 함께 여성이 가장 많이 근무하는 분야다. 교육이나 복지, 돌봄, 숙박 및 음식 판매처럼 서비스를 제공하는 사람과 제공받는 사람이 직접적으로 연결된 서비스업과 디자인을 비교하면 디자인은 디자인 결과물을 한번 거치는 간접적 관계를 맺는다는 차이가 있다.

그러나 창조적 작업이라는 흔한 환상과 달리 디자인은 분명 서비스업의 측면을 갖고 있다. 디자인에서 창작은 타인의 의뢰가 있음으로써 시작되기 때문이다. 이는 자주 비교되는 예술 분야의 창작과 다른 부분이다. 특히 결과물의 완성을 최종 승인하는 사람이 생산 과정 실무를 주도한 디자이너가 아니라 의뢰인이라는 점이 다르다. 고객이 만족하지 않는 한 수정은 반복된다. 최악의 경우 프로젝트가 무산되기도 한다. 물론 예술 작품도 전시를 위한 신작 의뢰로 창작이 시작되기도 하지만 제작의 완결을 결정하는 것은 사회적, 경제적 조건에 의한 묵시적 압력과 같은 상황을 고려하더라도 어쨌거나 예술가 자신이다.

이러한 일반적인 디자인 업무 조건에 반발하듯 2010년대 전후로 디자이너의 자체 제작 프로젝트가 활발하다. 많은 디자이너들이 독립출판물이나 굿즈 등 누구의 의뢰도 없이 내가 만들고 싶은 것을 원하는 방식으로 만들어내고 있으며, 그 결과물은 새로운 감각의 상품을 원하는 소비자들에게 호응을 얻고 있기도 하다. 그러나 이 또한 결과적으로 더 많은 고객 확보를 위한 포트폴리오 쌓기 및 자기 브랜딩으로 이어지는 측면이 있다는 점에서 서비스업으로서 디자인의 성격과 완전히 단절될 수는 없다(조금 우울한 이야기를 추가한다면 점점 의뢰받는 일만으로는 생계를 꾸려나가기 어려워지고 있는 경제적 현실이 반영된, 자구책으로서의 성격도 얼마간 있을 테다).

⋰ ⋰ ⋰

북디자인은 텍스트나 이미지를 책이라는 매체로 구축하는 일이다. 특수한 경우가 아닌 이상 책으로 만들 내용은 디자인보다 먼저 존재하며 내용을 만든 사람과 디자이너는 별개의 인물이다. 이와 같은 선후 관계의 존재는 북디자인을 작가/내용 대 디자이너/형식이라는 이분법적 대립 구도로 설명하기 쉽게 한다.

　이 구도에서는 내용이 알맹이라면 형식은 껍질이다. 껍질은 본질을 드러내고, 표현하고, 상징해야 하며 기꺼이 돈을 지불하고 싶을 만큼 아름다워야 한다. 언뜻 보기에 당연하고 별문제 없어 보이는 이러한 생각은 실제로 책을 만드는 현장 속에 들어오는 순간 중립적이고 보편적인 기준이 아니라 수직적 위계의 형태로 나타난다.

　현장에서 이 디자인이 좋은 디자인인지 나쁜 디자인인지, 형식이 내용에 얼마나 잘 부합하는지 판가름할 수 있

145

는 누구나 동의할 수 있는 하나의 기준을 만들기는 어렵다. 지금 눈앞에 있는, 혹은 메일창 너머에 존재하는 편집자와 그의 상급자, 출판사의 대표, 그리고 작가라는 구체적인 개인들이 제각기 지닌 잣대의 충돌이 있을 뿐이다. 이러한 다양한 입장들이 디자이너가 만들어낸 시안을 두고 경합한 끝에 최종 디자인에 다다른다.

이것이 어떠한 디자인도 가치를 판단할 수 없으며 오직 취향의 다름만 있을 뿐이라는 뜻은 아니다. 한 권의 책을 만드는 낱낱의 사건들 속에서 기준이 적용되는 방식을 말한 것이다. 디자인의 판단은 사람들 간의 관계라는 형태로 작동하므로 관계 속에 존재하는 권력의 문제가 개입될 수밖에 없다. 그리고 이 관계에서 더 많은 힘을 지닌 사람은 자본과 텍스트를 소유한 사람, 남성들일 때가 많다. 이들의 의견은 개인의 호불호를 넘어 객관적이고 보편적인 가치, 이를테면 내용에의 적합성과 가독성, 그리고 시장 트렌드와 자주 동일시된다.

디자이너는 이러한 수직적 구조 속에서 되도록 자신의 디자인 의도가 온전히 받아들여질 수 있도록 노력한다. 전설 속의 어떤 디자이너들은 불합리한 지시를 하는 클라이언트를 상대로 고성을 지르며 싸웠다고도 하던데, 현실에서는 대체로 윗사람의 의중을 헤아리려 눈치도 보고 부드럽게 의견을 전달할 때가 아무래도 더 많다. 이 자체는 잘못된 것도 비굴한 것도 아니다. 문제는 이런 태도가 항상 아래에서 위로, 약자에서 강자로, 여성에게서 남성으로 향하고 있다는 것이다.

⁂ ⁂ ⁂

인하우스 북디자이너가 집 안의 천사라는 점이 가장 잘 드러나는 순간은 얄궂게도 리커버나 특별판처럼 좋은 디자인이 특별히 더 중요한 책을 만들 때이다. 이러한 프로젝트들은 일상적인 일에 비해서 디자인적 자유도가 높다 보니 지금껏 표지 디자인에서 무엇이 금기시됐는지 읽어낼 수 있는 흥미로운 예시이기도 하다. 예컨대 표지를 영문 타이포그래피만으로 구성한다거나 아예 글자 없이 이미지만으로 디자인하는 책들이 리커버 프로젝트에서 자주 보인다.

　그런데 이런 프로젝트가 있을 때면 내부 디자이너 대신 유명 그래픽디자인 스튜디오에 디자인을 맡기는 경우를 자주 본다. 인하우스에서 생산되는 디자인은 보수적이라고 판단하고, 타성에서 벗어나 있(는 것처럼 보이)는 감각이 필요할 때는 외부 디자이너에게 맡기는 것이다. 보수와 타성에의 압력이 어디서부터 시작되는가 생각하면 아이러니한 일이다. 조금은 자유로워져도 좋다고 허용된 무대가 만들어졌을 때, 이제까지 묵묵히 현장을 유지하고 돌아가게 하는 '집안일'을 해오던 사람은 그 자리를 양보해야 한다.

누군가는 이러한 현실 인식이 상황을 지나치게 단순화한다고 생각할 수 있겠다. 그럴 수 있다. 내게도 호혜적이고 수평적인 상태에 가까운, 디자이너를 동등한 협업자로 존중하는 사람들과 함께했던 좋은 기억들이 적지 않다. 그러나 어떤 구조에 존재하는 방향성과 이를 벗어나는 개별적인 사례들은 얼마든지 공존할 수 있다.

디자이너가 늘 수동적인 약자 혹은 피해자라고 보는 것도 타당하지 않을 것이다. 어제까지의 관계가 내일은 달라질 가능성이 완전히 닫혀 있는 것만은 아니고, 때로는 구조에 기꺼이 순응하고 싶은 마음이 들 수도 있다. 사실 진정한 천사는 후자에 가깝다. 누구의 강요도 아닌 그렇게 해야 내 마음이 편하다는 내면의 소리. 눈에 띄지 않기를 원하는 마음. 큰 목소리로 무언가를 말할 때 느껴지는 수치심과 죄책감. 이것의 어디까지가 타고난 성격이고 어디부터가 권력이 내재화된 결과일까.

버지니아 울프는 그래서 천사와의 싸움에서 어떻게 했을까. 목을 졸랐다고 한다. 끊임없이 속삭이는 목소리가 흘러나오는 그 목을. 아마 그래봐야 천사는 다음날 또 살아날 테지만 그때는 다시 목을 조르고, 또 썼을 것이다.

책표지는 자주 얼굴에 비유된다. 만약 이 얼굴에 성별이 있다면 그것은 여성일 것이다. 요즘 표지 디자인의 스타일이나 유행이 '여성적'이라는 게 아니다. 표지-얼굴이 처한 상황이 여성의 그것과 닮았다. 호감이 가야 하고, 항상 웃어야 하고, 예쁘면 가장 좋은, 손쉬운 평가의 대상이 되는 얼굴. 꾸미면 화장이 너무 진하다고 훈계를 듣고 때로는 얼굴보단 마음이 고운 게 진짜 예쁜 거라며 칭찬을 듣는 존재. 너무나 익숙한 말들이다.

그러나 아직도 표지는 개성이 부족하고 너무 요란한 모습을 띠고 있는 등 낮은 수준에 머물고 있다.
(……) "마치 무대 화장을 하고 거리에 나온 것처럼 어색한 표지 디자인이 많다".✕

얼굴만 보고 배우자를 고르지 않듯, 표지만 보고 책을 고르진 않습니다. 1977년 문을 연 뒤 굵직한 외국 유명 과학 서적을 꾸준히 내는 까치출판사가 대표적인 사례입니다. 웹툰 댓글에 한 독자가 '가시성을 높이고자 제목을 크게 쓰고, 배경은 고대비의 원색 계열로 배치하는

✕ 「책의 '얼굴' 표지에 개성이 없다」, 중앙일보, 1984.8.2.

게 특징'이라고 설명했습니다. 얼굴 좀 못생기면 어떻습니까. 내용 충실하면 그만이지.✂

이런저런 말들 속에서 오늘도 일을 한다. 천사와의 싸움에서 나의 승률은 어떻게 될까. 성공적으로 목을 조를 때도 있었고 때로는 지쳐서 그 말을 받아들이기도 했던 것 같다. 좌우간 계속하는 것 외에 아직까지 뾰족한 방법을 찾지는 못했다. 승패에 일희일비하지 않고, 지칠 때는 쉬기도 하면서 가는 수밖에. ✂

✂ 「책의 첫인상은 표지라지만… 못생겨도 그만입니다」, 서울신문, 2018. 9.13.

'한국에서 가장 아름다운 책'에
대한 의견

가장 아름답다는 말로 무언가를 규정하는 것이 불가능한 시대다. 지금 그 표현을 성립시킬 방법이 있다고 한다면 그 것은 '가장' 앞에 최대한 명확하고 상세한 조건을 추가하는 것뿐이다. 내가 보기에, 우리 집 베란다에 있는 식물 중에 서, 이번 주에 발매된 신보 가운데, 등등. 조건을 어떻게 정 하느냐에 따라 오늘 가장 아름다웠던 것이 내일은 잊히기 도 한다.

　가장 아름다운 것을 고르는 일은 정치적인 행위이기도 하다. 인간 사회에서 강한 영향력을 지닌 아름다움이라는 가치의 분배에 적극적으로 개입하는 일이기 때문이다. 예 컨대 우리 집에서 가장 아름다운 식물을 정하는 일이라면 즐거운 대화로 결론에 이를 수 있겠지만 국가 정도로 규모 가 커지면 갑론을박을 피하기 어렵다. 선택의 결과가 어떤 식으로든 구성원의 삶에 영향을 미치게 되니 당연하다. 한 편으로 다양한 의견이 나온다는 것은 사회의 건강함을 드 러내는 지표이기도 하다. 조용한 조직, 한 가지 목소리만 크게 들리는 사회는 위험하다.

　전시나 공모전 같은 문화예술계 행사에서 행사 소개문 을 읽다 보면, 본 행사가 해당 분야의 담론을 활성화하는 계기가 되길 바란다는 소망이 담긴 것을 자주 본다. '한국에서 가장 아름다운 책'(이하 '아름다운 책')도 그렇다. '책과 아름다움에 대한 풍성한 토론의 장을 함께 만들어나가기'는 이 행사가 기대하는 중요한 목표 가운데 하나다. 다만 이 제도가 여타의 디자인계 행사와 차별되는 지점이 있다면 그것은 일정 부분 공적인 성격을 지닌다는 점이다.

'아름다운 책'은 대한출판문화협회가 주최하고 서울국제도서전이 주관하며 2021년부터는 문화체육관광부의 후원을 받아 치러지고 있는 공모전이다. 북디자인이라는 장르를 국가에서 주목하고 지원하는 보기 드문 사례다. 그렇기에 '아름다운 책'은 개인이나 소규모 집단에서 내놓고 표방하기 힘들었던 한 업계 전체를 포괄하는 거시적인 목표, 예컨대 한국 북디자인의 수준 향상과 대중에 대한 디자인 교육 및 홍보 같은 거대한 명분을 에두르지 않고 좇을 수 있으며 또 그래야만 한다.

2020년 첫 공모전이 열린 이후 네 번의 수상작 발표가 있었다. 짧다면 짧고 길다면 긴 시간이지만 아직까지 토론의 장이 열렸다기에는 상당히 조용한 것 같다. 서울국제도서전에서 열린 관련 전시의 SNS 반응 등으로 어느 정도 긍정적 반응을 감지할 수 있었지만, 인터넷에서 발견할 수 있는 디자인 업계의 반응은 수상작 관계자들의 감사와 홍보 메시지가 대부분이었고 전문가 비평도 극히 적었다.

고요함의 원인을 찾기 위해 여기서 한국 사회에서 공론

장 문화의 성립 가능성이나 비평의 몰락, SNS의 매체 특성 같은 이야기를 꺼낼 생각은 없다. 어쩌면 이 모든 조건이 '아름다운 책'의 목표 달성에 대해 비관적 전망을 내놓을지라도, 어쨌든 이 공모전은 가장 아름다운 책을 뽑고 그로써 공론장을 만들어낸다는 이중으로 어려운 과제를 자임했다. 그렇다면 필요한 것은 앞으로를 위한 단초를 탐색하는 일일 것이다.

⟡ '아름다운 책'의 아름다움 ⟡

네 번의 공모전을 살펴보면 '아름다운 책'이 추구하는 아름다움의 성격은 분명해 보인다. 언어나 내용 등 여타의 것이 침탈할 수 없는 순수한 형식의 아름다움이 그것으로, 이런 종류의 미의 영역이 존재할 수 있다는 믿음은 이 공모전을 지탱하는 중요한 전제다. 이제까지 책 디자인은 텍스트를 기준 삼아 가치를 평가받는 경향—내용을 얼마나 잘 반영하는가, 가독성이 얼마나 좋은가 등—이 강했고, 이것은 텍스트와 디자인의 관계에 대한 심도 있는 논의로 확장되기보다는 결과적으로 디자인을 가장 관습적인 형태로 수렴시키려는 힘으로 작용해왔다. 그렇기에 북디자인을 하나의 독자적 장르로 자리매김하려는 이 행사가 '내용'이라는 강력한 극점으로부터 멀리 달아나 새로운 극이 존재함을 선언하는 것은 필연적인 선택이었으리라 생각한다.

이런 입장이 잘 드러나는 것이 수상작 개별 심사평이다. 공개된 심사평들을 읽어보면 대부분 디자인의 내적 형식 논리를 분석하고 해설하는 데 집중하고 있다. 내용과의 관계를 부정하는 것은 아니나 그것은 대체로 디자인 선택의 계기로서만 최소한으로 언급된다. 중요한 것은 종이, 후가공, 인쇄, 타이포그래피 등 낱낱의 세부 요소가 어떻게 완성품의 미적 효과 창출에 기여하는가이다. 심사위원들은 자신의 경험과 지식에 기반한 면밀한 읽기를 통해 책을 파악하고 그렇게 알아낸 것을 글로 묘사한다.

> 모노톤이 주류를 이루는 드로잉 연작은 45g/㎡의 얇은 종이에 적용해 적절한 '비침'을 구현했다. 한편 조금 건조한 느낌의 과슈화 연작은 100g/㎡의 모조지를 매칭시켜 약간의 '스밈'을 보여준다. 또한 크기가 큰 작품 시리즈인 유화 연작은 같은 평량이지만 두껍게 느껴지는 러프그로시 계열의 종이를 사용해서 작품이 인쇄된 영역이 '빛'난다.⁑

심사평이 배타적 아름다움의 존재를 책 내부에서 주장한다면 '세계에서 가장 아름다운 책' 공모전과의 연계는 외부에서 그러한 생각을 웅변하는 장치다. '아름다운 책'은 공

⁑ 문장현, 『〈2020 한국에서 가장 아름다운 책 공모〉 심사위원 목록 및 선정도서 개별 심사평』

모전 첫해부터 수상작이 독일북아트재단이 주관하는 '세계에서 가장 아름다운 책' 공모전에 자동 출품됨을 강조해왔다. 확실히 '세계에서 가장 아름다운 책'은 이름답게 세계의 디자이너가 주목하는 시상식임은 분명하지만 "아시아나 러시아의 디자이너처럼 비라틴문자를 읽고 디자인할 줄 아는 전문가도 초빙하려고 노력"※하고 있는 유럽 로컬 공모전이다. 구미에서 인정받는 것을 중요하게 여기는 한국 문화를 고려하면 유럽의 권위 있는 공모전에서 수상하는 것이 현실적으로 큰 이익이 될 것은 분명하겠으나 모처럼의 새로운 시도가 시작부터 지역 예선을 자처했다는 점은 아쉬운 부분이다.

'한국에서 가장 아름다운 책'은 아름다움을 인정받을 최종 승인처로 '세계에서 가장 아름다운 책'을 지정함으로써 이 공모전이 생각하는 '아름다움'이란 무엇인지 선명하게 밝힌다. 최고의 아름다움이라면 언어와 문화와 국가를 초월해서 인정받을 수 있다. 진정한 아름다움은 말하지 않아도 누구나 알아챌 수 있다. 탈맥락화한 아름다움에 대한 이러한 확신은 2022년 '아름다운 책'에서는 심사 방식에 직접적으로 반영된다.

두 번째, 부가적인 설명 없이 독자들이 책을 처음 접하는

※ 프로파간다 편집부 엮음, 『GRAPHIC #19』, 프로파간다, 2011, 67쪽.

시점에서 책 자체에 대한 평가를 하려고 노력했다. 독자들이 책을 먼저 읽고 구입하는 것이 아니듯이 심사 또한 그 책을 만든 과정, 의도, 뒷이야기와 같은 배경에 대한 이해를 배제하고 심사했다. 물론 그렇다고는 해도 심사위원들에게는 이미 익숙한 또는 알고 있는 출판사와 디자이너의 작업이 대부분일 것이다. 그리고 심사위원 선정 이전에 개인적인 관심과 기회로 또는 관계로 응모된 책을 접하고 내용도 이미 읽어본 심사위원도 있었을 것이다. 하지만 심사위원들은 최대한 편견 없이 균형을 잃지 않고 심사에 임했다.✕

여기에서 '과정, 의도, 뒷이야기와 같은 배경'은 판단력을 훼손시키는 일종의 노이즈다. 하지만 바로 다음 문장에서 스스로 밝히고 있다시피 작품 설명서를 읽지 않는 정도로 백지 같은 상태가 되는 것은 가능하지 않거니와 그런 정보를 아는 것이 미적 판단과 상충될 이유도 없다. 오히려 디자인이란 눈에 보이는 표피적인 것에 국한되는 문제가 아니라 협업의 과정을 거쳐 생산되는 복합적 산물이라는 것이야말로 현대 디자인이 하나의 분과로서 인정받고자 노력해온 분야의 정체성이 아니었던가? 어째서 알아야 할 정보를 애써 거부하려고 하는지 이해하기 어렵다.

✕ 장성환, 『2022 한국에서 가장 아름다운 책』 심사 총평.

무엇보다 문제적인 점은 그러한 결정의 근거로 독자를 내세운다는 점이다. 전문가에게 심사를 맡기는 이유는 그의 전문성을 인정하여 다른 사람이 미처 인식하지 못한 가치를 발굴하여 조명해주길 원하기 때문이다. 전문가가 할 일은 비전문가 입장을 의태하여 판단의 책임을 더는 게 아니라 필요하다면 자신이 아는 모든 지식을 동원해서라도 관점을 정립하고 이를 설득력 있게 제시하는 것이다. 디자인이 생산된 맥락을 잘 아는 것과 심사의 공정성을 유지하는 별개의 문제다. 일반 독자의 입장을 반영하는 것이 중요했다면 차라리 온라인 투표를 진행하는 것이 낫지 않았을까.

✿ 선택된 아름다움 ✿

그렇다면 이러한 아름다움에 부합한다고 인정된 책은 어떤 성격을 띠고 있는가. 여기서는 심사평에서 다뤄지지 않은 업계의 지형 및 디자인의 생산 조건을 기준으로 이야기하고자 한다. 선정된 40개 작품은 다섯 종류로 나눌 수 있었는데 이 글에서 사용한 범주의 명칭은 다음과 같다. '그래픽디자인 1', '그래픽디자인 2', '북디자인 1: 인하우스', '북디자인 2: 스튜디오', '안상수 계열'.

　　본론에 들어가기에 앞서 이러한 구분법을 사용하게 된 것에 대해 당선작 디자이너들에게 양해를 구하고 싶다. 내가 아는 디자이너들이란 특정한 카테고리로 분류되거나

라벨이 붙는 것을 무척이나 싫어하는 사람들이다. 그 마음에 개인적으로는 공감하지만 한 업계나 사회와 같은 넓은 범위의 동향을 파악하기 위해서는 어느 정도 추상화와 일반화가 불가피하다. 특히 한국 그래픽디자인처럼 이론적 연구의 전통이 확립되지 않은 분야에서 실질적으로 통용되는 범주를 지칭하지 않고 집단의 양상을 살핀다는 것은 극히 어려운 일이며 현장에서 유리된 결론에 이를 위험도 커진다. 경계와 경계 사이를 더 잘게 나누거나, 잇거나, 범주 자체를 재편하는 작업은 현재에 대한 논의가 깊어진다면 앞으로 자연스럽게 이어질 것이라고 생각한다.

'그래픽디자인 1'은 2000년대 중반부터 서울을 중심으로 나타난 디자인 실천의 한 유형을 가리키기 위해 사용한 명칭이다. 이 범주에서는 책뿐만 아니라 포스터, 공간, 웹페이지 등 그래픽디자인으로 총칭할 수 있는 모든 매체를 디자인한다. 주로 소규모 독립 스튜디오 형태로 일하며 의뢰받은 작업이 아닌 자체 프로젝트를 통해 다양한 디자인 작업물을 생산하는 데 능숙하다. 단독으로 움직이는 만큼 작업물에서 디자이너 개인의 성향이 뚜렷하게 드러나는 경향이 있으며 실험적 디자인에 대한 허용도가 높은 문화예술 분야를 중심으로 활동한다.

　　이 분야의 또 다른 특징은 디자이너의 전통적 역할이라고 여겨지는 것에서 벗어난 전시나 강연 같은 활동에도 적극적이라는 점이다. 예컨대 '아름다운 책' 수상자인 신동혁 (신신), 전용완, 홍은주와 김형재는 2010년에 함께 '한국의 아름다운 책'이라는 북디자인 행사를 만들기도 했다.

　'그래픽디자인 2'는 1과 활동 양상에서 큰 차이는 없다. 다만 이 범주로 분류한 수상자인 이용제, 정재완, 박연주는 모두 1970년대 초반 생으로 1의 주축을 이루는 이들보다 한 세대 정도 앞서 활동을 시작했으며 기반하고 있는 취향이 나 문화적 자산에도 차이가 있다고 생각해 구분했다. 이들 은 모두 홍익대학교 시각디자인과를 졸업했고 생각하기에 따라 후술할 '안상수 계열'과 관련이 있다고도 볼 수 있으 나 자체적 활동의 성격이 강하다고 보아 '그래픽디자인'으 로 분류했다.

　'북디자인'은 '그래픽디자인 1, 2'와 달리 책을 주요 매체 로 삼는 디자이너가 속하는 분류로서 주로 상업 출판계를 통해 결과물이 생산된다. 일하는 형태에 따라 출판사 소속 디자이너는 '북디자인 1: 인하우스', 스스로 회사를 경영하 거나 개인으로 일하는 디자이너는 '북디자인 2: 스튜디오' 로 나눴다.

　'안상수 계열'은 성격이 다소 다르지만 안상수 개인이 '아름다운 책' 및 디자인계에서 점하고 있는 특수한 위치로 인하여 별도로 분류하는 것이 맞다고 판단했다. 디자이너 안상수는 홍익대학교 시각디자인과 교수를 역임했으며 출 판사 겸 디자인 회사인 안그라픽스, 한국타이포그라피학회, 디자인 대안학교인 '파주 타이포그라피학교(PaTI)'를 창립한 인물이다. 한국타이포그라피학회는 '아름다운 책'의 시작부터 현재까지 협력기관을 맡고 있으며, PaTI 역시 2021년 '아름다운 책'의 협력기관이었다. 이처럼 안상수는 디자인계의 여러 유력 기관에 직접적으로 관련되어 있기 때문에 '아름다운 책' 심사위원이나 수상자 가운데 많은 사람이 그와 사제, 도제, 노사, 혈연 등 다양한 형태로 관계를 맺고 있거나 과거 맺은 바 있다. 이를 분석하는 것은 이 글의 논지에서 벗어나는 일이므로 여기서는 범위를 최소로 하여 안그라픽스에서 발간된, 혹은 그에 준하는 밀접한 관련이 있는 책을 이 범주로 분류했다.

연도	책제목	디자이너	출판사	분류
2020	FEUILLES	신신	미디어버스	그래픽디자인 1
	IN THE SPOTLIGHT: 아리랑 예술단	프론트도어 (강민정, 민경문)	IANNBOOKS	그래픽디자인 1
	thisisneverthisisneverthat	황석원	워크룸프레스	그래픽디자인 1
	뉴노멀	이재영	6699press	그래픽디자인 1
	ㅁ	강문식	organpress	그래픽디자인 1
	모눈 지우개	전용완	외밀	그래픽디자인 1
	시와 산책, 산책과 연애, 연애와 술	나종위	시간의 흐름	북디자인 2
	혁명노트	안지미	(주)알마	북디자인 2
	디 에센셜 조지 오웰	황일선	민음사	북디자인 1
	아리따 글꼴 여정	김성훈, 안마노, 박유선, 양효정	안그라픽스	안상수 계열
2021	공예 ─ 재료와 질감	포뮬러 (신건모, 채희준)	온양민속 박물관	그래픽디자인 1
	기록으로 돌아보기	전용완	아트선재센터, 비주쓰출판사	그래픽디자인 1

	아웃 오브 (콘)텍스트	신덕호	더플로어플랜	그래픽디자인 1
	Data Composition	김영삼	미디어버스	그래픽디자인 1
	자조상/트랙터	박연주	헤적프레스	그래픽디자인 2
	한글생각	이용제	활자공간	그래픽디자인 2
	블루노트 컬렉터를 위한 지침	이기준	고트	북디자인 2
	전위와 고전: 프랑스 상징주의 시 강의	박상일	수류산방	북디자인 2
	문지 스펙트럼	조슬기	문학과지성사	북디자인 1
	신묘한 우리 멋	김민영, 안마노	안그라픽스	안상수 계열
2022	곁에 있어	남주현	유어마인드	그래픽디자인 1
	고수의 도구	홍은주, 김형재	소환사	그래픽디자인 1
	김군을 찾아서	신덕호	후마니타스	그래픽디자인 1
	민간인 통제구역	이경민	goat	그래픽디자인 1
	북해에서의 항해	신덕호	현실문화연구	그래픽디자인 1
	사뮈엘 베케트 선집	김형진	워크룸 프레스	그래픽디자인 1
	셰익스피어 선집	박연주	문학과지성사	그래픽디자인 2
	작업의 방식	정재완	사월의눈	그래픽디자인 2
	나무 신화	박상일	수류산방	북디자인 2
	미얀마 8요일력	노성일	소장각	안상수 계열
2023	1-14	이재영	6699press	그래픽디자인 1
	them 2호	인양	뎀	그래픽디자인 1
	각자 원하는 달콤한 꿈을 꾸고 내일 또 만나자	김형진	세미콜론	그래픽디자인 1
	뭐가 먼저냐	정대봉	프레스 프레스	그래픽디자인 1
	비정량 프렐류드, 판타지아	김형진, 유현선	작업실유령	그래픽디자인 1
	사랑하는 소년이 얼음 밑에 살아서, 이중 연습, 성격소품	나종위	시간의 흐름	북디자인 2
	살라리오 미니모	강문식	고트	그래픽디자인 1
	유용한 바보들 issue 0	오혜진	쎄제디시옹 & 르메곳 에디션	그래픽디자인 1
	토끼전	조선경	썸북스	북디자인 2
	할머니네 집지킴이	신건모	엔씨소프트	그래픽디자인 1

분야별 수상 비율을 살펴보면 매해 유사한 비율로 선정이 이루어지고 있음을 알 수 있다. 2020년과 2021년에는 '그래픽디자인'에서 60%, '북디자인'에서 30%의 수상작이 나왔으며, 2022년에는 '그래픽디자인'이 80%로 늘고 '북디자인'은 10%로 줄었다. '북디자인' 분야의 약세는 2023년에도 이어져 '그래픽디자인'과 '북디자인'의 수상작 비율은 8:2이다. 이 가운데에서도 가장 낮은 수상 비율을 보이고 있는 분야는 '북디자인 1: 인하우스'다. 스튜디오 북디자이너의 작품은 매년 최소 1종씩은 선정되었지만 인하우스 북디자이너의 작품은 2022년, 2023년 모두 한 작품도 선정되지 않았다.

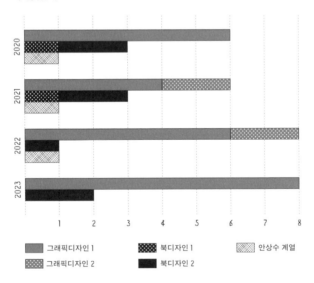

반복 수상 비율이 높은 것 또한 눈여겨볼 부분이다. 총 네 번의 공모전을 통해 배출된 수상작 40점 가운데 22점은 이전 공모전에서 수상한 적이 있는 디자이너가 디자인한 책이다. 3회 선정된 디자이너가 2명(김형진, 신덕호), 2회 선정된 디자이너가 8명(강문식, 나종위, 박상일, 박연주, 신건모, 안마노, 이재영, 전용완)으로 10명의 디자이너가 역대 공모전 전체에서 절반 이상의 상을 받았다.

여성 수상자의 비율도 낮은 점도 문제적이다. 전체 수상자 49명 가운데 여성은 15명, 약 33%이며 반복 수상자 가운데 여성은 1명 뿐이다.

이 결과만 보면 '한국에서 가장 아름다운 책'은 '그래픽 디자인' 분야의 생산 환경, 즉 소규모 스튜디오로 일하는 디자이너가 문화예술계 고객의 의뢰로, 혹은 상업 출판사의 외주 디자이너로서 일하는 경우에 생산될 가능성이 높은 것으로 보인다. 앞서 이 공모전이 추구하는 아름다움을 탈맥락화한 아름다움이라고 했는데 그렇다면 이때 벗어나야 할 맥락이란 상업 출판사 인하우스 디자인으로 대변되는 스타일 혹은 디자인 생산 조건이라 할 수 있을 것이다. 그러나 그래픽디자인 분야 안에서도 소수 남성 디자이너가 집중적으로 상을 받고 있기 때문에 단순히 생산 조건 만이 아니라 성별 등 여러 요인이 수상에 작용하고 있음을 간과해선 안 될 것이다.

과연 아름다운 책이란 이토록 일반적인 환경에서 태어나기 힘든 희소종인가? 그곳에 '무난함'에 대한 압력이 보다 높은 강도로 존재한다는 사실을 부정할 생각은 없으나 나는 현재의 인하우스 북디자인이 지속적으로 저평가를 받을 만큼 단순하다고 보지 않는다. 인하우스 북디자인의 가치를 볼 수 있으려면 이 공모전이 생각하는 아름다움의 개념을 재고할 필요가 있다. 한국 북디자인계의 지형과 문화, 역사 등을 보다 적극적으로 참조점으로 삼을 수 있다면 아름다움을 발견할 책들이 분명 있으리라 생각한다.

제도적 개선 역시 필요하다. 해를 거듭할수록 뚜렷해지는 수상작의 편향성은 암묵적 지침으로 작용할 수밖에 없다. '한국에서 가장 아름다운 책'이라는 이름을 걸고 특정한 종류의 디자인을 선호한다는 메시지를 출판계와 북디자인계에 발신하고 있는 것이다. 이는 응모작의 다양성 저해를 가져올 수 있으며, 낮아진 다양성은 다시 편향성을 강화하는 악순환으로 이어진다.

또한 혹시 어떤 한 분야에서 생산된 결과물이 비슷하게만 보인다면 해당 분야에 대해 잘 모르고 있는 것은 아닌지 돌아볼 필요도 있다. 역대 심사위원진에 출판사 인하우스 디자이너가 포함된 적이 한 번도 없는 것은 이 문제에서 시사하는 바가 있다.

⚙ 목소리를 기대하며 ⚙

심사 현장은 단일대오의 회합이 아닐 것이며 당일의 분위기와 우연에 의해 결정되는 부분도 적지 않게 있으리라 짐작한다. 아직 네 번밖에 치러지지 않은 공모전인만큼 드러난 결과만을 토대로 이 공모전의 숨은 의도가 '그래픽디자인'의 위상을 공적으로 승인하는 것이라고 단정하고 싶지는 않다. 그러나 의도가 어떻든 선택권을 행사한 측은 스스로 논쟁의 장에 올려놓은 작품이 전체 장 안에서 어떻게 의미가 있는지 적극적으로 변호할 필요가 있다. 수많은 책이 놓여 있는 좌표 속에서 이 책의 자리가 바로 여기라는 위치 지움의 작업이 평가이기 때문이다. 그런데 '아름다운 책'에서는 '넘버 원'을 뽑겠다는 공모전 이름을 스스로 부정하듯 '온리 원'으로서의 아름다움에 대한 이야기로만 안전하게 선택의 변을 채운다.

입장을 직접 밝히는 대신 '작품이 스스로 말하도록' 내버려두니 디자인계의 해묵은 이분법이 말해지지 않은 빈자리를 채운다. 창조적인 '그래픽디자인'과 관습적인 '북디자인'이라는 구도가 그것이다. 이러한 틀 속에서 그동안 그래픽디자이너가 중심이 되는 행사는 '엘리트들의 그들만의 잔치'로 치부됐고 비판적인 의견은 '초대받지 못한 사람들의 질투'로 폄하됐다. 그리고 그보다 훨씬 많은 사람들은 '둘 다 나랑 상관없는 일'로 여기고 말없이 지나갔다. 그 사이에서 받아야 할 관심을 온전히 누리지 못하는 것은 개별 작품이다.

오래된 대립 구도로 말려들 수밖에 없는 선택 결과를 내어놓고 그렇다고 이전의 논쟁을 갱신할 수 있는 의견이 표명된 것도 아니니 할 수 있는 말이 없다. '아름다운 책'에 대한 침묵을 만드는 원인은 단시간에 해결할 수 없는 성질의 것이 대부분이겠지만, 그중에서 비교적 빨리 직접 개선할 수 있는 부분이 있다면 바로 이것일 것이다. 주최 측은 토론을 활성화할 수 있는 행사 취지에 걸맞은 의제를 제시해야 한다. 그리고 이것은 가장 아름다운 것을 뽑을 수 있는 권리에 담긴 정치성을 직시하고, 토론을 두려워하지 않는 솔직한 태도를 가질 때 시작될 수 있다. ✄

계약서 위에서
디자인은

2021년 출판계에서 가장 논쟁적이었던 이슈를 꼽는다면 출판 표준계약서 제정을 빼놓을 수 없다. 2021년 한 해 동안 발표된 두 가지 표준계약서를 두고 다양한 해석과 입장이 제기되었다. 이 글에서는 해당 표준계약서의 적용 대상은 아니지만 출판업을 지탱하는 또 하나의 중요한 관계인 출판사와 출판 노동자 사이의 계약, 그중에서도 디자인 작업을 두고 맺어지는 계약에 대해 이야기하려고 한다.

⚙ 외주 노동과 계약 ⚙

2021년 출판산업 실태조사 보고서에 의하면 출판사 업무에서 외주 노동이 차지하는 비율은 도서 1권 발행을 기준으로 약 30%에 달한다. 분야에 따라서 40%를 넘기도 한다. 출판업계에서는 원래도 외주 노동이 활발하긴 했지만 최근에는 노동의 파편화라는 사회적 흐름에 발맞추듯 기존에 출판사의 주요 업무라고 생각되던 영역까지 외주화가 진행되고 있다. 편집 실무에서 큰 몫을 차지하던 교정·교열 작업을 많은 부분 외주로 '돌리고' 내부 편집자는 기획에만 집중한다거나 저자, 역자, 외주 편집자와 디자이너 사이에서 소통과 관리 역할만 담당하는 경우도 있다는 것 같다. 디자인의 경우 업의 특성이 더해져 일찍이 외주 용역이 적극적으로 행해져온 분야라고 할 수 있다. 5인 미만 사업장이 70%를 차지하는 업계 상황상, 외부 디자인 스튜디오에 일을 맡기는 편이 디자인 인력을 직접 고용하고 전문 설비를 마련하는 것보다 부담이 적기 때문이다.

이처럼 외주 노동이 활성화되어 있음에도 불구하고 북디자인 계약에 관한 이야기가 수면 위에서 논의된 적은 많지 않다. 꾸준히 관련된 발언을 하는 분들이 있지만 업계 차원의 구체적인 변화는 아직까지 감지되지 않는다. 한국 사회에서 어떤 관행에 대한 집단적 반성이 일어나는 것은 극히 불행한 사건이 일어났을 때이다. 출판 표준계약서의 본격적 논의도 한 명의 작가가 겪은 고초가 결정적 계기였음을 부정할 수 없다. 게다가 사건의 심각성을 인정해주는 기준이 너무 높아 막대한 금전적 손해나 질병은 물론이고 죽음마저도 요즈음의 뉴스에서는 금세 잊히는 것 같다.

산업으로서 규모가 크지 않은 북디자인은 애초에 세간에서 주목할 만큼 심각한 사건은 잘 일어나지 않는다. 투입되는 인력은 한두 명, 비용도 적게 든다. 영화나 드라마처럼 파급력이 큰 2차적 저작물의 원작이 될 가능성도 거의 없다. 부당한 사건들은 업계 지인들끼리의 대화 속에서 조용히 마무리되어버린다.

⚙️ 관행 1: 작성되지 않는 계약서 ⚙️

그렇다면 북디자인 계약에는 어떤 쟁점이 있을까. 첫 번째로 꼽을 수 있는 것은 계약서를 잘 쓰지 않는다는 점이다. 프리랜서 노동에서 계약서의 중요성은 꽤 자주 언급되는 화제다. 계약서는 기본 권리이자 최소한의 안전장치이니 어렵더라도 의뢰인에게 꼭 계약서 작성을 요구하라고. 옳은 말이다. 하지만 실제로 일을 하다 보면 계약서를 쓰지 않는 쪽이 차라리 편하게 느껴질 때도 적지 않다. 상대방이 오랫동안 함께 일하며 신뢰를 쌓은 관계라면, 거래하는 출판사가 어느 정도 규모가 있어 대금을 떼이지는 않을 것 같다면, 메일 등에 업무 과정이 잘 남겨져 있다면…… 따로 계약서를 쓰지 않아도 괜찮지 않을까 하는 마음이 슬며시 든다. 이는 계약서의 필요를 부정한다기보다 계약서를 쓰면서 맞닥뜨리는 선택의 기로에 서고 싶지 않은 마음에 더 가깝다. 선택은 다음과 같다. 그냥 묵인하고 서명하느냐, 까탈스러운 외주자라며 평판이 나빠지는 위험을 감수하느냐.

⚙️ 관행 2: 불공정한 계약 조항 ⚙️

계약서 쓰기가 부담스러워지는 가장 큰 이유는 출판사가 제시하는 계약서의 내용이 불공정한 경우가 많다는 점이다. 그런 계약서들은 분량이 짧을 때가 많다. 출판사의 권리를 최대로 확보하고 을의 권리는 제한하는 것만이 목적이기 때문이다. 이 계약서에 의하면 디자이너는 기한에 맞게 결과물을 납품해야 하며 그렇지 못하면 손해배상을 해야 한다. 디자인에 대한 일체의 저작재산권은 수요자에게 양도되지만 문제가 발생할 때의 모든 책임은 공급자가 지며, 소송 발생 시 수요자의 사업장 소재지 관할 법원에서 재판을 받아야 한다. 그러나 공급자의 최소한의 권리라고 할 수 있는 정확한 작업비 입금 날짜와 업무 범위, 수정 횟수 등은 명시되지 않은 경우가 많다.

❁ 관행 3: 불분명한 과업 범위 ❁

보통 표지 디자인 작업을 맡으면 별도의 의뢰가 없어도 '대도비라'와 '소도비라', '장도비라', 차례 등 본문 부속물 디자인까지 하는 것이 관행이다. 부속물은 표지와 본문을 연결하고 책의 체계를 잡는 중요한 요소지만 그만큼 품과 노력이 들 것이라고는 잘 생각되지 않는 것 같다. 출판사는 출판사대로 표지 디자인을 약간 바꾸면 쉽고 빠르게 채울 수 있는 부분으로 여기고, 디자이너는 디자이너대로 촉박한 마감 일정 속에서 관습적으로 '쳐낸다'. 양쪽 모두 변화가 필요한 부분이다. 이를 위해서 필요한 것을 계약서에 명시하고 그 대가와 범위를 터놓고 이야기하는 것이 좋은 시작이 되리라 생각한다.

✦ 관행 4: 일상화된 원본 파일 양도 ✦

최종 데이터를 인쇄소에 보낸 다음에는 작업에 쓰인 파일들을 '패키지'해 출판사에 넘기는 일이 기다리고 있다. 현재 북디자인 작업은 보통 ① 워드프로세서 프로그램으로 다듬은 글과 ② 포토샵이나 일러스트레이터 등을 이용해 만든 이미지를 ③ 편집디자인 소프트웨어인 인디자인을 통해 배열·조직하는 과정으로 이뤄진다. 인디자인 작업이 끝나면 결과물을 pdf 문서로 변환해 인쇄소로 보냄과 함께 컴퓨터에서 하는 작업은 끝이 난다. pdf 파일은 거칠게 비유하면 인디자인 파일에 존재하는 복잡한 구조를 한 장의 문서로 압축한 것이라 할 수 있는데, 인디자인 파일로 바로 인쇄하지 않고 pdf 파일을 따로 만드는 이유는 인쇄 공정에서 요구하는 포맷이 pdf이기 때문이다.

패키지는 ①②③ 단계를 거치며 만들고 사용한 이미지나 서체 등 다양한 형식의 소스 파일들을 하나의 폴더로 모아서 정리해주는 기능으로, 원본 파일이라고 하면 이렇게 모아진 파일 묶음을 일컫는다. 기능적인 면만 따졌을 때 인쇄를 위해서는 pdf 파일만 있으면 되므로 원본 파일까지 필요하지 않지만, 작업에 관련된 모든 소스를 대가 없이 양도하는 것이 관행으로 자리잡혀 있다.

원본 파일의 소유권이 누구에게 있는가는 미묘한 문제이다. 북디자인은 저자의 창작물인 글에 기반한 것이지만 그것을 시각적으로 구현하는 것은 디자이너의 창작 영역이기도 하다. 원본 파일 양도 관행이 문제적인 것은 그렇게 전달된 소스들이 다른 책이나 상업적 용도를 위해 사용되는 것을 막을 방법이 사실상 없기 때문이다. 앞서 이야기한 디자인 저작권 일체를 넘겨야 하는 불공정한 계약서는 이런 가능성을 법적으로 뒷받침해준다.

고백하자면 나는 인디자인 패키지 파일을 보내달라는 요청을 받으면 별말 없이 응했다. 아마 그 파일들은 중쇄 제작, 소개용 웹페이지나 광고, 굿즈 디자인을 위한 재료로 쓰일 것이고 이 과정에서 '불행'이 발생할 가능성은 낮다는 것을 경험적으로 알기에 믿고 맡기는 것이다. 그러나 동료 간의 통상적인 이해의 선을 넘어서 저작재산권 일체 및 2차적 저작물 관련 권리 전체를 양도할 것을 명시한 계약서에 동의하고 아무런 대가 없이 원본 파일을 넘긴다는 것은 공정한 거래라고 생각하기 힘들다. 가능성 전체를 팔아야 하는 계약을 맺는 것은 누구에게도 쉽지 않은 일이다. 문화예술인들의 법적 분쟁을 돕는 변호사 그룹 '아트로(Art Law)'의 변호사들은 많은 의뢰인들이 이런 말을 한다고 밝혔다. "나한테 이런 일이 생길 줄은 몰랐다."※

※ 윤영환·임애리·김성주·신하나 지음, 『웹툰 작가에게 변호사 친구가 생겼다』, 바다출판사, 2020, 79쪽.

❊ 필요한 것을 정확히 하기 ❊

프리랜서의 계약에 대해서 조언하는 글들은 공통적으로 말한다. 프리랜서 자신이 계약에 대해 공부하고 준비가 되어 있어야 하며 용기를 내서 당당하게 협상하라고. 중요한 일이고 동의한다. 그러나 알면 알수록 눈에 들어오게 되는 계약서 위의 수많은 빈 곳을 전부 채워 넣자고, 바꾸자고 매번 요구하는 것은 너무 큰 용기가 필요한 일이다. 계약서 위의 '갑'과 '을'을 '수요자'와 '공급자'로 바꾼다고 해서, 개인들의 선의와 배려에 기대어 운 좋게 순조롭게 작업해 왔다고 해서 그것이 구조적인 문제가 존재하지 않는다는 증거가 될 수는 없다. 구조의 문제는 순전한 개인의 노력만으로 극복해낼 대상이 아니다.

제안하고 싶은 것은 다음과 같다. 첫째, 북디자인 작업 및 그 결과물 이용의 현실에 맞게 과업 범위를 정확하게 지정한다. 둘째, 수요자는 자신의 권리를 '일체'가 아닌 현실적으로 운용할 수 있는 만큼만 세분화하여 규정하며 정당한 대가를 지급한다. 셋째, 디자인 표준계약서를 참조하여 공급자의 권리를 보장하는 조항을 보강한다.

물론 내가 겪거나 들은 일이 출판계 전체를 대표하지는 않거니와 전문가의 자문을 받은 의견이 아니므로 부족하거나 잘못된 부분이 있을 수 있다. 이에 대해서는 누군가 의견을 보태준다면 기쁘겠다. 그래도 이 글을 준비하면서 이제까지 몰랐던 계약서에 관한 지식을 조금 더 키울 수 있었는데 이는 다름 아닌 책을 통해서였다. 출판이라는 일을 필요 이상으로 엄숙하게 생각하거나 낭만화할 필요는 없겠지만 어쨌든 책은 사람이 알아야 할 것, 좋아야 할 것에 관해서 꽤 많은 것을 알려준다. 우리가 우리가 만드는 것으로부터 배우지 않는다면 그것은 좀 슬픈 일이 아닐까. ✂

신연선

출판사의 홍보기획부라는
애매한 위치

갈팡질팡 작은 방황을 끝내고 첫 직장인 출판사에 입사한 것이 2008년 1월의 일이다. 부서는 홍보기획부.

고백하자면 이 부서에서 정확히 어떤 업무를 하게 될지 모른 채 그저 출판사에 근무하고 싶어 지원했었다. 이후 꽤 자주 편집부로 입사했어도 좋았겠다고 생각했지만 그런 말은 지금껏 거의 입 밖에 낸 적 없다.

어쨌거나 출판사에서 하는 일 자체가 재미있었다. 책좋아하고, 활동성 넘치던 20대 ENFP인으로서는 출판 홍보기획이라는 업무가 적성에도 잘 맞았다. 입사한 곳은 대형 출판사답게 한 달에도 여러 권의 책이 출간되었고, 홍보기획자로서 해야 할 일도 무척이나 다양했다. 독자한 명 한 명을 만나는 일부터 언론을 한자리에서 만나는일까지, 업무의 범위가 넓은 일이어서 사회 초년생에게맞춤한 일이었을지도 모르겠다. 돌아보면 그곳에서 사회생활의 중요한 기술들도 많이 터득했다.

그러나 안타까운 일이지만 편집자와 디자이너, 마케터 사이에서 홍보기획자의 업무는 좀 후순위로 밀리는편이었다. 2000년대만 해도 홍보기획 담당 부서를 별도로 둔 출판사는 규모 있는 몇몇 곳에 한정된 이야기였다(지금은 어떤지 모르겠다. 다만 일터―저자 인터뷰 현장, 팟캐스트 녹음 현장 등―에서의 경험으로 미루어보건대 여전히 홍보기획만을 담당하는 부서가 많이 확대되지는 않은 듯하다).

이전까지는 편집자도 조금, 마케터도 조금 홍보기획을 하면서 책을 만들고 팔았다. 가령 책의 보도자료는 그때는 물론 지금도 해당 책의 담당 편집자가 쓴다. 책이 지향하는 바와 콘텐츠가 나오게 된 사회적 맥락, 저자의 이력 등 그 책이 기획되고 만들어지기까지의 모든 정보를 편집자가 갖고 있었고, 그것을 보도자료로 만들어내는 일도 전통적인 편집자의 일이었다(비유하자면 자전거나 휴대전화의 신제품 출시를 알리는 언론 홍보용 자료를 그 제품을 만든 제작자가 쓰는 셈이다. 이런 산업이 또 있을까? 책이 단순한 '제품'이 아니라는 사실을 반증하는 것이기도 한데, 나는 출판의 매력과 어려움이 바로 여기에 담겨 있다고 생각한다).

물론 편집자도 그 업무를 즐겁게만 하지는 않았을 것이다. 옆에서 지켜보기만 해도 편집자의 업무 범위 역시 깜짝 놀랄 만큼 넓다는 것을 알 수 있었다. 회사에 별도의 부서가 생겼으니 이제부터는 책의 보도자료를 홍보기획부에서 써야 하는 것 아니냐고 말하던 편집자 동료가 있었다. 하지만 그런 일은 지금도 일어나지 않는다.

당시 신간 홍보를 위한 회의실 장면은 이랬다. 편집자가 책의 내용을 개괄하고, 디자이너가 표지의 의미를 설명한다(디자이너는 회의에 참석하지 않고 편집자가 북디자인의 의도까지 설명하는 경우도 많았다). 이어 마케터가 책을 어떤 카테고리에 넣으면 영업에 유리한지, 어떤 경품을 걸어 프로모션하면 좋을지 등의 판매 방향을 제시한다.

홍보기획자는? 언론홍보를 전공한 동료는 기자 관리가 가장 중요하다고 말했지만 담당 편집자가 작성하고, 그 편집자의 연락처를 기재한 보도자료가 나가면 우리는 불필요한 중간 단계가 되곤 했다. 신문, 라디오, 잡지 등 각종 매체에서 진행되는 저자 인터뷰 현장 역시 홍보기획자보다 편집자가 동행하는 경우가 더 많았다.

저자 입장에서도 책 작업을 하는 동안 꾸준히 소통해온 편집자가 훨씬 편하지 않았을까. 인지도 높은 작가, 해외에서 방한한 작가 등의 경우에는 우리 부서 주최로 기자간담회를 진행하기도 했는데, 그런 일이 매번 일어나는 것은 아니어서(일정이 엉망으로 몰리는 바람에 한 달에 두 번 이상 진행해본 적이 있긴 하다), 홍보기획부는 역시 애매한 위치에 자리를 하고 다른 부서와 약간의 영역 갈등을 겪곤 했다.

특히 마케팅부와 그랬다. 똑같은 책, 같은 내용의 프로모션이라도 온라인 서점에서 진행할 때는 마케팅부가, 온라인 포털에서 진행할 때는 홍보기획부가 담당하는 식이었다. 그마저도 온라인 서점에서 진행하는 웹 프로모션 작업물까지 우리 부서에만 있는 웹디자이너의 손에서 만들어졌다.

내가 일을 시작하던 때가 출판사의 홍보와 마케팅이 오프라인에서 온라인으로 중심을 옮기던 변동기라는 점이 중요할 것이다.

우선 1990년대의 끝 무렵에 생겨난 온라인 서점들의 영향력이 커졌다. 빠른 배송과 할인 등 온라인 서점이 제공하는 다양한 혜택은 독자가 애써 서점을 찾아가고, 무거운 책을 집까지 직접 가져와야 하는 불편함을 곧장 해소해주었다. 덕분에 온라인 서점은 출판시장에 빠르게 자리 잡았다. 온라인 서점에서 진행하는 프로모션을 홍보기획부가 아닌 마케팅부에서 담당해야 했던 맥락이 여기에 있다.

이전까지 마케팅부는(정확히 말하자면 당시는 '마케팅부'보다 '영업부'라는 말을 더 많이 사용했다) 주로 오프라인 서점의 매대 영업이나 광고 협의를 주된 업무로

해왔다. 그러다 온라인 서점이라는 새로운 채널이 하나 더 생긴 것이다. 오프라인 서점에서 하던 경품 이벤트가 온라인 서점의 이벤트 프로모션이 되고, 와중에 웹기획과 웹디자인 파트가 홍보기획부 안에 생겼고, 그 탓에 두 부서의 과도기적 영역 갈등이 생겼다고 나는 그 시절을 해석한다.

한편 책 홍보와 판매의 중요한 관문이었던 신문 기사나 신문 광고는 점차 책의 판매에 전처럼 영향을 끼치지 못하고 있었다. 지금 들으면 놀랄 일이지만 한때는 신문 광고만으로도 책이 엄청나게 팔렸다(고 한다).

  실제로 그런 장면을 많이 보지는 못했다. 2000년대 후반에 이미 신문은, 특히 신문 광고는 영향력이 빠르게 떨어지고 있었다. 그러나 신문 광고는 계속 하던 그런 때이기도 했다는 데에 약간의 슬픔이 있다. 신문 광고는 어느 부서가 담당했나. 짐작대로 역시 홍보기획부는 아니다.

  과정은 이랬다. 편집부가 카피를 뽑고, 미술부가 편집부에서 보내온 자료를 바탕으로 광고 시안을 디자인한다. 편집부와 미술부가 협의해 몇 번의 디자인 수정을 거친 후 최종 시안을 최고결정권자에게 컨펌 받는다. 이 과정이 모두 끝나면 편집부가 광고를 집행했다. 여기에 만들어진 지 몇 년 안 된 홍보기획부는 낄 틈이 없었다. 다만 낄 필요도 없었을까, 생각하면 확신할 수 없다. 어쨌든. 그 대신 신문 광고보다 훨씬 저렴한 비용으로 온라인 광고, 온라인 이벤트를 진행하고 그 결과를 확인하는 것이 내가 속한 부서의 주된 업무였다.

이 이야기를 길게 한 이유는, 온라인 업무에도 신문 광고의 진행 방식이 유사하게 적용되었기 때문이다. 작은 온라인 이벤트를 하나 진행할 때도 반드시 밟아야 했던 출판사 조직의 남다른 과정들이 있었다. 입사 1년이 채 되지 않은 신입 시절, 포털 사이트에서 신간 출간 기념 댓글 이벤트를 진행하기 위한 웹페이지 작업 업무를 하던 때를 잊을 수는 없을 것이다.

우선 글과 이미지를 어떻게 배치할지, 이벤트 내용은 어디에 놓아서 눈에 띄게 할지 등의 페이지 구성은 기획자인 내가 했지만, 각 위치에 들어갈 카피는 직접 결정할 수 없었다. 담당 편집자에게 프로모션용 카피를 요청해 받아야 했던 것이다. 회신 받은 카피들을 적당히 페이지에 앉히고, 우리 부서에 있는 웹디자이너 동료에게 디자인 작업을 요청하는 것이 두 번째 단계. 이윽고 1차 웹페이지 시안이 나오면, 여기서부터는 기획자인 내가 진행하면 정말이지 좋았겠지만, 페이지는 다시 편집부로 가야 했다.

이 과정이 문제였다고 지금은 생각한다. 편집부 안에

서도 담당 편집자가 시안을 확인하면 팀장 등 한두 단계에 걸쳐 최종 컨펌하는 과정을 거쳤는데, 이때 아주 높은 확률로 기존에 앉힌 카피마저 달라지곤 했던 것이다. 카피면 그나마 다행이고, 최종 마무리 단계에서 페이지에 들어간 이미지를 교체하는 황당한 일도 종종 일어났다. 신문 광고든 온라인 프로모션이든 편집부에서 진행되는 과정은 변하지 않았던 셈이다.

당시 진행하던 책과 이벤트 페이지를 십 수년이 지난 지금까지 정확히 기억하는 것은 일련의 컨펌─수정─컨펌의 과정이 무려 열 번 이상 진행되었기 때문이다. 불과 일주일 진행하는 온라인 이벤트 페이지를 위해 하루에 세 번도 더, 아주 미세하게 수정된 페이지를 출력해서(왜 꼭 종이에 컬러 출력을 해서 컨펌을 받아야 했을까?), 편집부에 왔다 갔다 했던 날들. 편집자는 나에게 미안해하고, 나는 웹디자이너에게 미안해하고, 이벤트 오픈은 다가오고, 입은 바싹 마르던 그런 날들.

이 말도 안 되게 비효율적인 일이 빈번하게 일어났다. 이후 나는 IT기업으로 자리를 옮겼는데, 컨펌이고 뭐고 놀랍도록 빠르게 진행되는 업무 과정에 충격을 받곤 했다. 지금은 웃으며 하는 이야기다.

아무튼 그런 식이었다. 업무를 주도하는 느낌은 갖기 어려웠고, 나는 내 역할을 '홍보기획자'보다는 '메신저'로 느낄 때가 많았다. 그렇게 생각하지 않아도 된다고 누가 알려주면 좋았을 것이다. 그러나 나는 종종 '을(乙)이어야 한다'는 생각에서 자유롭지 못했다. 그것이 신입사원의 자세라고 여겼던 것이다.

주변으로부터 그런 이야기를 많이 듣기도 했다. 대학교 졸업을 앞두고 청강한 '취업 강의'에서 강사가, 막 입사한 곳에서 만난 상사가 너희는 을이어야 한다, 을이라고 생각하고 일해라, 라는 말을 했다.

하지만 그런 생각을 품은 시간이 계속될수록 나는 작가와의 관계에서도, 편집자와의 관계에서도, 마케터와의 관계에서도, 아니 그밖에 맺게 되는 모든 관계에서도 언제나 을이어야 하는 일이라는 게 정말이지 안타깝다고 생각했다. 역시 편집부로 입사했으면 더 좋았으려나.

아니, 을이라니?
그런 생각은 얼마나 후진가. 🔲

어디서든 친절로
한 명의 사람을 만나야 한다

책을 알리고, 팔고, 책에 대해 말하고, 쓰는 일을 16년째 해오면서 깨닫는 것이 있다. 우리는 언젠가 반드시 만난 다는 사실이다. 출판계는 재미있는 동네다. 한 번 발 들인 이상 떠날 수가 없다는 듯 대부분의 사람들이 옹기종기 모여 책을 읽고, 만들고, 팔고, 썼다(물론 떠나버리는 사람도 있지만, 그건 어느 산업에나 있는 일이랄까). 더욱이 읽고, 만들고, 팔고, 쓰는 사람들이 분절되어 있지 않고 큰 교집합 안에 모여 있다.

책의 민망하리만치 소소한 판매부수를 보면 알 수 있다. 언젠가 책에 별달리 관심 없는 친구에게 "책이 한 권 나오면 몇 권이나 팔릴 것 같은지" 물은 적이 있다("참고로 인구가 5천만이라는 점을 기억해봐……"). 친구는 잠시 고민한 뒤 답했다. "한…… 10만 권?" 약간 서러워지는 얘기였다. 그러니 출판계에 있는 친구들과 "이거 어차피 다 만든 사람이 사고, 쓴 사람이 사고, 산 사람이 만들고, 쓰는 거 아니냐고!"라면서 자주 눈물 섞인 웃음을 짓는 것이다.

그럼에도, 심지어 다른 영역으로 떠난 사람들조차 어

떻게든 출판과 연결되어 있다는 점이 늘 재미있게 여겨진다. 이를테면 자신의 영역에서 굳이 책과 콜라보를 한다든가 하는 식이다(책이라는 상품의 독특한 위치에 대해서는 뒤에 다루겠다). 나 역시 출판사와 온라인 서점을 거쳐 경쟁사(!)였던 예스24와 프리랜서 계약을 하고 인터뷰 기사를 쓰는 기자로, 팟캐스트 〈책읽아웃 - 오은의 옹기종기〉의 대본을 쓰는 작가로 일하며 여기에 머무는 중이다.

그렇게 옷을 갈아입는 동안 얼마나 많은 사람들과 조금씩 자리를 바꾸며 만났나, 생각한다. MD 시절 매출 1위 온라인 서점을 만들어보자고 함께 자학의 의욕을 다졌던 같은 팀 선배는 문학 편집자였다가 이직한 경우였다. 짧은 점심시간을 숨 쉴 공간으로 만들어주었던 편집자 친구는 사랑 받는 소설가가 되어서, 프리랜서 시절 몇 년간 칼럼을 기고하던 잡지의 담당 에디터는 아름다운 책을 만드는 편집자가 되어서 일터에서 다시 만났다. 출판사에 다닐 때, 몇 개의 타이틀을 두고 함께 일하던 신뢰하는 편집자 선배는 이제 프리랜서인 내게 종종 일감을 주는 은인이다. 출판 동네 사람들은 이런 이야기를 많이 갖고 있을 것이다.

출판사의 홍보기획 일이 어느 정도 익숙해진 후, 나는 이

대로 계속 을이어야만 한다면 더 이상 일을 잘 해나갈 수 없겠다는 결론에 다다랐다. 을이라는 생각만 떠올려도 몹시 우울해졌다. 아무리 생각해도 출판 홍보기획이라는, 내가 좋아하고 있는 '나의 일'이 을로만 해야 하는 일은 아닌 것 같았다.

을로 일하기가 과거에는 유효한 방법론이었을지 모르지만 내 세대에는 더 이상 해당하지 않는 이야기다, 라는 결론. 그래, 이전 세대의 가르침이 이상하면 따르지 않으면 된다! 나는 출판이 좋았고, 이토록 좋아하는 곳에서 번번이 안 좋은 기억만 쌓고 싶지는 않았다. 나는 을이기 때문이 아니라 나 자신의 긍지를 위해서 친절로 일하기를 선택했다.

섬세하지 않은 사람에게는 큰 차이 없는 얘기로 들리지 않을까? 겉으로 보기에는 을로 일하기와 친절로 일하기가 다르지 않아 보였을 것 같다. 그렇지만 일단 '나의 긍지'라는 만족스럽고 분명한 해답을 찾자 내면에서는 일종의 혁명이 일어났다. 나의 친절은 나를 낮춰야 하기 때문에 소비되는 행위가 아니라 나를 진정으로 존중하기 때문에 발현되는 행위, 타인과 평등하게 만나기 때문에 발휘되는 결과였다.

물론 그런 이유로 동료들이 기피하는 일을 떠맡는 경우도 많았다. 하고 돌아서면 쌓여 있고, 해도 해도 티 안 나는 집안일 같은 일들을 두 어깨 가득 짊어지기도 했다. 하지만 그 덕분에 얻게 된 것들이 존재한다. 우선 나에게는 어떤 일을 A부터 Z까지 다 해봤다는 자신감이 있다. 아무리 홍보기획자라는 애매한 위치를 두고 투덜거렸어도 그 일을 하면서 출판이 가닿을 수 있는 가장 먼 곳까지 가보았고, 그 지점이 점점 더 넓은 곳으로 이동하는 것을 직접 목격할 수 있었다. 이때의 경험은 엄청나게 밀도가 높은 것이어서 결코 잃어버릴 수도, 잊어버릴 수도 없는 나의 자산이다.

얼마간의 시간이 지나 줌파 라히리의 "표지는 꿈에서 깨는 것"[*]이라는 문장을 읽었을 때, 그 시절 내가 열심히 했던 일들이 작가의 꿈을 다시 여러 번 포장해 여기저기 배달하는 거였구나, 싶어 산뜻해지기도 했다.

무엇보다 내가 닿고 싶은 곳에 가닿을 수 있었던 데에 함께 일한 사람들이 있었다는 사실을 언제나 잊지 않으려고 한다.

운 좋게도, 또 다행스럽게도 돌고 돌아 만나도 웃으며 믿고 일할 수 있는 동료들이 나에게는 있었다. 친절로 일하기라는 목표를 세울 때, 나는 같이 일하기 싫은 사람 말

❀ 줌파 라히리, 『책이 입은 옷』(마음산책, 2017), 23쪽

고 어떤 일도 믿고 편하게 맡길 수 있는 사람, 기꺼이 함께 일하고 싶은 사람이 되자고 생각했었다. 짜증이 일상인 상사, 꼭 하대하는 말투로 전화를 걸어오는 작가, 그밖에 일을 '되게' 하지 않고 어떻게든 그 일을 맡지 않으려 핑계만 대는 사람들 사이에서 나는 그 태도를 배우지는 말자고 자주 생각했던 것이다.

그러고 보면 을로 일해야 한다는 말을 하던 사람들은 정작 그럴 수 있을 때에는 언제든 자신이 아니라 상대를 을로 만들어버리곤 했던 것 같다. 어째서 일터에서 위계를 나누고, 상대를 낮은 곳 혹은 높은 곳에 두어야 한단 말인가. 그 틈에서 친절이라는 갑옷을 입기로 한 그때의 나를 기특해 해도 되겠지.

그게 얼마나 탁월한 선택이었는지 프리랜서로 일하는 시간이 길어질수록 점점 더 실감한다. 올해로 프리랜서 10년 차. 만약 예의 짜증과 불친절을 배웠다면, 을로만 일하는 것을 업무 태도로 삼았다면, 나는 지금 꽤 다른 환경에서 일하고 있을 것 같다. 그 가능성을 떠올리면 아찔해져서 나는 친절을 선택한 과거의 나에게 진한 윙크를 날린다.

그러니까 내가 터득한 가장 훌륭한 사회생활의 기술은 '친절로 일하기'다.

189

"우리는 필요 이상으로 친절을 베풀어야만 합니다. 특별히 이 말, 이 개념을 좋아하는 *까닭*은, 인간으로서 우리가 지니고 살아야 할 것이 무엇인지 일깨워 주기 때문입니다. 여유가 있어서 친절을 베푸는 게 아니라, 친절을 선택한다는 말입니다."⋄

일터에서 친절은 가치의 문제이기도 하지만 분명한 업무 능력의 문제이기도 하다. 내가 일터에서 여러 번 자리를 바꾸어가며 오랜만에 만난 사람들과도 변함없이 반갑게 인사를 나눌 수 있는 것은, 그들과 불필요한 불안감이나 긴장감, 쓸데없는 에너지 소모 없이 수평적으로 일할 수 있는 것은, 결국 내가 나의 긍지를 위해 삼았던 친절과 다정의 태도 덕분이라고 믿는다.

나는 동료들과 친절로 호감을 나누었고, 그 호감은 일을 잘 해내고 싶다는 마음, 즉 책임감으로 돌아와 사회생활의 양분이 되었다. 실제로 그렇게 일할 때 일의 결과도 좋았다.

때로 동료가 내뱉는 불평을 받아내야 했을 때조차 그 불평을 똑같이 돌려주지 않는 것이 내가 세운 '친절의 3규칙'이었다. 1) 내가 되고 싶지 않은 나는 절대로 되지

⋄ R.J 팔라시오, 『아름다운 아이』(책과콩나무, 2012), 456쪽

말자, 2) 내가 되고 싶은 나는 누구에게나 친절한 사람이다, 그리고 3) 그 친절은 그 누구보다 나를 위한 것이다, 이런 생각이 아주 깊은 곳에 단단하게 자리하고 있었고, 지금은 그 덕을 본다.

좁은 동네이니 평판을 잘 쌓아야 한다, 같은 말이 아니다. 친절은 친절로 돌아온다. 예의바른 태도, 상대를 존중하는 태도, 상대의 인격을 나의 인격과 같은 것으로 여기는 지극한 태도는 어디 소속의 누구, 어떤 경력의 누구 같은 라벨보다 훨씬 더 상대를 고유한 한 명의 사람으로 만날 수 있게 한다.

그런 만남에서는 다름 아닌 현재의 의사소통 능력, 현재의 아이디어, 현재의 업무 방식이 작동하기 때문에 자연히 내가 가진 일의 기술도 열심히 벼리게 될 수밖에 없다. 친절의 태도가 나를 지금보다 더 나은 자리로 이동시키는 것이다. 그리고 그 자리는 내가 '나의 일'을 할 수 있는 자리다. 그 자리에서는 주변에 휘둘리지 않고, 불안해하지 않고, 자신 있게 일을 할 수 있게 된다.

덧붙이자면 그렇게 친절을 선택한 사람들이 많은 일터는 친절을 선택하지 않은 사람에게도 호의적인 환경을 마련한다. 결국 일하는 모두에게 좋은 것이다.

다행스럽게도 이런 태도를 선택한 사람들을 점점 더 많

이 만나고 있다. 나이, 경력, 현재의 소속 등이 판단 기준이 되지 않는 환경에서 일할 기회를 점점 많이 맞이한다. 때로 좋아지는 것보다 나빠지는 것이 더 빠르게 느껴지지만 적어도 친절의 태도라는 것이 출판 동네에서는 자연스러운 것이 되어가고 있는 것 같다.

그래서 생겨난 바람도 있다. 우리는 어디서든 친절로 한 명의 사람을 만나야 한다는 소망. 이미 우리는 각자의 자리에서 충분히 고군분투하고 있으므로, 서로가 서로에게 불편함이 되는 존재까지는 되지 않았으면 좋겠다는 바람을 갖는 것이다.

이 이야기를 누군가 2008년의 내게 해주었다면 좋았을 것 같다.

하지만 많이 아쉬워하지는 않으려고 한다. 그것이 어떤 의미인지 아는 '친절을 선택한' 사람들의 얼굴들이 떠오른다. 🔁

삼구무배의
추억

2000년대가 끝나갈 무렵, 한 대형 온라인 쇼핑몰이 본격적으로 책을 팔기로 하고 출판사 경력의 직원을 뽑았다. 나는 출판사를 퇴사하고 그 쇼핑몰의 도서 카테고리 담당 MD(회사에서는 CM[Category Manager]이라고 불렀지만 업무에는 큰 차이가 없었으니 흔히 통용되는 MD로 적는다)로 이직했다.

2차 실무진 면접에서는 팀장님이 "교보문고, 예스24를 이기려면 어떻게 해야 하나?"라는 질문을 던졌다. 그분이 오랫동안 자동차 카테고리 MD로 일했다는 사실이 언제나 많은 생각을 하게 한다. 그 질문에 정확히 어떤 답변을 했는지 기억나지 않지만 어쨌든 합격. 출근해서 보니 아직 사이트 안에 카테고리 정리조차 안 되어 있었고, 내가 가장 먼저 해야 했던 일은 다른 온라인 서점의 카테고리를 참고해 큰 카테고리(문학/경제경영/인문/역사/과학/유아/아동 등)부터 세부 카테고리(문학 — 소설 — 한국소설/영미소설/유럽소설 등)까지 세세히 정리하는 것이었다.

이윽고 도서 카테고리의 첫 페이지가 온라인 서점의

모습을 갖추었고,

나는 인문/역사/예술/사회/과학 카테고리 담당 MD가 되었다.

지금 서점의 MD로 일하고 계신 분들이 이 문장을 읽으면서 어떤 생각을 하실지 궁금하다. 맙소사, 그게 전부 내가 담당하는 카테고리였다. 인문 카테고리만 해도 다루어야할 책이 얼마나 많은가. 나 역시, 이 카테고리들을 모두 맡으라는 팀의 결정에 속으로는 경악했었다.

하지만 머지않아 이것이 쇼핑몰 정서에 너무나 당연한 일이라는 사실을 깨달았다. 이 분야를 모두 합친 매출이 유아 카테고리 하나의 매출보다도 작았던 것이다. 그것도 아주 큰 차이로 그랬다. 좋은 책을 알리고, 숨은 명작을 발굴해 팔아보겠다는 초보자의 씩씩한 의지로 이직했지만 쇼핑몰에서 말하는 '좋은 책'이란 '매출이 많이 나는 책'이었다.

'도서 슈퍼 데이'를 기획하고 진행하는 일은 도서팀의 가장 중요한 업무 중 하나였다. 도서 슈퍼 데이 기획회의가 있던 날, 나는 이왕이면 소장 가치가 있는 책을 소개하자는 생각에 나름대로 신중하게 책을 엄선했다. 만약 누가 묻는다면 이 책이 어떤 의미가 있는지, 어떤 점이 독자에게 흥미를 일으킬지 세세하게 설명할 참이었다.

그리고 회의실에 들어갈 때 했던 이 깜찍한 생각은 자리에 앉자마자 버려졌다. 결국 그 회의실에서 언급했던 것은 '출판사로부터 얼마나 낮은 공급률에 책을 받았는 가'였다. 출판사와의 통화나 미팅 내용도 마찬가지였다. 책의 주제가 무엇인지, 이 책이 어떤 맥락에서 만들어진 것인지에 대해서는 깊이 얘기할 일이 별로 없었다. 사실상 신간을 가운데 둔 미팅도 많지 않았다. 대부분은 당시 제도에 따라 할인이 가능한 구간(출간 후 18개월이 경과한 책)을 앞에 놓고 "사공(40)에 주실 수 있죠? 삼오(35)도 가능하세요? 메인 프로모션에 노출할 거예요. 많이 팔거니까, 싸게 좀 부탁드려요."라면서 가격 협상을 하는 일이 주였다.

여기서 사공이니 삼오니 하는 것은 공급률에 관한 이야기다. 당시 우리는 정가 만 원짜리 책을 공급률 40%, 즉 4,000원에 받으면 100원 역마진을 보고 3,900원에 팔아서 사람들을 끌어 모았다. 정가가 12,000원이면 어떻게든 공급률을 35%로 낮춰서 300원 역마진을 보고 역시 3,900원에 맞췄다.

이런 공격적인 마케팅은 다른 온라인 서점에 아주 큰 혼란을 안겼다. 다른 서점들은 40% 공급률에 책을 받으면 통상 10%를 더해 50%의 가격, 즉 만 원짜리 책을

5,000원에 판매하는 것이 대부분이었기 때문이다. 우리는 쓴소리도, 놀라는 소리도 모두 들었지만 어쨌거나 눈앞에 놓인 매출 목표를 달성하는 것이 중요했다.

그래서 한 발 더 나갔다. 우리는 그런 책들만 모아 '삼구무배(3,900원+무료배송)' 이벤트를 진행했다. 이런 맥락에서 '도서 슈퍼 데이'라고 불리는, 도서팀 대표 프로모션은 할인율 높은 책들을 한 곳에 모아놓고 더 큰 '혜택'을 챙겨주면서 박리다매하는 형태로 고정되었다.

언젠가는 라면을 사은품으로 걸었다. 이 이벤트는 "라면을 샀더니 책이 왔다"는, 웃을 수만은 없는 평을 들으며 꽤나 흥행했는데 이미 정가의 50% 이상을 판매가로 맞춘 도서들을 하나의 이벤트 페이지에 보여주고, 30,000원 이상을 구매하면 무조건 라면 한 박스를 주는 내용이었다. 30,000원 채우는 것으로는 부족할까 싶어 이벤트에 노출한 책 중 단 한 권만 사더라도 라면 한 봉지를 끼워주었다. 이벤트 페이지 최상단은 '단 하루 대박 찬스'라는 화려한 엠블럼을 붙여 정가 95,000원인 대하소설 10권짜리 한 질을 39,900원에 노출했다. 그것을 사면 역시 라면도 한 박스. 책은 불티나게 팔렸다. 매출 목표도 무사히 달성할 수 있었다. 우리 도서팀은 한동안 계속 이런 이벤트를 했다.

책이 이렇게 싸게 팔려도 되는 '상품'인지 고민하는 마음은 매출 목표 앞에서 자주 무너졌다. 드물게는 마케팅 역량이 부족한 작은 출판사의 책을 발굴해 팔고, 우리 서점만의 베스트셀러를 만든다는 기쁨도 있었다. 회사 특성상 '판매완료' 후 일주일 내에 판매자에게 현금 정산이 되었기 때문에 우리 방식을 선호하는 출판사도 많았다. 여전히 어음 거래가 이루어지는 출판시장 상황과 현금 흐름이 좋지 않던 당시 출판 거래 관행 탓이다.

하지만 그런 점들로 자기 위안을 하기에는 피부로 느끼는 부작용이 너무 많았다. 우선 이런 프로모션을 위주로 하다 보니 신간은 거의 팔리지 않았다. 새로 나온 신간은 MD로서가 아니라 오직 독자로서의 관심으로 살펴보았을 뿐이다. 업무 중에는 할인이 가능한 시점, 즉 출간 후 1년 6개월이 지난 책을 타사 MD보다 먼저 찾아내 해당 출판사에 할인 행사를 제안하는 일을 최우선으로 했다. 출판사 담당자의 "어떻게 알고 벌써 연락을 주세요?"라는 말을 그때의 나는 칭찬으로 들었다.

역마진을 보고 책을 팔다 보니 유통사가 우리 사이트에서 대량으로 책을 사들이는 황당한 일까지 발생했다. 출판사나 총판을 통해 책을 구매하는 것보다 싸게 살 수 있기 때문에 벌어지는 일이었다. 이후 부랴부랴 아이디 하나당 세 개 이상은 구매하지 못하도록 제한을 걸었다.

일의 재미도, 보람도 점점 사라져갔다.

다행인지 불행인지 우리의 출혈 마케팅은 한계에 다다랐다. 회사는 아무리 해도 다른 카테고리의 상품, 이를테면 물티슈나 생수의 매출에는 한참 못 미치면서 물류나 상품 관리 등 투자 비용은 너무 많이 들어가는 도서 카테고리를 포기하기로 했다.

그 지경이 되었을 때 나는 퇴사했다. 한동안 온라인 서점을 쳐다보지 못했다.

2014년 11월 21일을 기점으로 이제 서점들은 예전 같은 반값할인을 못하게 됐다(이 날을 앞두고 벌어진 엄청난 할인 대잔치의 촌극을 기억하는 사람들이 이 책의 독자 중에는 아주 많을 것이다). 제도가 바뀌었다는 소식을 들었을 때, 나는 문득 '이제 MD들은 좀 할 만하겠다'는 생각을 했다. 최소한 공급률 전쟁, 할인율 전쟁은 사라진 게 아닌가. 그건 그것대로 다른 고민을 하는 일이겠지만.

그러나 나는 분명히 알았다. 이 정책이 없을 때보다는 훨씬 건강한 환경이 마련되었다는 것을 말이다. 2014년 이후 지금까지 전국에 500곳 이상의 동네 책방이 새롭게 생겨났다✿는 것은 그야말로 환상적인 장면이다(물론 그

✿ 백원근, 『도서정가제가 없어지면 우리가 읽고 싶은 책이 사라집니다』
   (한국출판인회의, 2020), 6쪽

렇게 생겨난 책방의 폐업률도 무시할 수 없을 것이다. 더 많이 책방에서 책을 사야 하는 이유이기도 하다). 막대한 물류를 보유하고, 공격적으로 할인 마케팅을 하는 온라인 서점과 승산 있는 경쟁을 할 수 있는 동네 책방이 거의 없던 시절에는 그저 자꾸 사라져가는 곳곳의 서점들을 안타까워하고, 그리워했을 뿐이었다. 나 자신이 그 선봉에서 일하면서도 그랬다.

하지만 책을 제멋대로 할인할 수 없도록 하자 황량한 땅에 연둣빛 풀이 자라듯 곳곳에 책방들이 생겨났다. 책방이 왜 소중한가? 책방이라는 공간은 단순히 물건을 사는 상점은 아닌 것 같다. 문화공간이기도 하고, 책을 구매하는 곳인 동시에 책과의 우연한 만남을 가능하게 하는 곳이 책방이다. 이곳은 광고하는 책이 아니라, 베스트셀러가 아니라 책방 주인이 엄선한 다채로운 책 목록이 있는 곳이고 시간과 공간의 제약 덕분에 책과의 밀도 높은 만남을 가능하게 하는 곳이다. 하굣길에 있어 가끔 들르던 서점에서 우연히 만난, 지금은 운명이라고 믿는 책들과의 추억이라면 책 좋아하는 사람 누구에게나 있을 것이다.

나는 국내 여행을 좋아하는데 어느 지역에 가든 그곳의 동네 책방을 찾아 방문하는 코스가 여행의 필수 과정이다. 즐겁게도 이 여행 방식을 이제 많은 분들이 즐기고 있는 것 같다. 그 동네 책방에서만 만날 수 있는 멋있는 독립출판물을 발견하는 기쁨, 그곳만의 색깔이 담긴 색다른 큐레이션을 감상하는 즐거움은 여행지에서 만날 수 있는 최고의 순간 중 하나다.

나는 과거에 저지른 삼구무배의 행패를 속죄하는 마음으로 방문한 책방에서 꼭 책을 사들고 나온다. 동네 책방이 생명력 있게 그곳에 머물러주기를 바라는 마음을 함께 담아서. 그렇게 내 책장에는 제주에서, 공주에서, 강릉에서, 순천에서, 통영에서 사온 책들이 한 자리를 차지하고 있다. 무엇보다 그 책들이 나만의 '여행 지도'라는 점이 더 없는 즐거움이다.

동네 책방에서 화제가 된 독립출판물이 기성 출판사를 만나 재출간되고, 그것이 또 베스트셀러가 되는 장면을 삼구무배 이벤트 할 때는 상상도 못했다. 2014년 이후 출간된 신간의 수가 이전에 나온 신간의 수보다 33%나 증가했다고 하니⏀ 독자로서도 얼마나 안심인지. 전에는 쉽게 찾아보기 힘들었던 작은 목소리들(청소 노동자, 콜센터 직원, 버스 운전사, 작가 지망생, 중년과 노년의 여성 등)이 직접 들려주는 이야기를 담은 책들을 만나는 행운

⏀ 백원근, 『도서정가제가 없어지면 우리가 읽고 싶은 책이 사라집니다』
   (한국출판인회의, 2020), 13쪽

또한 지금의 제도 덕이 크다.

유명한 저자의 책, 기형적인 할인율의 목록이 베스트셀러를 채우던 그때. 그 시기의 기억을 선명하게 갖고 있는 나로서는 확신에 찬 목소리로 지금을 응원하게 되는 것이다. 출판사가 작고 다양한 목소리들을 책에 담아내고, 동네를 풍요롭게 만들어주는 색깔 있는 동네 책방이 많아진 지금이 책 한 권을 3,900원에 살 수 있던 시절보다 단언컨대 훨씬 좋다고, 소리 높여 외치는 마음으로.

동네에 있는 단정하고 조용한 책방을 떠올린다. 그곳에서의 멋진 만남들도. 그 아름다운 곳이 50년 뒤에도, 100년 뒤에도 사라지지 않는다면. 우리에게도 멋진 역사를 품은 책방이 더 많이 생긴다면. 그건 얼마나 멋진 일일지. ▢

조금씩 자리를 바꿔
만난다

'조금씩 자리를 바꾸며 만난다'는 이야기가 꼭 출판계에만 해당하는 일은 아닐 것이다. TV에서만도 '평범한 회사원에서 뭐뭐로 변신한 누구 씨'를 많이 볼 수 있다(그나저나 회사원은 어째서 평범하다는 걸까? 도서 MD로 쇼핑몰에 입사했을 때 내게는 일곱 명의 입사 동기가 있었고, 그중 다섯은 지금까지, 10년 넘게 그 회사에 다니고 있다. 내게 그 친구들은 조금도 평범해 보이지 않는다. 자신의 자리에서 치열한 하루를 매일, 꾸준히 보내고 있다. '평범한'이라는 수식어는 그렇게 사용할 때만 아주 게으르게 평범한 것 같다). 어쨌거나 이번에는 내가 조금씩 자리를 바꾸며 만난, 출판을 사랑하는 사람들이 어떻게 다른 곳에서 만난 사람들과 달리 특별했는지에 대해 이야기하려고 한다.

2008년의 어느 이른 봄, 이제 막 수습 기간이 끝나 그야말로 '쭈뼛' 자체인 나에게 뜻밖에도 이웃한 편집부의 한 사람이 말을 걸어왔다. 부서 내에도 아직 낯을 튼 사람이 없었을 때였다. 신입 때만 느끼게 되는 막막한 외로움 속에서 긴 하루를 지내던 내게 그는 점심을 함께하자고 청해왔다. "좋아요!"라고 대답한 뒤 한참 설레던 동시에 미묘하게 긴장감이 돌던 그때의 기분이 아직까지 생생하다. 이 점심 약속의 의미가 무엇인지, 만나면 무슨 말을 해야 할지, 도통 감을 못 잡았기 때문이다. 돌이켜보면 그것은 내 회사 생활 첫 번째 즐거움이었다.

약속한 날이 되었다. 나는 12시가 되자마자 자리에서 일어났다. 그와 엘리베이터 앞에서 만나 근처 식당으로 갔다. 주문한 청국장을 기다리며 우리는 마주 보았고, 그는 내게 나이를 물어왔다. 우리가 같은 해에 태어났다는 것을 확인하고 눈을 반짝 빛낸 그는 회사에는 나보다 반년 일찍 들어왔는데 친구가 없다면서 우리는 입사 동기나 마찬가지라고 했다. 친구. 동기. 이 단어가, 그 말이 따뜻하게 등을 쓸어주는 커다란 손 같아서 참 좋았다. 회사에서도 친구를 만날 수 있는 거구나, 대학 바깥의 냉랭함에 한껏 움츠러들던 나는 그 덕분에 깨달았다.

손을 내밀어준 친구와 친구가 먼저 친해진 편집자 선배, 우리는 셋이서 자주 뭉쳐 힘든 시간을 버텼다. 비슷하면서도 완전히 다른 고민들을 나누기에 한 시간짜리 점심시간은 너무 짧았으므로, 가끔은 비밀회동을 하듯 오후의 사무실을 빠져나와 회사 옥상에 몰래 모였다. 침샘이 아리도록 달콤한 디저트를 나눠 먹으며 신나게 수다를 떨다가 조금 길게 화장실에 다녀온 척 자리에 돌아와 앉을 때는 늘 작은 승리를 이룬 기분이 됐다.

(대)작가와 편집부와 홍보기획부가 함께한 점심의 중식당 장면은 친구와 지금도 가끔 웃으며 떠올리는 기억이다. (대)작가는 평일 한낮의, 본인만 빼고 모두가 직장인인 식사 자리에서 무려 술을 시켰다. 도수가 아주 높은 술이 모두의 잔에 채워졌다. 그러나 저러나 술 앞에서 언제나 자신만만하던 20대의 나는 그걸 꿀꺽 받아 마셨는데 마주 앉은 친구의 표정이 심상치 않았다. 나는 친구와 눈짓을 나누고 얼른 그것도 가져다 마셨다. 솔직히 그때는 '업무 중에 술을 먹을 수 있다니 참 좋네' 하는 단순한 생각이었는데 술을 거의 하지 못하는 친구에게는 내가 지옥에 나타난 구원용사였던 듯하다. 덕분에 우리는 더욱 친밀해졌다. 그날 오후 업무 시간은 꿀처럼 사르르 흘러갔다.

친구와의 회사생활은 기대보다 짧게 끝났다. 친구가 먼저 회사를 그만두었다. 소설을 쓰던 친구는 글을 고치는 데 쓰는 에너지가 새로 쓰는 에너지와 같은 곳에서 나와 고갈되었다고, 그동안 꽤 힘들었다고 말했다. 친구의 결정에 무한한 응원을 보내면서도 솔직히 말해 친구가 떠난 회사는 너무 심심하고 허전해서 어떤 날은 약간의 과장을 보태 외로움이 사무쳤다. 돌아오라고 할 수도 없는 노릇이니까.

친구의 빈자리를 쓸쓸해하던 당분간의 시간이 지나고, 몇 가지 일들(이라고 말하기에는 부족하지만 여기에 적을 수는 없는 일들)을 겪은 뒤 나도 회사를 옮겼다. 온라인 서점의 MD 업무는, 그것도 이제 막 사업을 시작한 부서에서 근무하는 사람의 일은 시작도 끝도 없었다. 신장개업한 24시간 서점에 입사를 한 셈이니 자주 주말에도 출근해서 일을 해야 했다. 주말 출근이 강제는 아니었지만 해야 할 일은 언제나 쌓여 있었고, 휴일에 집에 있어도 일 생각 하느라 쉬지 못하니 차라리 그냥 회사에 나가자고 생각하게 되는 그런 시절. 아무리 해도 사람이 그렇게 일해서는 안 된다는 사실을 몸으로 깨닫던 나날이었다.

그저 그런 지겨운 주말 근무가 이어지던 어떤 날에 회색빛의 오후가 단 한 번 특별한 컬러로 변한 적이 있다. 2010년, 친구가 메신저로 보내준 링크를 받게 된 주말의 일이다. 친구는 그즈음 멋진 소설을 하나씩 세상에 내보이고 있었다. 그의 작품을 따라 읽으면 괜시리 친구의 퇴사를 슬퍼했던 이전의 나마저 보상 받는 기분이 되었다.

당시 나는 결혼을 준비하고 있었고, 야근에, 주말 근

무에, 결혼 준비까지 하느라 내 코가 어디에 붙어 있는지도 모를 상태였다. 그런 내가 그 시간에도 회사에 있다는 사실을 안타까워하며 친구는 더 없이 특별한 결혼 선물을 보내왔다. 작품 속 주인공 인물의 이름이 '신연선'인, 친구가 쓴 멋진 단편소설.

나는 그 주말의 침침한 사무실과, 하얗고 까만 화면과, 친구의 메시지로 반짝이는 채팅창을 영원히 기억하게 된다. 더욱 기뻤던 것은 얼마 지나 친구가 좋아하는 작가님들과 앤솔러지를 내게 되었다며 그 작품이 담긴 책의 사인본을 보내주었을 때였다. "나의 여주인공"이라는 말이 적힌 그 책 『독재자』(지금은 절판되었다)는 언제나 내 책장 한가운데에 자리하고 있다. 여자 주인공이 내 이름인 그 작품의 제목은 「목소리를 드릴게요」다.

친구와는 이후 강연에서, 팟캐스트 녹음 현장에서 꾸준히 만나 함께 일했다. 지금은 함께 책을 쓰고 있는 소설가 정세랑은 많은 사람들이 사랑하는 작가이고, 내게는 어쩐지 기쁜 일이 있을 때보다 슬픈 일이 있을 때 가장 먼저 떠오르는 소중한 친구다. 새 책에 사인을 청하면 정세랑은 언젠가부터 '나의 심지'라고 적어준다. 그 말은, 나를 더 잘 살고 싶어지게 한다.

더 잘 살고 싶어지게 하는 사람, 내가 안전하다고 느낄 수 있게 해주는 사람들을 나는 모두 출판계에서 만났다. 지금 함께 일하고 있는 팟캐스트 〈책읽아웃〉의 동료들은 각자가 아주 능력 있는 사람들인 동시에 '저 사람이 뻘소리를 하면 어떡하지' 같은 걱정은 거의 하지 않고 대화를 나눌 수 있는 드문 사람들이다. 출판계 동료들과는 페미니즘, 비거니즘, 노동권과 환경 문제 등의 주제를 기본적인 공감대 아래에서 편하게 의견 나눌 수 있다.

이건 원래 엄청나게 어렵고, 놀라운 일이다. 오래 알고 지낸 친구나 심지어 가족과도 이런 이야기를 할 때면 어딘지 덜컹거리는 것을 느끼지 않나. 아니, 이 주제를 꺼낼 수조차 없을 때가 훨씬 더 많다. 그러니 번번이 놀라게 되는 것이다.

나는 이타심과 공감능력도 키워나가야 할 능력이라고 굳게 믿고 있고, 출판계에는 그런 능력자들이 아주 많아서 자주 기쁘다. 사회에서 일어나는, 출판계에서 일어나는 많은 사건들을 마주하며 느끼는 환멸들로 모든 게 지긋지긋해질 때조차 내가 만난 이 멋진 친구들이 다 내가 책을 사랑하고, 출판을 사랑했기 때문에 만날 수 있었던 존재들이라는 사실을 떠올리면 한없이 안심이 된다.

문학편집자이자 소설집 『우리는 같은 곳에서』를 출간한

박선우 소설가와 인터뷰했을 때, 그가 인터뷰 말미에 이런 말을 했다.

"최소한 이 업계에서는 다르다는 사실로 누구를 차별하고 혐오하는 일이 일어나지 않잖아요. 제가 선택해 살고 있는 영역―작가, 출판계, 예술대학―을 조금만 벗어나도 혐오 발언을 아주 많이 듣거든요. 저는 온실 안에 있다는 생각을 하는데요. 밖이 너무 힘들어서 제가 온실로 향해 온 거예요. 아무도 나를 미워할 수 없는 곳으로 가자는 생각으로 온 것이죠."

나는 그 말을 나의 말로 들었다. 공부하는 사람들, 작은 목소리를 들으려는 사람들, 자신의 이야기를 용기 내어 하려는 사람들, 그렇게 서로를 성장시키는 사람들이 여기에 있다. 그런 이유로, 나는 그런 사람들이 모여 있는 곳이라면 이곳이야말로 내가 있어야 할 곳이라고 확신하지 않을 수 없었다.

출판'뽕'에 차 이런 글을 적었지만 이 글을 읽는 당신도 자신의 영역에서 그런 만남을 했다고, 그래서 다행이라고 생각할 수 있다면 좋겠다. 굳이 강조하자면, 우리 모두가 누군가에게 그런 사람이 된다면 정말이지 좋을 것이다. ▫

책이라는 상품의
기이함

책이라는 것에 대부분의 사람들이 호감을 느낀다는 사실과 그럼에도 많은 사람들이 책을 가까이 하지는 않는다는 사실 사이의 미묘함을 자주 생각한다.

왜 책은 '이미지만' 좋은 것일까? 잊을 만하면 떠올리는 질문이다. 이런 생각을 하게 된 계기가 많지만 특히 기억나는 것은 서점 MD가 되는 과정에서 목격한 장면이다.

당시 회사는 한 차례 큰 합병을 이룬 후 신입/경력직원 공개 채용을 진행하던 중이었다. 서류심사 이후 있던 1차 그룹 면접장에서 나는 나를 비롯한 다른 입사 지원자 세 명과 함께 세 명의 임원진을 마주하고 앉았다.

그때의 면접장은 지금 생각해도 약간 드라마 같은 데가 있다. 몇 가지 재미있는 에피소드가 있었는데, 하나는 그 면접장에 있던 입사 지원자 네 명이 모두 최종 합격했다는 것이다. 덕분에 우리는 면접장에서 보여준 서로의 과하게 열정 넘치던 모습에 대한 기억을 자주 웃으며 떠들곤 했다.

다른 하나는 그 네 명이 한 면접관의 "원하는 카테고리가 무엇인가?"라는 질문에 모두 "도서 MD를 하고 싶다"

고 답한 것이다(심지어 나는 "도서가 아니면 할 생각이 없다"는 패기 넘치는 대답을 했었다).

오랫동안 그 대답들을 생각했다. 지원자 모두가 수많은 선택지를 두고 다름 아닌 책 파는 일을 희망한 이유에 대해서. 혹시 책을 판매하는 것이 다른 제품(입사 직후 동기 친구들은 화장품, 여성 의류, 가공식품 등을 담당했다)을 파는 일보다 근사해 보이는 걸까? 일을 하면서 지식을 쌓을 수도 있다는 기대를 했나? 그러니까 일석이조라는 선입견. 세상에, 회사에서 도서는 중요한(매출이 많은) 카테고리도 아닌데 말이다.

시간이 지나면서 동기들은 알게 됐다. 도서 카테고리 담당 MD가 짊어지게 되는 업무의 복잡함과 도서의 터무니없이 낮은 수익성을 말이다. 다품종 소량 생산이 특징인 책이라는 제품은 다른 어떤 카테고리와 비교도 할 수 없을 만큼 MD의 손이 많이 갔다.

일단 거래처(출판사)의 개수만 해도 그렇다. 자동차 카테고리 MD 출신인 팀장님은 자신이 일선 MD 시절에 담당했던 거래처가 많아야 4-5곳 정도였다면서 도서의 엄청난 거래처 수에 혀를 내두르기도 했다. 더구나 거래처 수의 몇 십 배가 되는 판매상품(책)은 MD들이 결코 다 관리할 수 없는 수준이었다.

사업 진출 초기, 다른 온라인 서점과 동일한 거래 구

조를 위해 회사로서는 드물게 물류까지 두었는데 물류 관리가 또 얼마나 어마어마한 일이었는지. 물류를 담당하는 과장님과는 온갖 일로 하루에 몇 번씩 연락을 나누어야 했고, 그렇게 발바닥이 뜨겁게(실제로는 엉덩이가 뜨거웠다) 뛰며 일하는 와중에 확인하게 되는 매출 숫자의 빈약함은…… 지금도 차마 말할 수 없다.

치열한 숫자의 세계, 매출 경쟁의 장인 온라인 쇼핑몰에서 도서는 참으로 돈은 안 되고 일은 많은 이상한 카테고리였다. 파티션 하나를 마주하고 앉은 옆 팀 과장님은 매일 오후 6시가 되면 정확하게 일어나 퇴근하면서 건너편에 앉아 마치 오후 2시처럼 일하는 나에게 "오늘도예요? 저 먼저 갈게요"라는 인사를 건네곤 했다. 그러면 나는 차마 답할 기운도 없어서 쓸쓸한 눈빛으로 인사를 대신했다.

그도 그럴 것이 지난한 관리 업무에 익숙해질까 하면 예측불가의 일들이 폭죽처럼 터졌다. 한 번은 아이돌 그룹의 책이 출간된 적이 있다. 앞서 말했듯 기본 50-60% 할인율을 자랑하는, 엄청나게 싼 도서가 넘치는 상황에서 할인하지 못하는 신간은 거의 팔리지 않았는데 그 책은 달랐다. 책에 전혀 관심이 없던 사촌 조카가 그 책을 사달라며 연락을 해왔을 정도니까.

아이돌의 책이라면 기존 도서 시장의 구매자보다 훨

씬 넓은 영역의 대상을 타깃으로 하는 만큼 쇼핑몰인 우리 사이트에서도 승산이 있었고, 실제로 엄청나게 판매가 됐다. 문제는 출판사가 우리에게까지는 신경 쓰지 않는다는 것이었다. 다른 주요(?) 서점에서의 판매도 아주 좋은 상황이었으니 말이다.

그 책을 담당하던 선배는 하루에도 몇 번씩 출판사 담당자와 통화하면서 책 좀 달라고 사정해야 했다. 눈물 없이 볼 수 없는 선배의 고군분투 덕분에 우리 팀은 그 달의 매출 목표를 수월하게 달성했다. 전월대비 매출 목표를 상회하는 빨간 숫자에 다들 얼마나 기뻐했는지. 다음 달에는 한없이 파란 마이너스의 숫자에 좌절해야 했지만 말이다.

그토록 많은 책 중에서 갑자기 나타난 한 권의 책 때문에 웃고 우는 곤궁함에 기가 찼다. 다행히 오래지 않아 선배의 얼굴은 다시 폈는데, 몇 달 뒤 개봉한 영화의 원작 소설이 불티나게 팔렸기 때문이다. 심지어 할인이 가능한 구간 도서! 역시 다음 해 같은 기간, 그만큼 나가는 책이 없어서 또 다시 마이너스 숫자에 좌절하기를 반복했지만 그때는 매출 압박에서의 해방이 행복하기만 했다.

통제할 수 없는 외부 조건들에 이렇듯 쉽게 좌우되니 MD 자신의 탁월한 기획으로 흥행을 일으키기는 쉽지 않았다. 그러면서도 아무것도 안 할 수는 없는 게 또 직장인이다. 우리는 각종 기획전을 만들어 "이 재미있는 책 여기서 좀 사세요!"를 외쳤다.

사실 나는 그런 기획전을 구상하고 만드는 일이 좋았다. 출판사 홍보기획자 시절에 다양하게 해본 일이기도 했다. 한 번은 '과학 vs. 종교' 기획전을 열어 상단에 투표 기능을 넣고 관련 주제의 다양한 책들을 한 페이지에 보여준 적이 있다. 옆자리의 과장님에게 멋진 기획이라고 칭찬을 받기도 했는데 결과는 역시 기억하고 싶지 않다.

단 몇 권의 책을 팔기 위해 이런 기획을 계속 해나가기엔 들이는 품도, 해야 할 업무도 너무 많았다. 기획전을 하건 안 하건 책 판매는 미미하고 유명한 책만 팔리는 사정 앞에서 자주 '다들 책 좋아한다고 하지 않나? 그런데 왜 안 사?'라는 생각으로 한탄했었다.

역시 이미지는 좋지만 결국 돈은 안 되는 게 책일까. 그럴지도 모른다. 책을 주제로 하는 TV 프로그램이 꾸준히 생기면서도 오래 지속되지 못하고 사라지는 이유도 비슷할 것이다. 어떤 유명인이 읽고 있다는 책에는 반짝 관심이 쏟아지지만 그 책이 다음 책으로 넘어가는 징검돌 역할은 하지 못하는 것도 같고. 전직 대통령이 국내 최고의 출판 마케터라는 우스갯소리를 하는 실정이니 출판 시장

진짜 어떡하지…….

동네 책방은 그중 가장 연약한 곳이다. 제발 살아남아 주기를 바라는 마음으로 찾아가보면 많은 동네 책방들이 책방 내부의 사진 촬영을 자제해달라고 부탁하고 있다. 아무리 탁월한 자신만의 큐레이션을 선보여도 책 사진을 찍어 온라인 서점에서 구매하거나 혹은 그저 사진으로만 책을 소비하고 마는 답답한 상황들 탓이다.

지난 몇 토막의 경험을 토대로나마 책이라는 상품의 기이함을 따져본 것은 책이 단순한 상품이 아니라는 말을 하고 싶어서다. 도서관이 존재하는 이유는 책의 '공공성'을 사회적으로 공감해서가 아닌가. 돈이 없어도 책을 읽을 수 있는 공간이 시민 모두에게 필요하다는 것을 이해한 사회라면 출판 산업을 보호하기 위한 장치들도 훨씬 다양하게 두어야 한다.

책이 소비자의 선택에서 자꾸 후순위로 밀린다면 선택을 유도할 수 있는 다양한 방법들을 고민하면 될 일이다. 문화비 소득공제 혜택을 크게 늘려도 좋겠고, 과감하게는 모두에게 일정 금액의 도서비를 지원하는 것도 멋진 방법이라 생각한다. 작가를 만나 얘기할 때도, 번역가를 만나 얘기할 때도, 출판인을 만나 얘기할 때도 대부분의 문제가 "책이 많이 팔리면" 해결할 수 있는 것이라고

말하는 상황에서 지금 같은 출판 시장의 위축은 좀 불길한 데가 있다. ▢

어떻게
베스트셀러를 만들까?

앞서 말했듯 도서 MD로서 '내가 담당한 책을 베스트셀러로 만들고 싶다'는 욕망보다 먼저 온 것은 매출 압박이다.

회사에서 도서 카테고리는 막 시작한 분야로, 달성해야 하는 매출 규모가 크지는 않았지만 성장률은 매우 중요했다. 때문에 휴일에도 다른 서점의 베스트셀러 목록을 들여다보고, 눈에 띄는 책의 출판사를 확인하고, 업무 시간에는 출판사에 열심히 '영업'을 했다.

영업을 당하는 것도 MD의 중요한 일. 평일 오후의 가장 중요한 일과는 출판사 미팅이었는데 1시부터 6시까지, 때로는 점심시간까지도 빼곡하게 출판사 미팅이 잡혔다. 출판사 마케터 또는 대표, 드물게는 편집자가 찾아와 책을 소개하는 자리에서 그나저나 우리가 가장 많이 한 말은 "그 책은 어떻게 베스트셀러가 된 거예요? 마케팅을 어떻게 했을까요?"였다.

연예인이 소개한 책, 연예인이 쓴 책, 영화화가 된 책, 드라마나 예능에 나온 책 등 미디어의 영향을 아주 많이 받는 책 시장의 사정을 모르는 사람이 없었지만(지금은 그마저도 효과가 전처럼 크지 않다) 도저히 분석이 불가능한 목록들도 있었기 때문이다. 저자가 기업 강연을 많이 한다더라, 대표가 연줄이 좋다더라, 사재기일 것이다, 소문은 많았지만 정확한 내용은 아무도 몰랐다.

어쨌든 팔아야 한다. 이 사명을 가슴에 품은 MD에게 베스트셀러는 애증의 목록이었다. 아무리 여기저기 노출을 해보여도 안 팔리는 책 목록을 한아름 안고 있는 매출 부진 카테고리 담당 MD 입장에서는 더욱 그랬다. 저 베스트셀러만큼이나 이거 진짜 좋은 책인데, 이런 책은 그래도 기본은 팔려야 하지 않나…… 애타는 MD의 마음이 재가 되건 말건 아무리 애를 써도 안 팔리는 책은 안 팔렸고, 재가 되어 쓰러져 있을 때 저 혼자 베스트셀러에 오르더니 팔리기 시작한 책은 또 감당할 수 없게 팔렸다. 재고 확보를 못해서 눈물을 머금고 '일시품절'을 걸어야 하는 비극이 그럴 때 일어났다.

그마저도 '좋았던 시절'은 언제나 과거에만 있는 법이겠지만.

미국 드라마를 보며 번번이 놀랄 때는 책 한 권을 써서 인생 역전하는 인물들이 등장할 때다. 미국이라 그런 건지, 드라마라 그런 건지 정확히는 모르지만 그런 사람들이 만들어지기에 한국은 너무 작고, 출판계의 규모는 더욱 작다.

그러고 보면 내가 만난 작가들은 하나같이 성실한 생활인들이었다. 작가의 삶이라는 것이 베스트셀러를 쓴 후에 드라마틱하게 변하진 않는 것 같았다. 어쩌면 점점 더 그렇게 되지 않을까 싶기도 하고, 최근의 몇 가지 장면들을 살펴보면 예전 같은 베스트셀러 책의 시대는 확실히 저물고 있는 것이 맞는 것 같다.

우선 더 빠르고, 쉽게 접근할 수 있는 매체가 아주 많고, 정보의 범람 속에서 내가 원하는 정보는 책보다 훨씬 빠른 속도의 매체를 타고 넘어온다. 책에서만 얻을 수 있는 정보라는 것이 분명히 존재해서 나는 그 어떤 정보보다 책으로부터 얻은 정보를 좋아한다. 하지만 그보다는 당장 필요한 내용을 가장 이해하기 쉬운 언어로 '꽂아주는' 곳이 아주 많아졌고, 높은 확률로 그곳이 사람들에게 선택된다. 책은 점점 다른 매체들에 밀린다. 위축된 출판 시장은 절판이라는, 차마 마주하고 싶지 않은 애처로운 상황을 자주 만든다(그래서 어떤 책은 우선 사고 보자는 심정으로 구입하게 되는 것이다. 내 책장에는 '품절, 절판으로 더 이상 구할 수 없어 소장해야 하는 1쇄본' 코너가 있다).

더욱이 지금처럼 전쟁과 기후 위기 등에서 비롯된 원자재 가격 상승의 여파가 책의 제작 원가 상승에도 커다란 영향을 끼치는 시절에는 출판사가 얼마 팔리지도 않는 책의 중쇄를 망설일 수밖에 없다. 그러한 이유로 10년, 20년이 아니라 5년 안에도 책은 수명을 다한다.

책의 종말, 같은 비극적인 이야기를 하려는 것은 아니다. 지금의 나는 오히려 이 상황에도 반짝이는 면이 있다고 생각하고 있다.

21세기가 시작된 지 23년이나 된 지금의 시대정신이라면 과연 '다양함'이 아닐까 싶다. 그리고 이 말을 출판 산업이라는 세계로 끌어왔을 때 '베스트셀러'라는 개념에 의외로 커다란 빈틈들이 뚫려 있다는 것을 이해할 수 있게 된다.

　사회를 학교라고 가정해보자. 학교의 모든 구성원이 똑같은 한 권의 책을 읽는 장면은 좀 괴기스러운 면이 있다. 그보다는 각 반마다, 그룹마다, 나아가 개인마다 각기 다른 책을 읽는 쪽이 더욱 재미있을 것 같다. 종일 같은 교실에서 생활해도 개인의 경험은 저마다 다른 법이다. 무수히 다양한 경험들이, 새처럼 작은 목소리들이 각각의 책이 된다면? 그 다양한 책들이 다양한 누군가와 만난다면? 그렇다면 이 학교는 지금까지의 학교보다 훨씬 재미있는 일들이 일어나는 곳이 되지 않을까. 그곳을 상상하면 유연함, 부드러움, 사려 깊음 같은 단어들이 떠오른다.

더욱이 책은 이런 환경을 만들기에 더없이 적합한 매체다. 영화처럼 많은 자본과 많은 노동이 투입되어야만 하는 것도 아니고, 그 외의 영상 매체나 디지털 매체처럼 첨단 기술이 필요한 일도 아니다. 그러면서도 지식 집약적이고, 누구나의 목소리도 책이라는 매체에서는 이질감 없이 — 종이 위에 활자라는 형태로만 찍히므로 — 보이기 때문에, 다름 아닌 그 단순함 때문에 한계가 덜하다.

집집마다 김치 맛이 다르듯 책마다 의미가 다르다는 것도 중요하다. 같은 주제에 대해 이야기를 해도 어떤 삶의 맥락을 가진 사람이 그 이야기를 하느냐에 따라 전혀 달리 읽힌다.

이에 관해 생각할 때 나는 오드리 로드의 "새로운 아이디어란 존재하지 않는다. 그것을 느끼는 새로운 방식이 있을 뿐"[◐]이라는 문장을 떠올린다. 이 말은 얼마나 진실인지. 예를 들어 『나의 가련한 지배자』『작별 일기』『엄마는 행복하지 않다고 했다』는 모두 딸이 엄마를 써내려 간 책이지만, '딸이 엄마를 써내려간'이라는 수식어를 빼면 도무지 하나로 묶이지 않는, 제각각의 의미가 아주 남다른 책들이다.

제목만 보고는 왠지 알 것 같은 느낌에 별 기대 없이

◐   오드리로드, 『시스터 아웃사이더』(후마니타스, 2018), 44쪽

220

책을 펼쳐들었다가 전혀 몰랐던 새로운 이야기가 펼쳐져 머리가 띵했던 경험이 여러분에게도 한 번은 있을 것이다.

때로는 어디선가 '나무야 미안해' 같은 말이 들려온다. 함량 미달의 책들이 너무 많다고 투덜대는 목소리들. 그럴 때면 또 나는 임진아 작가의 이 말, "그런데…… 구리면 안 되나요?"[00]를 떠올린다. 구린 것이 많이 나와야 좋은 것도 더 많이 나오는 법이다. 구린 것을 탓하느라 새로운 것을 상상하지 않으면 작고 반짝이는 것을 과연 어떤 방식으로 만날 수 있을지, 잘 모르겠다.

　조금 자조적으로 말하자면, 어차피 어떤 책이든 다 안 팔리는데 이것저것 만들어보면 새로운 뭔가가 떠오르지 않겠어? 하는 생각이다. 거듭 강조하지만 같은 주제를 다룬 책이라고 해도 저마다의 특색이랄까, 다른 어떤 책도 아닌 바로 그 책만이 주는 빛나는 부분이 하나쯤은 분명히 존재한다. 또한 그것을 발견해내는 것은 독자의 몫이고, 나는 그런 눈 밝은 독자가 그 책을 쓴 사람조차 미처 인식하지 못했던 가능성들을 발견해 책 바깥으로 퍼져 나오게 하는 장면을 몇 번쯤 목격한 적이 있다. 그럴 때마다 책의 놀라운 가능성에, 인간 이해의 무한함에 감동해

00　4인용 테이블, 『일하는 여자들』(퍼블리, 2018), 76쪽

서 무너진 인류애가 조금 회복되는 경험을 했다.

그러므로 아주 작고 다양한 책들이 많아지는 방향이 지금 시대의 책이 가진 새로운 가능성이라고 나는 생각한다. 10만부짜리 책 10종보다는 1000부짜리 책 1000종이 훨씬 좋다(다만 출판사의 사정을 생각하면…… 고민할 점들이 많지만). 더 많은 사람들이 결함이 있는 채로, 흔들리면서, 주저하는 목소리로도 이야기를 하고 책을 쓰는 사회가 되기를, 늘 바라고 있다. 🖺

내가 브랜드가
되는 곳

2023년 현재의 나는 "무슨 일 하세요?"라는 질문을 받으면 대개 "프리랜서예요"라고 답한다. 여기에 조금 더 보탠다면 "글도 쓰고, 인터뷰도 하고 그래요"라고 말할 것이다.

그나저나 세상 어딘가에 내가 프리랜서로서 해온 일을 진심으로 궁금해 하는 사람이 있을까. 그런 사람이 최소 한 명은 있지 않겠어, 하는 과분한 생각으로 여기에 답을 적어보고 싶다.

"잡지에 칼럼을 썼고요. 축제 프로그램의 시나리오도 썼습니다. 짧게는 북클럽을 운영하기도 하고, 북토크에 패널로 참여하기도 했어요. 저자 강연의 사회를 보기도 했고요. 가장 오래 한 일은 몇 개의 매체에서 책의 저자나 콘텐츠 크리에이터, 그밖에 다양한 분야에서 활동하는 사람들을 만나 인터뷰하고 기사를 쓰는 일이고요. 지금 가장 많은 비중을 차지하고 있는 일은 도서 팟캐스트의 대본을 쓰고, 출연해 책을 소개하는 일입니다."

프리랜서의 일이라는 것이 완벽하게 계획할 수 있는 일이 아니기도 하지만, 기회가 닿을 때면 최대한 '하는' 쪽을 택했더니 이러한 궤적이 만들어졌다. 불안한 초보 프리랜서 시절, 지금 생각하면 터무니없이 적은 고료에 많은 노동력을 쏟기도 했지만 그것 역시 나에게는 꼭 필요한 일이었다고 지금은 생각한다. 그 덕분에 다음 일을 선택할 때 '내가 할 수 있는 일'과 '할 수 있지만 그 돈을 받고는 하기 싫은 일' '큰 힘을 들이지 않아도 잘할 수 있는 일' 등을 구분할 수 있게 되었으므로(시행착오를 겪지 않고 처음부터 나은 선택을 할 수 있었어도 좋았겠다는 것이 솔직한 마음이긴 하다. 다행히 『우리 직업은 미래형이라서요』 『우리가 사랑한 내일들』 같은 프리랜서의 일과 삶에 관한 좋은 책들이 많이 나와 뒤늦게 많은 도움을 받았다).

팟캐스트 〈책읽아웃〉의 두 코너 중 하나인 〈오은의 옹기종기〉에서 대본 작가로 일하고 있다. 〈책읽아웃〉은 2017년 10월에 시작한 방송으로, 지금껏 결방 한 번 없이 프로그램을 만들었으니 무엇보다 우리의 성실함에 자부심을 느낀다.

솔직히 말하자면 이 자부심에는 사랑 받는 콘텐츠라는 점이 많은 비중을 차지한다. 어느덧 "여기 출연하고 싶었다"고 말하는 출연자 분들을 만난다. 시작할 때는 좀처럼 상상하지 못했던 장면이라 매번 기쁘게 듣게 되는 이야기다. 한 번은 편집자 출신의 작가가 방송 끝에 "여전히 편집자였다면 스튜디오 밖에서 작가님을 부러워하고 있었을 거다. 그러니 청취자 분들, 모두 책 써서 〈책읽아웃〉에 출연하시기를 바란다"는 출연 소감을 남겼다.

그 말을 들은 순간에는 함께 와하하 웃었는데 집에 돌아오는 길에 문득 마음이 반짝했다. 어떤 정답이 거기에 있는 것 아닐까, 곰곰이 생각했다. 프리랜서의 일을 한창 고민하던 때였다.

일에서 가장 중요한 것은 무엇일까. 나는 '자기효능감'이라고 생각한다. 나에게 일을 할 능력이 있다고 믿는 마음. 타인의 기대에 부응할 수 있다는 확신.

이때 자기효능감은 많은 사람의 관심이 집중되는 유명하고 커다란 프로젝트를 해야만 만들어지는 것은 아닌 것 같다. 아무리 하찮게 느껴지는 일도 그 일이 필요한 맥락을 충분히 이해하고 수행한 뒤 끝내 완수하고 나면 차곡차곡 쌓이는 것이 자기효능감이다.

동료와 함께 일할 때 일의 목표와 각자의 역할에 대한 대화를 정확하게 나누는 것이 그래서 중요하다. 그 과정에서 그 일에 참여하는 모든 사람들이 일의 큰 그림을 조망하게 되고, 그 속에 선 자신의 위치를 확인하면서 나만의 목표를 설정할 수 있으니까. 나는 그것이 자기효능감의 첫 발이라고 생각한다.

중요한 것은 일 앞에 '나 자신'이 있어야 한다는 점이다. 프리랜서를 고민하는 사람이 있다면 그걸 가장 먼저 강조하고 싶다. 내가 이 일을 해야 하는 이유, 내가 이 일을 하고 싶은 이유 같은 것. 그리고 다행스럽게도 그 이유들을 찾기에 출판계는 꽤나 좋은 토양이라고 자주 느낀다.

〈책읽아웃〉이 기획될 무렵, 나는 그보다 몇 년 앞선 2014년 12월부터 웹진 《채널예스》의 객원 인터뷰 기자였다. 팟캐스트는 함께 일하던 팀에서 진행하는 새로운 프로젝트였기 때문에 운이 좋게도 기획 단계부터 참여할 수 있었다.

하지만 기획 시점에는 대본 작가로 합류한 것이지, 출연 계획은 전혀 없었는데 프로그램이 정비되면서 별도의 책 소개 코너가 만들어졌고, 얼떨결에 '캘리'라는 닉네임(당시 동네 문화센터에서 캘리그라피를 배우고 있었기 때문에 즉흥적으로 지은 이름이다)으로 출연까지 하게 되었다.

읽고, 쓰는 것은 나의 오랜 정체성이었지만 말하는 것은 자신이 없었다. 하지만 해야 했다. 뾰족한 대안이 없기도 했다.

출연자로서의 자기효능감에 대해 말하자면 아주 천천히, 조금씩 왔음을 고백한다. 처음 내 목소리가 녹음된 파일을 들었을 때의 충격을 누가 알까. 나만 아는 것일 내면의 망설임부터 모두가 알 것이 분명한 목소리의 긴장까지, 초보의 말하기는 엉망진창이었다. 아무리 편집의 힘에 기댄다 한들 '이건 아니다' 싶은 수준이 계속되었다. 긴장하고, 더듬고, 머릿속에 떠오른 말을 할 타이밍을 놓쳐가면서 겨우 녹음을 끝내면 편집본을 들으며 눈을 질끈 감아버리는 일이 한동안 반복됐다. 계속 해도 될까, 그런 고민을 남몰래 했다.

그러다 드물게 나의 이야기를 듣는 사람들이 존재한다는 사실을 발견하게 됐다. 많지는 않았지만 댓글에서, 소셜미디어에서 '다정한 이야기 잘 들었다'는 메시지를 읽었다. 거듭 자괴감을 느끼며 녹음을 해나가던 내게 그런 말들은 파일 너머, 화면 너머에 분명한 사람이 있다는 것을 실감하게 하는 일종의 사건이었다.

수신자를 인식하면서 달라진 것이 개인적인 '모먼트'라고 할 수 있을 텐데 이후 나는 조금 더 잘 말하기 위해 정말 많이 노력했다. 우선 녹음을 위한 나만의 대본을 따로 준비했다. 책 한 권에 담긴 모든 내용을 20분 내외의 짧은 시간 안에 전부 소개하기는 무리였기 때문에 책의 '영업 포인트'를 세 가지 정도 골라 정리했다. 책 소개 앞뒤로는 이 책을 소개하게 된 맥락과 함께 읽으면 좋을 책도 붙여가면서. 그리고 이것을 녹음 전까지 몇 번씩 연습했다. 다행인지 불행인지 나의 출근길은 1시간이 훌쩍 넘어서 그 시간을 오롯이 소개 연습에 썼다. 버스에서, 지하철에서 중얼중얼하는 것이 더 이상 아무렇지도 않아졌다.

이게 특별한 노하우는 아니다. 하지만 긴장과 실수, 괴로움으로부터 스스로 얻어낸 것이라 내게는 의미가 크다. 덕분에 내 말하기가 점점 나아지는 것을 나도 느낄 수 있었다. 또 그렇게 준비한 방송이 몇 개의 후기로 호응을 얻으면 자기효능감이 다시 차곡차곡 쌓였다.

그 때문인지 '캘리'라는 이름에도 점점 욕심이 생겼다. 이왕이면 좋은 책을 소개하고 싶고, 그 책을 잘 소개하고 싶고, 그 영업이 성공해서 한 권이라도 책이 팔렸으면, 하고 바라게 되었다.

실제로 가끔은 그런 일도 일어났다. 내 소개를 듣고 소개된 책을 읽었다는 내용의 글을 어딘가에서 보면 별안간 행복해져서 그 내용들을 남몰래 저장해두곤 했다. 그것을 '나만의 자기효능감 박스'라고 불러도 좋을 것이다.

『질병과 함께 춤을』의 조한진희, 박목우 작가님과 〈채널 예스〉 인터뷰를 진행하는 자리에서도 비슷한 경험을 했다. 조한진희 작가님은 『아파도 미안하지 않습니다』의 저자이기도 했는데, 『아파도 미안하지 않습니다』는 내가 〈책읽아웃〉에서 '2019년 올해의 책'으로 꼽아 대흥분의 일장 영업을 한 책이었다.

다만 〈채널예스〉로 일을 하는 현장에서는 '캘리'라는 이름 말고 내 본명이 적힌 명함을 나누며 일하기 때문에 조한진희 작가님은 내가 캘리라는 사실을 알 리 없었다. 인터뷰가 거의 끝나갈 무렵, 조한진희 작가님이 지나가는 말로 "예스24 팟캐스트에서 제 책을 소개해주셔서 감사했던 적이 있어요. 방송이 되고 '세일즈 포인트'가 올라가서 편집자 님이랑 엄청 좋아했었거든요"라는 말을 꺼냈다.

나는 그 말에 깜짝 놀라 대뜸 양쪽 검지손가락으로 내 얼굴을 가리키며 "앗, 그 방송 들으셨어요? 제가 책 소개한 사람이에요!"라고 흥분해 털어놓았다. 인터뷰 자리에서 팬심을 고백하기가 겸연쩍었는데 기회가 생긴 것이다. 그렇게 감사의 마음을 전하고, 감사했다는 작가님의 마음도 전해 받았다. 내 자기효능감 박스에 또 한 가지 기쁜 사건이 추가된 것이다.

실패에 속상해하고, 또 실패하지 않으려고 애쓰는 과정을 꾸준히 지나오는 가운데 새로운 기회도 생겼다. 한 출판사에서 진행하는 유튜브에 패널로 출연해 그 계절의 시와 소설에 대한 감상을 나누기도 하고, 다른 출판사와

229

는 짧은 계약이지만 독자들과 함께 읽고 싶은 소설들을 모아 독서 모임을 진행하기도 했다.

기쁜 것은 그 모든 일이 '캘리'라는 이름으로 진행되었다는 점이다. 조금이나마 쌓인 자기효능감 덕분일까, 나는 이제 이 이름이 조금 더 멀리 나가기를 바라게 되었다. 브랜딩을 생각하게 된 것이다(물론 '캘리'라는 이름이 팟캐스트 덕분에 생겼다는 사실을 잊지 않고 있다).

『오늘부터 나는 브랜드가 되기로 했다』의 저자 김키미는 한 인터뷰에서 "마케팅은 내 입으로 '저는 좋은 사람입니다'라고 말하는 거라면, 브랜딩은 타인으로부터 '당신은 좋은 사람이군요'라는 말을 듣는 거"○라고 정의했다. 시간이 지날수록 절감하는 것은 출판이야말로 자신을 브랜딩하기에 맞춤한 곳이라는 점이다. 이제 독자와 작가는 별개의 직군이 아니다.

실제로 내가 반하며 읽은 책들은 열심히 살아온 사람들이 몸으로 써낸 글이다. 『청년 도배사 이야기』『애매한 재능』같은 멋진 책들을 〈책읽아웃〉에서 소개할 때 그래서 더 열심이었던 것 같다. 자신이 '갈 지(之)'자로 흔들리며 살아온 길을 고스란히 보여준, 그 자체로 훌륭한 브랜딩인 저자의 책들을 보며 우리 같이 이런 책을 읽고, 같이 이렇게 책을 쓰자고 말하고 싶었기 때문에.

프리랜서로 일하는 것은 늘 '끝'을 안고 일하는 노릇과 같다. 새로 시작하는 일도, 꾸준히 하고 있는 일도 내 의지와 무관하게 갑자기 끝나버릴 수 있다는 감각, 그 불안이 때로 나를 위축시키기도 한다. 그런 탓에 내 능력을 의심하던 시절도 있었다. 계속해서 나를 증명해야 한다는 생각에 지치기도 했고.

지금은? 조심스럽게 고백하자면 조금 달라진 것 같다. 이런 마음을 브랜딩으로 다스려보면 어떨까, 그렇게 생각한다. 속한 조직이나 현재 일하고 있는 곳을 우선 지워본 뒤 그제야 보이는 나라는 사람에 대해, 나라는 사람이 하고자 하는 일에 대해 생각해보는 것이다. 그러면 흔들린 것이 분명하지만 그럼에도 변함없이 가고자 했던 나의 방향이 보인다.

지금은 누구나 그 지점을 명확히 찾는 일이 중요한 것 같다. 궁극적으로 우리 모두가 프리랜서로 일하게 되는 날이 올 거라는 예감에서다. 한 직장을 몇 십 년씩 다니고, 그곳에서 퇴직하는 사람들이 여전히 있지만, 그보다 훨씬 많은 사람들이 조직 바깥에서 자신만의 영역을 만들면서 일한다. 심지어 조직 안에 있으면서 자신만의 포트폴리오를 만드는 것이 전처럼 비밀스러운 일도 아니다.

231

어떤 일은 끝이 나도 나라는 사람은 끝나지 않는다.
브랜딩은 바로 여기에서 시작하면 된다. 🖽

나의 사랑하는
울보들

인터뷰는 대단히 멋진 경험이다. 나무의 나이테는 비와 햇빛을 듬뿍 받은 시절의 것이 그러지 못한 때의 것보다 폭이 넓다고 하던데, 그렇다면 2014년 겨울부터 지금까지, 인터뷰하는 사람으로 산 나는 그 전의 나보다 훨씬 너른 나이테를 갖고 있을 게 분명하다.

책 좋아하고, 사람들 이야기 듣는 것도 좋아하고, 새로운 이야기를 알게 되는 것까지 좋아하는 내게 이 일은 거의 완벽에 가까운 직업. 어떻게 이 일을 하게 되었는가 생각하다보면 좁디좁은 나이테를 만들던 시절의 일들까지도 죄다 운명처럼 느껴진다.

길게는 두 시간 이상 이야기를 나누며 나는 때때로 엄청난 몰입감을 느낀다. 주변의 소음, 더위나 추위, 심지어는 함께 자리한 스태프나 내가 앉은 공간도 잊고 대화에 빠진다. 머릿속으로 바쁘게 다음 질문을 생각할 때도 있지만 인터뷰라는 사실 자체를 잊고 하염없이 듣기만 할 때도 있다. 그럴 때는 상대의 답이 끝난 뒤에 다음 질문이 금방 나오지 않는다. 가장 민망한 순간이자, 가장 희열을 느끼는 순간. 나는 얼굴이 빨개지면서도 인터뷰이를 보며 웃어 보인다. 그이는 뭔가 알겠다는 듯, 마주 미소지어 준다. 삶에서 경험할 수 있는 드물게 멋진 순간이다.

꼭 그런 순간들이 아니더라도 인터뷰이가 지나온 시간의 무게를 느끼고, 그가 쌓아올려 한 권의 책이 된 이야기를 직접 들으며, 바로 오늘 이 자리에서 그와 마주 앉은 놀라운 연(緣)에 대해 생각하다보면 나는 마치 다른 시공간에 들어선 것 같은 기분에 빠지고 만다.

특히 기억에 남는 날이 있다.

그는 긴 간호사 생활을 끝내고 인생의 새 국면을 맞은 상황이었다. 내가 인터뷰 일을 좋아하는 것과는 비교도 할 수 없을 만큼의 열정으로 자신의 일을 좋아했던 그는 책 속에서 바로 튀어나온 사람처럼 글과 닮아 있었다. 담담한 열정, 솔직함, 그리고 용기. 고이 간직하고 싶은 면모였다. 매일 삶과 죽음의 경계에 선 사람들을 지켜보는 중환자실 간호사였던 그가 어떻게든 환자를 죽음이 아닌 삶 쪽으로 데려오려 애쓰던 때의 일을 차분하게 전할 때. 어떤 대목에서는 가슴이 쿵 내려앉았고, 어떤 대목에서는 귀가 뜨거워졌다.

우리는(이라고 말하고 싶다) 꽤 여러 번 울음을 참았다. 상대의 눈에 눈물이 차오르면 곧 상대에게 눈물이 전달되었다. 퇴직 후 말도 없이 통장에 입금된 병원 측의 미지급 수당에 배신감을 느꼈다는 이야기를 할 때도, 중환자실에서 만나야 했던 여러 죽음을 이야기할 때도 그는 울음을 참아냈다.

그런 그가 끝내 눈물을 흘리고 말았을 때, 그가 하던 이야기는 후배 간호사에 대한 것이었다. 하지 않아도 될 일을 하는 후배에게 '그거 안 해도 된다'고 말하지 못한 서러움과 미안함에 대해서. 이야기를 하는 목소리가 떨리나 싶더니 그가 울었다.

자신이 겪은 어려움을 얘기할 때는 꿋꿋하게 참아낸 울음이었기 때문에, 하필이면 타인의 어려움을 떠올릴 때 울고 말았다는 사실이 못내 떠나질 않는다. 울음을 참아보려 꾹 닫는 입술의 주름진 모양, 거의 동시에 그렁그렁해진 눈과 그 눈물에 반사된 몇 개의 빛, 그럼에도 울컥 쏟아진, 마치 후두둑 소리가 날 것만 같은 눈물 줄기, 빨개진 코와 조금 부어오른 눈두덩까지. 나는 밥을 먹다가도, 길을 가다가도 그 모습이 생각나 가슴이 먹먹해진다.

"난 홀로코스트에 놀라지 않았어. 강간과 어린이 노동에 대해서도 마찬가지였고. (중략) 난 내가 길거리에 장갑 하나를 떨어뜨렸는데 어느 10대 아이가 그걸 갖다 주려고 두 블록을 뛰어올 때 놀라고, 사리사욕의 가면을 쓰고 있는 내게 계산대 여직원이 거스름돈을 주면서 함박웃음을 지을 때 감탄해. 주인에게 돌아간 분실 지갑들, 꼼꼼하게 방향을 가르쳐주는 낯선 사람들, 실내용 화초에 서로 물을 주는 이웃들, 난 그런 것들에 놀라."○

이런 사람들이다. 내 나이테의 간격을 넓힌 이들은. 나는 어쩔 수 없는 자신의 선함을 차마 숨기지 못하고 내보이는 사람들을 기억한다. 이 사람들은 세상의 고통에 진심으로 아파하고 자신의 나약함에 끊임없이 괴로워하면서도 작고 아름다운 것들을 바라볼 줄 알고 어떻게든 나쁜 것을 좋은 것으로 바꿔보려고 애쓴다. 알아차리지 못할 만큼 미약한 힘이나마 최선을 다해 보탠다. 무너지는 댐에 난 구멍을 제 몸으로 막는 사람들. 그런 사람들이 계속해서 나를 다독인다. 일말의 희망을 가르쳐준다. 비와 햇빛이 되어준다.

그 존재들에 번번이 감동하고 놀라는 이유는 인간이란 존재가 쉽게 변질되고 마는, 나약하고 어리석은 존재이기 때문이다. 나의 허기가 타인의 병보다 중하기 때문에. 애쓰지 않으면 타인은, 언제나 나의 바깥에만 머무는 존재이기 때문에. 도무지 가늠할 수 없을 것 같은 영역까

○   라이오넬슈라이버, 『케빈에 대하여』(RHK, 2012), 330쪽

지 나아가 타인과 세상의 고통을 그대로 나의 것으로 여기는 사람들이 언제나 놀랍다.

　나의 사랑하는 울보들.🗐

여자들이
나를 위로한다

벌써 몇 년이 지난 일인데 선명하게 기억하는 어느 겨울의 맑은 오후가 있다. 그와는 가벼운 인사만 나눴다. 그가 책임 편집한 책의 저자를 인터뷰하러 나간 자리에서였다. 그는 인터뷰가 진행되는 동안 조금 떨어진 자리에 앉아 자신의 일을 보며 저자와 나의 인터뷰가 끝나기를 차분히 기다렸다.

얼마간의 시간이 흘러 인터뷰가 끝나고, 저자와도 헤어진 그와 나는 지하철역까지 함께 걸었다. 선선한 몇 마디 말이 오갔다. "날이 정말 추워졌네요." "일하는 건 어떠세요?" 같은 말들이었다. 놀랍게도, 짧은 대화 안에서 나는 차마 처음 만나는 사람에게서 알게 되리라고는 상상도 못한 속내를 분명하게 느꼈다.

'여성' '안심' '긴장'과 같은 평범한 몇 개의 단어만으로 그렇게 됐다. 일하는 현장에서 만난 사람들이 여성일 때 느끼는 만족감과 연대감이 그와 나 사이에 있었던 것이다. 함께 내쉰 한숨과 웃음, 동의의 끄덕임으로 그가 나와 똑같은 생각을 하고 있다는 것을 알 수 있었다. 공감이라는 멋진 감각이 우리 사이에 퍼졌다. 그 기분을 손난로처럼 품에 안고, 호감의 눈빛으로 서로를 응원하며, 그와 헤어졌다.

출판계에서 일해서 다행이다. 그런 생각을 점점 더 많이 한다. 우스개로 "친구들이랑 불행 배틀 하면 내가 늘 져"라고 말하곤 하는데, 물론 나에게도 일터에서 겪은 불행이라는 것이 있지만, 그 성격이 다른 직종에서 겪는 것과 차원이 다르다는 걸 자주 깨닫는다.

내 경우, 적어도 동료들이 더 이상은 하지 않는 말들이 있고, 비교적 민주적인 의사결정 과정이 있다. 내가 여성이라서 겪는 불필요한 긴장도 많이 줄었다(당연히 '적어도' '비교적' '많이' 같은 말을 붙여야 한다는 점이 여전히 아쉽다). 그리고 이것이 가능한 건 무엇보다 출판계에 '여성들'이 많기 때문이라고 믿는다.

특히 20대 여성들과의 만남이 특별하다. 명민하고, 감각적이고, 성실하고, 재기발랄한 사람들. 내가 만난 이 사람들은 정치적 올바름에 대한 '몸'의 체험을 갖고 있다. 일찍부터 집회에 참여하고, 여러 공간에서 자신의 목소리를 내고, 다양한 사람들과 연대하는 경험을 해왔기 때문일 것이다.

그런 연유로 이들이 신입이나 사회 초년생이라는 이유만으로 불필요하게 겸손하거나 순응적인 태도를 취하지 않고 인간 대 인간으로, 자기 분야에 확신을 갖고 있는 직업인 대 직업인으로 사람들과 마주하는 장면을 보면 내 등이 다 꼿꼿해지는 기분이 된다.

공부도 얼마나 많이 하는지. 조금만 이야기를 나누어도 노동 문제, 환경 문제, 인권과 동물권 문제 할 것 없이 날카로운 통찰이 쏟아져 나온다. 그도 그럴 것이 북토크 같은 출판 관련 행사를 가보면 90% 이상은 여성이다. 자신에게 주어진 특정한 시간을 떼어내 여기에 쓰겠다는 선택을 내린 사람들에게는 다른 선택을 한 사람들과는 다른 종류의 탁월한 지적 호기심이 있지 않을까 싶다.

때문에 책을 읽고, 어쩌면 책을 만들고, 또 어쩌면 책을 쓰는 이들이 ─ 특히 여성들이 ─ 한 자리에 모여 앉은 장면을 볼 때면 언제나 든든해진다. 그들에게 많은 것을 배우고, 이것들이 멀리에만 있는 것처럼 느끼던 내 20대를 떠올리고, 상쾌하게 희망한다.

막내이기 때문에 모두가 꺼리는 자리에 앉아 억지로 웃으며 반응해야 했던 그 시절의 불편한 회식 자리 같은 것이 사라지지는 않았을 것이다. 아주 많은 문제들이 현재 진행형이다. 심지어 어떤 문제는 더 나빠지고, 교묘해지고, 잔인해졌다.

그러고 보면 한국에서 20대의 여성으로 사는 것은 정

말이지 진이 빠지는 일이다. 너무나 많은 침범이 일어난다. 나이가 들수록 더 좋다는 여성들의 말에는 날카로운 뼈가 있다. 그걸 사회가 정확히 알았으면 한다. 어쨌거나 그 점을 잘 아는 사람들도 여성들뿐이어서 20대 시절의 내가 불쾌한 회식 자리를 빠져나왔을 때 나를 위로해준 동료들 역시 모두 여성들이었다.

다른 사람들은 침묵하거나, "버텨야지 어쩌겠어" 정도의 말밖에 내뱉지 못했다. 그런 말을 하는 얼굴들이 대개 비슷했다는 점을 떠올린다. 그들 틈에서 나는 시간이 지나 그 시절의 나를 닮은 후배 여성들을 만난다면 그들을 위해, 또 나를 위해 문제를 문제라고, 싫은 것을 싫다고 분명히 말하는 사람이 되겠다고 다짐했다.

그러니 지금 이 자리에서 여전히 내가 하는 일을 좋아하며 지낼 수 있는 것 모두가 선배 여성들이 건넨 응원 덕이다.

내가 받은 유산을 함께 걷고 있는 사람들에게 전하고 싶은 마음인 것이다. 출판사에 근무하던 시절, 신입이던 나를 동정도 희망도 없이 인격적으로 대했던 한 시인이 떠오른다. 시인의 라디오 출연을 위해 동행한 참이었는데, 대뜸 말을 놓아버리는 작가들이 부지기수이던 때였으므로, 그 시인의 존대와 나를 대하는 태도는 그날 나의 하루를 단단하게 만들어주기에 충분했다.

그가 여성이기 때문에 나는 더욱 기뻤다. '존중'이라는 말을 입 밖으로 한 번도 꺼내지 않으면서도 존중을 표현할 줄 아는 선배 여성의 존재를 확인한 덕분에 지쳐가는 마음을 다잡을 수 있었다.

그것은 중요한 책의 출간을 앞두고 회의를 하는 자리에서 문득 '아, 여기 모두 여성이구나'를 깨달은 순간에 느낀 기분과 비슷했다. 나의 미래를 조금 더 점쳐볼 수 있게 하는 장면들, 그들 존재는 하나하나가 나에게 어떤 가능성으로 보였다.

그러니 명확하게 적는다. '여성들'이 많이 일하는 출판계에서 일해서 다행이다. 여전히 '여성'이라는 존재를 갖가지 이유로 차별하는 세상에서 일터를 지키고 자신의 영역을 만들어가는, 치열한 하루를 살아내는 '여성들'이 있다는 사실을 확인하는 순간들이 남달리 소중하다.

영화 〈비커밍 제인(Becoming Jane)〉(2007)에서 이런 내게 가장 소중한 장면은 단연 제인이 래드클리프 부인과 만나는 장면이다. 영화에서 제인은 우연한 기회로 작가 래드클리프 부인의 집을 방문하고, 이들은 작품에 대해서, 작품을 쓰는 똑똑한 여성으로 세상을 사는 일에 대해서, 작품을 쓰는 똑똑한 여성이 결혼생활을 해내는 일에 대해서 짧은 이야기를 나눈다.

설렘과 일말의 희망, 막연한 의구심을 품은 제인이 래드클리프 부인의 집을 떠날 때, 제인의 뒷모습을 복잡하고 미묘한 표정으로 바라보는 래드클리프 부인의 얼굴. 나는 이 장면을 볼 때마다 조금 눈물이 난다. 제인과 래드클리프 부인 사이에 서서 이쪽도 저쪽도 이해하는 마음이 된다.

일하는 여성으로 오랜 시간을 살아낸 자의 고단함, 그럼에도 같은 길을 걷는 여성을 바라볼 때 느끼는 희망과 우려 같은 것이 이해가 되고, 자신의 자리를 이룩한 사람을 만났을 때의 경이로움과 그럼에도 어딘지 지쳐 있는 그 얼굴을 지켜보는 불안함과 새로 다잡는 다짐이 이해가 된다.

위기도 있었지만, 내 일을 좋아하는 마음을 잃지 않고 계속 해나가고 있는 것이 16년째다. 일하는 시간이 쌓일수록 나 역시 누군가에게 하나의 '가능성'으로 읽힐 수 있다는 생각을 더 많이 한다. 2023년에도 어떤 노동이 운동(movement)에 가까운 행위일 수 있다는 점을 떠올리면 아연해지기도 하지만, 그래서 더욱 배에 힘을 꽉 주게 되는 것이다.

여기 일하는 사람이, 여성이 있다, 우리는 더 많은/다양한 일을 할 수 있다, 우리는 혼자가 아니다, 우리가 변화를 만들 것이다, 라고 말하고 싶은 것이다.

영화에서 제인은 말한다. 자신의 주인공들은 모두 행복할 거라고. 약간의 어려움을 겪겠지만 마침내 행복해질 거라고. 그리고 제인 오스틴의 주인공들은 실제로 그랬다.

그 점을 생각하면 마음이 따뜻해진다. 부디 내가 속한 이곳뿐 아니라 더 많은 곳에서 더 많은 여성들이 자기의 목소리를 갖게 되기를 바란다. 자기의 주인공들이 약간의 어려움을 겪은 후에는 반드시 행복해진다고 믿을 수 있게 되기를 기도한다. ▯

책 덕질이
왜 좋은지 말해볼까

저기 탁자 한쪽에 『천국의 문을 두드리며』라는 책이 누워 있다.

책의 저자인 이론 물리학자 리사 랜들은 입자 물리학과 우주론을 연구하는 사람이다. 입자 물리학이니 우주론이니 겉핥기조차 안 되는 수준이지만 이런 대목, "우리는 앞으로도 계속 새로운 영역을 찾아 나갈 것이다. 그러나 실험을 어떻게 설계하고 해석해야 할지 이해했던 갈릴레오의 모습은 우리 속에서 계속 살아 숨 쉬고 있을 것이다. (중략) 언젠가 문이 열려 그곳으로 들어갈 수 있을 것이다. 그때까지 우리는 문을 계속 두드릴 것이다."[*]를 읽으면 잠시 나는 다른 사람이 된다. 어쩌면 내 세계의 지평이라는 것이 0.1cm나마 넓어졌을지도 모른다.

스트레스를 받거나 우울하거나 해야 할 일을 미루고 있거나 혹은 그 모두일 때는 『10의 제곱수』를 반드시 꺼내본다. 비슷한 내용의 유튜브 영상도 있지만 역시 책을 꺼내 보는 게 좋다. 내가 원하는, 나와 딱 맞는 속도로 내

---

[*] 리사 랜들, 『천국의 문을 두드리며』(사이언스북스, 2015), 76쪽

가 머물고 싶을 때 충분히 며칠 동안이라도 머물기도 하면서 책을 읽는 것이다.

말하자면 목적지에 빠르게 도착하는 쪽보다 가는 길의 풍경을 즐기는 쪽을 택하는 일. 나는 책장을 넘기면서 내 방과 서울과 한반도와 지구와 마침내 광활하고 거의 텅 빈 우주까지 나갔다가 순식간에 제자리로 돌아온다. 더 깊이 들어가기도 한다. 피부 아래 세포, 그보다 작은 분자와 원자의 핵까지 들여다본다.

이 책의 하이라이트는 마지막 장에 펼쳐진 새로운 우주다. 깊이, 더 깊이 들어간 몸속에는 우주와 똑같은 공간이 있다(입자 물리학자들은 이 작디작은 미시 세계를 연구하는 사람들이다. 그러고 보면 이와 동시에 우주론을 연구한다는 리사 랜들의 이력이 어색하게 느껴지지 않는다. 이 사람은 『10의 제곱수』의 첫 장과 끝 장을 연구하는 셈이 아닌가). 절묘하게 닮아 있는 두 장면을 번갈아 보고 있자면 그 순간만큼은 품고 있던 고민과 한숨이, 그리고 나라는 존재가 완전히 사라지는 경험을 하게 된다.

세상은 넓고, 기쁘고 다행스럽게도 각 세상의 수만큼 책이 있다. 책은 대단히 큰 그릇이라 도무지 한 묶음에 둘 수 없을 것 같은 이야기들을 제 안에 담아낸다. 그러니 덕후는 못 될지언정 새로운 것에 대한 호기심이 넘치는 내게 책은 늘 열광의 대상이 된다.

책 앞에서는 어떤 것도 익숙해지지 않는다. 익숙해지기는커녕 늘 새로운 출발선에 서는 기분이 된다. 책을 알리고, 어떻게든 팔아보려 애쓸 때마다 매번 처음 보는 낯선 문을 열어젖히는 기분이 된다고 말하면, 다른 사람들이 어떻게 들을지 모르겠다.

책의 저자를 만나는 팟캐스트 〈책읽아웃〉의 제작에 참여하면서도 그랬다. 무척이나 다양한 사람들을 만났다. 음악가, 만화가, 기자, 소설가, 의사, 디자이너, 편집자, 팟캐스터, 유튜버, 직장인, 변호사, 일러스트레이터, 시인, 교수. 떠오르는 직업군만 이 정도다.

일하는 입장에서 본다면 업무 내용이 매번 신선할 수밖에 없다. 시간이 쌓인다고 익숙해지는 일이 아닌 것이다. 가령 지난 시간에는 만화가의 성실함과 영감에 대해 이야기했는데, 이번 시간에는 방송국 공간에서 워킹맘으로 사는 기자의 치열함을 이야기하고, 다음 시간에는 성소수자의 삶과 포괄적 차별금지법 제정의 필요성에 대해 이야기하는 식이다. 그만큼 다양한 분야를 공부해야 하고, 동시에 그 분야를 깊이 공부해야 하는 일이라는 점이 내게는 특별하다.

특히 대본을 쓰고 있는 〈오은의 옹기종기〉의 경우, 출연한 게스트의 소개 코너에서 그 사람의 삶의 궤적을 아주 자세하게, 촘촘히 나열해 들려주어야 하기 때문에(현재 이 코너는 대폭 축소되었다. 어떤 식으로 게스트 소개를 했는지 궁금하다면 279회 이전의 〈오은의 옹기종기〉코너를 아무거나 찾아 들으면 된다) 책의 주제와 저자의 관심사를 꽤나 심각하게 공부할 수밖에 없다.

최대한 시간을 들여 저자의 모든 책을 찾아 읽고, 그간 저자가 해온 인터뷰를 꼼꼼히 찾아본다. 저자가 출연한 팟캐스트와 유튜브, 심지어 저자의 모든 소셜미디어까지 검색해서 보는 것은 물론이다. 일이 버거울 때도 있지만 그러다보면 거기에 관심이 생기고, 시간이 지나 관련 뉴스를 하나 보더라도 그게 더 이상 남의 일처럼 느껴지지 않게 된다. 그렇게 나라는 세계에도 두툼한 '관심사'가 만들어진다.

출판사 시절도 크게 다르지 않았다. 프랜차이즈 커피전문점에 서가를 설치하는 일도 했고, 외국계 화장품 회사와 유방암 퇴치 캠페인을 진행하기도 하고, 뮤지션의 콘서트장 앞에서 그 뮤지션이 번역하고 쓴 책을 전시하기도 하고, 대형 병원의 사회공헌 사업 프로그램을 기획하기도 했다.

어떤 일은 동시에 진행되었다. 기민함, 상상력, 학습

력이 모두 필요한 일이었고, 그래서 나는 내 일이 좋았다. 뿐만 아니다. 같은 직장인이어도 국내 기업과 외국계 기업의 소통 방식이 달랐고, 따라서 일의 진행 속도 역시 아주 달랐다. 홍보용 도서를 몇 권 출고하는 업무도 여러 단계의 결재를 거쳐야 하는 조직에 몸담고 있으면서, 담당자 단계에서 굵직한 결정을 턱턱 해내는 조직과 협업할 때는 하염없이 부럽기도 했고, 깜짝 놀랄 만큼 작은 부분까지 신경을 써가며 의전을 수행하는 조직과 협업한 뒤에는 내 업무 환경에 차라리 안도하기도 했다.

어쨌든 그 모든 일들이 내 '세계'를 키웠다. 출판이 그냥 노동이 아니라 '배우는 노동'이라는 점이 언제나 좋았다.

출판계에서 경력이 쌓이고, 일을 거듭 할수록 '다 알 것 같아서 지루해지는 순간'은 언제까지나 오지 않을 것을 확신하게 된다. 그리고 그게 좋다. 책이 아니었다면 몰랐을, 작디작은 나의 세계를 무려 노동을 하면서도 넓힐 수 있다는 것이 말이다.

'알면 사랑한다'는 말을 늘 좋아하는데 나로 말하자면 책이 가져다준 다양한 세계 덕분에 사랑과 용기를 가진 사람이 되었다고 믿는다. 책과 저자에게서 알게 된 새로운 세계를 '잘' 알고자 하면 그 세계를 이내 사랑하게 되었고, 그 사랑 덕분에 세상에 대한 환멸이 닥쳐올 때도 그것을 물리칠 수 있는 용기를 갖게 되었다. 나에게 그런 용기를 준 책이 몇 권쯤 있다는 사실이야말로 언제나 가장 큰 용기이고.

그래서 출판계 노동자이자 독자인 나는 이 덕업일치의 삶을 행운으로 여기며 산다. 일을 위해서 읽던 책을 다 끝내면 휴식을 위해 다시 또 책을 꺼내면서 말이다. 천수를 누리다 죽은 행복한 돼지의 이야기, 장애인 운동가의 이야기, 세월호 유가족의 이야기, 홀로코스트 피해자의 이야기, 인도의 작은 출판사 이야기, 프리다이빙을 하는 사람들의 이야기, 야간의 인공조명으로 죽어가는 새들의 이야기, 사랑의 정의를 넓혀가는 사람들의 이야기가 모두 책에 있다.

다큐멘터리나 뉴스 기사로는 미처 다 알 수 없던 깊이 있는 세계가 책 속에서 꼼꼼하게 펼쳐진다. 그것은 비유하자면 이 귀한 사람들을 나의 거실에서 단 둘이 만나는 일이다. 그 내밀한 이야기를 내 두 귀에 직접 전해 듣는 일이다. 나의 바깥으로 간신히 한 발짝 나가보는 일이다. 그 불가능한 일이 일어날 때의 충격을 고스란히 몸으로 받아내는 일이다. 🗎

하필 책이 좋아서

초판 1쇄 발행 ◎	◎ 2024년 1월 11일
초판 3쇄 발행 ◎	◎ 2024년 4월 10일
지은이 ◎	◎ 김동신, 신연선, 정세랑
펴낸이 ◎	◎ 윤동희
펴낸곳 ◎	◎ 북노마드
편집 ◎	◎ 윤동희
디자인 ◎	◎ 동신사
제작 ◎	◎ 교보피앤비
출판등록 ◎	◎ 2011년 12월 28일
등록번호 ◎	◎ 제406-2011-000152호
문의 ◎	◎ booknomad@naver.com
ISBN ◎	◎ 979-11-86561-87-4 03810
웹사이트 ◎	◎ www.booknomad.co.kr

서른 개의
門을
지나온
사람

하창수는 1960년 포항에서 태어나 영남대 경영학과를 졸업했다. 1987년『문예중앙』신인문학상에 중편「청산유감」이 당선되어 문단에 나왔으며, 소설집『지금부터 시작인 이야기』『수선화를 꺾다』, 장편소설『돌아서지 않는 사람들』『차와 동정』『젊은 날은 없다』『죽음과 사랑』『알』『허무총』『원룸』『그들의 나라』『함정』등이 있다. 1991년 제24회 한국일보문학상을 수상하였다.

하창수 소설집
서른 개의 門을 지나온 사람

펴낸날 2010년 4월 30일

지은이 하창수
펴낸이 홍정선 김수영
펴낸곳 ㈜**문학과지성사**
등록번호 제10-918호(1993. 12. 16)
주소 121-840 서울 마포구 서교동 395-2
전화 02) 338-7224
팩스 02) 323-4180(편집), 02) 338-7221(영업)
전자우편 moonji@moonji.com
홈페이지 www.moonji.com

ⓒ 하창수, 2010. Printed in Seoul, Korea
ISBN 978-89-320-2045-7

* 지은이는 2008년 문화예술위원회 창작지원금을 수혜했습니다.

하창수 소설집

서른 개의
門을
지나온
사람

문학과지성사
2010

차례

엑스존

—자살 성소

나더러 죽음에 경배하라고?

아니, 난 그럴 수 없어.

일말의 연민, 약간의 비애라면 모를까.

이 세상에 존재했던, 그러니까 지금은 완전히 사멸해버린 유
일의 지상천국 아이슬란드의 록 밴드 메소바이오타[1]의 흘러간
명곡 「To the lament for the loss of my friend(내 친구의 죽음
을 애도하는 자들에게)」가 흘러나오고 있던 엑스 존Ex-Zone 로
비에 내가 첫발을 디딘 것은 스물세 살 때였다. 직무의 특수성

---

1) mesobiota: 중형 생물(中型生物). 돋보기로 관찰 가능한 것에서부터 육안으로
식별이 가능한 수 센티미터 크기에 이르는, 즉 중간 크기의 토양 생물. 이보다 작
은 것을 마이크로바이오타(microbiota: 미생물), 큰 것을 매크로바이오타
(macrobiota: 대형 생물)라 한다.

을 감안한다면 적어도 서른 살은 되어야 적합한 일이었지만, 적합성 따위를 고려해서 내가 그 일을 선택하고 말고 할 계제는 아니었다. 연합국 방위군에서 의무병 생활을 마치고 제대한 나는 예전에 근무했던 병원으로 돌아가고 싶었지만 병원은 더 이상 나를 필요로 하지 않았다. 하지만 그곳을 제외하고도 간호사를 필요로 하는 병원은 단 한 군데도 없었다. 간호사는 공황기 때면 길거리에 버려지는 애완견처럼 흘러넘쳤다. 간호사를 대체하고도 남을 만큼 뛰어난 프로그램이 개발된 덕분이었다. 내가 군에 복무 중이던 1년 사이에 벌어진 일이었다. 그 놀라운 프로그램은 간호사의 절반 이상을 구호소의 긴 행렬 속에 서 있도록 만들었다. 우리들이 '간호사 죽이기'라고 자조적으로 부른 그 프로그램의 개발자가 실제로 그 이름을 프로그램의 타이틀로 사용하려 했었다는 소문이 돌았을 때, 우리는 주머니 속 깊숙한 곳에 숨겨놓았던 희망의 마지막 꽁초를 쓰레기통에 던져버렸다. 절망이 온몸을 찍어 누를 때조차 감히 피워 물지 못하고 아껴두었던 꽁초였다. 만약 엑스 존의 간호사 하나가 갑작스런 교통사고로 세상을 떠나지 않았다면 나는 구호소의 긴 행렬 속에 묻힌 채 환갑을 맞이했을는지도 알 수 없는 일이다. 물론 결정적으로 나를 구제한 건 추첨기였다. 추첨기 속에 입력된 내 인식 번호가 뽑혀 올라오는 행운이 따라주지 않았다면 나는 구호소의 긴 행렬 속에서 또 다른 교통사고를 지루하게 기다려야만 했을 것이다. 그러나 웬만큼 세상을 살다 보면 다 알아지는 거지만, 모든 일은 그렇게 흘러가도록, 그렇게 일어나도록 되어 있는 법이다. 일단 하나의 일이 일어나면 그것이 원인이 되어 다른 결과를 낳고, 그것은 또 하나의 원인이 되어 다시 다른 하나의 결과를 생산하게 된다. 그리고 그것을 다시 원인으로 삼은 결과가 만들어지며, 그것은 또다시 다른 결과의 원인이 되는 것이다. 이걸 운명이라고 하든 신의 조화라 부르든, 그리고 인과의 속도 방정식이 참이든 거짓이든, 그런 건 중요하지가 않다.

　나는 잘나가던 간호사였다. 특히 수술실에서의 명성은 대단했다. 하지만 그 대단한 명성은 나를 간호사들이면 누구나 선망하던 바이오스피어[2] 질병 센터의 간호사가 아니라 연합국 방위군으로 만들어버렸다. 방위군 사령관에게는 주기적으로 심장막액이 소실되는 희귀병을 앓고 있는 딸이 하나 있었고, 그 딸을 24시간 지켜보고 유사시엔 응급조치도 취할 수 있는 유능한 남자 간호사가 필요했다. 왜 하필 남자여야 하느냐고 물으면 대답할 말이 없다. 그렇게 나는 무늬만 의무병인, 연합국 방위군 사령관 딸의 사설 간호사가 되었다. 나는 그녀를 '영애(令愛) 양'이라고 불렀다. 그런 호칭이 있는지조차 몰랐던 나는 호칭의 위력을 실감했다. 그것은 '사령관 각하'라고 부를 때 내가 괜히 위축되는 것과 비슷한 효과를 가져다주었다. 하지만 나쁜 것만

---

2) biosphere: 생명체가 살고 있는 지구의 표면과 대기. 지구를 생명체가 살고 있는 행성으로 규정한 개념.

은 아니었다. 그녀를 그렇게 부르는 대가로 나에겐 여러 가지 특혜들이 주어졌다. 쓸데가 별로 없었을 뿐이지 지갑은 항상 두둑했고, 음식은 다른 병사들의 그것과 비할 바가 아니었다. 단지 휴가만은 허락되지 않았다. 사령관의 딸 곁에 항상 붙어 있어야만 했기 때문이었다. 식사나 산책은 물론, 잠자리에 드는 것도 마찬가지였다. 한 가지 다른 점은 나는 일반 야전침대를, 사령관의 딸은 경보 시스템이 갖추어진 침대를 사용한다는 것이었다. 하지만 함께 생활을 한 지 채 두 달이 지나지 않아 우리는 같은 침대를 사용했다. 반년쯤 지났을 때, 사령관의 딸이 내게 사랑을 고백하면서 평생을 함께하면 어떻겠냐고 물은 적이 있었다. 나는 두고 보자고 말했었는데, 제대할 때까지 명확한 답을 주지는 못했다. 사실 그녀의 아버지가 공직에 있는 한, 아니 공직에서 물러난 뒤에도 파산만 하지 않는다면, 굳이 그녀가 나와 함께 살아야 할 이유는 전혀 없었다. 자연스럽게 알게 될 일이었지만, 그녀가 내게 사랑을 고백하고 결혼 따위를 흘린 건 괜한 수작에 불과했을 것이다. 나를 만나기 전에도 그녀는 방위군 의무병과 온종일을 함께 지냈고, 물론 그는 남자였고, 내가 제대를 한 뒤에도 그런 상황이 계속되었을 거라는 건 충분히 짐작할 만한 일이었다. 그녀가 그들에게도 내게 했던 것과 똑같은 고백을 했을 거라는 사실 역시 충분히 상상할 수 있는 일이었다. 그랬거나 말거나, 나는 연합국 방위군을 제대하는 것과 동시에 사령관의 영애 양과 헤어졌다. 아마도 내 방을 뒤져

12

보면 제대할 때 그녀에게서 받은 편지와 그녀가 직접 수를 놓았다는 손수건이 나올 것이다. 내가 그것을 사랑의 증표 따위로 해석하지 않고 그 물건들에 별다른 의미를 두지 않았던 것은 그녀가 그립지 않아서가 아니라 전역과 함께 찾아든 갑작스런 실직 상태 때문이었다. 그리움은 실직의 고통보다 진하지 못했던 것이다. 그렇게 사령관의 딸에 대한 기억들을 하루하루 잊어가던 어느 날, 엑스 존 제8구역의 간호사 하나가 고탄성도의 에보나이트로 만들어진 4.5톤 트럭 앞바퀴에 무참히 깔린 사건이 일어났고, 그 사건은 고맙게도 네크론[3]을 쏙 빼닮은 추첨기의 푸르딩딩한 쇠손가락이 내 인식 번호를 골라내는 사건의 원인이 되어주었다. 이 대목에서 어떤 이는 내게 냉소적인 질문 하나를 던질는지도 모르겠다. 내가 정작 감사해야 할 대상은 그 트럭이거나 트럭의 운전수가 아니냐고. 뭐, 영 틀린 말은 아니다. 하지만 이 질문에 대답하는 일은 볼썽사납다. 그리고 인과의 법칙에 어떻게든 입을 댄다는 건 확실히 주제넘은 짓이다.

예외 구역 혹은 특별 구역이라는 뜻을 가진 'Exceptional Zone'의 축약형인 엑스 존은 연합국 정부 청사가 있는 시 중심부에 돔 형으로 된 상아빛의 원형 건물로, 모두 여덟 구역으로 나누어져 있다. 이 중에서 간호사를 필요로 하는 곳은 제8구역,

---

3) necron: 죽었지만 아직 썩지 않은 식물체의 일부.

즉 Ex-8 단 한 곳뿐이었고 당연히 그곳이 내 근무지였다. 그곳을 사람들은 통상 자살 성소(自殺聖所)라고 불렀다. 특별한 종교적 의미가 담겨 있는 건 아니었다. 그리고 성스럽게 여기는 것이 죽음 일반인지 아니면 자살에 국한되는지도 명확하지 않았다. 그래서인지 그곳을 그저 '자살의 집'이라고 부르는 사람의 수도 적지 않았다. Ex-8은 다른 일곱 구역과 마찬가지로 일반인들의 통제가 엄격하게 이루어지는 곳이었다. 물론 그곳을 이용하는 데 성별이나 나이, 혹은 직업에 제한이 있는 건 아니었다. 다만 꽤 까다로운 심사를 거친 사람에 한해서만 이용이 가능했다. 작가들에게만 제한적으로 출입이 허용된 Ex-1(문서기록 보관소)이나 생물학자들 중에서도 극히 소수의 기형학자(畸形學者)들로만 출입을 제한하고 있는 Ex-4(테라토겐[4] 관리소) 등에 비한다면, 비록 심사통과자에 한한다는 규정이 있긴 했지만 일반인 전체를 대상으로 한다는 점에서 오히려 Ex-8이 훨씬 개방적이라고 봐야 할 것이다. 하지만 '개방적'이라는 단어를 사용하는 것은 다분히 회화의 기미가 있다. 여기서 개방은 곧 죽음으로의 열림이기 때문이다. 희한하게도 Ex-8에서 열림이란 '닫힘'과 동의어가 되어버리는 것이다. 엑스 존 제8구역의 근무자를 제외한 실질적 이용자들에게는 출(出)은 없고 오직 입(入)만 있을 뿐이다. 일단 들어오면 그들은 제 발로 걸어서

---

4) teratogen: 기형 발생teratogenesis을 유발하는 물질. 기형 발생은 기형 태아가 나타나는 현상을 이르는 말.

나갈 수가 없는 것이다. 엑스 존의 여덟 구역 가운데 이곳이 맨 마지막에 위치해 있다는 것은 꽤나 상징적이었다. Ex-8에서 간호사가 하는 일은 자살을 돕는 것이었다. 물론 나도 간호사였으므로 자살 시행자를 도와주는 일을 수행했다. 여기서 분명히 할 것은 '시행'이 아니라 '도움'이라는 사실이다. 이 점을 제대로 이해하지 못한 사람들은 Ex-8의 간호사들을, 그러니까 나를, '저격수'라고 하거나 심지어 '악마의 심부름꾼'이라고 부르곤 했다. 이 말이 얼마나 엉터리없는 것인지에 대해서는 심사만 통과한다면 언제든 간호사도 자살 시행자가 될 수 있다는 점에서 명백해진다. 그때 그는 다른 간호사로부터 도움을 받게 될 것인데, 그렇다면 그건 저격수가 저격수를, 악마의 심부름꾼이 악마의 심부름꾼을 살해하는 일이란 말인가. 거두절미 Ex-8은 자살을 하려는 사람이 가장 안전하게, 즉 완전하게, 생을 끝낼 수 있는 곳 이상도 이하도 아니었다. 그것은 연합국의 헌법이 규정하고 보증하는 것이었다.

"행복감을 느끼면서 죽을 수 있다는 게 얼마나 축복받은 일이란 말이오."

나로 하여금 Ex-8의 간호사로서 첫 직무를 수행하게 해준 사람은 아흔다섯 살 먹은 노인이었다. 그는 행복감을 느끼면서 죽을 수 있는 방법을 찾는 데 너무 오랜 세월을 허비한 셈이었다. 허비가 아니라 투자였다고 해도 그건 너무 긴 시간이었다.

그는 필시 의심이 많은 사람일 것이었다. 조심성이 많은 사람이었다고 할 수도 있지만, 그보다는 비관적인 사람이었다고 하는 편이 더 정확할 듯싶다. 어쨌든 그가 편안하고 행복한 죽음이라는 뜻의 안락사(安樂死)[5]를 곧이곧대로 받아들이지 않았다는 건 분명한 사실이었다. 그리고 그는 Ex-8이 가장 안전하고 완전한 자살을 담보한다는 사실만으로는 만족할 수 없었던 모양이었다. 그가 '빅토리아 클루게[6] 법'을 택한 걸 보면 확연히 알 수 있는 일이었다. 안락사가 한창 도덕적 논쟁에 휩싸였던 20세기 후반, 빅토리아 대학의 클루게 교수의 연구를 바탕으로 고안된 그 자살법은 쇼팽의 야상곡 20번 C# 단조를 들으면서 시행한다는 데서 '쇼팽과 함께'라는 별명을 갖고 있었다. 듣는 사람으로 하여금 음울과 침잠의 극한에 이르게 하는 그 곡을 들으며 자살 시행자는 자신의 정맥에 60잔의 커피, 혹은 125잔의 홍차를 농축한 카페인을 주사하게 된다. 이때 간호사가 하는 일은 자살 시행자의 정맥을 찾아 주삿바늘을 꽂고 주사액이 흘러드는 양을 적절히 조절하는 것이다. 링거를 맞아보았거나 구경이라도 한 적이 있는 사람이면 쉽게 이해가 갈 것이다. 그리고 혈압과 맥박, 심장박동을 측정하는 것도 간호사가 하는 일이다.

---

5) 안락사euthanasia는 그리스어 행복eu과 죽음thanatos이 결합한 말이다.

6) Eike-Henner Kluge: 안락사를 시행할 수 있는 조건으로 '환자가 치료 불가능하고 회복될 수 없는 질병에 걸렸거나 혹은 그와 동일한 의학적 상태에 있어야 하며, 환자 스스로가 자신의 질병이나 상태가 자신의 근본적 가치들과 양립될 수 없음을 체험해야 한다'는 것을 제시한 빅토리아 대학 철학과 교수.

자살 시행이 완료되었음을 확인하고 담당 의사에게 연락하여 최종적인 확인을 받는 것으로 간호사의 임무는 끝난다. 그 외의 일은 불법이며, 불법 행위를 저질렀을 때는 적절한 제재를 받게 된다. 물론 가장 겁나는 것은 해직이다. 때에 따라서는 재판을 받는 경우도 있는데, 엑스 존 제8구역 근무를 시작하기에 앞서 받았던 교육 내용 중에 귀에 못이 박히도록 들은 것도 그에 관한 것이었다. 자살 시행자가 택한 자살법을 임의로 바꾸는 것이 그런 사례의 하나였다. 주사액의 농도를 너무 약하게 조절해서 사망에 이르는 시간이 규정보다 길어지거나 불가피하게 재차 주사액을 투입함으로써 자살 시행자의 '안락한 죽음'을 보장하지 못한 경우는 면직은 물론 재판을 피하기 어려웠다. 모든 것은 감시 카메라에 기록되며 블랙박스는 영구 보존된다. 만약 재판을 받고 실형을 선고받게 되면 해당 간호사는 Ex-8에서의 근무는 물론 평생 간호사 일을 할 수 없게 되어 있었다. 구호소의 긴 행렬이 기다리고 있을 뿐이다. 하지만 무엇보다 Ex-8의 간호사를 곤란에 빠뜨리는 것은 자살 시행자가 마지막 순간에 마음을 바꾸는 경우다. 이미 주사액이 정맥을 타고 들어가기 전이라면 그리 큰 문제가 될 수 없겠지만, 이미 자살 시행자의 핏속에 주사액이 스며든 경우라면 정말 곤란해진다. 물론 이 경우 법적인 제재를 받는 건 아니지만, 죄책감과 같은 정신적 외상이 우려되는 것이다. 이때엔 그 자신이 정말 '저격수'나 '악마의 심부름꾼'이 된 듯한 고약한 기분에 빠지고 만다. 주사액을 흘려

넣기 전에 시행을 중지할 마음이 없느냐고 한 번만이라도 더 물어봤다면, 하는 후회가 들기 시작하면 독액이 든 주사기를 자신의 팔뚝에다 꽂아버리고 싶은 충동마저 일어나게 된다.

자, 다시 노인의 얘기로 돌아가자. 긴긴 세월 동안 행복한 죽음을 꿈꾸었던 그는 '쇼팽과 함께'라는 자살법을 택했다. 다른 자살법들에 비해 월등하게 행복감을 가져다줄 것이라는 어떤 자료도 나와 있지 않은 상황에서, 아흔다섯 살의 노인이 '빅토리아 클루게 법'을 택한 것은 오직 쇼팽과 카페인 때문이었다. 그는 '리혜[7]의 귀풍(鬼風)법'을 택했을 수도 있다. 그랬다면 그는 쇼팽 대신 스물여섯에 요절한 중국 시인의 음산한 시를 들으며 고량주 열두 병에 해당하는 에탄올 농축액을 정맥에 주사했을 것이고, 그건 확실히 쇼팽을 들으며 영면에 드는 것보다는 덜 행복했을 것이다. 그는 '빌리 홀리데이[8]와 함께'를 택했을 수도 있고, '오래된 것이 좋아[9]'를 고를 수도 있었다. 하지만 그가 그렇게 하지 않은 것은 재즈나 흘러간 팝송보다는 쇼팽이 그를 더 행복하게 할 수 있었기 때문이었다. 내 기억이 정확하다

---

7) 李賀(791~817): 26세의 젊은 나이에 요절한 당(唐)의 시인. 자신의 기구한 운명을 비관하여 귀신이나 죽은 자가 등장하는, 염세적인 세계관으로 점철된 괴이한 시들을 지은 것으로 유명하다.
8) Billie Holiday(1915~1959): 미국의 흑인 재즈 가수. 누구나 한번 들으면 잊히지 않는 특별한 목소리를 가졌다는 평을 받았다. 불우한 어린 시절과 인기 절정의 전성시대, 흑인 인권운동의 경력까지, 파란의 삶을 산 그녀는 마약과 약물에 취한 채 마흔넷에 생을 마감했다.
9) Oldies but Goodies. 오래되었지만 여전히 사랑받는 노래나 영화.

면 그는 햇볕이 따뜻하게 내리쬐는 봄날, 향기로운 꽃들이 피어 있는 화사한 정원을 내다보면서 거실 소파에 깊숙이 등을 묻은 채 아주 달콤한 잠에 빠져 들어갔다. 격자무늬의 노란색 커버가 덮인 탁자 위에는 그가 마시다 둔 커피 잔이 놓여 있었고, 거기서는 여전히 짙은 커피 향이 풍겨 나오고 있었다.

40대의 경찰관이었던 남자를 자살 성소 침대 위에서 만난 것은 내가 엑스 존 제8구역의 간호사로 근무한 지 세 해가 지난, 그러니까 스물일곱 살의 봄이었다. 나이는 아직 서른에 이르지 못했지만 그 일에 꽤 이력이 붙은 나는 Ex-8을 찾는 사람들의 심정에 반나마 동화되는 편이었다.

"나는 오랫동안 권총 자살을 꿈꾸었다오."

내가 경찰관의 팔뚝에서 정맥을 찾고 있을 때 그는 느릿한 어투로 입을 열었다. 그는 마지막 순간까지 권총 자살에 대한 미련을 버리지 않고 있는 듯했다.

"그런데, 내가 결국 권총 자살을 택하지 않은 건 말이지, 뭐랄까…… 누군가는 내 시신을 발견하게 될 것이고, 그 사람이 누구든 간에 쉽게는 지워지지 않을 경험을 하게 될 거란 말이지."

말하자면 그는 험악한 꼴을 남에게 보이고 싶지 않았던 것이다.

"하지만 권총 자살은 내겐 거의 운명적이라고 할 수 있어."

운명이라는 단어에 왠지 웃음이 풀썩 솟았다. 그는 경찰관으로 재직하는 동안 범인을 추적하는 과정에서 세 번에 걸쳐 권총

을 사용한 적이 있다고 털어놓았다. 그중의 두 번은 범인을 사
살했다고 했다. 그리고 그중의 하나는 겨우 스무 살에 불과한
이마가 새파란 청년이었다. 그 청년은 연합국 문화관을 점거하
고 반정부 시위를 벌인 혐의로 경찰의 수배를 받고 있었는데,
불심검문에 불응하고 달아나다 그가 쏜 권총에 목 부위를 맞아
과다 출혈로 사망했다. 그것은 그가 권총을 사용한 가장 최근의
경우였다. 하지만 그것이 그로 하여금 권총 자살을 꿈꾸게 한
건 아니었다. 그는 꽤 오래전, 그러니까 초등학교를 다닐 때 이
미 자살을 꿈꾸기 시작했다고 말했다. 만화였는지, 영화였는지,
아니면 소설이었는지는 정확히 알 수 없지만 권총 자살을 한 자
가 갱이었던 건 분명하다고 했다. 그때 이후라고 했다. 권총 자
살을 꿈꾸기 시작한 것이. 갱이 되고 싶은 생각이 전혀 없었던
그는 권총 자살을 용이하게 수행할 수 있는 것은 경찰관이 되는
길밖에 없다는 생각을 했고, 경찰관이 되었다.

　"권총 자살을 꿈꾼 시간이야 길지만, 그렇지만……"

　경찰관은 한동안 말을 잇지 못했다. 내 손길도 잠깐 동안 멈
추었다. 그런 일이 일어날 것 같지는 않았지만 혹시 그가 마음
을 바꿀지도 몰랐던 것이다. 일단 그런 생각이 들자, 안 되겠
소, 난 역시 권총으로 내 생을 마감해야겠소, 하고 말할 것만
같았다. 썩은 과일을 씹은 듯한 미소를 띠면서 말이다. 침묵의
시간이 조금씩 길어졌다.

　"바늘을 꽂겠습니다."

내가 그를 내려다보며 말했다. 나는 더 이상 기다릴 수 없었다. 감시 카메라가 지켜보고 있기 때문만은 아니었다. 나는 그가 고개를 흔들거나 몸을 일으킬까 봐 두려웠다. 그러면 어떻게 해야 하는지에 대해 나는 생각하고 있었다. 하지만 그는 담담한 표정으로 눈을 껌벅이더니 고개를 끄덕였다.

"그런데, 실례가 되지 않는다면, 뭐 하나 여쭈어봐도 될까요?"

나는 그의 정맥에 주삿바늘을 꽂고 수컷 오리너구리의 발뒤꿈치 가시에서 추출한 독액을 천천히 흘려 넣었다. 그가 택한 자살법은 '회색곰과 백상어의 명상법'이라는 것이었다. 이는 회색곰이나 백상어의 공격을 받은 사람들 중 상당수가 내놓은 증언, 즉 경황(驚惶) 중에도 고통에 사로잡히기보다는 오히려 초연한 심리 상태가 되어 자신이 처한 상황을 객관적으로 파악할 수 있었다는 증언을 토대로 만들어진 자살법이었다. 이것은 깊이 명상에 잠길 때와 비슷하게 아주 천천히 호흡과 맥박이 느려진다고 해서 '선사의 참선'이라는 별명도 가지고 있었는데, 오리너구리의 수컷에서 추출한 독액이 그런 효과를 가져다주었다. 이 방법의 단점은 죽음에 이르는 시간이 너무 길다는 것과 자신이 죽음의 늪으로 빠져들고 있다는 사실을 비교적 명료하게 자각함으로써 죽음에 대한 공포를 고스란히 겪어야 한다는 것이었다. 장점은 오히려 그래서 마지막 숨을 거두기까지 누군가와—그래봐야 간호사뿐이지만—대화를 나눌 수도 있다는 것이었다. 내가 그에게 말을 붙인 것은 바로 그런 이유에서였다. 침묵은 그를 두려움에 빠뜨리게 할 수 있을 것이기 때문이었다. 실은, 두려운 건 나였다.

"너무 어려운 질문은 하지 마시오, 흐흐."

나는 뜨끔했다. 그 상황에서 모든 질문은 어려운 질문일 수 있기 때문이었다.

"어려운데요, 조금쯤은, 히히."

심전계(心電計)의 수치들을 확인하던 나는 검정 바탕의 화면 한구석에 내가 히히거리며 웃고 있는 모습을 발견했다. 순간 그 모습은 영락없는 악마의 미소였다. 흉하고 음산했다. 사실 Ex-8에서 근무하면서 무시로 나는 내가 하는 일의 정당성에 대해 나 자신에게 묻곤 했었다. 어떤 때는 나는 당당했고, 자부심마저 느꼈다. 그때는, 전지전능한 신조차 하나의 결함을 갖고 있으니 그것은 스스로 목숨을 끊을 수 없다는 것이다, 라고 했던 플리니우스[10]의 말을 온몸으로 이해한 듯했었다. 그때 나는 신이 결핍한 것을 메워주는 존재였다. 나는 완전한 상태에 도달해 있었다. 하지만 어떤 때는 악마의 심부름꾼이라는 말은 옳았다. 그리고 몰래 숨어 적군의 심장을 향해 총알을 박는 저격수였다. 나는, 삶이란 그런 거야, 그렇게 흘러가도록, 그렇게 일어나도록 되어 있는 거란 말이야, 하고 뇌까리며 능숙한 솜씨로 채 식지 않은 총의 약실을 헝겊으로 닦아냈다. 엑스 존 제8구역은 천

---

10) Gaius Plinius Secundus(23~79) : 로마의 학자이며 작가. 그가 쓴 『박물지』는 정확한 것은 아니었지만 중세 이후, 근대까지 영향을 미쳤다.

사의 집이면서 동시에 악마의 거처였다.

"만약 권총으로 자살을 했다면 어디를 쏘았을 것 같습니까?"

40대의 경찰관은 서서히 명상 상태에 들고 있었다. Ex-8의 어떤 간호사가 그걸 입정(入靜)이라고 표현한 적이 있었다. 도력이 높은 자들이나 빠져들 수 있다는 삼매(三昧)의 경지. 언젠가 내가 이 침대 위에 누워 있게 된다면, 나는 이 자살법을 택할 것이 분명했다. 회색곰과 백상어의 명상.

"당연히…… 관자놀이지…… 여기…… 말이야."

그의 목소리는 무척 느려져 있었다. 그는 가늘게 떨리는 오른쪽 검지를 천천히 끌어올려 자신의 관자놀이를 짚어 보였다. 그러고는 자신의 팔을 제 위치로 가져가지 못했다. 의외로 빠른 진행이었다. 종종 그랬다. 죽음에 이른다는 생각 자체가 죽음의 시간을 단축시키는 예를 심심찮게 목격하곤 했었다. 나는 경찰관의 팔을 침대 위에 올려주었다. 체온도 거의 느껴지지 않았다. 그가 빠르게 죽음의 늪 속으로 빠져들어가자 왠지 내가 다급해지기 시작했다.

"관자놀이여야 하는 무슨 특별한 이유가 있나요?"

내 물음이 끝나기 무섭게 그의 한쪽 입꼬리가 비틀려 올라갔다. 너무 뻔한 질문이었다. 그는 완전한 죽음을 원했다. 관자놀이를 쏘는 것은 입안에 총구를 쑤셔 박고 방아쇠를 당기거나 심장을 노려 쏘는 것보다 더 확실한 방법일 것이었다.

"뇌를…… 박살내버리고…… 싶었어…… 모든 죄악의……

근원인……"

그는 거기서 말을 끊었다. 심전계의 수치가 급격하게 하락하고 있었다. 빨라도 너무나 빨랐다. 이런 거라면 입정이니 명상이니 하는 수식을 갖다 붙인다는 게 우스운 꼴이었다.

"뇌가 모든 죄악의 근원이라고요?"

나는 그의 귀 가까이로 얼굴을 들이밀며 소리를 지르듯 말했다. 그러고는 주사액이 흘러드는 속도를 줄였다. 그건 규정 위반이었다. 행정 요원들이 블랙박스를 확인한다면 어쩌면 나는 옷을 벗어야 할는지도 몰랐다. 하지만 나는 주저하지 않았다. 그로부터 왜 뇌가 모든 죄악의 근원인지를 듣고 싶었다. 물론 상상 못할 일은 아니었다. 그는 어쩌면 내가 예상하고 있는 답을 얘기할는지도 몰랐다. 그의 굳게 닫혔던 눈꺼풀이 떨리면서 열렸다. 그의 눈은 거의 흰자위로 채워져 있었다.

"난…… 녀석의…… 목에서…… 흘러내리는…… 피를…… 한시도…… 잊을 수가…… 없었지…… 하지만…… 그건…… 녀석의 잘…… 못이었어…… 난 쏠…… 생각이…… 없었거든…… 하지…… 만…… 녀석이…… 계속…… 달아…… 나는 거…… 야…… 갑자기…… 죽여…… 버리고 싶…… 었어……"

나는 링거 속의 남은 독액이 일시에 그의 정맥 속으로 들어가도록 조절 장치를 활짝 열었다.

내 친구의 죽음을 슬퍼하는 그대,

그러지 마오, 그건 잘못된 일이오,

슬퍼할 거라면, 지금

그대가 살아 있음을 슬퍼하시길.

마침내 서른 살이 된 날 아침에도, 나는 메소바이오타의 노래가 흘러나오고 있던 엑스 존 제8구역의 로비로 들어섰다. 하지만 그날은 여느 날과 좀 달랐다. 뭐랄까, 괜히 우울했고, 내 일상이 약간 비현실적으로 느껴졌다. 그리고 Ex-8에 근무를 시작하고 7년 만에 처음으로, 머지않아 나도 자살 시행을 위한 심사 청원서를 제출할 것이라는 확신이 들었다. 그동안 막연히는 언젠가 나도 자살 시행자의 침대 위에 누워 있을 거라는 생각을 해왔다. 하지만 그날은 막연한 것이 아니었다. 확연했다. 내 일상이 비현실적으로 느껴진 것도 그 때문이었다. 너무도 확연해서 비현실적으로 느껴진 것이었다. 나는 엑스 존 제8구역 안의 내 방으로 들어가서 늘 그랬던 대로 컴퓨터로 서류를 확인한 뒤 출력했다. 오늘 내게 배당된 자살 시행자의 명단과 그들의 신상명세가 적혀 있는 서류였다. 오전에 한 사람, 오후에 두 사람이었다.

"이런 것도 예감이란 건가, 참……"

나는 서류 맨 아래에 적혀 있는 자살 시행자의 신상명세에 눈을 고정시킨 채 중얼거렸다. 내가 아는 사람이었다. 가볍지 않은 현기증이 일었다. 나는 고개를 몇 번 세차게 흔들고 나서 오전에 배당된 자살 시행자의 신상과 그가 선택한 자살법을 훑어보고 거기에 맞는 주사액을 요청하기 위해 약물 보관실에 전화를 걸었다. 한 시간가량 여유가 있었다. 오전의 신청자는 쉰네 살의 시인이었다. 시인답게 그가 선택한 자살법은 '보들레르의 인공 낙원'이라는 별명을 가진 '오노레 드 발자크 법'이었다. 마약의 상용자로 알려진 19세기 프랑스의 시인 보들레르는 자신의 마약 체험을 논문으로 발표한 적이 있는데 그것이 「인공 낙원Paradis artificiels」이었다. 그 논문 외에도 그는 약물에 대한 소설도 발표할 계획을 갖고 있었는데, 그 소설의 주인공은 해시시에 도취된 상태에서 신의 존재를 확신하게 되는 인물이었다. 이 몽환의 시인은 그와 동시대의 소설가였던 발자크에 대해 "인간이 자신의 의지를 꺾는 것보다 더 치욕스럽고 고통스러운 일은 없다고 생각한 사람"으로 기록했다. 마약의 적극적 사용자는 아니었지만 발자크는 해시시에 큰 관심을 갖고 있었고, 그것이 훗날 자살법 연구자들에 의해 그의 이름을 인용하게 만들었다. '오노레 드 발자크 법'에 사용되는 독액은 독성이 강한 달걀파리버섯의 일종인 광대버섯에서 추출한 무스카존과 이보텐산에 해시시의 원료인 대마 암그루의 꽃이 피는 끝 부분의 수지에서 뽑아낸 델타9 테트라하이드로 카나비놀을 섞어 만든 화합물이다. 그것은 적당량을 취할 경우 깊은 환각 상태에 빠지게 되는 일종의 마약이었다. 이제 한 시간 후, 쉰네 살의 시인은 보들레르의 장시 「악의 꽃」을 들으며 광대버섯과 해시시에 취한 채로 영면의 길로 들어설 것이다. 그는 마지막 순간까지 도취에서 풀려나지 않을 것이고, 어쩌면 그때 결코 이 지상에 남길 수 없는 한 편의 시를 지을는지도 모를 일이었다. 그렇게 생각하니 적잖이 슬펐다. 그 누구도 그의 마지막 시를 읽을 수가 없을 것이기 때문이었다. 그건 누구를 더 슬프게 할까. 우리일까, 시인일까.

"정말 이상한걸……"

정말 이상했다. 그런 기분이 절실하게 든 것은 오전에 시인을 막 '떠나보낸' 뒤였다. 예상했던 대로 시인의 얼굴은 숨이 멈춘 뒤에도 여전히 깊은 도취에 잠겨 있었다. 그의 마지막 시가 다시 궁금해진 것은 당연한 일이었다. 그러나 소용없는 일이었다. 그런데 최종적으로 사망진단을 하러 온 의사는 시인의 얼굴을 확인하고는 묘한 웃음을 지어 보였다. 나는 그 웃음을 놓치지 않았고, 의사에게, 편안해 보이죠, 하고 말했다. 하지만 의사는 시인의 얼굴이 편안해서 미소를 지은 것이 아니었다. 그러고 보니 그의 웃음에는 어딘가 씁쓸함이 깃들어 있었다. 의사는 그를 안다고 했다. 평소에 그의 시를 무척 즐겨 읽었다고 덧붙였다. 의사는 그의 시 중에, 삶은 달걀이라네,라는 우스꽝스런 제목의 시가 있다고 말했다.

"그 시는 짧아서 외우고 있기도 하지만, 뭔가 특별하거든…… 삶은 달걀은, 삶도 아니고 달걀도 아니지. 오직 삶은 달걀일 뿐. 삶은 달걀만큼, 정체가 뚜렷한 존재는 없어. 내게도 삶은 달걀이 하나 있지. ……어떤가?"

나는 웃기네요, 하고 말했고, 의사는 그런데 뭔가 심오한 데가 있지 않나, 하고 물었다. 나는 좀 생각해봐야겠는데요, 하고 대답했다. 그리고 다시 나는 이상한 기분에 휩싸였다. 시인의 죽음 때문도, 평소 그 시인의 시를 즐겨 읽었다는 의사 때문도 아니었다.

"기분이 어떠신가요?"

나는 세면대에서 손을 씻고 있던 의사의 등을 바라보며 물었다. 그는 세면대 앞에 붙어 있는 거울을 통해 나를 바라보았다. 그의 눈이, 뭐가, 라고 묻고 있었다.

"이런 데서 아는 사람을 만나면 어떤 기분일까 궁금하네요."

의사는 우선 가만히 웃었다. 그의 웃음에는 예의 씁쓸한 기운이 묻어 있었다. 그는 휴지를 뽑아 손의 물기를 닦아내며 나를 보았다.

"자네 생각엔 어떨 것 같나?"

그의 물음에 괜히 가슴이 뛰었다. 아니, 괜히가 아니었다. 나는 내 가슴이 두근대는 이유를 잘 알고 있었다. 나는 대답을 하지 못한 채 고개를 저었고, 그는 고개를 끄덕였다. 그는 대답 대신 이야기 하나를 들려주었다. 오래전 Ex-8에 근무했던 간호사에 관한 거였다. 그녀는 일곱 살 먹은 사내아이를 가진 서른여덟 살의 이혼녀였다. 그녀는 어느 날 어떤 남자 자살 시행자를 도와주었다. 그리고 그날 저녁 그녀는 집으로 돌아가는 길에 교통사고를 당해 죽었다고 했다. 그런데 알고 보니 그녀가 그날 자살을 도와준 남자는 그녀의 전남편이었다. 의사는 자기의 생각으로는 그녀가 스스로 달리는 트럭에 뛰어들었을 거라고 말했다. 그것이 7년 전의 일이고, 그녀의 자리를 내가 차지하게 되었다는 얘기는 하지 않았다.

"정말 자살을 하고 싶었다면 더 좋은 방법이 있었을 텐데요."

내가 그렇게 말하자 의사는 예의 그 씁쓸한 미소를 지어 보였다.

"편하게 죽고 싶지 않았던 이유가 있었겠지."

의사는 그 말을 남기고 내 방을 나갔다. 머릿속이 텅 비어버렸다.

죽음을 경배하는 건,
그만큼 인생을 낭비하는 것
죽은 자에게 바쳐진 국화, 대체
그 향기를 누구더러 맡으란 건지.

사라진 지상 천국의 록 밴드는 끊임없이 비웃음을 보내고 있었다. 메소바이오타의 노래는 7년이 넘도록 계속되고 있었다. 내가 살아 있는 동안 그 노래의 마지막 소절을 들을 수 있을지 장담할 수 없었다. 오후에 배당된 첫 신청자의 자살 시행을 끝내고 쉬는 동안 나는 로비에서 나지막이 들려오는 그 노랫소리에 귀를 기울이고 있었다. 하지만 내가 들으려는 건 노래가 아니었다. 그 노래 속에 스며드는 어떤 발소리였다. 그녀는 하이힐을 신지 않았기 때문에 어쩌면 발소리 같은 건 들을 수 없을지 몰랐다. 하이힐은 그녀의 심장에 좋지 않았다. 아니, 어쩌면 들을 수 있을지도 몰랐다. Ex-8을 찾는 사람들의 입성은 하나같이 말끔한 정장 차림이었다. 남자들은 깨끗하게 면도를 했고, 여자들은 축제 때처럼 머리를 풍성하게 손질했다. 그런 사람들이 운동화를 신고 있을 리는 없었다. 나는 의자 등받이에 등을 묻고 귀를 세웠다. 죽음과 인생, 죽은 자에 대한 경배의 무의미함을 낮지만 끈질기게 읊조리는 '중형 생물'들의 목소리가 내 귓속에서 흩어졌다. 그리고 그녀의 발소리를 들었다. 나는 눈을 번쩍 떴다. 하지만 몸은 얼어붙은 듯 꼼짝할 수 없었다. 발소리는 절름발이의 그것처럼 매우 불규칙했다. 잠시 뒤, 문이 열렸다.

"당신을 환영합니다."

문이 열렸다 닫히는 사이, 녹음된 기계음이 흘러나왔다. 방 안으로 들어선 여자는 주위를 둘러보았다. 두 종류의 사람이 있다. 먼저 방 안을 둘러보는 사람과 내 얼굴을 바라보는 사람. 방 안을 둘러보지도, 나와 눈을 마주치지도 않는 사람을 맞은 적이 있었다. 그는 앞을 볼 수 없는 사람이었다.

"잘 지냈어요?"

나는 의자에서 일어나 그녀에게로 다가갔다. 그녀가 고개를 끄덕였다. 그녀의 안색은 죽은 자의 얼굴보다 더 파리했다. 그녀가 내게로 손을 뻗었다. 그녀의 창백한 손바닥이 내 얼굴을 쓸었다. 서늘했다. 서늘함 속에서 나는 온기를 찾으려 했다. 나는 내 얼굴에 닿아 있던 그녀의 손 위에 내 손을 포갰다.

"아무것도 묻지 말까요?"

그녀는 내 물음에 대답하지 않았다.

"눕고 싶어요."

나는 그녀를 침대까지 부축해갔다. 그녀는 침대 가장자리에 잠시 앉아 있다가 몸을 뉘었다. 흰색 블라우스와 치마를 입은 그녀는 붕대에 감긴 미라와 같았다. 길고 마른 그녀의 몸에서는 솔향이 났다. 고대 이집트인들은 미라가 썩는 걸 방지하기 위해 송진을 사용했다. 텅 비어 있던 머릿속으로 무언가가 들어차기 시작했다. 맞추기 전의 퍼즐들처럼 흩어져 있던 기억들이 하나씩 제자리를 찾고 있었다. 함께 있고 싶어요. 그녀가 내게 처음 그렇게 말했을 때, 나는 거절했었다. 나는 그녀의 아버지가 알까 두려웠다. 이렇게 함께 있잖아요. 내 말소리는 공허하게 그녀의 방 안을 떠돌다가 흩어졌다. 연합국 방위군 사령관은 딸의 방을 찾아온 적이 없었다. 나는 그녀와 한 침대에서 밤을 보냈다. 매일매일을. 그녀는 아침에 일어나면 손바닥으로 내 턱을 쓸었다. 까슬까슬 돋아난 수염을 만지작거리며 그녀는 내게 사랑한다고 말했다. 나는 아무런 대답도 하지 않았다. 그녀에게서는 환자 특유의 냄새가 났다. 잠자리에 들 때마다 나는 그 냄새를 맡지 않기 위해 미량의 마취제를 코로 흡입했다. 반년이 지났을 때 나는 더 이상 그 약품을 사용하지 않았다. 그 약품을 사용하지 않게 되었을 때 그녀는 내게 고백을 했다. 평생을 함께하고 싶다고. 그렇게 할 수 없냐고.

"너무 오래 기다린 것 같아요."

나는 그녀의 블라우스 소매 단추를 풀어 팔뚝까지 걷어 올렸다. 이제 내 일을 시작할 때였다. 나는 그녀의 옛 연인이었지만, 엑스 존 제8구역의 간호사였다. 그녀의 팔은 시꺼멓게 죽어 있었다. 온통 주삿바늘 자국으로 가득했다. 그녀의 병세를 짐작할 수 있었다. 정맥을 찾는 일은 쉽지 않았다. 그녀의 정맥은 피부 깊숙이 숨어 있었다. 굳이 자살을 택하지 않더라도 그녀의 생명은 그리 길게 남아 있지 않았다.

"좋았어요?"

이마에서 땀이 떨어졌다. 떨어진 땀은 그녀의 블라우스에 스며들었다. 그녀는 언제나 내게 물었다. 좋았어요? 그때마다 나는 좋았다고 대답했다. 그때마다 그녀는 좋아했다. 나는 아무런 감응도 없었다. 나는 언제부터인가 저녁이면 면도를 했다. 그 이후로 그녀는 아침에 눈을 떠 내 턱을 만지는 일을 하지 않았다. 하지만 언제나 그녀는 내게 물었다. 좋았어요? 나는 좋을 때도 있었고, 좋지 않을 때도 있었다. 그러나 내 대답은 항상 똑같았다. 좋았어요. 나는 그녀의 팔뚝 깊숙한 곳에서 정맥을 찾아냈다. 재빨리 그곳에 주삿바늘을 꽂았다. 한 치의 오차도 없었다. 나는 능숙한 간호사였다. 닫혀 있는 조절 장치에 손가락을 갖다 댄 채로 링거 안에 든 푸른 액체를 확인했다. 그녀가 택한 것은 '알베르트 호프만 법'이었다. 알베르트 호프만은 처음으로 LSD를 발견한 사람이었다. 기생성 곰팡이 맥각(麥角)으로 합성한 화합물 리세르긴산 디에틸아미드 14밀리그램을 희석한 링거액이 푸른 빛깔을 띠고 있어서 우리는 그 자살법을 '남태평양'이라고 불렀다. 그녀는 남태평양을 여행할 수 있으면 생명이 반쯤 줄어들어도 좋다고 말한 적이 있었다. 그녀가 '알베르트 호프만 법'을 택한 것은 살아 있는 동안 남태평양을 여행할 수 없을 것이기 때문인지도 몰랐다. 나는 수영을 할 줄 아느냐고 물었다. 그녀는 그때, 그냥 바다를 바라보기만 해도 좋다고 대답했었다. 그녀는 수영을 할 필요가 없다. LSD 14밀리그램을 함유한 푸른 액체는 그녀를 바다 위에 떠 있게 할 것이다.

"당신을 만나고 싶었어요."

푸른 액체가 링거 줄을 타고 천천히 내려갔다.

"만나서 묻고 싶은 게 있었어요."

링거 줄을 타고 흐르던 푸른 액체가 그녀의 정맥에 닿았다. 쇠약한 그녀의 몸은 채 1분도 버티기 힘들 것이다. 나는 그녀가 내 얼굴을 잘 볼 수 있도록 그녀의 앞쪽으로 가 섰다. 그녀의 눈꺼풀이 묵직하게 감기고 있었다. 그녀는 왜 자살 성소를 택한 것일까. 나를 만나려 했다면 얼마든 다른 방법이 있었다. 그리고 그녀의 말대로 너무 오랜 시간이 지났다. 더 일찍 나를 찾았어야 했다. 남태평양의 바다 빛깔 같은 그녀의 입술이 느리게 열렸다 닫혔다.

"그때…… 왜…… 마취제를…… 끊었어요?"

그녀의 온몸이 푸른 빛깔로 변해갔다. 그녀가 입고 있는 흰색 블라우스와 치마도 물감을 머금듯 푸르게 바뀌어갔다. 그녀와 함께 지낸 지 반년쯤 지났을 때 나는 더 이상 냄새를 맡을 수가 없었다. 그녀의 몸에서 풍겨 나오던 환자 특유의 냄새뿐 아니라 어떤 냄새도 맡을 수가 없었다. 음식의 냄새도, 향수 냄새도, 똥 냄새도 나지 않았다. 미량이기는 했지만 지속적으로 사용한 마취제에 문제가 있었다. 나는 더 이상 마취제를 사용할 필요가 없었다. 그녀는 내가 냄새를 피하기 위해 마취제를 사용한다는 걸 알고 있었다. 더 이상 마취제가 필요하지 않았을 때 나는 마취제를 끊었고 그녀는 내게 사랑을 고백했다. 그리고 나는 대답하지 않았다. 내가 마취제를 끊은 것은 후각을 상실했기 때문이었다. 그것은 사실이었다. 하지만 진실은 아니었다.

"사랑했으니까, 당신을 사랑했으니까."

그녀는 내 대답을 기다리지 못했다. 왜 여기로 와야만 했는지를 물을 수도 없었다.

성자가 된
소설가

진리는 추악하다. 진리에 정복당하지
않기 위해 우리에겐 예술이 필요하다.
— F. W. 니체

예수는 실패한 소설가다. 지금의 어떤 문학평론가도 더 이상
그의 소설을 다루지 않는다는 점에서 그렇다. 어떤 소설가의 소
설은 불경과 신성모독이라는 혐의를 쓴 채 평론의 대상에서 제
외되곤 하지만 예수의 경우는 정반대다. 언제부턴가 그의 소설
을 다루는 자체가 불경이며 신성모독이 되어버렸다. 평론가들
이 두려워하는 것은 바로 이것이다. 그러나 이는 자기기만일 뿐
이다. 문학연구자들은 몸을 사리고 있는 것이다. 그들은 정당하
지 못하다. 예수 본연의 모습을 들추어내는 데 있어 그들은 엄
연히 직무를 유기하고 있는 것이다. 듣는 이의 귀를 막막히 붙
들어두었던 그의 숱한 은유들을 향해 이제 그 누구도 문학적 수
사(修辭)의 돋보기를 들이대지 않는다. 아니 감히 하지 못한다.
대신 한 사람의 예외도 없이 그의 언설들을 금강좌에 얹어놓고

는 날마다 머리를 조아리며 경배하고, 읽고 또 읽어 가슴에 새기려 한다. 오늘 그 어떤 걸작도 누릴 수 없는 영광이 그의 소설 위에 쏟아지고 있으며, 이는 볼썽사나운 일이다.

Å

예수가 처음 소설가가 되려 했을 때의 일화를 우리는 기억한다. 다 알다시피 소설가가 되기 전의 그는 자신의 아버지로부터 목수 일을 배우고 있었다. 소설가가 되려 한다는 아들의 말을 들었을 때 그의 아비 요셉의 뇌리를 아쉬움과 두려움이 번갈아 스치고 지나갔다. 아쉬움은 목수로서의 훌륭한 자질을 포기해야 한다는 것 때문이었고, 두려움은 소설가로 살아가는 일 자체가 지닌 엄청난 고난 때문에 생긴 것이었다. 요셉은 아들의 형형한 눈빛에서 이미 설득의 기회가 사라졌음을 절감했다.

"내게서 목수 일은 배웠다만, 나는 네게 소설가가 되기 위한 배움을 줄 수는 없다."

"압니다."

"찾아갈 사람이 있더냐?"

"있습니다."

"누구더냐?"

"그는 광야가 끝나고 안식과 풍요의 숲이 시작되는 강변에 살고 있습니다."

예수의 아비는 아들의 얘기를 듣고 단번에 그곳이 요르단 강이라는 것을 알았다. 하지만 지금까지 그 강을 자신의 아들처럼 묘사한 이가 없었으므로 잠시 어리둥절했던 것도 사실이었다.

"사람들이 그를 무어라 부르더냐?"

"세례를 베푸는 사람 요한이라 합니다."

"음……"

요셉은 자신도 모르게 신음 소리를 내뱉었다. 무겁고 음산한 기운이 그의 온몸에서 뚝뚝 떨어져 내렸다. 요셉의 아들은 슬쩍 고개를 돌려 정오의 햇볕에 타들어가는 무화과나무를 바라보았다. 그의 귓전에는 방금 아비의 온몸에서 비어져 나왔던 신음 소리가 맴돌고 있었다. 그 신음은 무화과나무 뒤편으로 길게 늘어선 감람나무 숲으로 시선을 옮길 때까지 계속 그의 귓전을 떠나지 않았다. 코끝이 아렸고 눈이 따가웠다. 햇살 때문은 아니었다. 그는 문득 아비를 따라 목재를 구하러 다니던 열대여섯 살 때의 일이 떠올랐다. 그들은 예루살렘에 머물고 있었다. 멀리 바라다보이는 시온 산의 감람나무 숲을 가리키며 아비가 그에게 말했었다. 저 숲을 보아라. 성자가 죽을 만큼 은밀하지 않느냐. 헬몬 산의 백향목 숲도 깊고, 상수리로 뒤덮인 길보아 산도 은밀하지만 저 시온 앞에 서기만 하면 나는 온몸이 얼어붙는 것 같다. 인간의 모든 악행을 대신해 죽을 자[1]가 있다던 신의 말씀이 정말 이루어진다면 그의 그 성스런 사멸의 정토는 바로 저 시온 산 같은 곳이지 않겠느냐. 그러고는 요셉이 아들을 돌아보며 물었다. 너를 얼어붙게 만든 산은 무엇이더냐. 아비의 물음에 예수는 답하지 않았다. 그는 어떤 산 앞에서도 얼어붙은 적이 없었다. 모세가 신으로부터 열 개의 율법을 받았던 거대한 바위산[2] 앞에서조차 그는 어떤 위압도 느끼지 않았다. 차라리 나무 한 그루 자라지 않는 헐벗은 에발 산을 보면서 인간의 운명과도 같은 마음의 황폐가 떠올라 현기증이 일기는 했었다. 그리고 갈멜 산의 관목 숲 사이에서 본 사랑을 나누던 벌거벗은 남녀에게 잠깐 마음이 흔들린 적도 있기는 했다. 그러나 그뿐이었다. 산은 그저 산일 뿐이었다.

"그를 아느냐?"

요셉의 물음은 신음만큼이나 음산했다. 예수는 대답할 수가 없었다. 그의 머릿속은 혼란스러웠다. 아비에 대한 까닭 없는 죄스러움이 밀어닥쳤다. 나는 무엇을 잘못한 것인가.

"얼만큼이나 아느냐?"

추궁하듯 아비의 질문은 계속되었다. 역시 예수는 답할 수 없었다.

"세례를 주는 자에게서 언설의 힘을 얻을 수 있겠느냐?"

요셉의 목소리는 다소 누그러져 있었다. 예수는 숨을 삼켜 아

---

1) 그리스도Christ를 이르는 말. 예수가 십자가에 못 박혀 죽은 곳은 시온 산 가까이에 있었다.
2) 시내 산. 홍해 북부의 시내 반도에 위치한 산으로, 모세가 유대의 신으로부터 출애굽의 계시와 십계명을 받은 곳.

랫배에 힘을 넣었다.

"세례자 요한은 물만으로 세례를 주는 것이 아니라 하였습니다. 그는 깨우침이 중요하다 했습니다. 깨우침은 물로 되는 것이 아니라 말씀의 칼로 된다 했습니다."

"이미 만나본 것이냐? 그를 만나보았더냐? 그가 너에게 소설의 배움을 주리라 하였더냐?"

"마음을 발라 햇살 아래 널어놓는 말씀의 칼은 배워서 가질 수가 있는 것이 아니라 했습니다. 그것은 제가 이미 가진 것이라 했습니다. 다만 그는 칼을 벼리는 숫돌입니다. 하여 그가 없이는 언설의 힘을 날카롭게 유지할 수가 없을 것입니다. 스스로 숫돌이 되기 전에는."

"얼마나 되었느냐? 처음에 그를 찾아간 것이 언제였더냐?"

아비의 음성은 다시 무거워져 있었다. 그 목소리에서 분노를 읽는다는 것은 가슴 아픈 일이었다. 예수는 대답하지 않았다. 그는 다시 눈길을 무화과나무와 감람나무 숲 쪽으로 돌릴 수밖에 없었다. 숲 사이로 우물이 보였다. 우물 곁에는 한 여인이 물을 긷고 있었다. 여인의 몸 전체를 검은 옷이 휘감고 있었다. 그 검은 옷 밖으로 드러난 하얀 손과 얼굴은 마치 그믐날의 어두운 하늘에 드리워진 은하수와 같았다. 그 여인은 예수의 어머니 마리아였다. 마리아는 마치 두 부자의 말에 귀를 기울이듯 물을 긷던 손길을 멈추고 아들과 남편이 있는 곳을 응시하고 있었다. 사실, 아들로 하여금 요르단 강으로 가 세례자 요한을 만나게 한 것은 바로 그녀였다. 그녀의 의도대로 아들은 요한을 만났으나 그 결과는 그녀가 전혀 예상치 못한 것이었다. 아니 예수의 어미는 처음부터 요한을 잘 알지 못했다. 그녀가 믿었던 요한은 요한의 실체가 아니었다. 요한은 사제도 율법가도 아니었다. 물론 그녀가 아들로 하여금 제사장이나 율법학자를 찾아가게 한 것은 아니었다. 그녀의 판단으로는, 스무 살이 된 아들에게 필요한 것은 선생이었다. 그에게 신의 영광과 지혜를 가르쳐줄 수 있는 랍비가 필요했던 것이다. 그러나 그를 만나고 온 뒤의 아들에게서 들은 것은 신의 영광과 지혜의 전수자인 랍비의 가르침과는 너무도 거리가 먼 것이었다. 아들의 입에서 튀어나온 것은 진언(眞言)이 아니라 잡설(雜說)이었다. 갑작스럽다는 것보다 더 갑작스러운 변화가 이미 아들에게서 일어난 뒤였다. 요르단 강을 다녀온 뒤 아들이 그녀에게 들려준 것은 욥의 고난과 에제키엘의 저주가 아니라 뱀과 정사를 나눈 청년의 이야기였다. 더없이 아름다웠으나 뼈와 살이 바들바들 떨리는 놀라운 이야기였다. 도대체 요한이란 자는 이 아이에게 무엇을 가르쳐준 것이란 말인가. 사탄과 아담이 몸을 섞은 이야기를 왜, 무슨 의도로 들려준 것인가. 마리아는 기절할 것만 같았다. 미쳐버릴 것만 같았다. 어떻게 낳은 아들인데.

"……"

예수는 시선을 다시 다른 곳으로 돌릴 수밖에 없었다. 앞으로 저자를 떠돌게 될 때 그는 저 여인에 대한 이야기도 피할 수 없을 것이었다. 아니, 자신의 행로를 바꾸어버린 결정적인 계기는 바로 저 여인의 기구한 삶이었다. 그녀가 요한을 만나러 가는 일이 얼마나 중요한 것인지를 그에게 말해주기 이전에, 이미 그는 앞으로 자신이 무엇을 하며 살아갈지 결정하고 있었다. 그것은 여전히 신의 말씀에 귀 기울이는 독실한 경청자이긴 했으나 경청자에 머물지 않는 무엇이었다. 그것은 자신이 들은 것을 사람들에게 옮겨주는 일이었다. 옮겨준다는 것——그것이 중요했다. 듣기만 한다면 신만으로도 족했다. 그러나 옮기기 위해서는 그 신이 만들어낸 가공품들, 즉 인간에게 주목할 필요가 있었다. 신보다는 차라리 당신의 피조물이 더 필요한 것이었다. 그의 관심은 신이 아니라 그 가공품들의 조잡하고 지리멸렬한 삶의 방향과 갈피 없이 흔들리는 나약한 성정에 있었다. 영원히 사는 신에게는 처음부터 흥미가 없었다. 당신이 만들어낸 저 수많은 가공품들의, 술병의 좁은 주둥이와 같은, 그 주둥이를 들락거리는 파리와 같은 하찮고 비루한 목숨에 예수의 관심이 쏠려 있었던 것이다. 그들은 자신이 비루하고 나약하다는 사실을 왜 모르는가. 그들은 왜 가공품으로서의 삶에 만족할 뿐인가. 그들의 사전엔 왜 운명이란 단어만 있고 초월이란 단어는 존재하지 않는 것인가. 그는 그 질문에 대답해줄 필요성을 느끼고 있었던 것이다. 단식이나 기도나 명상만이 그에 대한 대답을 가능하게 해주는 것은 아니었다. 신의 말씀을 듣는다는 것은 지극히 일면적이고 이기적인 사건에 불과했다. 신의 말씀만으로는 인간들로 하여금 스스로의 병증을 깨닫게 해줄 수 없었다. 그들이 어떻게 살고 있고, 자신들이 얼마나 꾀죄죄한 삶을 꾸려가는지를, 그 이면에 무엇이 있고 그 의미는 무엇인지를 알려주는 것이 필요했던 것이다. 그 필요를 채워줄 수 있는 것은 경전이 아니라 바로 소설이었다. 이해가 아니라 암송을 요구하는 경전은 인간의 삶을 완전히 뒤바꾸어놓을 수는 없다는 것을 예수는 절감하고 있었다. 삶의 전복(顚覆), 삶의 전도(顚倒)가 필요했다. 사제와 율법가와 랍비들은 입만 열었다 하면 순응과 당연함을 말할 뿐이었다. 죗값을 치르는 것만이 신의 가공품으로서 해야 할 일의 전부라는 거였다. 랍비로서 그렇지 않은 인간은 요한, 오직 그 한 사람뿐이었다. 그는 위대한 소설가였다. 그러나 예수는 자신의 소명을 요한 이전에 이미 철저하게 깨닫고 있었다. 험악한 입담을 가진 사람들의 입에서 자신의 어미를 향해 추행, 강간, 능욕 따위의 단어가 함부로 내뱉어질 때였다. 늙은이가 소녀를 능간했고 그 결과로 사탄의 그것과 같은 발칙한 검은 눈빛을 가진 아이가 태어난 거라는 얘기를 그가 처음 들었을 때 그는 이미 경전을 버렸고, 그것을 넘어서 있었다. 그때 그는 깊게 눈을 감고 어금니를 깨물었었다. 나는 저들에게 사랑을 말하리라. 저들의 아가리에 똥을 처넣는 대신 향기로운 철자들로 만들어진 꽃다지로 저들의 입안을 채우리라. 너희들의 신은 저주의 신도 징벌의 신도 아닌, 사랑의 신이므로. 사제에게 가 말하리라. 나의 아비는 나의 어미를 사랑했으며 그 사랑은 신이 우리를 사랑하는 것 그 위도 그 아래도 아니라는 것을. 그것은 저 황홀한 아가(雅歌)의 시인들이 사용했던 문법(文法)의 힘이라는 것을. 율법가들에게 가서는 이렇게 말하리라. 에녹과 엘리야의 죽음 없는 죽음[3]을 신비화하지 말라, 그것은 승천(昇天)의 우화일 뿐. 그리고 나는 랍비와 담판하리라. 이제껏 행한 랍비들의 가르침이란 무엇인가. 그것은 말씀의 끊임없는 계승을 위한 음험한 포석이 아니었던가. 그 계보의 기록이 경전을 이루고 그런 경전을 암송하기 위한 철자법의 교육이란 게 대체 무슨 의미가 있단 말인가. 지금에나 이후에나 그 이어짐은 계속될 터인데 그것은 한낱 과거를 거울에 비추어 오늘과 내일의 방편을 구하자는 속셈일 뿐이지 않은가. 그렇다면 차라리 그 끊어짐에, 그것을 끊음에 지극한 가치가 있는 것은 아닌가. 신을 저버리고 황야로 돌아가는 자의 헐벗은 등짝을 이야기함이 더 중요하지 않겠는가. 천국의 아름다운 정원으로 최면을 걸기보다는 천사장과 창녀가 벗고 뒹구는 희극으로 사람들의 허리춤을 잡게 하는 것이 더 나은 일이 아닌가. 랍비란 무엇인가. 진리의 허를 찌르는 창끝에 녹슬지 않도록 기름을 발라주는 이가 아닌가. 사제와 율법학자와 랍비 앞으로 나아가 그들의 저 완고한 말의 성벽을 무너뜨리지 못한다면 내 어미와 아비 사이에 일어났던 그 놀라운 기적[4]을 어찌 설파할 수 있을 것인가.

---

3) 에녹과 엘리야는 산 채로 하늘로 올라갔다고 구약성서에 씌어 있다(히브리서 11:5, 열왕기하 2:11).

"사랑하는 아들아."

늙은 요셉의 휘어진 팔이 예수의 어깨 위에 올려졌다. 어느새 분노는 사라지고 없었다. 그에게는 아들의 의지를 꺾을 기운이 남아 있지 않았다. 다만, 한 가지만은 알고 싶었다.

"아들아, 나는 너의 지혜를 알지 못한다. 내가 네게 가르쳐 준 것이라곤 모두가 하루하루 살아가는 데 쓸모 있는 것들뿐이었다. 하루를 살아가는 데에 지혜까지 필요한 건 아니지. 그러나 이제 네가 가려는 그 길에는 무엇보다 지혜가 필요하다. 그것은 하루를 사는 일이 아니라 천년을 사는 일이기 때문이다. 네게 천년을 살 지혜가 있더냐?"

"아버지, 걱정하지 마세요. 아버지는 옳았습니다. 틀리지 않았습니다. 그러나 지혜는 한낱 나무의 열매와 같은 것입니다. 아무리 천년을 사는 일과 맞닥뜨렸다 해도 지금 당장 천년을 살 지혜가 필요한 것은 아닙니다. 하루는 하루를 살 몫의 열매만으로 충분합니다. 내일 맺힐 열매를 오늘 걱정하지 말라는 것은 바로 이를 말하는 것입니다."

예수의 아비는 희미하게 웃었다. 교묘한 언변이었다. 저잣거리로 나가 이야기를 팔아도 배를 곯을 일은 없으리라, 하릴없이 생각했다. 그러나 굶주리지 않기 위해 자신의 아들이 이야기를 파는 소설가가 되려 한다고는 생각할 수 없었다. 그러자고 자신

---

4) 무염시태(無染始胎), 즉 마리아가 남편 요셉과 통정하지 않고 처녀로서 예수를 잉태한 것.

의 아들이 목수에겐 목숨과도 같은 규구준승(規矩準繩)을 버렸
다고는 생각할 수 없었다.

"가거라."

요셉은 손을 뻗어 아들의 머리를 어루만졌다.

"가기 전에 네 어미에게로 가서 그녀에게 네 발을 씻기도록
해라."

예수는 아비의 말대로 우물 곁의 여인에게로 갔다. 그가 우물
가로 걸어오는 걸 본 마리아는 물을 길어 대야에 붓고 그가 다
가오기를 기다렸다. 그가 오자 그녀는 무릎을 꿇고 그의 발을
씻겼다. 훗날, 그녀가 왜 아들의 발을 씻긴 것인지에 대해서는
여러 가지 해석이 있다. 그 해석들 중에는 요셉과 마리아가 예
수의 발을 씻긴 것은 앞으로 그가 걸어갈 험난한 길에 대한 상
징이라는 해석이 있다. 그러나 이는 극히 소수의 의견일 뿐 대
다수의 해석가들은, 그러니까 예수가 결코 소설가가 아니었다
고 믿는 대부분의 사람들은, 예수의 발을 씻긴 행위를 그의 아
비와 어미가 그의 성스러움을 향해 올린 경배였다고 해석하며,
경전 또한 그렇게 기록해놓고 있다.

알려진 것과 달리, 요한의 움막에서 기거하기 시작한 예수가
요한으로부터 소설가가 되기 위한 특별한 수업을 받은 것은 아
니었다. 오히려 예수는 10여 년 전부터 요한과 함께 기거하며
요한으로부터 소설 수업을 받고 있던 사람들에게 헬라어를 곱

트어나 히브리어로 옮길 때 일어날 수 있는 미묘한 의미의 차이 같은 것을 가르쳐주었다. 물론 세례자 요한의 지시에 의한 것이었다. 하지만 나이도 어리고 정규 수업을 받은 적이 없는 예수와 요한의 제자들은 사사건건 부딪쳤다. 그중에서 가장 충돌이 잦았던 것은 훗날 예수를 열렬히 믿고 따르게 되는 세 사람 중의 하나인 요한이란 자였다. 사람들은 그를 스승인 세례자 요한과 구별하기 위해 작은 요한이라고 불렀는데, 예수가 강변의 움막으로 들어갈 당시, 그는 성자의 출생과 관련된 우화를 창작하고 있었다. 그것은 비의로 가득 찬 흥미로운 소설이었다. 그 주된 내용은 아이를 낳을 수 없는 여자의 임신에 얽힌 것이었다. 그 묘사가 얼마나 정치하고 교묘했던지 듣는 이로 하여금 소름이 돋을 정도로 사실적이었다. 예수에게 있어서 작은 요한의 그 소설은 남다른 감응을 불러일으키는 데가 있었다. 성인의 출생에 얽힌 그 비밀은 자신의 출생에 얽힌 비화와 거의 흡사했기 때문이었다. 다른 점이 있다면 불임녀가 임신하게 될 거라는 신의 계시를 전해 받은 그녀의 몸종이 그 비밀을 지키기 위해 일시적으로 벙어리가 된다는 대목이었다. 사실, 예수와 작은 요한이 가장 격렬하게 부딪친 것이 바로 그 대목이었다. 신의 비밀을 지키기 위해 몸종의 입을 막아야만 하는 이유가 어디에 있는지를 예수가 따지고 나선 것이었다. 그런데 예수의 질문에 대한 작은 요한의 대답은 의외로 간단했다. 그 소설에서 불임녀의 몸종은 입이 싼 인간들을 상징하는 것이고, 은밀한 계시의 의미를 깨닫기 전에는 그런 자의 입에서는 결코 올바른 전언이 나올 수 없음을 뜻하는 것이라는 거였다. 이에 대해 예수가 들고 나온 것은 '동어반복'의 논리였다. 사실 예수가 문제 삼은 것은 임신한 불임녀의 몸종이 벙어리가 된다는 설정에 국한되어 있지 않았다. 그는 성자의 신비로운 탄생 우화 자체를 문제 삼고 있었다. 그런 이야기들은 수천 년 전부터 수없이 반복 사용되어온 것이며, 이는 신비를 조직화하는 데 기여할 뿐이라는 거였다. 그것은 소설의 본질적 가치인 새로움의 발견에는 하등의 도움도 되지 못한다는 게 예수의 생각이었다. 이에 대해 작은 요한은, 결국 인간에게 필요한 것은 신의 의지이며, 신의 의지를 명확하고 또렷이 알리기 위해서는 신의 의지로 삶의 지표를 삼는 성자가 필요하며, 따라서 그런 성자의 신비로운 출현은 몇 번이나 반복되어도 상관없다는 의견을 내놓았다. 이에 대해 예수는 단호하게 반박했다. 그 같은 생각은 결국 '대중의 기호에 철저히 영합'하는 것일 뿐이라는 게 반박의 요지였다. 둘은 팽팽하게 맞서 있었다. 양보나 타협은 요원했다. 그런데 주먹다짐 일보 직전까지 간 둘은 식객으로 움막에 잠시 머물고 있던 유다란 자에 의해 극적으로 화해를 하게 된다. 그는 가롯 사람으로, 움막 사람들 사이에서 '신실(信實)한 자'로 존경받고 있었다. 훗날 예수를 중심으로 하나의 조직이 형성되었을 때 그가 그 조직의 경리 일을 맡게 된 것도 그 때문이었다. 그 가롯 유다가 작은 요한과 예수를 향해 던진 화두는 소설이 아니라 소설가의 문제였다.

　"이보게들, 그대들은 지금 소설만 문제 삼을 뿐 정작 그를 쓴 사람은 간과하고 있네."

　유다의 입에서 그 말이 떨어지기 무섭게 예수와 작은 요한은 누가 먼저랄 것 없이 깊이 고개를 끄덕였다. 둘 모두 직감적으로 그가 어떤 얘기를 할 것인지 이미 간파하고 있었던 것이다. 허를 찔려버린 그들은 누구도 입을 떼지 않았다. 가롯 유다의 가라앉은 목소리만이 냉랭하게 움막 안을 휘돌았다.

　"같은 소설을 누가 읊는가에 따라 사람들의 반응은 달라지지. 반응만 달라지는 게 아니라 그 감동까지 달라지거든. 거두절미 그건 소설의 힘이 아니라 소설가의 힘이지. 세상에 존재하는 위대한 소설들에서 만약 창작자의 이름을 지워버린다면 아마도 그것들 대부분은 썩은 감람나무 열매처럼 우수수 떨어지고 말걸."

　그렇게 간단히 수습이 된 듯했다. 유다가 예수를 향해 그 다음 말만 던지지 않았더라도.

　"그대가 문제 삼고 있는 그 소설의 작자가 만약 작은 요한이 아니라 세례자 요한이었다 해도 그렇게 통렬하게 비판할 수 있었을까?"

　그러나 결과적으로는 유다의 수습은 성공했다. 유다의 얼음같이 차디찬 질문에 예수가 어떤 반응도 보이질 않은 채 침묵을 지켜냈기 때문이었다. 하지만 그때 예수는 분명히 가롯 유다의 질문에 "물론 비판했고말고."라는 대답을 했었다. 다만 그 소리를 입 밖으로 내놓지만 않았을 뿐이었다. 대신 예수는 거기서 가룟 유다의 사람됨을 간파할 수 있었다. 유다는 냉철한 비판가였으나 그가 비판의 칼을 들이대는 것은 내용보다는 형식 쪽이었다. 그는 신비의 내용이 반복적으로 사용되는 따위에는 관심이 없었다. 누가 그것을 사용하는가에 따라 세상의 인심이 움직인다는 사실, 그 자체에만 관심이 있었던 것이다. 그는 이상주의자가 아니었다. 현실의 모순을 꿰뚫어보는 자였다. 그에게 소설보다 소설가가 중요한 것은 그것이 현실의 모순과 깊이 관련되어 있기 때문이었다. 사람들은 '소설'을 읽는 것이 아니라 '누군가의 소설'을 읽을 뿐이라는 것. 그러나 예수의 생각은 그와는 정반대였다. 예수에게 있어서 소설은 민중들로 하여금 피폐한 현실을 견디게 하는 판타지이자 이상이었다. 중요한 것은 소설이지 소설가가 아니었다. 물론 유다의 비판 역시 소설보다 소설가의 힘이 지배하는 문단을 향해 있었다. 하지만 유다는 자신이 판 함정에 그 자신이 걸려든 꼴이었다. 그는 더 이상 소설의 힘을 믿지 않게 된 것이었다. 엄밀히 말해 그는 작은 요한과 예수의 싸움에 끼어들어 중재를 한 것이 아니라 두 종류의 이상주의자를 한꺼번에 질타한 것에 다름 아니었다. 기실 세례자 요한의 움막에 기거하는 소설가들 대부분은 이상주의자였다고 할수 있었다. 그들이 유다를 식객으로 존숭하는 데는 나름대로 이유가 있었다. 유다로부터 은연중 자신들의 무딘 현실감각을 검증받고 있었던 것이다.

움막 생활을 하는 동안 예수가 가장 즐거워한 것은 해 질 녘 요르단 강변에서 행해진 세례자 요한의 강설(講說)이었다. 강설이란 '소설을 읊다'라는 단순한 뜻을 지니고 있었지만, 요한의 경우에만 배타적으로 사용되는 단어였다. 해 질 녘의 강설에는 적어도 수백 명의 사람들이 모여들었는데, 때로는 그 길이가 움막에서 강가 쪽으로 2,3쇠누스[5]는 실히 될 정도로 많은 독자들이 운집하는 경우도 있었다. 그런 경우를 움막 사람은 특히 '양떼구름같이 몰려들었다'고 표현했다. '양떼'와 '구름'이라는 두 개의 단어를 합쳐서 구름 떼보다 더 많은 사람들이 모였음을 그렇게 나타낸 것이었다. 예수가 실제로 그런 광경을 목격하게 된 것은 유월절 기간 중에 있었던 강설 때였다. '양떼구름'이라는 표현이 참으로 어울린다 싶을 정도로 사람들이 몰려들었는데, 그것은 매우 위험한 일이었다. 왜냐하면 그들 대부분은 안식일 동안 여행할 수 있는 거리[6]를 넘어서 있었기 때문이었다. 그날, 어떻게 알았는지 치안부대의 군사들이 요르단 강으로 와서 군중들을 해산시키기 시작했고, 사람들이 그에 항의하면서 소요가 일어났다. 군인들 중에 요한의 열혈 독자들도 끼여 있어

---

5) Schoenus: 유대에서 사용된 길이를 나타내는 단위의 하나. 1쇠누스는 80큐빗, 약 42미터 정도.
6) 유대의 법은 안식일에 여행할 수 있는 거리를 사는 곳에서 대략 반경 1킬로미터 정도로 제한했다.

서 큰 사고 없이 강설을 마칠 수 있었던 것은 다행한 일이었다. 그날의 강설은 특히 많은 사람들에게 감동을 주었는데, 사람의 일이란 참으로 알 수가 없어서 그것이 그의 죽음을 재촉하는 일이 될 줄 그때는 누구도 짐작할 수 없었다. 그 일이 있고 얼마 있지 않아 요한이 헤로데에게 강설자로 초청을 받게 된 것이었다.

"선생님, 저도 함께 갈 수 없습니까?"

요한이 헤로데의 왕궁으로 초청을 받아 떠날 채비를 하던 중이었다. 막대기로 움막 바닥에다 뭔가를 긁적이고 있던 예수가 스승을 물끄러미 올려다보았다. 예수와 눈이 마주친 스승은 가볍게 웃어주었다. 그는 누덕누덕 기운 자국이 유난히 많은 평상옷을 막 벗은 뒤였다. 앙상하게 뼈만 남은 그의 몸이 웬일인지 제 빛을 잃고 있었다. 피부가 유난히 희고 맑아서 요르단 강에서 멱을 감을 때마다 움막 사람들로부터 아이 같다고 놀림을 받곤 했었는데 그의 살갗은 간이 나쁜 사람의 그것처럼 거무튀튀했다.

"걱정이 되어서더냐?"

예수가 천천히 고개를 끄덕였다.

"헤로데냐, 아니면 나냐?"

예수는 대답하지 않았다.

"헤로데가 우유부단하여 간관의 무리에 곧잘 놀아나고 유대 사제들의 농변에 곧잘 속기는 하지만 그는 문자의 힘을 아는 자다. 사실 그와 나는 처음 만나는 것이 아니다. 수년 전 내가 스승을 찾아 예루살렘으로 갔을 때 그를 만난 적이 있다. 내가 반년 넘게 소설을 배웠던 자케우스는 헤로데와 절친한 사이였다. 나는 그가 읊어주었던 오비디우스의 시를 아직도 기억하고 있다. 말을 하면 그것들이 모두 저절로 시가 되었다는 로마의 시인 말이다. 나는 그때 보답으로 전도서의 구절들을 풀어서 읽어주었는데, 그는 헤어질 때 내게 오비디우스의 시가 적힌 파피루스를 선물로 주었단다. 그가 지금 나를 궁으로 초청한 것은 모두 그 인연과 관계가 있다. 그러니 헤로데를 걱정할 필요는 없다."

"제가 만약 걱정을 한다면 헤로데나 선생님이 아니라 두 사람의 우정을 시기하는 한 여인 때문입니다. 허나 그것도 걱정은 아닙니다. 모든 것은 그렇게 되도록 되어 있는 것이고, 모든 일은 그렇게 일어나도록 꾸며져 있을 뿐이니까요. 작은 뺨 하나를 뻗으면 닿을 수 있는 미래조차 우리는 알지 못합니다. 모든 일이 일어난 뒤에야 우리는 땅을 치고 울분을 터뜨리지만, 그것은 어리석은 짓입니다. 제가 두려워하는 것은 걱정 때문이 아니라 궁금해서입니다."

"예수야, 너는 무엇이 궁금한 것이냐?"

예수는 고개를 숙이고는 움막 바닥에다 막대기로 무언가를 썼다. 그것은 히브리어의 첫 글자인 알레프(א)였다. 요한은 예수의 손길을 묵묵히 내려다보았다. 스승의 손에는 기운 자국이 별로 없는 희고 긴 옷이 들려 있었다. 이제 그것이 앙상한 그의 몸에 걸쳐지면 그의 생애는 마지막을 향해 걸어가게 될 것이었다. 우정을 시기한 한 여인에 의해 위대한 소설가의 목이 잘려 쟁반 위에 올려지게 될 것이었다. 요한은 움막 바닥에다 쓴 제자의 글씨를 응시했다. 그것은 히브리어 알파벳의 두번째 글자인 베트(ㄱ)였다. 알레프와 베트. 첫 글자와 두번째 글자. 처음과 나중. 하나와 둘. 나와 우리.

"선생님의 마음입니다. 제가 궁금한 것은 바로 그것입니다. 선생님은 무엇을 알고 계신 것입니까?"

요한은 조용히 침을 삼켰다. 그러고는 아무 대답도 없이 앙상한 자신의 뼈 위에 수의(壽衣)를 씌웠다. 그는 움막을 떠났고, 밤이 깊어도 돌아오지 않았다. 하나의 세상은 그렇게 끝났다. 알레프가 끝났다. 그것은 베트의 시작을 의미했다.

요한의 갑작스런 죽음 뒤에 움막을 떠나 예수를 따라나선 것은 모두 네 사람이었다. 요한의 수제자로 예수를 움막으로 데려오는 데 누구보다 적극적이었던 안드레가 그 하나였다. 그는 요한의 움막으로 오기 전에는 갈릴리에서 고기를 잡던 어부였다. 움막에 기거하던 사람들의 대부분은 어부였고, 안드레와 형제이거나 동료였다. 훗날 예수의 신화를 완성한 인물인 시몬 베드로는 그의 형이었다. 야고보도 안드레와 함께 예수를 따라 움막을 떠났다. 예수와 잦은 시비를 벌였던 작은 요한도 예수와 동행했다. 빌립이 마지막으로 예수와 함께했다. 가롯 유다는 요한의 마지막 날 이전에 이미 움막을 떠나 예루살렘으로 돌아간 뒤였다.

"어디로 가야 하지?"

스승을 여의어 그 눈빛에서 총기와 갈피를 잃어버린 네 사람
이 예수를 향해 동시에 물어댔다. 예수는 대답하지 않았다. 그
는 요르단 강 건너를 묵묵히 응시할 뿐이었다. 참지 못하고 누
군가가 말했다.

"예루살렘으로 가자. 유다가 우리들의 거처를 마련해줄 거
야."

마음이 너그러우나 슬픔이 많은 빌립이었다. 예수는 빌립의
말을 물리치듯 강 건너를 향해 길게 손을 뻗었다.

"우리에게 지금 필요한 것은 강고한 인내입니다. 강하고 굳
은 인내를 가지지 않는다면 우리는 어디로 가든 우리들의 일을
할 수가 없습니다."

"강 건너라면, 사막으로 가자는 얘기인가?"

야고보가 조심스럽게 물었다. 사막 얘기가 나오자 빌립의 눈
에는 벌써 눈물이 맺혀 있었다. 사실 빌립의 눈물은 그 자체로
하나의 문학이었다. 가령, 훗날, 그러니까 소설가 예수에게 성
자의 가피가 씌워진 뒤의 어느 해, 빌립은 로마인들이 히에라폴
리스라 부르는 파묵칼레 평원에서 순교라는 이름으로 처형을
당하는데, 그때 빌립의 눈에서 흘러내린 눈물을 소재로 한 수많
은 이야기들이 한꺼번에 만들어졌다. 어떤 이야기꾼은 그의 눈
물이 떨어진 자리에 올리브나무가 자랐고 그 자리에 교회가 세

워졌으며 그 교회에서 수많은 이적이 일어났다는 이야기를 지어 전했고, 어떤 이야기꾼은 그의 눈물이 터키를 흐르는 열다섯 개의 강으로 고루 퍼졌는데, 그 강이 닿지 않는 곳은 모두 사막이 되었다는 이야기를 지어냈다. 어떤 이는 로마와 아랍의 신화를 빌립의 눈물과 뒤섞어 정체불명의 소설들을 만들어냈으나 그 대부분은 지극히 감상적이어서 문학적 성과를 기대할 수는 없는 것들이었다. 물론 경전 속에 존재하는 빌립의 눈물은 한없이 성스럽다. 그중에서 우리가 잘 알고 있는 것은, 예수가 물고기 두 마리로 오천 명의 굶주린 자들의 배를 채워준 기적의 자리에서 흘린 빌립의 눈물일 것이다. 그 놀라운 광경을 보면서 빌립은 예수에게 품고 있던 일말의 회의를 완전히 걷어내게 되며, 아쉽게도, 그것은 예수를 더 이상 소설가로 묶어두지 않게 하는 결정적인 계기가 되었다.

"사막이 우리에게 필요한 이유를 말해보게나, 나의 친구여."

예수는 야고보의 눈을 한동안 지그시 바라보았다. 예수는 파피루스 보따리를 짊어진 작은 요한의 손을 또 한동안 가만히 쥐고 있었다. 그러고는 그 손을 풀어 안드레의 손을 끌어 잡았고, 마지막으로 빌립의 떨리는 손을 감싸 안았다. 예수의 시선은 야고보의 눈으로 다시 돌아왔다. 야고보는 마치 눈싸움을 하는 어린아이처럼 눈꺼풀을 깜박이지 않기 위해 애썼다. 잘 웃지 않는 예수와 눈을 마주한다는 것 자체가 힘겨운 일이었는데, 그날따라 그 불편함은 더했다.

"소설가에게 가장 중요한 장기(臟器)가 무엇입니까."

야고보의 얼굴은 딱딱하게 굳어 있었다.

"튼튼한 비위, 강인한 심장, 굳센 간입니까? 형형한 눈빛과 두둑한 배짱입니까? 아니면 날렵한 혀입니까? 힘줄이 불끈불끈 살아 있는 근육과 햇볕에 타들어간 건강한 구릿빛 피부입니까?"

네 사람의 침묵이 얼마나 깊었는지 잔잔한 요르단 강의 물결 소리가 천둥처럼 들려올 정도였다.

"사람들은 우리들의 몸에 감동하지 않습니다. 우리들의 강인한 육체로부터 감동받는 것이라면 우리가 영혼을 단련할 필요는 없겠지요. 우리의 혓바닥은 군병의 창칼도, 사제와 율법가들의 금박 입힌 경전도, 창녀의 아랫도리도 아닙니다. 소설은 전쟁을 얘기하지만 무기가 될 수 없고, 신을 얘기하지만 은총이 될 수 없으며, 욕망을 얘기하지만 배설이 될 수 없습니다. 우리는 전쟁과 은총과 욕망을 얘기할 수 있을 뿐입니다. 그러나 우리의 혀는 군병의 창칼에 베이지 않고, 율법가의 금박 입힌 경전보다 눈부시며, 창녀의 아랫도리보다 달콤합니다. 그것은 우리가 이기기 위한 전쟁을 요구하지 않고, 신의 은총을 사고팔지 않으며, 욕망을 추구하지 않기 때문입니다. 그렇기 때문에 우리가 필요한 것은 몸이 아니라 영혼인 것입니다."

예수의 안광은 네 사람의 눈을 찌르듯 파고들었다.

"우리에게 필요한 것은 젖을 빠는 아이들이 거머쥔 어미의 유방과도 같은, 사람들의 영혼을 진정으로 비육(肥育)하는 이야기를 짜내는 순수한 마음입니다. 그 마음은 우리의 몸 어디에 있는 것입니까. 그것이 만약 우리의 몸 어딘가에 있는 것이라면 여러분이 원하는 예루살렘으로 돌아가기를 주저하지 않겠습니다. 하지만 그것은 우리의 몸 어딘가에 있지 않습니다."

"그것은, 그러면, 광야에 있는가?"

빌립은 거의 울먹이고 있었다.

"그렇습니다. 광야에 있고, 깊은 산중에 있습니다."

"우리의 스승은 저잣거리로 나가 강설하라 했네. 광야나 산중이 아니라. 그곳에는 아무도 없다네."

"지금 우리에게 필요한 것은 저잣거리의 독자가 아닙니다. 아무도 없다는 것이 우리를 도울 것입니다."

허공을 휘젓는 예수의 팔을 붙들며 요한이 나섰다.

"광야로 가서, 산중으로 가서 무엇을 하자는 것인가? 그대의 말대로 인내를 위한 것인가? 광야가 우리를 인내하게 하고 산중이 우리를 인내하게 하는 것인가? 혹시 그대는 스승의 누더기와 때 없는 결식(缺食)을 잊었단 말인가. 도시로 나가도 우리의 인내는 이미 쓸 만큼 쓰다네. 돼지의 쓸개만큼 쓰단 말일세."

요한의 팔에 붙들린 채 예수는 침묵하며 생각에 잠겼다. 그는 스스로에게 묻고 있었다. 내가 이들을 왜 설득하려는 것일까. 나는 홀로 광야로 가고, 홀로 산중으로 가면 될 것이 아닌가. 하지만 그는 잘 알고 있었다. 그는 움막의 사람들을 설득하려는 것이 아니었다. 그것은 중요한 일이 아니었다. 그들에게는 그들의 길이 있었다. 그 길을 그가 함께 가야 할 이유는 없었다. 길이란 문장과도 같았다. 그것은 이미 사람마다 다르게 되어 있었다. 같은 길을 강요함이란 같은 글을 써야 한다는 주장과 다르지 않았다. 그것은 감동을 강요하는 일만큼 어리석은 짓이었다. 물론, 머지않아 다시 그들은 예수의 길지 않은 생애 동안 같은 길을 가게 되지만, 그때 그들과 동행하지 않고 광야로 들어가려는 예수를 보며 그들은 그것이 그와의 영원한 이별이라 생각했었다. 사실 네 사람은 예수의 행동을 잘 이해할 수 없었고, 더러는 실망을 넘어서서 분노까지 느끼고 있었다. 그동안 잦은 충돌을 통해 오히려 돈독하게 정을 쌓아왔다고 생각하고 있던 작은 요한은 다른 사람에 비해 예수에 대한 실망의 정도가 더 컸다.

"친구여, 그대에게 내렸던 내 판단 하나를 깨끗이 지워야겠네. 그대는 누구보다도 우애와 사랑에 가까이 있다고 생각했었는데, 이렇게 우리를 저버리는 걸 보니 사람을 잘못 보아도 한참이나 잘못 보았군."

예수는 손을 뻗어 요한의 손을 잡으려 했으나 요한은 손을 뒤춤에 감추었다.

"소경이 어찌 소경을 인도할 것이오."

예수의 그 말은, 지금은 우애와 사랑을 얘기할 때가 아님을 에두른 표현이었다. 하지만 그것은 결과적으로 요한의 화를 돋우는 말이 되고 말았다.

"흣, 그렇군. 피차 소경이 되었군. 그러니 헤어짐은 당연한 일!"

네 사람이 강변을 떠난 것은 그로부터 오래지 않아서였다. 그들이 언덕을 넘어 완전히 사라지고 나서도 한참이나 지난 뒤에야 예수는 요르단 강을 건넜다. 그것이 예수가 강 위를 걸어 건넌 최초의 때라는 얘기가 어떤 소설에 전한다는데, 아무튼, 강을 떠나며 예수가 남긴 독백은 기록에 남아 오늘까지 전해진다.

"그대들은 나를 모르오. 그대들이 그대들 자신을 모르듯이. '나'란 존재는 모든 것보다 우월한 빛이요, 모든 것 자체요. 모든 것은 '나'에게서 나왔고, 또 '나'에게로 돌아가지. 장작을 쪼개도 '나'는 거기에 있고, 돌을 들추어도 거기에 '내'가 있질 않은가.[7] 그대들이 그대 자신을 발견하는 그곳에서 나는 '나'를 발견하는 것. 그래서 나는 사막으로, 산중으로 가려는 것. 지금 저자의 인간들은 그 누구도 우리의 말에 귀 기울이지 않을 것이니, 그것은 그들의 책임이 아니라 우리들의 책임인 것. 사막과 산중에서 영혼을 단련하지 않았기 때문이오. 듣는 이 아무도 없는 곳에서 지껄이고, 듣는 이 아무도 없는 곳에서 떠들지 않음 없이 어찌 저 바위로 고막이 막힌 자들의 귀를 뚫을 것인가."

사실 우리는 광야 이후의 예수의 삶을 잘 알고 있다. 그러니까 광야를 떠나 다시 예루살렘 성으로 들어간 예수가 사람들 앞

---

7) 도마복음 77.

에서 이야기를 전하는 사람, 즉 전기수(傳奇叟)로서의 생을 얼마나 활달하게 살았는가에 대해서는 너무도 잘 알고 있다는 말이다. 그 일화들을 일일이 여기에 옮겨 담는다는 것은 지루할 뿐 아니라 그다지 의미도 없는 일이다. 다만, 언제 어떤 계기로 예수가 소설가의 허울(지금으로서는 허울이라고 표현할 수밖에 없다)을 벗게 되었는지에 대해서는 유감스럽게도 우리는 명확하게 알지 못한다. 그러나 이 명확하지 않음도 실은 문학연구자들이 저지른 일종의 직무유기의 결과일 뿐이다. 왜냐하면 알 만한 사람은 이미 알고 있는, 너무도 명백해서 부인한다는 것 자체가 난센스일 수밖에 없는 하나의 사실이 엄연히 존재하기 때문이다. 그것은 바로 예수라는 사람은, 우리가 지극한 성자로 알고 있는 그분은, 정녕 죽음에 이르기까지 소설가이지 않은 때가 단 한 번도 없었다는 사실이다. 그는 자의적으로 자신의 정체를 부인한 적도 없었고, 죽음에 직면했을 때 오히려 자신의 정체를 적나라하게 드러낸 사람이었다. 우리는 그 뚜렷한 실례를 잊지 않고 있다.

사제들과 율법학자들, 심지어 랍비들까지 나서서 예수의 처형을 원했을 때, 그의 사람됨은 물론 무엇보다 그의 뛰어난 문장력에 감탄한 바 있던 폰티우스 필라테[8]는 유대인들의 무지와 억지에 너무도 당황한 나머지, 흥분한 군중들이 들을 수 있도록

---

8) Pontius Pilate : 흔히 본디오 빌라도라고 하는 인물로 예수가 활동하던 시기에 이스라엘을 통치하던 로마의 총독.

충분히 큰 목소리로, 그러니까 순전히 의도적으로 예수에게 이렇게 물었던 것이다.

"그대가 어찌 유대의 왕인가? 그대는 그대를 강도나 살인자처럼 취급하는 저 유대 사람들의 왕이 맞는가?"

이 질문은 실은 가증스런 것이었다. 아니 무척 어리석은 질문이었다. 너무도 뻔한 답을 요구하고 있는 질문이었기 때문이다. 예수는 누구에게도 왕으로 행세한 적이 없었다. 그런 그가 스스로 왕이었노라고 대답할 리 없었고, 따라서 그 질문은 그로 하여금 죽음을 재촉하는 결과를 빚고 말았다. 유대 군중들의 어리석은 분노의 불길 위에 기름을 끼얹는 꼴이 되고 만 것이었다. 하지만 필라테의 이 같은 우문은, 그리고 그 결과로 얻어진 예수의 십자가 처형은, 저 빌립의 눈물만큼이나 예수 신화의 완성에 결정적인 역할을 하게 된다. 다시 말해 예수의 몸에서 소설가의 옷을 벗겨버린 결정적인 계기가 되었다는 뜻이다. 가령 예수 사후 20년쯤 뒤에 태어난 로마의 역사가 타키투스가 작성한 연대기를 보라. 타키투스는 네로가 자행한 기독교도인에 대한 박해를 묘사하면서 기독교를 설명할 필요가 있었고, 그때 그는 예수와 필라테의 관계를 끌여들였던 것이다. 타키투스는 아무런 의심도 없이 다음과 같이 기술해버렸다.

"네로는 자신이 로마에 불을 지른 것이라는 풍문을 잠재우기 위해 사악한 풍속을 만들어 유행시킨다는 이유로 로마인들로부터 미움을 받고 있던 속칭 기독교인이라는 자들에게 그 죄를 덮

어쩌웠다. 네로는 자신의 죄를 덮기 위해 이들을 심하게 처벌하였다. 그 기독교라는 종교의 창시자는 그리스도로서 티베리우스 재위 당시의 총독 폰티우스 필라테에 의해 처형을 당한 사람이었다."[9]

Ω

예수가 언제 어떤 계기로 소설가에서 모든 인간의 죄를 대속한 위대한 희생자로 탈바꿈하였는지에 대한 의논은, 이제 그다지 실익이 없다. 그것은 예수를 두고 아무리 실패한 소설가라고 폄하해봐야 그 자체로 그의 신성을 더욱 공고히 하는 결과만 되고 말기 때문이다. 하지만 엄밀히 얘기해 그의 신성이 공고해진다는 사실과 그가 뛰어난 소설가의 한 사람이었다는 사실 사이에는 어떤 충돌도 있을 수 없다. 다만 예수가 소설가가 아니라 성자일 때 얻어지는 반사적 이득의 폭을 무시할 수 없는 사람들에게 있어서라면, 예수가 소설가였다는 주장은 그들에게 엄청난 상처가 될 것은 뻔하다. 그들에게 그것은 터무니없는 날조며, 불경이며, 신성모독일 것이다. 그들에게 있어 예수가 사용한 문장은 신의 뇌와 가슴을 그대로 옮겨놓은 것일 뿐, 거기에

---

9) 「AD 110년 '타키투스의 연대기'」, 『요세푸스』 제4권.

는 어떤 창작의 기미도 허용될 수 없는 것이다. 그들이 만약, 예수와 가장 가까이에 있었으며 하나의 문장을 두고 그와 끊임없이 논쟁했던 사람, 도마가 예수의 문장을 어떻게 변형시켰는지를 안다면 아마도 기겁을 할 것이다. 물론 도마 역시 훗날 예수의 신화를 창작한 작가의 한 사람이었지만.

예수가 쓴, 자신의 고향으로 돌아간 한 불우한 성자의 소설은 이렇게 시작한다.

"자기가 태어난 곳에서 환영받는 예언가는 아무도 없다. 그러나 그는 그곳으로 돌아갔고, 진리의 순교자처럼 그곳에서 죽었다. 이제, 내가 그 예언가의 불길했던 희망에 대해 얘기하노니, 귀 있는 자는 들으라."

도마는 훗날 이 이야기를 패러디하였는데, 그 시작은 이러했다.

"사람을 고치는 사람은 그를 아는 사람의 병을 고치지 못하는 법."[10]

진언과 잡설의 사이에서 우리는 곧잘 한 사람의 정체를 헷갈리곤 한다. 어떤 것이 진언인지 어떤 것이 잡설인지에 대한 어떠한 기준도 없이 우리는 진언자를 성자로, 잡설가를 소설가로 치부해버린다. 그러나 이건 그다지 불행한 일은 아니다. 소설가든 성자든, 그들이 지닌 고유한 가치란 처음부터 우리들의 판단과는 아무런 상관이 없기 때문이다. 다만 불행한 것은, 해 질

---

10) 도마복음 31.

녘의 요르단 강가, 누더기의 한 남자가 조용한 음성으로 읊기 시작하던 그 이야기를 이제는 더 이상 들을 수 없다는 것이다. 그것이 허무하고, 허무하고, 허무할 뿐.[11]

---

11) 구약성서. 전도서 1:2.

추상화(抽象話)

개

 그는 거의 한 시간 동안 자신의 손바닥 외에 다른 것에는 전혀 눈길을 주지 않고 있었다. 그가 들여다보고 있었던 게 손바닥이 아니라 책이었다 해도 과연 내가 그를 그렇게 오랫동안 주시했을까 하고 나는 생각해본다. 물론 그가 책을 보고 있었다 해도 나는 그의 행동을 예의 주시했을 것이다. 하지만 적어도 그의 행동이 이상하다는 생각까지는 하지 않았을 것이 분명하다. 그때 내가 궁금해할 거라곤 그가 몰두해 읽고 있는 책의 종류 정도였을 게 뻔하다. 하지만 그가 한 시간씩이나 뚫어지게 들여다보고 있는 것이 책이 아니라 손바닥이었기 때문에 나는 몹시 혼란스러웠고, 도대체 그의 행동을 어떻게 이해해야 할지 알 수 없었다. 내가 그에 대해 아는 거라곤 김동윤이라는 이름과 화가라는 정도에 불과하다. 나는 그가 혹시 손바닥에 대해 유심히 관찰을 하고 있는 건 아닌가 하고 잠시 생각해보았다. 집요한 관찰만큼 화가인 그에게 어울리는 일도 달리 없어 보였던 것이다. 더구나 가만히 생각해보니 그의 그림들 중에 손바닥만을 그린 것은 단 하나도 없었다. 빈센트 반 고흐가 그린 손이 떠오른다. 농부의 것인지 혹은 노동자의 것인지는 잘 기억나지 않지만 아주 투박하고 거칠었다는 건 또렷이 기억난다. 김동윤도 고흐의 그것처럼 앞으로 손바닥에 대한 작업을 하게 될지도 모르는 일이다. 그렇다면 그가 손바닥을 유심히 관찰하는 행위는 결코 이상한 일이라고 할 수 없었다. 나는 가볍게 숨을 내쉬었다. 하지만 마음이 가벼워진 것은 아니었다. 그런데 문득 살인이라는 단어가 머릿속에 떠올랐다. 그가 누군가의 목을 졸랐을지도 모른다는 생각이 든 것이다(왠지 칼로 찔렀다거나 총을 쐈다는 생각은 들지 않는다. 그건 너무 끔찍하다. 목을 조르는 것도 끔찍하긴 하지만). 만약 그가 누군가의 목을 졸라 죽였다면 한 시간이 아니라 두 시간, 아니 그 이상도 자신의 손을 들여다볼 수 있을 것이다. 그는 자신의 손아귀에 눌려 죽어가던 한 인간의 마지막 모습을 반추하며 그 짜릿했던 살해의 순간을 즐기고 있을지도 모른다. 혹은 자신이 도대체 무슨 일을 저질렀는지에 대한 심한 자괴감에 빠져 손을 잘라버리고 싶다는 생각으로 자신의 손바닥을 하염없이 들여다보고 있을지도 모르는 일이었다. 어쩌면 그가 죽인 것은 인간이 아니라 **개**였을지도 모른다.
아니 그가 죽인 것은 분명히 개였다. 그는 어젯밤, 혹은 공원으
로 산책을 나오기 바로 직전에 가녀린 개의 목덜미를 눌러버렸
다. 그것으로 개와의 돈독했던 애정을 끊어버렸던 것이다. 그는
개를 지독하게 사랑했다. 그의 아내는 그가 개를 너무 좋아한다
는 이유만으로 그를 떠났다. 내가 개보다 못한가요, 하고 그녀
는 묻지도 못했다. 그렇게 묻지 못한 것은 물론 자존심 때문이
었다. 그래 나는 당신을 개보다 덜 사랑해, 하는 말을 듣는 것
은 비참한 일이었다. 하지만 그와 사는 동안 그녀가 정말로 견
디기 힘들었던 이유는 개를 사랑하는 그에게 있지 않았다. 그녀
자신이 보신탕을 너무 좋아한다는 것이 문제였다. 그녀는 남편
몰래 보신탕을 먹으러 다녔다. 한동안 그것은 남편 몰래 자위
기구를 사용하는 것만큼이나 은밀한 쾌감을 가져다주었다(이것
은 기필코 사실이 아니다. 그녀가 비록 남편 몰래 보신탕을 먹으러
다니긴 했지만 자위 기구를 사용해본 적은 단 한 번도 없었다. 물
론 그 기구를 성인용품 가게에서 구입한 적은 있었다. 그것은 지금
그녀의 화장대 깊숙이 숨겨져 있다. 기필코 그것은 단 한 번도 사
용되지 않았다. 그러니까 남편 몰래 보신탕을 먹으러 다니는 것이
은밀한 쾌감일 수는 있었겠지만 자위 기구 운운하는 건 결코 사실
이 아니다). 하지만 그 쾌감은 그리 오래가지 않았다. 언젠가 보
신탕을 먹으며 눈물을 쏟은 뒤부터 쾌감은 고통으로 변해갔다.
혼자서 몰래 보신탕집을 찾아가 땀을 뻘뻘 흘리며 보신탕을 퍼

먹는 일은 그녀를 비애의 늪으로 완전히 몰아넣어버렸던 것이다. 결국 개를 끔찍이도 좋아했던 두 사람이 서로가 아무런 거리낌도 없이 계속 개를 좋아할 수 있는 길은 헤어지는 것밖에 없었다. 이제 분명해졌다. 김동윤은 개의 목을 졸랐음에 틀림없다. 그가 유독 오른쪽 손의 손바닥만을 들여다보고 있다는 것이 이 사실을 더욱 분명하게 만든다. 그의 아낌을 받았던 개는 굳이 두 손을 써야 할 만큼 큰 놈이 아니었다. 그리고 그가 그 개를 죽인 이유도 자명했다. 그는 결코 개만 가지고는 살 수 없었던 것이다. 아내의 떠난 자리는 시간이 갈수록 더욱 썰렁해졌고 그것은 참아내기 힘든 고독을 안겨다주었다. 그가 사랑한 것은 개가 아니라 그의 아내였다. 정확히 말하면 그는 개와 아내를 둘 다 사랑했다. 개는 인간이 아니므로 개를 사랑한다는 게 아내에게 문제될 게 없을 거라고 여겼다. 개를 사랑하는 일은 자연을 사랑하는 일만큼 가치 있는 일이라고 그는 굳게 믿었다. 뭐 그 정도까지는 아니더라도 적어도 담배를 사랑하거나 술을 사랑하거나 영화를 사랑하거나 조국을 사랑하는 일과 개를 사랑하는 일이 다를 수는 없다고 그는 철썩같이 믿고 있었다. 그런데 그는 자신의 그런 믿음이 얼마나 큰 허점을 갖고 있는지를 아내가 떠나고 난 뒤의 고독한 시간 속에서 뼈저리게 깨닫게 된다. 담배나 술을 끊지 못하는 것은 담배를 사랑하기 때문이 아니라 니코틴과 알코올의 노예가 된 때문이다. 책을 뒤적일 시간이 있으면 차라리 영화관으로 달려가거나 비디오 가게로 뛰어가는 것은 영화를 사랑하기 때문이 아니라 책을 뒤적이면 곧 잠이 들어버리기 때문이다. 책을 뒤적이다 잠이 드는 일은 스스로를 게으른 인간이라고 자책하게 만들고, 무엇보다 그것은 문화인답지 못한 일이다. 그래서 영화를 선택한 것이다. 영화는 그의 게으름을 감춰주는 아주 적절한 보호막이었다. 결코 영화를 사랑한 것이 아니었다. 그리고 조국을 사랑한다고 해봐야 축구를 세계에서 제일 잘한다고 알려진 프랑스나 브라질 같은 나라와 경기를 벌일 때가 고작이다. 시합 내내 쿵쾅거리며 뛰는 가슴에 의해서 자신의 조국에 대한 사랑을 확인하는 것이다. 하지만 그때 가슴이 쿵쾅거리며 뛰는 것은 조국을 사랑해서가 아니라 게임, 혹은 승부의 노예가 된 때문이다. 이와 마찬가지로 그는 개를 사랑하는 것이 아니었다. 개를 사랑하는 것에 대한 그동안의 믿음이 무너진 곳에 깊이 모를 자책의 동굴이 놓여 있었다. 그는 그 동굴 속으로 대책 없이 빨려 들어갔다. 그때 이후로 그의 개는 김동윤에게서 버림을 받았다. 개에게 있어서 그것은 너무도 혼란스런 일이었다. 사랑하는 사람으로부터 버림받는 일이란 꼭 인간의 경우에만 해당되는 것은 아니다. 개에게도 그것은 충분히 끔찍한 일이었다. 개는 주인의 마음을 돌리려고 온갖 노력을 다 기울여보았다. 주인이 잠든 침대에 뛰어들어 까슬까슬하게 돋은 주인의 수염을 핥기도 하고, 출근하는 주인의 바짓가랑이를 물고 장난도 쳐보고, 식사 때 주인이 집어든 불고기 조각을 빼앗아 먹어보기도 했다. 하지만 그때마다 주인의 차갑게 식어버린 애정을 확인하는 것 외의 일은 일어나지 않았다. 그 덕분에 개는 한쪽 눈알이 튀어나오는 중상을 입은 적도 있었다. 주인은 불고기 조각을 입에 물고 달아나는 개를 쫓아가 뒤통수를 사정없이 후려갈겨버린 것이었다. 개는 비명을 지르며 거실 바닥을 주르르 미끄러져 나가다가 벽에 부딪쳤는데 죽은 듯 너부러진 개의 한쪽 눈알이 눈 밖으로 쑥 튀어나와 있었다. 개의 주인은 깜짝 놀라 죽은 듯 너부러진 개에게로 달려가 튀어나온 눈알을 잽싸게 눈 속으로 집어넣어주고는 혀를 끌끌 차면서 애처롭게 안아주었었다. 그때 개는 주인의 품에 안겨 그대로 죽어버렸으면 하고 진정으로 바랐다. 소박한 개의 그 바람은 최후의 수단으로 선택한 일을 감행한 뒤에 이루어졌다. 그날, 작업실에서 집으로 돌아온 그는 어두컴컴한 거실 한쪽 구석에서 쏟아져 나오는 푸른 인광과 마주쳤다. 불을 켜려고 스위치가 있는 쪽으로 가던 그는 무언가 미끈거리는 것을 밟았다. 개가 싸놓은 똥이었다. 불을 켠 그가 확인한 것은 그것만이 아니었다. 엎어진 밥그릇과 너절하게 흩어진 불그죽죽한 밥알들, 갈가리 찢어진 채로 여기저기 널려 있는 빨래들을 확인할 수 있었다. 그리고 그날 밤, 혹은 그다음 날 오후에 그의 오른쪽 손이 모든 희망을 포기해버린 한 처량한 개의 목덜미를 눌러버렸다. 무언가를 죽인다는 것은 아주 간단한 일일 수 있다. 살해의 이유를 갖기가 힘들지 그것만 적당히 갖추어진다면 그것을 실행하는 일은 그리 어렵지 않은 것이다. 하지만 아무리 적절한 살해의 이유나 동기도 그 뒤까지 책임져주지는 않는다. 대개는 복잡하고 미묘한 마음의 동요가 뒤따르게 되고, 때로 해결 불능의 사태를 유발시키기도 한다. 가령 화가 김동윤의 경우처럼 보통의 사람이라면 결코 하지 않을 행동을 하게 만드는 것이다. 도대체 정신병자가 아니고서는 한 시간씩이나 제 손바닥을 들여다보고 있을 수는 없는 일이었다. 그가 그렇게 한다는 것은 결국 정신병자가 된 사람에게 가해진 것에 버금가는 충격이 그에게도 가해졌다는 것을 의미했다. 그는 단 한 번도 다른 것에는 눈길을 주지 않은 채, 한때는 자신이 쏟을 수 있는 최대한의 애정을 쏟으며 키웠던 애완견의 가녀린 목을 눌러 죽여버린 자신의 오른쪽 손바닥을 거의 한 시간이나 깊이 응시하고 있었다.

벼락도끼

그녀는 거의 한 시간 동안 자신의 손바닥 외에 다른 것에는 전혀 눈길을 주지 않고 있는 김동윤이라는 화가를, 마치 그가 제 손바닥을 들여다보고만 있듯 다른 데로는 전혀 눈길을 주지 않은 채 바라보고 있었다. 그녀가 바라보고 있는 것이 그 화가가 아니라 멀리 있는 산이었다면 과연 내가 그녀를 그렇게 오랫동안 주시할 수 있었을까 하고 나는 생각해본다. 물론 그녀가 먼 산을 물끄러미 바라보고 있었다고 해도 나는 그런 그녀의 행위에 대해 몇 가지 궁금증만을 가진 채로 살펴보았을 것에 틀림없다. 하지만 그렇다고 해서 그녀의 행위를 이상하다고까지는 생각하지 않았을 것이다. 그럴 때 내가 궁금해할 수 있는 거라곤 그녀가 아무 생각 없이 먼 산을 바라보고 있는 것인지, 아니면 어떤 아련한 추억에 잠긴 채로 산을 바라보고 있는 것인지 하는 정도였을 게 뻔하다. 그런데 그녀가 한 시간씩이나 뚫어지게 응시하고 있는 것은 먼 산이 아니었다. 그녀는 하염없이 손바닥만 들여다보고 있는 김동윤이라는 화가를 응시하고 있었던 것이다. 때문에 나는 몹시 혼란스러웠고, 그런 그녀를 도대체 어떻게 이해해야 할 것인지 도무지 알 수 없었다. 내가 그녀에 대해 알고 있는 것은 박주연이라는 이름과 대학 두어 곳에서 고고학을 가르치고 있다는 사실 정도다. 어쩌면 30대 중반인 그녀는 아직 결혼을 하지 않았기 때문에 핸섬하기도 하고 부유하기도 한, 게다가 나이도 그리 많지 않은 화가 김동윤에 대해 연정을 품고 있을지도 모른다는, 조금은 엉뚱한 상상을 해보긴 했다. 하지만 김동윤이 출강하고 있는 대학에 3학점짜리 강좌 하나를 그녀가 맡고 있다는 점에서 내 상상이 영 엉터리인 것만은 아니다. 그러고 보니 뭔가 냄새가 난다. 김동윤을 향한 그녀의 그 미동도 없는 시선은 어떤 단호한 말보다 단호하게 말하고 있을지도 모르는 일이다. 나는 당신을 사랑해, 라는. 그녀를 취재해서 썼던 동료 기자의 기사가 기억난다. 『벼락도끼를 찾아서』라는 그녀의 저서를 소개하는 서평 형식의 인터뷰였다(나는 그녀의 그 책을 읽어보지 못했다. 그래서 벼락도끼라는 게 석기시대의 돌도끼를 가리키는 뇌부(雷斧)라는 것 외에는 아는 것이 없다. 인터뷰 기사 역시 기억이 희미해져 그녀가 벼락도끼를 왜 찾는지, 도대체 어떤 벼락도끼를 찾는 것인지, 또 찾아서 뭘 하겠다는 것인지 따위는 전혀 알지 못한다. 그런데 신기하게도 하나만은 또렷하게 기억할 수 있다. 그것은 고고학과 추상화에 관해 그녀가 얘기한 대목이다). 그녀는 고고학이란 것이 인간을 탐색하는 수많은 접근법들 중에서 거의 유일하게 실속 있는 것이라고 말했다. 발굴되는 유물은 거짓말을 하지 않기 때문이라는 것이었다. 하지만 고고학의 실속이란, 발굴된 유물들이 어떤 특정한 시간이나 공간을 정확하게 말해준다는 점에만 국한될 수밖에 없다고 말했다. 그래서 선사 유물들을 앞에 놓고 명상을 하듯 가만히 들여다보고 있으면 그 또렷한 모양을 가진 칼, 도끼, 그릇, 잔, 가위, 인형 들이 한순간 돌의 파편이나 흙 부스러기가 되어 흩어져버린다는 것이었다. 인간의 기원에 대한 가장 실속 있는 접근법도 인간의 본질을 말해주는 데는 그리 실속이 있는 것 같지 않다고 그녀는 덧붙였다. 그때 박주연이 예로 든 것이 바로 추상화였다. 돌의 파편이나 흙 부스러기가 되어 흩어지기 직전의 것들을 또렷한 형상을 묘사한 구상화라고 한다면, 그것들이 와해되어버린 뒤에는 전혀 형체를 알아볼 수 없는 추상화가 된다는 거였다. 그런데 희한한 것은 그 와해된 것이 오히려 최초의 상태에 더 가깝다는 사실이었다. 그것을 그녀는 추상적 상태라고 표현했고, 인간의 본질이란 그러하다고 덧붙였다. 그래서 그녀는 고고학은 시원의 비밀을 밝혀내는 데는 아주 실속 있는 접근법이지만 본질의 비밀을 밝히는 데는 오히려 그 유물들을 부숴버리지 않으면 안 된다는 상당히 도발적인 상상력을 발휘했다. 박주연은 자신이 추상화 전시회를 자주 찾아다니고, 또 상당히 많은 추상화 도록을 소장하고 있는 이유가 인간의 시원 찾기에 매몰되지 않기 위해서, 다시 말해 본질 탐색의 끈을 놓치지 않기 위해서라고 덧붙였다. 이제 좀 분명해지는 것이 있다. 그것은 한국에서 가장 유명한 추상화가 중의 하나가 김동윤이라는 사실이다. 그는 1년에 두세 차례나 개인전을 가질 정도로 왕성하게 작업을 하는 화가였다. 그런 그의 전시회를 박주연이 놓쳤을 리가 없다. 그리고 그녀는 그의 도록 역시 상당량 소유하고 있을 것이 분명하다. 그렇다면 김동윤에 대한 그녀의 애정을 상상하는 것을 넘어서서 거의 집착의 수준으로 몰고 가도 될 법하다. 한 시간이나 줄곧 한 대상만을 응시하고 있다는 사실은 단순한 애정의 차원으로 해석하도록 놔두질 않는다. 그것은 확실히 집착이다. 뭔가 다른 냄새가 난다. 일단 집착이라는 단어를 떠올리고 나니 전혀 다른 상황이 불쑥 튀어나온다. 애증이라는 단어가 이어서 떠오른다. 애증이란 서로 다른 두 가지 상황을 하나로 엮어놓은 복합어가 아니라 인간사에서는 항상 그 두 가지 상황이 동시에 일어나고 있음을 적시하는 단어인 것이다. 박주연은 김동윤을 증오하고 있다. 그렇다. 그녀에겐 분명히 무슨 일인가가 일어났다. 강의를 마치고 강의실을 빠져나오던 그녀는 마침 복도에서 김동윤과 마주쳤다. 그녀는 그에게 말을 걸었다. 물론 그림에 관한 것이었다. 김동윤은 얘기를 하는 도중에 그녀가 누구인지를 기억했다. 그녀의 고고학과 추상화에 대한 기사를 읽고 크게 공감했다는 얘기를 그는 크게 웃으며 말했다. 그리고 그녀는 자신이 많은 추상화 도록을 소장하고 있는데 그의 것도 상당량 갖고 있다는 얘기를 했다. 김동윤은 그녀를 자신의 연구실로 안내했다. 거기서 두 사람은 추상화가, 즉 형체를 알아볼 수 없는 혹은 알아볼 수 없게 일부러 형상을 뭉개버린 그림이 어째서 인간의 본질을 설명해줄 수 있는지에 대해 의견의 일치를 보았다. 두 사람은 곧 사랑에 빠졌다. 그때는 이미 그의 부인은 그를 떠난 뒤였고 또 그 사실을 그는 박주연에게 말했다. 그리고 자신은 상당히 외롭다고 실토까지 했다 (이건 사실이 아니다. 김동윤이라는 화가는 외롭다고 고백하는 것이 결코 사랑을 얻는 데 정당한 일이 아니라는 것을 너무 잘 알고 있었기 때문이다. 그런 고백 따위는 그저 섹스 파트너를 구할 때나 유용한 것이다. 나 외로우니까 함께 있어줄 수 없겠냐, 하고 말하는 것은 사랑을 하자는 것이 아니라 섹스를 함께 할 수 있겠냐고 동의를 구하는 것이다. 나는 사랑과 섹스의 불가분성을 모르는 사람은 아니지만 무턱대고 그것의 일치를 주장하는 축을 신뢰하지 않는다). 사랑에 빠진 두 사람은 그러나 원형이 전혀 손상되지 않은 채로 발견된 하나씩의 뇌부와 같았다. 박주연의 그 도발적인 인터뷰에서처럼, 자신의 원형을 와해시키지 않고서는 둘이 하나가 될 수 없다는 사실을 그들은 동시에 깨달았다. 그들은 추상화가 인간의 본질을 탐구하는 데 아주 유용하다는 것에 동의한 사람들이었으므로 사랑 역시 본질에 도달하지 않고서는 이루어졌다고 감히 생각할 수 없는 사람들이었다. 그런데 그렇게 하자면 둘은 제각기 자신을 와해시켜야만 했다. 하지만 둘은 결코 스스로를 돌의 파편이나 흙 부스러기로 만들지 못했고, 그래서 온전하게 사랑을 이룰 수도 없었다. 온전하게 사랑을 이루지 못한다는 것은 애증이라는 단어가 적시하듯 증오에게 얼마큼의 자리를 내주었다는 뜻이었다. 결국 둘은 하나씩의 벼락도끼를 들고 있는 형국이었고, 일단 도끼를 든 두 사람이 한편이 아니라면 싸울 수밖에는 달리 방법이 없다. 그녀의 그에 대한 증오는 함석 통 속을 한 번씩 휘저을 때마다 쑥쑥 부풀어지는 솜사탕과 같았다. 그 증오의 포화점에 다다른 듯, 지금 그녀는 단 한 번도 다른 것에는 눈길을 주지 않은 채, 한때는 자신이 쏟을 수 있는 최대한의 애정을 쏟으며 사랑의 본질에 다가가려 했던 사람을 거의 한 시간 동안이나 응시하고 있었다.

별장

　그는 거의 한 시간 동안이나 자신의 손바닥 외에 다른 것에는 전혀 눈길을 주지 않고 있는 김동윤이라는 화가를 응시하고 있는 박주연이라는 젊은 고고학자에게 온통 시선이 박혀 있었다. 그가 시선을 박아놓고 있는 것이 만약 박주연이라는 젊은 고고학자가 아니라 길거리에서 흔히 볼 수 있는 광고판이었다 해도 내가 그의 행동을 그렇게 오랫동안 주시할 수 있었을까 하고 나는 생각해본다. 물론 그랬을 수도 있었겠지만 적어도 그의 행동을 기괴하다고까지는 결코 생각하지 않았을 것이다. 그럴 때 내가 느낄 법한 궁금증이라 해봐야 그 흔한 포스터를 무슨 이유로 한 시간씩이나 들여다보고 있는 것일까 하는 정도였을 게 뻔하다. 하지만 그가 시선을 박고 있는 것이 길거리의 포스터가 아니라 한 추상화가를 응시하고 있는 젊은 여성 고고학자라는 사실은 좀 지나치다 싶을 정도로 나를 혼란스럽게 만들었다. 사실 내가 그에 대해 아는 거라고는 조인철이라는 이름과 꽤 많은 발행 부수를 가진 일간지의 경제부 기자라는 정도밖에 없다. 도대체 그의 행위를 어떻게 이해해야 할지 난감하다. 어쩌면 그가 연상의 여자를 좋아한다는 야릇한 풍문의 주인공이라는 데서 단서를 찾을 수도 있다. 실제로 재계의 한 실력 있는 여성 경제인의 숨겨진 연인이 모 일간지 경제부 기자라는 소문이 돌았을 때 가장 유력한 인물로 그가 꼽혔던 적이 있었다. 더구나 충청도 산골 빈한하기 짝이 없는 농투성이의 아들인 그가 고작해야 6, 7년 경력의 기자로 지내면서 양주 모처에 **별장**까지 소유하게 된 배경을 여성 경제인의 숨겨진 애인이라는 것 말고는 요령

있게 설명할 길이 없다. 물론 그런 이유로 그를 비난하자는 것은 결코 아니다. 그는 자기보다 나이가 어린 여자보다는 나이가 많은 여자를, 나아가 보통 사람이라면 그저 나이가 많은 것이 아니라 나이가 아주 지긋하다고 표현할 만한 여자에게 더 큰 호감을 갖고 있는 사람일 뿐이다. 그렇다면 박주연이라는 고고학자는 고고학이라는 어감에서 느낄 수 있는 것과는 판이하게 젊고 세련된 여자였으므로 솔직히 그의 타입이라고 하기는 어렵다. 물론 그녀가 조인철 기자보다 나이가 많기는 하다. 가만히 기억해보니 이상한 일 하나가 떠오른다. 언젠가 그는 박주연의 인터뷰 기사를 보고 나서 그 기사를 작성한 동료 기자에게 정색을 하고 항의를 한 적이 있었다. 그때 그가 화를 냈던 이유는 박주연의 생각을 그 기자가 상당 부분 왜곡해서 기사화했다는 것 때문이었다. 그의 동료 기자는 어떤 대목이 그녀를 왜곡한 것이냐고 물었다. 그러자 조인철은 자기는 박주연의 책을 다섯 번이나 읽었고 그녀의 상상력에 전폭적인 지지를 보내는데 그래서 그녀를 잘 안다는 것이었다. 그러자 그의 동료 기자는 도대체 그렇게 잘 알면 자신이 어떤 대목에서 그녀를 왜곡한 것인지 정확히 짚어달라고 요청했다. 그러자 조인철이 말하기를 추상화가 인간의 본질을 말해주는 것이라는 대목이 그녀를 왜곡한 것이라는 거였다. 그러자 동료 기자는 그것은 분명히 박주연이 한 말이며 그 증거로 녹음테이프를 들려주겠다고 말했다. 그런데 불행하게도 문제의 그 녹음테이프에는 다른 사람의 인터뷰가 덮여버린 상태여서 누구의 말이 옳은지를 판단하는 데 증거가 될 수 없었다. 하지만 녹음테이프가 망가진 것은 그녀를 직접 만나 인터뷰를 한 기자보다는 그녀의 저서를 다섯 번씩이나 읽은 조인철의 주장에 무게를 실어주는 결과를 낳았다(이건 사실이 아닐 확률이 매우 높다. 왜냐하면 그 누구도 한꺼번에 다섯 번씩이나 같은 책을 읽을 수는 없는 일이기 때문이다. 책은 결코 영화처럼 두 시간 안짝에 후딱 한 번을 봐버릴 수 있는 무엇이 아니며, 무엇보다 박주연의 책이 출간된 지 채 1년도 되지 않았다는 것이 그가 다섯 번씩이나 책을 읽은 건 아닐 거라고 생각하는 결정적인 이유다. 나는 아직 1년에 똑같은 영화를 다섯 번이나 봤다는 미친 녀석을 만나본 적이 없다. 그런데 이건 영화도 아니고 책이다. 결국 그는 자신의 주장을 강화시키기 위해 트릭을 썼을 것이 뻔하다. 그리고 당시 함께 자리를 했던 많은 사람들도 이미 다섯 번이나 읽었다는 그의 말에 실소를 금치 못했었다. 뭐 그렇게까지 할 것 있냐는 듯한 태도를 노골적으로 보였던 것이다. 하지만 그는 전혀 거기에 아랑곳하지 않았다. 하기야 그는 정말 다섯 번이나 그녀의 책을 읽었을지 모른다. 그런데 만약 그랬다면 그것은 가히 스토커적이라고 할 수 있다. 물론 그에게는 그럴 소지가 다분히 있기는 하다. 그리고 나는 그가 다섯 번이나 박주연의 책을 읽었다는 건 거짓말이라고 말하지 않는다. 그럴 확률이 높다고 추측할 뿐이다). 녹음테이프 사건으로 인해 힘을 얻은 조인철은 장도리 뒤꼭지로 아주 시원스럽게 못을 뽑아버리듯 일갈했다. 박주연이 추상화 운운한 것은 인간의 본질이 카오스적이라는 것을 말하기 위해서였다. 그리고 그 카오스적 본질을 그녀는 추상화에 비유한 것이었다. 그녀의 저서를 단 한 번만이라도 제대로 읽어보았다면 누구나 쉽게 발견할 수 있다고 그는 덧붙였다. 왜냐하면 카오스적 인간 본질을 해명하는 데는 벼락도끼와 같은 아주 분명한 형태를 가진 선사 유물이 무엇보다 유용하다고 그녀는 자신의 책에다 서술하고 있기 때문이었다. 인간이 지니고 있는 것 중에 시간성과 공간성을 뚜렷하게 확보하고 있는 것으로 과거의 유물과 유적만 한 것이 없다는 게 그녀의 생각이라고 그는 생각하고 있었다. 다만 그녀가 추상화 운운한 것은 자신을 좀더 낭만적이게 보이고 싶은, 그리고 고고학이 실증과학이 아니라 예술에 가깝다는 어설픈 제스처일 뿐이었다고 그는 여기고 있었다. 그게 그녀가 아직 젊다는 증거라고 그녀보다 오히려 어린 그는 생각하고 있었다. 그러고 보니 이제 뭔가 좀 분명해진다. 조인철은 그녀의 어설픈 예술지상주의를 교정해주고 싶었던 것이다. 당당하게 자신의 견해를 밝히면 그만이라고 그녀에게 말해주고 싶었다. 학자에겐 예술에 대한 본능적인 피해의식이 있다고 그는 생각하고 있었다. 그것은 굳이 학문하는 사람에게만 해당되는 것이라고 할 수도 없었다. 사람들은 스포츠를 보면서도 예술에 대한 피해의식을 노정시킨다. 메이저리그 야구 선수들이나 유럽 축구 선수들의 동작을 표현할 때 해설가들은 꼭 예술적이라는 말을 쓴다. 예술은 끔찍하게 좋은 것이라고 사람들은 생각한다. 예술이 밥 먹여주냐는 말을 시도 때도 없이 내뱉었던 사람들조차 마찬가지다. 예술은 나이트클럽에서도 쉽게 들먹여진다. 몸매가 예술입니다, 라는 말의 출처가 바로 그곳이다. 이 불길한 예술 콤플렉스에 박주연마저 사로잡혀 있다는 사실을 조인철은 참을 수가 없었다. 그는 시간이 날 때마다 자신의 별장에 파묻혀 박주연을 구제할 방법을 모색하고 있었다. 하지만 뾰족한 수가 없었다. 그가 한 것이라곤 그녀의 책날개에 붙은 손가락 두 마디만 한 그녀의 얼굴 사진을 들여다보며 자신의 사타구니를 주물럭거리는 게 고작이었다. 그리고 그가 선택한 것은 그녀를 강제로라도 자신의 별장에다 끌어다놓고 얘기를 해주는 것이었다. 호텔 커피숍이나 그녀가 출강하는 학교, 혹은 신문사 따위에서는 속 얘기를 다 할 수가 없을 것이기 때문에 꼭 자신의 별장이어야 했다. 더구나 그에게 별장을 마련해준 여자도 이제는 더 이상 그곳을 이용하지 않았기 때문에 괜한 오해를 살 일도 없었다(그 여자에게는 새로운 연인이 생겼다. 경제부 기자인지 아닌지는 알지 못하지만 그보다 어린 남자인 것만은 분명하다. 그 여자의 새로운 연인이 나이 많은 여자를 좋아하는 남자인지 아닌지는 알 수 없다. 하지만 설사 그렇지 않다 해도 곧 그렇게 될 것은 뻔하다. 좋은 주인을 닮는 법이다). 박주연을 별장으로 끌고 가기 위해서 그는 기회를 엿보고 있었다. 그녀의 강의를 들은 적도 있었다. 간혹은 질문도 했다. 조인철이 강의 시간에 박주연에게 던진 질문은 모두 세 개였다. 하나는 벼락도끼라는 말이 어떻게 해서 생기게 된 것인지 하는 것이었다. 그리고 다른 하나는 박물관에서 선사시대의 유물들을 보면 엄청나게 예술적으로 보이는데, 그것들이 오늘날처럼 관상하기 위해 만들어지지는 않았을 게 뻔하지 않느냐, 그렇다면 선사 유물을 보고 예술적이라고 생각하는 자체가 잘못된 것이 아닌가 하는 것이었다. 그렇게 하는 것은 마치 나이트클럽 댄서의 몸매를 보고 예술적이라고 감탄하는 일과 다를 게 없을 것이기 때문이라고 그는 덧붙였다. 그가 던진 나머지 한 질문은 고고학이 발견한 시간과 공간이 인간의 본질이라고 할 수 있는 혼돈을 정화하는 데 과연 얼마나 기여할 수 있는가 하는 것이었다. 마지막 질문에 대해서 박주연은 잘 이해가 가지 않는다고 말했고, 좀 풀어서 물어달라고 부탁했다. 거기에 대해 조인철은 숨을 좀 거칠게 몰아쉬었지만 그녀의 부탁을 들어주었다. 그는 석기시대의 물건들이 지극히 대량으로 그리고 아주 온전하게 발견된다고 해서 인간의 본질을 알게 할 수 있는 것은 아니며, 그 이유는 어떤 특정한 시간과 공간의 이해가 시공에 대한 전반적인 이해를 가능하게 해주는 것은 아니기 때문이라는 것이었다. 그렇게 풀어서 다시 질문을 한 조인철에게 박주연은 고고학과 학생은 아닌 것 같은데 무엇을 전공하느냐고 물었다. 그 물음에 대해 그는 경제학과 대학원 박사과정에 다니는 학생인데 교수님의 강의가 명강의라는 얘기를 워낙 많이 들어서 꼭 청강을 하고 싶었노라고 대답했다. 그러자 강의실에 있던 열대여섯 명의 학생들이 일제히 우우 하는 소리를 질렀는데 그것이 야유였는지 환호였는지는 알 수가 없다. 하여간 조인철의 마지막 질문에 대해, 즉 선사시대의 유물에서 판독된 시간과 공간은 인간 전체가 볼모로 잡혀 있는 본질적 시공의 문제를 해결해주지 못한다는 견해에 대해 박주연은 아주 간단하게 자신의 의견을 말했다. 그것은 '모른다'는 것이었다. 자신의 대답으로 인해 일순 찬물을 끼얹은 듯 강의실 분위기가 서늘해지자 좀 당황한 듯 조심스럽게 그녀는 덧붙였다. 여기서 모른다는 것은 세계는 오직 해석의 대상이라는 뜻이라고 그녀는 설명했다. 그러고 나서 웬일인지 그녀는 거기서 강의를 끝내고 강의실을 나가버렸다. 얼마 뒤 한 여학생이 조인철에게로 가서 물었다. 도대체 박주연 교수의 얘기가 무슨 뜻이냐는 것이었다. 그는 코웃음을 치고는 그 여학생에게 이렇게 말했다. 만약 자네가 나를 사랑한다고 하면 그때 그 사랑은 자네의 해석에 불과하다. 여학생은 고개를 갸웃거렸다. 그러자 조인철은 다시 한 번 얄궂은 예를 들었다. 내가 만약 박주연 교수와 하룻밤을 잤다면 그때 우리가 확인하게 되는 사랑이 아무리 끈끈해도 그것 역시 각자의 해석에 불과한 것이다. 그래도 여전히 고민에 싸인 여학생에게로 얼굴을 바짝 들이밀며 조인철은 이렇게 말했다. 자네가 바보라고 내가 생각한다면 그것 역시 내 해석일 뿐이야. 자네는 죽어도 바보라고 하지 않을 테니까. 인간이 이기적일 수밖에 없는 건 바로 세계가 해석의 대상이기 때문이지. 그래서 박주연 교수는 모른다고 대답했지. 선사시대의 밥그릇과 우리가 지금 부엌에서 쓰고 있는 밥그릇 사이에 존재하는 거리를 잴 수 있는 자는 우리에게 없어! 강의실을 빠져나온 조인철은 박주연을 자신의 별장으로 끌고 가려는 계획을 수정할 필요가 있다고 생각하게 되었다. 그녀가 빠진 깊은 허무의 수렁을 보았기 때문이었다. 자칫하다간 자신마저 그 수렁에 빠져버릴지 모른다고 그는 생각했던 것이다. 그러고 보니 아주 분명해진다. 그가 한 시간씩이나 그녀로부터 눈길을 떼지 못하고 있는 것은 연민 때문이다. 지금 그는, 한 여자의 마지막 모습을 지켜보고 있는 것인지도 모른다는 생각을 하고 있었다. 그녀가 빠진 허무의 수렁이 얼마나 집요한 흡입력을 가지고 있는지를 그는 이미 경험을 통해 잘 알고 있었다. 그렇다면 진저리라도 한 번 떨 만한데 한 시간씩이나 꼼짝도 않고 그녀를 응시하고 있다는 게 참 끔찍하게도 희한하다.

나선형 궤도

나는 누구인가. 지금 손바닥을 들여다보고 있는 나는 누구인가. 손에 붙은 다섯 개의 손가락은 왜 그 길이가 서로 다를까. 사람들마다 지문이 다르다는데 그것은 우연일까 아니면 그렇게 생겨먹게 된 이유가 따로 존재하는 것일까. 그것이 만약 우연이라면 사람들 사이에서 일어나는 모든 일들이 우연이라는 것과 일치한다. 하지만 만약 그것이 그렇게 만들어지지 않으면 안 되는 무슨 이유가 따로 존재하는 것이라면 사람들 사이에서 일어나는 모든 일들이 운명의 장난, 혹은 조화라는 말과 완전히 일치한다. 하지만 누구도 그것을 확정할 수 없다. 아무도 시비를 가릴 수 없고, 진위를 가릴 수 없다. 신만이 그렇게 할 수 있다고 해봐야 정작 신을 알지 못하니 결국 불가능한 일이다. 그런데도 어떤 이들은 확신한다. 그들의 확신은 절대라는 단어의 뜻과 완전히 일치한다. 그들은 하늘의 별이 인간이 가야 할 길을 일러준다고 믿는 사람들처럼 손에 그어진 손금을 통해 누군가의 운명을 확정적으로 일러준다. 하지만 그들이 일러주는 운명이란 정작 아주 사소한 것들이다. 고작해야 몇 명의 아이를 가질 것인지, 그 아이들 중에 어떤 아이가 자신에게 불효를 저지를 것인지, 혹은 자식을 아예 가질 수 없을 것이라고 그들은 일러줄 뿐이다. 그런가 하면 키가 큰 여자를 만나서 결혼을 하면 불행이 찾아올 것이니 되도록 키가 아주 작은 여자를 골라야 할 것이라고 일러준다. 혹은 아주 부자가 되거나 사업이 크게 실패해서 거지가 될 거라고 일러준다. 너무도 사소한 것들을 일러주면서 그들은 무슨 대단한 인생의 비밀을 가르쳐주기라도 했다는 듯 인상을 잔뜩 쓰며 어디 가서 함부로 옮겨놓지 말라고 은근히 협박한다. 물론 개중에는 인생이란 무엇인지, 우리가 자연의 흐름에 맞추어서 살아야 하는 까닭은 우리가 자연의 일부이기 때문이라든지, 죽음도 삶의 일부이므로 죽음을 슬퍼할 필요가 없다든지 하는 엄숙한 얘기를 들려주는 사람들도 있기는 하다. 하지만 그들 역시 기회만 되면 곧 사소한 것들로 논의를 옮겨가기 마련이다. 그들은 왜 우주가 **나선형 궤도**를 돌고 있는지에 대해서는 얘기하기를 좋아하지 않는다. 신기한 것은 그들은 하나같이 나선형 궤도에 대해 매우 익숙한 사람들이고, 그들 중 실제로 아주 많은 사람들이 그 꼬불꼬불 이어지는 궤도를 항시 보고 있다는 것이다. 그런데도 그들은 그것이 왜 그렇게 되어 있는가에 대해서 얘기하고 싶어 하지 않는다. 나는 빈센트 반 고흐가 일생 동안 보았던 소용돌이의 비밀에 대해 그들과 얘기를 나누고 싶었지만 그들로부터 번번이 거절당했다. 거절을 당하지 않으면 무시를 당했다. 비밀을 말해줘도 너는 알아듣지 못할 거라고 그들은 단호하게 말하곤 했다. 그럴 때마다 나는 알아들을 수 있다고, 알면 얘기해달라고 부탁했지만 오히려 그들은 내가 자기들을 시험하려 든다며 화를 냈다. 그래서 나는 손바닥에 그어진 손금이나 손가락에 그려진 지문은 인간의 운명을 지시하는 별의 좌표가 아니라 오히려 그 운명을 관장하는 보이지 않는 무엇, 즉 본질을 숨겨주는 역할을 하는 것은 아닌가 하는 내 생각을 아예 드러낼 수조차 없었다. 나는 그들을 방문하며 준비해간 고흐의 화집을 가방에서 꺼내지도 못한 채 집으로 돌아와야만 했다. 그렇게 맥없이 집으로 돌아온 날은 몇 시간이고 손바닥을 들여다보았다. 나는 손바닥 속에서 나선형 궤도를 따라 돌고 있는 우주의 막막한 흐름을 보았다. 나는 또 거기서 수많은 인간의 운명들이 태어나고 사멸하는 것을 볼 수 있었다. 우연이나 운명조차 그 태어나고 사멸하는 무리들 속 하나의 질료에 불과했다. 거기에는 수많은 질료들이 있었고, 또 아무것도 없었다. 고흐의 그림에 그려져 있는 둥글게 말려 들어가는 나선형의 원을 나는 우주의 지문이라고 표현한 적이 있다. 어디선가 그렇게 표현된 것을 내가 인용한 것인지 아니면 문득 그런 생각이 들었던 것인지는 정확하지 않다. 아무튼 나는 손바닥을 들여다볼 때마다 고흐의 그 소용돌이를 떠올렸다. 그러고 보니 우주의 지문에 대해 나와 비슷한 견해를 가진 사람이 기억난다. 그녀는 아마도 고고학자였을 것이다. 나이가 꽤 먹었던 것 같다. 어쩌면 얼굴과는 달리 그리 나이가 들지는 않았을지 모른다. 어쨌든 그녀는 상당히 성숙한 여자였다. 노회함마저 느끼게 할 정도였다. 궁극적인 것은 본디 알 수 없는 것인데 인간은 그것을 알고 싶은 욕망을 가지고 평생을 살게 되어 있고 그것이 곧 비극이지요, 하고 그녀가 말했을 때 나는 잠깐 그녀에게 매력을 느꼈다. 그 뒤에 몇 번 더 그녀를 만나긴 했지만 이렇다 할 사건이 있었던 건 아니다. 그러고 보니 그 여자가 뜬금 없이 내게 건넸던 이야기도 생각이 난다. 자신을 집요하게 추적하고 있는 남자에 대한 얘기였다. 그녀가 말하기로는 그는 그녀의 책을 여러 번 읽고 크게 감동을 받은 사람이라고 했다. 신문기자였던 걸로 기억이 된다. 내가 그 기자에 대한 그녀의 얘기를 기억하고 있는 이유는 아마도 그가 그녀를 모욕했기 때문이었던 것 같다. 그녀가 누군가로부터 모욕을 당할 수 있다는 게 아주 신기했던 것이다. 하기야 사람의 일이란 알 수가 없다. 나선형 궤도 속에서는 어떤 일도 일어날 수 있다. 그녀는 누군가로부터 모욕을 받기에는 너무도 사려 깊은 여자였다. 그리고 무엇보다 그녀는 절망이 무엇인지를 완전히 터득한 사람으로 내게는 비쳐졌다. 도대체 그런 여자를 모욕할 수 있는 자가 있다는 게 믿어지지 않았고, 그래서 그 이야기를 기억하고 있는 것이다. 꽤 오래전, 일부러 코끼리의 발에다 물감을 묻혀놓고 캔버스를 지나가게 하고는 그 그림들을 모아 전시회를 열었던 화가가 있었다. 그는 추상화를 한껏 조롱할 수는 있었지만 그 이상의 성과를 거둘 수는 없었다. 추상화──그것은 양쪽의 벽에다 거울을 달아놓고 그 거울 속을 들여다보는 일이다. 거기에는 깊은 동굴이 존재한다. 하지만 형상을 가진 것들은 그 동굴에 들어갈 수 없다. 오직 의식만이 들어갈 수 있는 것이다. 그것은 코끼리의 발에다 물감을 묻혀놓고 캔버스 위를 걸어가게 해서 만들어지는 그림과는 완전히 다르다. 그것은 추상화가 아니다. 그것은 코끼리가 걸어간 어지러운 길이라는 구상화일 뿐이다. 추상화는 아무리 조롱당해도 털끝 하나 손상되지 않는, 말하자면 보이지 않는 그림이다. 그것은 양쪽에 거울을 달아놓았을 때 만들어지는 깊은 동굴이다. 그것은 손바닥의 손금이다. 그것은 손가락의 지문이다. 그것은 운명, 혹은 우연을 지운다. 혹은 감추어버린다. 나는 아무것도 아는 게 없다. 나는 모른다.

나는 나선형 궤도를 따라 돌고 있는 우주의 움직임 속에 놓여 있을 뿐이다. 나선형 궤도는 우주가 빨려들어가는 곳이지만 그 궤도는 또한 우주를 밖으로 뱉어낸다. 나는 그 빨려들고 뱉어지는 우주와 함께 빨려들기도 하고 뱉어지기도 한다. 양쪽 벽에 붙여진 거울 속의 동굴은 빨아들이지만 나는 항상 그 가운데 있는 것이다. 하지만 나는 그게 왜 그런지는 알지 못한다. 나는 뭘 알아내기 위해서 양쪽 벽에 거울을 매달아놓지 않듯 뭘 알아내기 위해 손바닥을 들여다보는 것은 아니다. 혹시 누군가가 이런 나를 세심하게 관찰하고 있다면 필시 미친놈이라고 할지도 모르겠다. 하지만 그래도 하는 수가 없다. 나선형 궤도를 돌고 있는 한 일어날 수 없는 일이란 없다. 모든 일은 가능하다.

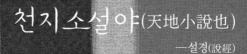

천지소설야(天地小說也)

—설경(說經)

1

하늘이 처음 열릴 때 그것을 땅에서 보고 놀라 말문이 막힌 것을 구류(口留)라 한다. 말뜻만 풀어보면 입에 머문다는 것인데, 말이 입 밖으로 새어 나오지 못할 정도로 기가 막힘을 이른다. 하지만 이건 거짓이고 그릇되다. 왜냐하면 하늘이 처음 열릴 때는 막힐 말문을 가진 인간이 있지 않았기 때문이다. 나중에 그것을 본 것처럼, 실제로 일어난 것처럼 꾸며놓은 것이 바로 소설(小說)이다. 중국 후한의 반고(班固)란 자가 써놓은 사서를 살펴보면 이를 업으로 삼는 자들에 대해 말해놓은 게 있는데, 그들은 모두 비천한 관리요 입이 가벼워 거리에서 들은 말을 즉시로 거리에다 퍼질러놓고 다녔다 해서 그들의 짓거리를

가담항설(街談巷說)이라 했다. 원문은 이렇다. 小說家者流蓋出
於稗官街談巷說道聽塗說者之所造也(소설가자류개출어패관가담
항설도청도설자지소조야).[1] 이를 옮기면 이렇다. 소설가라는
자들은 모두 비천한 관리 출신으로, 길거리에서 말을 듣고 다니
다가 그 길거리에서 들은 말을 그대로 옮기는 자들이다. 뒤에
이 짓 하는 자를 모두 상것처럼 취급하여 '놈' 아니면 '것'이라
불렀는데 일리가 없질 않다. 말인즉, 소설이란 자잘한 얘기이니
들어서 귀를 간지럽게는 하나 오래 담아둘 만한 것이 못 되고,
익혀서 써먹을 데라고 해야 남녀가 벗고 노는 흐벅진 치정에 양
념을 치자는 것이 아니면 주림(酒林) 건달들의 시건방이나 거
들어주는 게 고작일 뿐인 것이다. 얘기가 자잘하다 함은 곧 쓸
데없음이다. 허나 이 쓸데없는 것도 생기기 전에는 짐승들만 노
는 땅에 인간이 처음 발을 디뎌 짐승과 사귀는 데 딱 여섯 소리
만을 썼다. 그것들은 아무리 어울려도 소리이지 문장이 아니었
다. 그것을 어디서는 육성(六聲)이라 하고 어디서는 육음(六
音)이라 하지만 본디는 폐음(閉音)이라 한다. 글자만을 보면
음을 닫는다는 뜻이다. 음을 닫음이란 무엇인가. 음을 닫고 무
얼 어찌 전할 수 있다는 것인가. 하지만 여기에는 깊푸른 의미
가 숨겨져 있다. 풀면 이렇다. 뜻을 전함에 소리가 필요한 것은
몸짓만으로 온전히 뜻을 알리지 못하기 때문이며, 소리를 가지

---

[1] 반고(班固), 「한서(漢書)」 예문지(藝文志).

고 뜻을 알리려 하면 먼저 마음의 움직임을 살펴야 하는데 아무리 마음을 잘 살펴도 그 잘 살핀 마음의 움직임을 전하는 데 적절한 소리를 택하지 못하면 헛것이 되고 마니, 그 원리는 소리를 너무 열면 뜻을 전함이 지나쳐 짐승이 곡해하여 덤벼들게 된다는 것이다. 하여 오로지 중요함은 그 뜻을 닫는 데 있으니 그를 곧 '폐음'이라 한 것이다. 뜻을 닫음은 몸을 뉘어 잠들고 몸을 세워 깨어남에 쓸데없는 요동을 줄이는 것과 같다. 사지(四肢)를 너무 거칠게 다루어 잠이 들면 밤새 몽마(夢魔)와 싸워야 하고, 백해(百骸)를 갑자기 치뻗으면 깨어서 혼이 제 길을 찾지 못하여 하루 종일 혼미한 것이다. 기침(起寢)이 고요히 이루어져야 하는 것은 세상에 그 기척을 알리지 않으려는 뜻이고 그것이 곧 닫음이다. 뜻을 닫는다는 것도 이러한 것이다. 닫음이 소중한 데가 또 하나 있으니 적음을 많음보다 귀히 여기는 것이다. 적게 먹으면 많이 가지지 않아도 되고, 적게 논하면 많이 익히지〔學〕 않아도 되는 것이다. 적게 논하고 많이 익히지 않음이란 항상 스스로를 닫아 세상을 상하지 않게 함이다. 평생을 제자리에서 맴도는 벌레를 중서충(中棲蟲)이라 하는 것은 그가 남을 해치지 않고, 세상을 어지럽히지 않기 때문이다. 하루를 사는 날파리가 유독 밤을 나는 이유도 거기에 있다. 비록 한나절이기는 하나 낮이라면 짐승을 귀찮게 하기 때문이다. 그를 군자익(君子翼)이라 부르는 것은 당연하다. 이 닫음과 소위(小爲)의 이치는 세상을 뜰 때 제 몸을 불에 사르고 뼈마저 바스러뜨리는 것과 같은 이치다. 소설이 생기기 전 여섯 소리만 있던 것을 말의 닫음, 즉 폐음이라 한 것은 이렇듯 뜻을 닫기 위하여 소리를 먼저 닫았기 때문인 것이다. 소리를 닫음은 곧 내 뜻을 가장 작게 하려는 것이고 그는 또한 짐승과 어울리기를 위함이니 여섯 음가 외에 더 필요한 것이 있지 않았다. 그것은 곧 아이고, 어이고, 우이고, 오이고, 으이고, 이이니, 그 차례를 따라 아는 제 앞의 것이고, 어는 왼쪽의 것이고, 우는 오른쪽의 것이고, 오는 위의 것이고, 으는 아래의 것이고, 이는 뒤의 것이다. 여섯 음이 세상에 있는 모든 소리였고 그것으로 짐승과 어울렸던 때에는 입이 잘못을 범할 일이 적었으니 굳이 소설을 읊으며 쓸데없이 거리를 쏘다닐 일도 없었다. 그때 신은 기뻤고, 하릴없어 낮잠을 즐기었을 뿐이다.

2

산과 바다가 닿는 곳에 인간이 처음 정착하여 살았다. 그 붙박이로 살기 전, 짐승과 어울려 살던 일을 일러 태화(太和)라 하는데 훗날의 태화(太化)도 같은 말이다. 허나 앞의 太和와 뒤의 太化는 좀 다르다. 太和에는 짐승과 어울려 지냄의 소중함이 들어 있지만 太化에는 인간의 욕심이 깃들어 있다. 처음이라는 뜻의 태초(太初)를 감히 닮으려 하기 때문이다. 이 두 말에서도 벌써 인간이 어떻게 변하였는지를 짐작할 수 있다. 아무튼 태화지후(太和之後)에, 사람이 짐승의 도움을 벗어나 살게 되면서 제 뜻을 남에게 일러주려 할 때 소리만으로 부족하여 만들어낸 것이 문자(文字)다. 소리를 글자로 나타내어 문자를 삼은 것은 편리를 도모한 것이기는 하나 편리의 부작용을 떠안아야 하는 부담도 있었다. 이에 대해서는 차후에 논하기로 하고, 아직은 문자의 운용을 먼저 보자. 문자가 나고 처음으로 죽간(竹竿)에 써 묶은 것이 사람의 그 터전인 산[山]과 바다[海]에 대하여 써놓은 경(經)이다. 소리를 버리고 의미를 담은 문자를 만들어 쓴 지 처음이라 거기에는 온통 사람이 빌붙어 사귀던 짐승에 대해서만 적혔다. 거기에는 짐승의 형상과 거처와 제사의 법들이 세세히 적혔고, 그 짐승의 먹이가 세세히 적혔고, 그 짐승과 짐승의 터전이 뿜는 기운들이 세세히 적혔다. 이는 그 산해(山海)를 다스리던 무형령(無形靈)의 도움이 아니면 쓰일 수 없었다. 그 한 편을 보면 이러하다. 서쪽으로 10리를 가면 호저산이라는 곳이 있고 초목은 자라지 않으며 금과 옥이 많다(西十里曰縞羝山無草木多金玉)[2]. 그때의 글을 적음은 다 이러했다. 어디에 가면 무엇이 있고, 무엇이 많고, 무엇이 적으며, 무슨 짐승이 있고, 그것을 먹으면 무엇이 되고 하는 식이었으니 아직은 소설이라 하지 않았다. 그것은 거리에서 시부렁거려질 얘기

---

2)「산해경(山海經)」, 중차육경(中次六經).

도 아니고 거리에서 시부렁거릴 얘기도 아니었다. 그 책에 짐승이 한 일만이 적힘은 그때가 사람이 적고 짐승이 많았음이 큰 이유이나 본시 그때 사람의 일이란 것이 모두 그들과 어울리거나, 그들을 잡거나, 그들에게 먹히거나 하는 것이 전부였기 때문이다. 그 아주 뒤에 사람의 수가 많아지고 짐승을 사냥해 먹지 않으면 안 되어진 뒤에, 그리고 짐승과 더 사귈 필요가 없어졌을 때 자연 그 기록도 없어졌다. 대신 사람이 머리 다섯을 가지거나, 눈 일곱을 가지거나, 심장을 찢어 먹거나, 곡식을 쌓아 제사를 지냈다고 기록하였으니, 뒤의 사람은 그 거짓을 보고 앞서 짐승과 사귐을 얘기한 것까지 거짓이라 하였으니 잘못이 시작되었다. 이를 위조(僞造)라 하기도 하고 위설(僞舌)이라고도 하는데 뒤의 위설, 즉 혀가 된다 함은 혀를 놀릴 때마다 다 거짓을 만들었기 때문이다. 앞선 짐승의 기록에서 하나를 더 적어 보면 필시 그 시비(是非)를 알 것이다. 앞엣 것은 옳은 것이며 옳은 것을 적은 것이고, 뒤엣 것은 거짓된 것이고 거짓된 것을 적은 것임을 훤히 알리라. 환두국이 그 남쪽에 있는데 그 사람들은 사람의 얼굴에 날개가 있고 새의 부리를 하고 있으며 지금 물고기를 잡고 있는데 혹은 필방의 동쪽에 있다고도 하고 혹은 환주국이라고도 한다(讙頭國在其南其爲人人面有翼鳥喙方捕魚 一曰在畢方東或曰讙朱國)[3]. 아직은 신이 세상에 간섭할 때가 아

---

3) 「산해경(山海經)」, 해외남경(海外南經).

니었다. 위설이 소설의 조짐을 보이기 전이라 당연한 일이었다.

3

처음에 굴에 살다가, 굳은 땅을 골라 파고 그 안에 들어가 살다가, 나무를 타고 그 위에 살다가, 비로소 나무를 잘라 줄을 묶고 큰 짐승의 가죽을 덮어 살 곳을 지었는데 그 모두를 당(堂)이라 했다. 싸움을 즐기는 무리들은 그것을 어렵게 짓지 않고 뜯기 쉽게 짓거나 상대가 허물어도 아깝지 않게 지어 살았는데 그를 전(戰)이라 했다. 그 전의 이름이 비롯되기를 편하게〔單〕 뜯어서 창〔戈〕으로 쓸 수 있기 때문이었다. 나중에 하늘이 수없이 벗겨지고 뒤집히고 주야로 비를 뿌리고 난 뒤에 당이거나 전이거나 이내 허물어지기를 너무 쉽게 하니 꾀를 내어 돌을 써 지었다. 혹은 흙을 구워 짓거나 했다. 그러하게 되었을 때 당은 남았으나 전은 그 뜻이 없어졌다. 편하게 뜯어서 창으로 쓸 수 있는 나무로는 더 이상 짓지 않았으니 당연하였다. 허나 그 내용은 다름이 없었으니 돌로써 사람 죽일 것을 만들어 쓴 것이다. 외려 더 많이 죽고 다쳐서 한번 싸움이 벌어지면 살아나는 자가 전보다 많지 않았다. 이렇게 튼튼한 붙박이 집이 생기면서 집의 의미가 고약하게 되었다. 그것은 갇힘이요, 옴짝달싹 못 함이었다. 항시 되돌아옴을 뜻하였다. 집은 함부로 허물지 못하는 것으로 알게 되었다. 굴에 살 때 주변의 먹을 것이 떨어지면 언제든 떠날 수 있었던 것과는 아예 달랐으니, 집을 재물로 삼게 된 것도 그때 이후였다. 그때에 집을 버리는 것을 허여(許與)라 했다. 집을 잃는 것을 복망(伏亡)이라 하고, 집을 갖는 것을 심구(深口)라 했다. 집이 생기면서 길을 나서는 일이 생겼으니 그것을 탈구(脫臼)라 하고, 혹은 탈구(脫口)라 한다. 구(臼)는 곡식 낱알을 갈고 빻는 데 쓰는 절구를 말하는데 입의 구(口)와 함께 썼다. 나중에는 입으로 굳어지니 그 입을 벗어남이 집을 떠나 비로소 세상을 구하는 것으로 되었다. 탈구는 사람의 큰 일이 되었다. 또 스스로 배를 굶기는 일이 생겨난 것도 붙박이의 집이 있고 나서다. 보통은 집을 떠나 길을 나서는 자 가운데 심히 제 속을 비우기를 즐겼는데 힘겨우면 물기〔水氣〕를 쐬거나 물을 마셔 미력(微力)을 얻었다. 그때 틈틈이 마시던 물을 형적(刑滴)이라 한다. 죄수가 죄를 짓고 옥에 갇혀 겨우 얻어 마시는 한 방울의 물과 같다 하여 붙여진 말이다. 죄수를 넣어두는 옥(獄)으로는 처음에 깜깜한 굴을 썼다. 그것은 보통 험한 산에 있었으니 험한 산을 말하는 악(嶽)은 옥에다 산을 얹은 모양이다. 죄인을 산중 어둔 굴에 가둔 것은 짐승과 어울려 살던 때의 흉악한 기억 때문인데, 후에 죄인이라도 산굴로 된 옥에다 가두지 않은 것은 때때로 그들 중에 짐승과 가까이하여 더 큰 죄인이 된 자가 있었기 때문이다. 그들은 제멋대로 선(仙)이라 이름하고 짐승과 어울림을 크게 자랑삼았으나 이것이 위설을 넘어 소설이 되었다. 선인의 이야기는 저잣거리를 바람같이 휘돌았다. 선인이란 원래 그저 산에 갇혀 지낸 사람, 즉 산인이라는 뜻뿐이다. 그것은 곧 죄인이란 말이다. 선(仙)이라는 글자가 산인(山人)을 좌우로 바꾼 것에 불과하니, 보면 금방 알 수 있다. 그럴듯하게 붙였을 뿐 딴 뜻이 있을 리 없다. 헌데도 혹은 구름을 타고 혹은 깊은 못에 거한다 하며 위설을 일삼았으나, 그를 아는 이가 없고 본 이가 없는 것은 그 모두가 소설의 폐악임을 증거할 뿐이다. 이때 비로소 땅[土] 위에 한[一] 주인이 생겨 왕(王)을 칭하니 천지의 아래와 위를 바로 알게 하고, 하늘과 땅의 앞과 뒤를 바로 알게 하며, 그 왼쪽과 오른쪽을 바로 알게 하였다. 천하가 다 왕의 집이라 하여 전(全)이라 했다. 후에 전(展)이라 한 것은 그 소리만 빌려온 것이지 뜻까지 같은 것은 아니다. 뜻을 나타냄에 소리를 빌려온 것은 나중에 버릇이 되었는데, 이것이 말과 글의 부작용의 하나다. 뜻이 온전해지지 못한 것이다. 모든 글은 처음의 뜻대로 세세(世世)하지 못하였으니, 선자(善子)라고 모두 귀복(貴福)을 얻지 못하는 이치와 같다. 천지가 요동하면 골이 봉우리가 되고 숲이 바다가 되는 것과 같은 것이다. 허나 그 이치로 위설이 정설(正說)이 되기도 하였으니, 바야흐로 거짓이 참보다 더 위세를 떠는 때가 도래했다. 이때 왕은 귀 밝고 말 잘하는 자들을 가려 뽑아 패관(稗官)이라는 말직을 주고 저자에 떠도는 얘기들을 주워 모으게 하였다. 나중에 이들이 엮은 것을 소설책이라

하였는데, 지혜가 높은 자들 중에도 때로 그 이야기의 재미에
빠져 지혜의 길을 버린 자가 적지 않았다. 신이 세상에 밥맛을
잃은 것이 이때이다. 크게 기지개를 켜고 가만히 턱을 괸 채 벌
줄 생각을 한 것도 또한 이때였다. 모두 위설의 도를 넘어선 소
설 때문임은 자명하다.

4

사람이 짐승의 수와 비슷하여지면서 짐승을 부리는 일이 잦
아졌다. 나는 것은 날개를 꺾고, 거친 것은 그 정(精)을 끊고,
활달한 것은 타고 달릴 것이 되고, 눈 밝은 것은 밤을 지키게
하였다. 허나 하나같이 늙어 쓸모가 없어지면 불 위에 얹어 골
육(骨肉)을 바쳤다. 간혹 짐승 먹는 일을 싫어하는 무리들은 옛
죄인이 하던 대로 산으로 가 숲에 숨어 살았는데 또한 선인이라
위설하던 것같이 신인(神人)이라 칭하여 사람의 마음을 두렵게
하였다. 신인은 그것이 처음이 아니었다. 짐승과 어울려 살던
때를 위설하여 일부 소설이 그렇게 쓰기를 하였으나 그 모두는
산과 바다의 경(經) 가운데에서 따온 것이다. 호저산 첫머리의
평봉산과 이수와 낙수와 곡성산에 사는 머리가 둘인 교충(驕
蟲)[4]도 신인이고, 교산에 사는 얼굴은 사람이요 뿔은 양이고 발
톱은 호랑이인 타위(鼉圍)[5]도 신인이다. 그 외에도 수없이 많

은 신인이 있었으나 온전한 것은 하나도 없다. 위설은 위설일 뿐이다. 신인을 말하거나 생각하거나 꿈꾸는 것은 그의 초라함을 벗어나보려는 것이다. 신은 홀로 있고, 홀로 거닐며, 홀로 생각하고, 홀로 결단한다. 무엇을 잡아먹지 않으니 배를 주리거나 불러 하지 않으며, 무엇을 행하지 않으니 기쁨에 날뛰지 않고 슬픔에 탄식하지 않는다. 사람은 달라, 어둠이 깃들면 마귀를 불러와 벌벌 떨고, 해가 뜨면 항상 지을 걱정에 싸인다. 때 닮에 걱정 없던 시절을 스스로 버렸으니 그것은 곧 신을 버린 것이다. 신인 따위를 거짓으로 지어가며 겨우 위락하는 왜소한 몰골의 인간을, 정작 신은 안타까워하였다. 오래도록 고민하여 벌을 미룬 것은 그 연민 때문이었다. 종당엔 스스로 벌을 내리겠구나, 신의 그 중얼거림은 갈피 없이 괴로웠다.

5

흉어(凶御)라 함은 왕을 베고 칭왕(稱王)을 욕심하는 일을 말한다. 그 욕심은 사람이 가진 욕심 중에서도 가장 흉측한 것이니 짐승을 상대로 사음(邪淫)을 즐기거나, 선생의 가르침을 잊거나, 위설을 일삼거나, 제단의 음식을 훔치거나, 여제(女祭)

---

4) 「산해경(山海經)」, 중차육경(中次六經).
5) 「산해경(山海經)」, 중차육경(中次八經).

의 침소를 범하거나, 명소(冥所)를 어지럽히거나, 남을 해코지하는 짓보다 그 해악이 더하였다. 그릇된 일은 한꺼번에 일어나는 법이다. 한번 흉어하면 짐승과 난교(亂交)하는 무리가 한꺼번에 생겨나고, 선생의 가르침은 썩은 과목(果木)과 같으며, 위설이 거리를 덮고, 제단의 고기와 술은 흔적도 없어지며, 여제의 삶에 붉은 천이 꽂히고, 근엄의 명소는 귀신조차 오지 않으며, 남을 비방하고 죽이고 능멸하는 자로 옥사가 무너질 지경이 된다. 이때 천태왕(天台王)이 스스로 법을 짓기를, 나라가 어지러우면 왕의 목을 베어 사람이 다니는 길가에 보름 동안 걸어두었다가 이리가 사는 곳에 던져 짐승의 밥이 되게 하라 하였다. 왕의 뜻을 천명(天命)이라 함은 이렇듯 그가 스스로 제 목숨을 가벼이 하기 때문이다. 천태왕 이후로 가뭄이 들고 홍수가 져도 왕의 목이 달아났고, 인심이 흉흉해져 서로 헐뜯는 일이 빈번해도 왕의 목이 달아났다. 그래도 왕을 치고 스스로 왕을 칭하는 흉어가 끊이지 않은 것은 참으로 괴이하다. 이때에 이르러 소설은 그 위세를 더한다. 문지르면 불이 나는 법이다. 이 한 끝에 이르면 저 한 끝이 보이는 법이다. 소설이 비록 거짓과 그릇됨만 써대었으나 그때 비로소 한 극(極)이 다하고 다른 한 극이 새로 난 것이다. 어찌 살아야 하는지를 논하고, 왜 이리 사는가를 얘기하기 시작하였다. 때로 그것은 생민(生民)의 이른 죽음을 막기 위한 의서가 되고, 싸우지 않음이 불의를 이기는 최고의 길이라 하는 병서가 되고, 배움을 위한 경전이

되며, 하늘의 뜻을 살피는 외서(畏書)가 되었다. 그의 하나는
이렇다. 음(陰)하고 양(陽)한 것은 천지의 바탕이니 만물이 음
양에서 생기고 없어지며 여기에 있다가 저기에 있는 것도 음양
에 따름이며, 살고 죽음의 근본이 또한 음양에 있으니 이를 신
명(神明)이 거처하는 곳이라 한다. 원문은 이러하다. 陰陽者天
地之道也萬物之綱紀也變化之父母生殺之本始神明之府也(음양자
천지지도야만물지강기야변화지부모생살지본시신명지부야).6) 마음
이 모자라면 세상의 뜻을 다 알지 못하는 법이다. 사람들은 하
나같이 공부가 짧아 세상의 이치를 다 터득하지 못한다고 알고
있으나 그렇지 않다. 음양을 아는 것도 마찬가지다. 음은 어둡
고 양은 밝으며, 음은 습하고 양은 마르며, 음은 숙이고 양은
들며, 음은 움츠리고 양은 뻗치며, 음은 빨고 양은 뱉으며, 음
은 멈추고 양은 간다고 안다. 허나 음에도 양이 있고, 양에도
음이 있다. 어둠에도 밝음이 있고, 밝음에도 어둠이 있다. 습한
데도 마른 병이 생기고, 마른 데도 습해서 병이 생긴다. 움츠리
는 것도 뻗치는 것일 수 있고, 뻗치는 것도 움츠리는 것일 수
있다. 빨아들이는 것은 상대를 달리하면 뱉는 것이 되고, 뱉는
것도 방향을 달리하면 빨아들이는 것이 된다. 멈추거나 가는 것
도 다 그러하다. 안으로 들어가면 밖으로 나오게 되어 있고, 밖
으로 나가면 다시 안으로 들어가게 된다. 어둠에 있는 밝음의

---

6)「황제내경(黃帝內經)」, 소문(素問), 음양응상대론(陰陽應象大論).

속으로 가면 다시 어둠과 만나고, 그 어둠이 깊어지면 다시 밝아진다. 또 그 안으로 들어가면 어두워지고, 또 밝아지고, 또 어두워지고, 그렇게 끝은 없다. 음양이 천지의 도가 되는 것은 이러한 이치 때문이다. 하여 큰 깨달음을 얻은 자가 던져놓기를, 나는 아무것도 아는 게 없노라, 하는 것이다. 소설은 여기까지 오면서 극적(極的)으로 변하였다. 신이 한숨을 쉬고 천지간에 누웠다. 참으로 오랜만의 쉼이었다. 왕을 치고 왕을 칭하는 흉어가 뜸하여진 것도 그때였다. 말이 세상을 어지럽게 하였다가 고요하게 하였으니 참으로 상서롭지 않은가.

6

버리는 것은 갖는 것보다 낫다. 적수(赤手)가 아니면 햇볕을 손에 담을 수 없다. 뼈다귀를 문 개는 살을 바를 수 없고, 가진 자는 가벼이 떠날 수 없다. 눈물을 모르는 자는 웃음소리를 들을 수 없고, 고목(枯木)은 낙엽을 모른다. 구름 없는 하늘에서 어찌 비가 내리는가. 빈 것은 채워진 것보다 낫다. 사라지는 것은 나타나는 것보다 낫다. 죽음은 삶보다 낫다. 말[言]이 간명해져 깊고 고요한 곳[寺]에 드니 가슴을 울렸다. 그를 일러 시(詩)라 했다. 신의 잠이 고요한 바다처럼 깊었다.

7

눈을 감고 앉아 천 리를 보는 것은 자명하다. 눈을 뜨고 천 리를 볼 수는 없다. 허나 눈을 뜨고 십 리도 볼 수 없는 자가 눈을 감는 자를 욕하고 비웃는다. 가령 왕을 치고 왕을 칭하는 흉어에 숨을 끊긴 전왕(前王)은 하나같이 눈을 뜬 채로 자객(刺客)에 당하였다. 오(吳)의 왕 요(僚)는 구운 고기 속에 칼을 감추고 찾아든 전제(專諸)에 당했고, 음왕(飮王)은 요리를 먹다 당했고, 취왕(醉王)은 술을 마시다 당했고, 흠왕(欽王)은 법을 짓다 당했고, 서왕(書王)은 글을 쓰다 당했으며, 대자왕(待子王)은 왕자를 출산하는 왕비 곁에 앉아 있다 당했으니 하나같이 두 눈 번쩍 뜬 채로였다. 이에 한 소설은 전한다. 넓은 하늘 아래에 임금의 땅 아닌 곳이 없고 모든 땅의 물가까지 임금의 신하 아닌 자가 없건만, 대부를 고루 쓰지 않으시니 나만 일하느라 혼자 고생하네(溥天之下莫非王土率土之濱莫非王臣大夫不均我從事獨賢). 큰 수레를 몰지 마라 먼지만 뒤집어쓰리라, 여러 걱정 생각 마라 스스로 병만 생기리라(無將大車祇自塵兮無思百憂祇自疧).[7] 임금이 아무리 다스리는 땅과 신하가 많더라도 눈을 감고 천 리를 보는 지혜를 구하지 않으면 일개 농부의 하

---

7) 「시경(詩經)」, 소아(小雅), 곡풍지십(谷風之什).

루조차 감당하지 못하니, 뻔히 눈을 뜨고 수레를 몰아봐야 뒤집어쓰느니 먼지뿐이며 궁리하는 자체가 병이 된다 함이 이 소설이 주는 바이다. 무릇 눈을 감음은 잡사를 한데 끌어 모아 소진(燒盡)하는 것이니 그 소진의 '불'은 마음에서 일으키는 것이다. 허나 사람의 수가 많아지고, 차지하는 영토가 넓어지매 왕은 버리는 것을 잊고 오직 지키는 것에 마음을 두었으니 잡사는 쌓인 위에 또 쌓일 뿐 소진은 불가무의(不可無義)였다. 어떤 것이 가능하지도 않고 의미도 없다면 사태의 추이와 진행은 뻔한 일이다. 장군 밑에 서생이 붙어 그 공덕과 치적을 조작하고, 대신 아래 패관이 붙어 그 칭송에 침을 튀기니 바야흐로 소설은 또 한 번 그 극(極)에 달하여 야위어갔다. 이때 그 폐잔(廢殘)한 몰골을 안타까워한 무리들 중에 홀연히 저자를 벗어나 심곡(深谷)으로 들어가 옛 산인(山人)에 의탁하여 괴서(怪書)를 지었으니 그나마 다행한 일이다. 명산(名山)에서 단약(丹藥)이 나오고 그것이 곧 선약(仙藥)이 된다는 식의 황당한 얘기가 지어진 것은 모두 눈 뻔히 뜬 채로 모든 이치를 다 알려는 세상을 빗댄 것이나, 안타깝게도 종당에는 그 빗댐이 곧 이치가 되어버렸다. 가령, 깊은 산중에서 하늘에 제사를 지내면 태을원군(太乙元君)과 노군(老君)과 현녀(玄女)가 하늘에서 내려와 감성(鑑省)이란 이름을 얻어 선약을 짓는다는 얘기[8]는 거두절미 눈

---

8) 갈홍(葛洪), 「포박자(抱朴子)」, 선약어명산(仙藥於名山).

을 감고 천 리를 보라는 말이었다. 허나 세상은 이미 욕심에 절어 경계(警戒)를 법으로 삼았으니 이에 눈을 감음은 태만이요 방기였다. 잠에서 깬 신이 혀를 내두르니 가만히 지켜보지 않고 할 일이 없었다.

8

재미난 것은 오늘 소설의 자취를 선열전(仙列傳)에서 찾을 수 있음이다. 혹자는 신선전이라 하고 혹자는 열선전이라 하나 이는 같은 것이다. 이본(異本)이 많았으니 그 이름이야 무어라 해도 상관이 없다. 잠깐 동경(銅鏡)과 귀신(鬼神)에 얽힌 얘기 한 토막을 보기로 하자. 누가 그랬다. 심산(深山)에 들 적에는 거울을 들고 가라. 마음을 고요히 갖고 명경을 들여다보면 신선이 보인다. 원래 마음이란 정돈되어 있지 않아 존재 않는 귀신도 보고 허깨비도 보지만 늘 반듯이 정돈되어 있는 거울은 오직 실재하는 것만 보여주는 법. 생물(生物)이 늙어 죽은 무서운 노매(老魅)도 감히 범접하지 못하는데 그 이유는 스스로 비추일 존재가 되지 못함이다. 따라서 아홉 치 명경에 나타나는 것 중에 뒤꿈치[踵]가 있는 것은 오직 신선뿐이었다. 그를 붙들고 놓지 않으면 그나마 신선될 수련이야 받질 않겠는가!⁹⁾ 신선 수련을 위하여 산중을 떠돌던 팽무습(彭無習)이란 자가 이 문구를 붙잡고 낙엽 더미 위에서 좌선하길 오래, 살포시 눈을 떠 제 앞에 놓아둔 명경을 보니 겨울 창공과 같이 파랗게 비어 있었다. 그래 또 한참을 마음을 가라앉히고 다시 눈꺼풀을 살그머니 들어보니 이제 뭔가 좀 잡히는 듯하였다. 이것이 무언가. 웬 화상인가. 중얼중얼하던 팽무습이 눈을 똑바로 뜨고 거울을 바라보니 혀가 시꺼멓고 살갗이 소나무같이 우둘투둘한 남정네가 하나 그 안에 있었다. 눈알은 희번덕이니 남의 집 닭 잡아먹은 도적이요, 콧구멍은 벌렁벌렁하니 돈 냄새에 주린 영락없는 전귀(錢鬼)였다. 제법 먹물내 나는 잘 다듬은 상투에선 꼬물꼬물 온갖 벌레가 기어 나오는데, 팽무습 왈, 아이고, 이게 누구여, 누구냔 말이여! 그 탄식의 꼬리를 물고 어느 산 구석에선가 천둥 같은 소리가 들려왔다. 야, 이놈아. 그게 누군지 몰라서 울부짖느냐. 이 산 안에 네놈 말고 또 누가 있더란 말이냐. 팽무습이 대꾸하기를, 아니 그럼, 이 명경에 비친 미친놈이 나란 말이요. 그러자 난데없이 차돌맹이 알밤이 머리통을 쥐어박으며 내뱉기를, 알아보니 다행이다, 이놈. 썩 물러가거라. 신선을 찾아 헤매는 놈이 근본을 잃고서야 어찌 그 길에 들 수가 있는가. 제법 글줄이나 읽었다는 놈이 눈빛은 불안하고, 배 주릴 걱정에 돈궤를 버리지 못하니 머리통에서 기어 나오느니 구더기 않느냐. 이 산에서 어서 썩 나가라, 이놈! 혼비백산 줄행랑을 치

---

9) 갈홍(葛洪), 「포박자(抱朴子)」, 입산법(入山法).

는 팽무습, 돌아보니 어느새 산은 멀어지고 해마저 부융히 떠오르고 있었다. 머리칼은 갈가리 흩어지고, 얼굴은 나뭇가지에 긁혀 피칠로 범벅이었다. 개울에 닿아 겨우 손국자에 물을 떠 마시고 숨을 돌려 정신을 수습한 뒤 이윽히 되돌아보니, 언제 그랬냐는 듯 산은 우뚝 선 채 말이 없고 그 위로 하릴없이 구름만 왔다 갔다 하였다. 신선이 무어더냐, 쿡 한 번 웃고 떠나왔던 집 그리며 가만히 일어서는데 발치에 툭 떨어지는 게 있었다. 거울이었다. 이제 그것은 소용이 없다고 팽무습은 생각하였다. 하여 개울가에 버리고 저자로 내려왔으니, 비로소 그것이 그가 신선이 되고 뗀 첫걸음이었다. 신이 배를 잡고 웃으며 훅, 길게 입김 뿜어 구름을 빚어 세상에 단비를 내렸다.

9

소설이 선사(仙事)를 버리고 왕사(王事)에 골몰한 것은 돌이킬 수 없는 운명이 되고 말았다. 진(秦)을 세운 왕이 이왕의 기록들을 모조리 태워 없애고, 그 짓는 사람들을 땅에 묻은 뒤에도 어찌된 일인지 산중으로 들어가는 자는 있어도 그중에 글 짓는 자가 없었다. 그런 자는 하나같이 모사(謀士)가 되어 궁중의 일지(日誌)를 썼으니 그중의 어떤 마음 독한 자는 궁형(宮刑)을 당하고도 필봉을 꺾지 않았으니, 후일 그에 의해 소설이 잡사(雜事)가 된 것은 소설에는 아픔이나 글에는 천만다행이었다. 이후 소설은 진창에 빠진 초혜(草鞋) 신세가 되어 욕창(褥瘡)처럼 등이 헐고, 진애(塵埃)처럼 하찮게 되었으니, 아무리 옛 육음(六吟)의 시절을 그리워해도 길은 끊기고 마음마저 돌아선 뒤였다. 사람이 한번 나서 죽음으로 끝나는 것이 아니나 다시 나도 그전을 기억하지 못하듯, 한번 그 길을 잃은 문자의 향로(香路)에는 더 이상 향기로운 풀이 돋지 않았다. 남녀가 벌거벗고 때와 곳을 가리지 않고 뒹굶을 어찌 사랑이라 하며, 군신이 애첩을 두고 다툼을 어찌 충의라 하며, 우리 속의 계견(鷄犬)을 훔치는 것과 그 훔친 자를 창으로 찌름을 어찌 인생이라 할 것인가. 모름지기 사랑이란 강과 기슭처럼 만년(萬年)을 흐르며 서로에게 필요한 것을 내주는 것이고, 모름지기 충의라 함은 담벽에 사다리를 걸쳐놓고 넘는 것과 같으니 하나가 없으면 곧 두 소임을 다 하지 못함을 이르며, 모름지기 인생이란 죽음과 죽임에도 그 인연을 즐겨 다시 태어남의 기쁨을 고통에서도 아는 것이다. 애틋함 없는 그리움이 어디 있으며, 주춧돌이 디디고 선 땅 없이 어찌 집이 설 것이며, 죽음을 기뻐하지 못하고 어찌 삶의 희락을 알 것인가. 허나 더 이상 그것을 알지 못하여도 온갖 얘기들은 사람의 입에 오르내리며 도성(都城)의 종이 값을 높이었으니 글은 사라져도 안타까워하는 자가 적었다. 하여 귀한 글은 모두 탄금(彈琴) 가락에 실려 교교히 읊어지는 몇 자 아닌 짧은 것이 되었으니, 그것이 귀하되 인민(人民)의 심금을 다 아우르지 못하며 교교히 읊어지되 한 자리의 취흥(醉興)에 값하면 그만이었다. 나귀 그림자 속 푸른 산 저물고, 외기러기 울음 속 단풍 지는 가을(蹇驢影裡碧山暮, 斷鴈聲中紅水秋).[10] 이 멋들어진 소설의 흥도 그 사연을 응집하는 묘사 없이는 공허하다. 묘사는 마음이다. 마음 없이 어찌 가락이 있겠는가. 그것이 소리로 돌아감이면 이설(異說)이 없건만 이미 시(詩)조차 소리만은 아니다. 폐음(閉音)하여 마음을 줄이면 실상 시마저도 스러진다. 허나 세상은 측간의 똥처럼 부풀어 썩고있었으니 거기에 어찌 줄일 마음이 있으며 닫을 소리가 있겠는가. 신은 악취를 피하여 인간을 떠났고, 돌아올 날을 기약하지 않았다. 이제 썩은 글을 향하여 처참한 파리 떼만 시도 때도 없이 웅웅거리며 날아들 뿐.

---

10) 이규보(李奎報), 「백운소설(白雲小說)」.

당신도
흰나비 두 마리를
죽일 수 있다

그들은 도무지 내게 관심을 두지 않는다. 나를 외딴 방에다 가두지 않고 자신들 곁에 두고 있다는 것만이 그들이 내게 보여 주는 유일한 관심이다. 은근히 구토증을 일으키게 하던 비릿한 아교 냄새는 더 이상 후각을 자극하지 않는다. 하지만 냄새에 익숙해졌다는 게 아교의 성능이 떨어졌음을 의미하는 건 아니다. 여전히 테이프는 내 눈과 입에 단단히 밀착되어 있고, 팔목과 발목에 느껴지는 밀착의 강도는 웬일인지 더욱 심하다. 불유쾌한 밀착감 때문인지 문득문득 축축하게 젖은 아랫도리에 생각이 미쳐도 창피함 같은 건 느껴지지 않는다. 다만 또 오줌이 마려울 때가 슬그머니 걱정될 뿐이다. 그때도 바지에다 실례를 하게 될지는 장담할 수 없는 일이다.

　몇 분이나 지났어?

10분.

더 삶아야 돼?

난, 반숙은 안 먹어.

얼마나 더 삶아야 되지?

5분만 더 기다려.

그들의 대화는 지극히 단조롭다. 어딘가로부터 무언가가 바글거리며 끓고 있다는 느낌은 벌써부터 들었지만 그것이 계란이 삶아지고 있는 소리라는 건 전혀 예상하지 못했다. 어쩌면 계란이 아니라 메추리알일지도 모른다는 생각이 불쑥 들었다. 하지만 메추리알을 10분 이상 삶는다는 얘기는 들어본 적이 없다. 틀림없이 계란일 것이다. 잠시 한가로운 추측에 잠겨 있던 나는 금세 경직 속으로 붙들려왔다. 바글거리는 소리가 전보다 훨씬 또렷하게 들려온다. 냄비 뚜껑은 벗겨져 있는 듯싶다. 계란이 냄비 바닥을 치는 딸각딸각 하는 소리까지 들린다. 조금 전까지 그 소리의 정체를 알지 못했다는 게 믿어지지 않을 정도로 그 소리는 선명하다. 눈이 감긴 상태에서 청각만으로 무언가를 감지해낸다는 게 얼마나 어려운 것인지를 나는 새삼스럽게 깨닫는다. 누렇고 덩치가 큰 인도견을 앞세운 채 걸어가는 맹인의 모습이 떠올랐다가 지워졌다. 맹인 가수가 기타를 치고, 노래를 부른다. 나는 고개를 조금 세차게 흔들었다. 사실, 뭔가가 끓고 있는 그 소리를 맨 처음 느꼈을 때 나는 숫돌 같은 것에 갈리고 있는 칼을 상상했었다. 그 칼의 이미지는 내 머릿속에서 여러 가지로 바뀌었지만 그것들은 언제나 내 몸에 꽂혀들었다. 목, 가슴, 배…… 그러고는 어둠 속으로 붉은 피가 솟구쳤다. 하지만 칼이 아니라 계란이다. 계란 세례를 받은 몇 명의 공직자들이 뇌리를 스치며 지나갔다. 계란이 삶아지고 있는 소리라는 걸 안 순간, 나는 허기를 느꼈다. 아침에, 나는 지각이라고 소리를 지르며 현관문을 박차고 나간 딸애가 겨우 귀퉁이만 살짝 떼 먹고 남긴 계란 프라이와 토스트를 먹었다. 그러고는 아내와 작설차를 몇 잔 우려내어 마셨고, 곧바로 병원으로 출근했다. 회진을 마친 뒤, 늘 그랬듯 떠먹는 요구르트를 하나 먹었다. 오늘 점심은 걸렀다.

오전에 여덟 명의 환자를 보고 나자 곧 점심시간이었다. 막 의자에서 일어나 가운을 벗으려는데 아홉번째 환자가 문을 열고 들어왔다. 간호사가 뒤이어 들어와서 환자의 뒤통수에다 대고 점심시간이니 오후에 진료를 받아야 한다고 말했다. 더구나 그 환자는 예약을 한 상태가 아니었다. 예약 환자가 아닌 경우엔 의사가 진료 순위를 임의로 변경할 수 있다는 건 병원의 묵계였다. 하지만 진료실로 들어온 환자는 그런 점들에 전혀 개의치 않는 듯 당황하는 빛이라곤 보이질 않았다. 그녀는 뒤도 돌아보지 않은 채로 손만 살짝 들어 간호사의 행동을 저지시킨 뒤 나를 똑바로 바라보며 진료를 해줄 수 없겠냐고 물어왔다. 나는 어색하게 웃으며 구원을 바라듯 환자의 뒤편에 서 있는 간호사에게 돌아가라는 손짓을 해 보일 수밖에 없었다. 여자는 의자에 앉자마자 얘기를 시작했다. 나는 체크리스트를 제대로 훑어보지도 못한 채 여백에다 unconcerned(태연자약한)와 quick-tempered(성급한)라는 상반된 두 개의 단어를 휘갈겼다.

"중간 중간 횡단보도가 있었지만 왕복 4차선의 국도는 눈에 닿는 데까지 일직선으로 뻗어 있었습니다."

여자는 서두를 떼는 데 조금의 주저도 없었다.

"거기다 평일이라 두 차선 모두 차량이 많지 않았는데, 차들은 하나같이 최고 속도를 내며 달리는 듯했습니다. 가속기 페달 위에 얹힌 제 발에도 점점 무게가 실리고 있던 중이었죠."

여자는 책을 읽듯, 아니 글을 쓰듯 말했다. 그녀는 이런 식의 진술에 무척 익숙한 듯 보였다. 나는 체크리스트 위에다 볼펜 꼭지를 톡톡 치고 있었는데, 거기에 그녀의 시선이 닿은 것과 까불거리던 내 손길이 멈춘 것은 거의 동시였다. 곧바로 그녀의 얘기는 다시 시작되었다. 나는 발작 가능성이 있는가,라는 의미로 possible spasmodic?이라고 체크리스트의 다른 빈 여백에다 흘려 썼다. 손길이 가볍게 떨리는 것을 느끼며 나는 깎아 놓은 듯 뾰족한 여자의 코를 응시했다. 그녀의 코는 바늘 끝처럼 보였다.

"회색빛을 띤 하늘은 낮게 가라앉아 있었어요. 반쯤 열어놓은 차창으로 열기와 습기가 뒤엉킨 끈적거리는 바람이 몰아쳐 왔구요. 하지만 저는 에어컨을 켜고 싶지 않았어요. 송풍구로부터 나오는 기계의 싸늘함을 닮은 차가운 바람도 싫었고, 거기에 묻어나는 곰팡내도 좋을 게 없었으니까요."

나는 그녀가 시인이거나 소설가라고 짐작했다. 그들은 보통의 사람처럼 말하지 않았다. 그들은 보통의 사람처럼 말하는 것을 대단히 수치스럽게 생각하는 듯했다. 내가 알고 있는 몇몇 그런 일에 종사하는 사람들과 그녀는 매우 흡사했다. 글을 쓰듯 말하는 것에 대해 처음에 나는 무척 강한 호기심을 느꼈다. 솔직히 말한다면, 그렇게 하는 것이 여자인 경우, 나는 단순한 호기심이 아닌 거의 억제할 수 없을 정도의 성적 욕구를 느꼈다. 하지만 그것은 육체를 넘어서 있었다. 마치 제3의 눈이라고 부르는 뇌 안의 송과선(松果腺)을 통해 상대의 정신세계를 훤히 들여다보는 것 같은 느낌이었다. 그러나 시간은 언제나 그것이 일시적 환상이었음을 일깨워주었다. 그들은 대부분 매우 일상적인 일까지 시적으로 표현하거나 묘사하기를 즐겼는데, 그것은 대화가 아니라 일방적 선언에 가까웠던 것이다. 정나미 떨어지는 일이었다. 허위, 혹은 가식으로 중무장된 인간들. 내게는, 결국 그들조차 환자였다. 잘 정제된 문장으로 말하지 않으면 밥맛을 잃고 마는 중증의 현시욕(顯示慾) 환자였다. 여자는 얘기를 멈추지 않았다. 그녀의 말은 느리면서도 다급했다. 체크리스트 위의 내 손이 저절로 slow and quick이라고 썼다.

"적당히 달리지 않는다면, 달린다는 건 늘 저를 불편하게 했어요. 차에 올라타서 운전대를 잡고 천천히 차를 출발시키고 나면 어떤 불쾌감이 치밀어 오르기 시작하죠. 그 불쾌감은 차를 탄 이상 진행시켜야 한다고 강요합니다. 그리고 그런 강요는, 예외 없이, 적당한 속도로 달리는 걸 용납하지 않아요. 그렇다고 해서 불쾌감이 사라지기는커녕 오히려 증가하죠. 언제나."

"제어불능 때문이겠죠."

나는 재빨리 끼어들었고, 살짝 웃음을 띠었다.

"기계에 대한, 당연한 반응입니다. 그 불쾌감, 말입니다."

여자의 표정이 눈에 띄게 어두워지는 것을 살피며 덧붙였다. 괜히 끼어들었나 싶었지만 내친걸음이었다.

"에어컨을 켜지 않는 것도 마찬가지라고 봐야 합니다. 만약 에어컨을 켜는 게 너무도 당연하다고 생각한다면 그건 이미 기계에 맛을 들였다는 얘기고, 실은 그게 병이죠. 하지만……"

여자의 싸늘한 눈빛이 없었다 해도 나는 거기서 말을 멈추었을 것이 분명했다. 내 태도가 여느 날과 판이하다는 것을 나는 느꼈던 것이다. 나는 앞에 놓인 체크리스트로 눈길을 내리깔았고, 기다렸다는 듯 여자가 말하기 시작했다. 환자의 말을 끊지 않은 채 스스로 단락을 맺을 때까지 듣는 건 의사에게는 권리이기보다는 의무에 가까웠다. 잠시나마 나는 여자에게 의무를 다하지 못했던 것이다. 어떤 나무람이나 핀잔, 투덜거림도 없이 여자는 자신의 얘기를 끌고 나갔다.

"하지만 탁 트인 도로는 더 이상 절 머뭇거리게 만들진 않았습니다. 달리라고 하더군요. 속도를 높여, 거칠 것이 없잖아,

그렇게 말하고 있었죠. 저는 그것이 제 내면의 목소리라고 생각하진 않아요. 왜냐하면 제 안에서는 천천히, 천천히,라고 말하고 있었으니까요. 하지만 제게 달리라고 요구하는 게 누구인지, 그 목소리가 어디서부터 나온 것인지를 알고 싶지는 않습니다. 알 수도 없는 일이지만."

　여자는 전보다 훨씬 강한 어떤 징후를 보이기 시작했다. 동작은 작았지만 문장을 시작할 때마다 머리를 좌우로 흔들거나 두 손으로 의자 팔걸이를 힘들여 쥐는 것 등은 그때까지 그녀가 보여주었던 침착한 태도와는 분명히 달랐다. 체머리를 흔들거나 무언가를 지나치게 거머쥐는 행위는 강박 상태를 의미했다. 눈에 띄게 강박감을 드러낸다는 것은 자신이 하려는 얘기의 핵심에 가까이 와 있음을 또한 의미했다. 나는 체크리스트의 여백에다 정신분열증 혹은 그런 증세를 의미하는 단어의 약칭인 schizo를 또박또박 썼다. 그녀의 말과 태도를 나는 분열의 기미로 파악하고 있었다. 왜냐하면 사람들은 함부로 자신의 내면에 대해 얘기하지 않을뿐더러, 얘기하더라도 절대 단호하지 못한 법이기 때문이다. 다시 말해 사람들은 본능적으로 정신 나간 사람이라는 소리를 듣고 싶어 하지 않는다는 것이다. 내면이라니, 그건 분열증 환자가 지니는, 그로 하여금 이 세계와 맞서게 하는 유일한 무기다. 무기를 함부로 휘두르는 범인(凡人)은 없는 법이다. 그녀는 거침없이 내면이라는 말을 썼고, 더구나 매우 단호했다. 의사보다 더. 그녀가 교통사고를 내고 뺑소니를 친 적이 있을 거라고 예상하며 나는 예의 그녀의 날카로운 코끝을 응시했다. 어쩌면 그녀의 얼굴에서 그곳이 유일하게 매력적이었을지 모른다.

"핸들을 아주 느슨하게 쥔 채로 가속기 페달을 지그시 눌렀습니다. 그렇게 얼마를 꿈처럼 달려 나갔습니다. 무겁게 가라앉은 하늘 속으로 박혀 들어가는 느낌이었습니다. 그리고 모든 것이 축축해지는 것 같았습니다. 짙은 밀도를 가진 액체 속으로 머리를 처박은 것도 같았고, 누군가가 얼굴에다 비닐봉지를 씌워서 질식시켜 죽이는 것 같기도 했어요. 아득해지는 것이었습니다."

"평소 드시는 약이 있나요?"

그렇게 물으려다가 나는 그 물음을 침과 함께 삼켜버렸다. 나는 벽시계를 보았고, 점심시간이 맥없이 흘러가고 있었다.

"멀리서 황색 신호등이 보였고, 곧바로 붉은 등으로 바뀌었습니다. 정말이지 속도를 줄이고 싶지 않았습니다. 가속기 페달 위에서 발을 떼긴 했지만 탄력이 붙은 차는 빠르게 앞으로 나아갔습니다. 횡단보도가 가까워지고 있었지만 브레이크를 밟지는 않았습니다. 그렇게 하고 싶지가 않았죠. 저는, 물론, 횡단보도 위는 물론이고 그 양쪽 끝 어디에도 사람이 없다는 것을 확인했습니다. 저는 속도가 떨어지려는 차를 나무라기라도 하듯 힘껏 가속기 페달을 밟았습니다. 차는 재채기를 터뜨리듯 한 번 쿨렁거리긴 했지만 이내 주저함을 털어버리고는 힘차게 앞으로 나아갔습니다. 횡단보도에서는 아무 일도 일어나지 않았고, 더없이 즐거웠습니다."

"언제였습니까? 아침이었나요?"

"구름에 가려져 있긴 했지만 해가 제 머리 뒤로 넘어가고 있었습니다."

"환했던가요?"

"충분히 환했습니다. 사방은 탁 트여 있었고……"

여자는 고개를 끄덕이며 대답했다. 그녀의 표정은 마치 탁 트인 국도를 내달리고 있기라도 하듯 더없이 밝아 보였다. 하지만 그녀의 얼굴이 굳어지고, 그 굳어진 얼굴 위로 그늘이 덮이기 시작한 것은 그리 오래 지나지 않아서였다. 그녀의 목소리에도 어둠이 깃들기 시작했다.

"작은 언덕을 넘었을 때였습니다. 역시, 거의 곧은길이었어요. 여전히 차는 많지 않았고, 멀리 횡단보도가 하나 보였지만 황색 점멸등만 껌벅이는 걸로 봐서 늘 보행자가 있는 곳은 아니라고 당연히 판단했었죠. 저는 속도를 떨어뜨리지 않았고, 경사진 길이라 차는 더욱 가속이 붙었습니다. 그런데……"

여자의 코밑에 땀이 맺혀 있었다. 볼펜을 쥔 채로 체크리스트 위에 얹혀 있던 내 손아귀에 힘이 들어가고 있었다. 나는 무언가 잔뜩 뒤엉킨 덩어리를 떠올렸다가 지웠다. 핏덩어리에 다름 아닌 인간의 시체였을지 몰랐다. 하지만 분명하지는 않았다. 어쩌면 정사를 가지는 남녀의 나신이었을지도.

"무언가가 허공에 떠 있었습니다. 무서운 속도로 달려 나가는 차가 있었지만 아무것도 무서울 것이 없다는 듯 그들은 허공에 떠 있었습니다."

"허공이었습니까? 분명히 도로에서 떨어져 있었어요?"

여자의 얼굴은 정면으로 나를 향해 있었지만 그녀의 시선은 나를 비켜나 있었다. 그것은 마치 나를 뚫고 나가 내 뒤의 무언가를 응시하고 있는 듯했다. 초점을 잃은 것도 아니었고, 쏘아보거나 꿰뚫어보려는 의지 따위도 보이지 않았다. 그녀의 정신은 이미 과거의 한 시점, 과거의 한 공간으로 가버린 뒤였다. 체크리스트 위를 볼펜이 기어가며 virtuality라는 글자를 만들어냈다. 흔히 가상(假想) 혹은 허상(虛想)이라는 의미로 통하는 이 단어에는 함정이 있다. 존재하지 않는 존재함, 혹은 엄연히 존재하지만 존재하지 않음——가령 이 함정은 '꿈'과 같다. 완벽하게 한 시간과 공간을 차지하지만 깨고 나면 그 존재를 증명해줄 무엇도 존재하지 않는 것이다. 분명히 함정에 빠졌다는 걸 자각하면서도 함정의 존재를 누구에게도 보여줄 수 없는 것이다. 나는 여자가 그런 것을 얘기하고 있다는 생각이 들었다. 그녀는 일어나지 않은 일이지만 일어난 것이나 다름없는 어떤 사건에 대해 이야기하고 있거나, 아니면 실제로 일어났는데 그것을 자신 안에서 전혀 다르게 재현하고 있거나 둘 중의 하나라고 나는 짐작했다. 체크리스트를 내려다보며 나는 가만히 고개를 저었다. 얼마나 많은 가공(架空)의 체험자들, 혹은 체험을 조작하는 인간들을 만나왔던가. 하지만 그들은 내 명성을 담보하는 유일한 조건이었다. 그들이 아니었다면 내 현실은 텅 비어 있을 것이 틀림없었다.

"허공에 떠 있던 게 무엇이었습니까?"

"나비였어요."

"나비……라고 했습니까?"

나는 체크리스트에 써놓았던 virtuality라는 단어 위에 천천히 줄을 그었다. 그리고 책상 앞으로 의자를 끌어당겼다. 내 뒤에 머물러 있던 여자의 시선이 내 눈 위로 끌어당겨져 있었고, 여자의 양쪽 입꼬리가 힘겹게 비틀리고 있었다.

"브레이크를 밟았어요. 아주 꽉 밟았죠."

여자의 관자놀이에서 땀방울이 미끄러지고 있었다.

"하지만 허공 위에 떠 있던 두 마리의 흰나비를 피할 수는 없었습니다. 팍, 하는 소리와 함께 차 앞 유리의 한 부분에 끈끈한 흰 진액이 뭉개져 있었습니다. 저는 눈을 감고 싶었지만, 한 몸으로 엉켜 있던 흰나비 두 마리가 차 옆으로 빠르게 비켜나며 국도 위로 떨어지는 것을 저는 모두 지켜보아야 했습니다."

나는 벽시계를 향해 시선을 들어올렸다. 시계는 마치 정지해 있는 듯했다.

문이 닫히는 소리에 퍼뜩 정신이 들었다. 시간이 얼마나 흘러갔는지 알 수가 없다. 사위는 더없이 고요하다. 방금 들었던 문소리가 나와 함께 있던 두 사람이 문 밖으로 나가면서 낸 것인지 아니면 나갔다가 들어오며 낸 것인지 나는 알 수 없다. 귓바퀴를 세우고 천천히 고개를 돌려보았다. 어디에도 사람의 기척은 없다. 그러고 보면 문이 닫히고도 그 뒤를 따르는 발소리는 없었다. 그렇다면 이제 나 혼자 남은 걸까. 불안으로 인해 소름이 온몸에 빼곡히 일어섰다. 테이프에 가린 눈과 입, 뒤로 돌려진 채 역시 테이프로 단단히 조여진 팔목과 의자 밑받침에 덧대어 묶여 있는 발목에는 감각이 없다. 감각이 살아 있는 데가 하나도 없는 것 같다. 어쩌면 나는 목에 줄을 매단 채 허공으로 들어 올려진, 처형당한 사형수의 꼴을 하고 있는지도 몰랐다. 그런데도 참 이상한 것은 그다지 고통스럽지가 않다는 것이다. 그건 마치 흉몽으로 괴로워하던 사람이 어느 순간 그것이 꿈이라는 사실을 알아챈 것과 같았다. 나는 꿈을 꾸고 있다.

통화시켜줄 거야?

잠자코 있어.

저 새끼 마누라가 안 믿잖아.

입 닥치고 있으라니까.

니미, 저 새끼 딸을……

안 닥쳐?

몸이 파르르 떨린다는 게 어떤 것인지를 나는 실감했다. 나는 일시에 흉몽에서 깨어났다. 그러나 현실 그 자체가 흉몽이다. 나는 몸을 뒤틀었다. 고요 속을 빠져나온 방 안은 호들갑스럽게 술렁거렸다.

가만 있어, 새캬!

전혀 들어보지 못한 짙은 쇳내를 풍기는 목소리가 내 귓속으로 스며들었다. 뒤이어 정강이로부터 찢어지는 듯한 통증이 느껴졌다. 그것은 모든 고통으로부터 자유로웠던 내 몸을 한순간에 고통의 불가마 속으로 집어던져버렸다. 온몸이 비명을 질렀다. 눈알은 뽑히는 것 같았고, 버쩍 마른 콧구멍에다 대꼬챙이를 집어넣고 돌리는 듯 숨이 막혀왔다. 목구멍은 따가웠고, 뼈마디는 탈골 직전처럼 으드득거리는 소리를 질러댔다. 어깨를 틀어쥐는 완강한 힘을 느끼며 나는 요동을 멈추었다.

입에 붙은 거 떼줘.

낮고 싸늘한 음성. 그 역시 귀에 익은 목소리가 아니다. 소포 포장지에 붙은 누런 테이프를 거칠게 잡아뗄 때나 들릴 성싶은 쫙, 하는 소리와 함께 입께가 얼얼해졌다. 구속으로부터 풀려난 입은 한동안 제 기능을 하지 못한 대가라도 치르듯 단단히 굳어 있다. 조용하다. 나를 납치한 사람들은 징그럽도록 침착하다. 기다림에 완벽하게 익숙하지 않은 사람은 결코 납치범이 될 수 없다고, 나는 하릴없이 생각했다. 나는 아랫니로 윗입술을, 윗니로 아랫입술을 차례로 지그시 깨물었다. 뭔가 말을 해야 한다는 강박감이 목젖을 눌렀다. 뭐라고 해야 할까. 저들이 먼저 물어오면 그때 대답해도 늦지 않을 거야. 아니야, 저들은 내가 입을 떼기를 기다리고 있음에 틀림없어. 침착한 사람들이 보통 그

렇잖아. 나는 머릿속이 복잡하게 뒤얽히다가 천천히 정돈되는
것을 느꼈다. 내가 먼저 말을 하기로 결정했다.

저……

말을 끌며 귀를 기울인다. 하지만 반응을 알 수 없다. 웃음을
참는 듯한 가벼운 콧김을 느꼈지만 불확실했다. 나는 침을 한
번 삼키고 나서 지그시 어금니를 깨물었다가 풀었다.

오줌이 마려운데, 화장실에 갈 수 있나요?

그럴 필요 없잖아.

조금도 지체하지 않고 튀어나온 대답이었다. 나는 물론 요의
를 느낀 게 아니었다. 다만 무슨 말을 해야 할지 알 수가 없어
서 그렇게 말했을 뿐이었다. 애처롭게 보일까 봐 주저하면서도
내뱉은 말이었다.

당신은 두 번이나 바지에다 실례를 했어.

아, 알고 있습니다.

대화가 또 끊어졌다. 할 말이 이렇게 없다는 것이 의아할 정
도다. 몇 개의 얼굴이 스치며 지나갔다. 아내와 딸, 간호사들,
환자들, 그리고 점심 무렵에 진료를 했던 흰나비 두 마리를 죽
인 여자. 물음 하나가 별똥별처럼 뇌 속으로 떨어졌다.

하루가, 여기 온 지, 하루가 지났나요? 지금은, 밤……인가요?

당신은, 이틀을 여기서 지냈어요.

쇳내를 풍기는 목소리를 가진 남자가 의외로 존댓말을 써서
말했다. 나는 어느새 하룻밤이 지났다는 것보다 그의 존댓말이

더 신기하게 느껴졌다. 더 이상 오늘이 아니구나. 뜬금없는 생각이 떠올랐다. 오늘이 아니면, 오늘은 무엇이지. 눈을 감고 있다는 것이 이렇게 시간과 공간을 한꺼번에 뛰어넘게 한다는 사실에 아연해졌다. 나는 한순간도 놓치지 않고 있다고 생각했었다. 그런데 오늘은, 갑자기 내가 인지하지 못하는 어떤 날로 가있는 것이었다. 나는 현재와 미래와 과거가 하나씩의 당구공이되어 당구대 안을 마구 돌아다니는 형상을 만들어냈다. 누군가가 큐대를 들고 있었다. 그는 속도가 떨어지려는 당구공을 세차게 때려댔다. 현실감이라곤 전혀 없었다. 눈을 감고 있기 때문이라면, 너무 끔찍했다.

이틀이 지났다면……

이봐요, 김 박사님.

저, 말입니까?

우리는 박사도 아니고 그 흔한 김씨 성을 가지지도 않았으니까 당연히 당신이지.

역시 쇳내의 목소리였다. 쇳내가 아닌 다른 한 사람은 시종일관 침착함을 유지하고 있었다. 그는 쇳내와는 달리 나를 조금도 위협하려들지 않았다. 하지만 나는 그의 목소리가 쇳내의 그것보다 훨씬 참아내기 힘들었다. 존대를 쓰지 않았기 때문인지 몰랐다.

당신 부인이 납치를 인정하질 않아.

그런데…… 왜 절 납치한 겁니까. 아, 이 질문은, 그저, 궁금해서 드리는 겁니다. 딴 뜻이 있는 게 아닙니다.

설명하지 않아도 돼.

침착한 목소리였다. 나는 버릇처럼 손가락을 까닥까닥 움직였다. 아마 체크리스트 위였다면 excessive self-possession (지나칠 정도의 차분함)이라고 썼을 것이다. 소유를 의미하는 possession은 악마 따위에게 홀리거나 영적 존재에 매혹당하거나 사로잡힌다는 뜻을 지니고 있다. 그러면서도 동시에 자기 절제라는 의미도 있다. 절제되지 않은 인간이 어찌 악마에 영혼을 팔 것인가. 그런 점에서 나는 전혀 침착하지 못했다. 나는 허공에 떠 있는 것 같았다. 나는 거듭되는 꿈, 깨고 나면 여전히 꿈속인 함정에 빠져 있었다. 숨을 깊이 들이마시고 나서 침착한 사내의 목소리를 흉내 내며 입을 뗐다.

저를 어떻게 알았습니까?

당신을 모르는 사람은 아마 많지 않을 거요.

혹시, 그 많은 사람들처럼, 당신도 나를 텔레비전 같은 데서 알았나요?

날 유도할 생각은 마시오. 지금부터는 그런 질문을 용납하지 않겠소.

아, 아닙니다. 난 당신을 기억할 수 없어요. 설사 이름을 말한다고 해도…… 내 환자였다면, 나는 목소리만으로도 벌써 당신이 누구인지 알아냈을 겁니다. 난 지나칠 정도로 많은 얘기들을 환자들로부터 듣는 의사니까요. 정신과 의사라는 사람들은 대부분 그렇지만……

나는 내 말꼬리가 사라지기도 전에, 아주 말이 많은 양반이구만, 하는 쉿내의 목소리를 들었다. 나는 그 목소리를 향해 이렇게 말하고 싶었다. 당신은 이틀 동안 눈을 한 번도 깜박이지 못한 사람의 고통을 몰라!

저……

나는 침착하고 싶었다. 침착함이야말로 이 세상에 살아 있는 동안 내가 지향하는 유일한 목표처럼 느껴졌다. 침착하자, 정말, 침착하자. 예리한 단도가 내 옆구리를 찌를 때도. 나는 가능한 한 깊이 숨을 들이마셨다. 뒤편으로 멀찌감치 물러서 있던 허기가 치밀고 올라왔다. 하지만 나는 곧 두 번인지 세 번인지 모를 방뇨에 생각이 미쳤고, 참을 수 없는 요의가 허기의 모가지를 꺾어버렸다. 나는 솔직히, 살고 싶다는 생각이 없었다. 오히려 그들이 나를 죽일 때 눈에 가려진 테이프를 벗겨낼 것인지 아니면 씌워놓은 채로 죽일 것인지가 궁금했다. 그리고 내 바람은 테이프를 벗겨내주었으면 하는 것이었다. 쉿내는 몰라도, 악마에 영혼을 팔 자격이 충분한 자의 얼굴만은 꼭 보고 싶었다.

지난주 금요일을 기억하나, 박사?

침착한 자의 물음이었다. 존댓말을 버린 그의 말투는 오히려 다감했다. 그는 텔레비전 프로에 대해 묻고 있었다. 석 달 전부터 나는 매주 금요일 오전 10시부터 한 시간 동안 남녀 아나운서 두 사람이 생방송으로 진행하는 연예인 대상의 대담 프로그램에 패널로 참가하고 있었다. 나는 대답 대신 고개를 끄덕였다. 기억하지 못할 것이 없었다. 하지만 그의 물음이 한 시간 동안 아무 생각 없이 떠든 것에 대한 거라면 내게 온전한 기억이 존재할 리 없었다. 다만 그의 물음에 부정하고 싶지 않아 고개를 끄덕였다. 두려움 같은 건 더 이상 없었다. 어차피 나는 꿈을 꾸고 있을 뿐이었다. 가능하다면 빨리 꿈을 깨고 싶었고, 깨고 나면 그가 누구인지를 알고 싶었다.

난 당신을 아주 좋아했었지. 적어도 지난 금요일 전까지는.

무슨 뜻입니까?

당신은, 아주 사려 깊고 예의 바르고, 무엇보다 남의 아픔을 헤아려주는 데 탁월했지. 하지만 내가 당신을 좋아한 이유는 그런 것 때문이 아니었어.

놀고 있네, 라는 비아냥거리는 소리가 그의 목소리 뒤편에 짧은 석양처럼 어렸다가 사라졌다. 쉿내였다. 지난 금요일의 일들이 순서도 없이 떠올랐다. 그리고 나는 한 가지를 골라냈다. 방송 중에 걸려온 전화였다.

혹시, 당신이 전화를 건 그 사람이오?

그런 점에서 병원을 찾아간 적은 없지만 난 당신의 환자인 셈이지.

오해요. 그거라면…… 정말 오해요. 당신은 내가 해명할 여유도 주지 않고 전화를 끊어버렸잖소.

내 말이 아직 끝나질 않았어!

그는 여전히 침착했지만 무거움이 깃들어 있었다. 무거움은 그가 분노하고 있다는 증거였다. 내 가슴은 점점 강하게 뛰어올랐다.

내가 김 박사 당신을 좋아한 건, 당신이란 사람은 적어도 교과서 같은 데다가 인간을 꿰맞추려 하지 않기 때문이었지. 텔레비전에는 인간이 없어. 교과서뿐이야. 종종 교과서를 던져버린 축들이 있긴 했어. 하지만 그런 축들은 당신만큼 사려 깊지도 예의 바르지도 못했지. 그런 자들도 남의 아픔에 대해서 얘기할 땐 어김없이 교과서로 돌아갔고, 날 실망시켰어. 그런데 당신은 아니었어. 당신은 교과서를 펼쳐 보이지도 않았지만, 늘 예의 바른 양반이었지. 이렇게 말해도 된다면, 당신은 의사이기보다는 차라리 당신 앞에 힘겨운 표정으로 앉아 있는, 피곤과 두려움과 무지와 굴욕감과 곧 터져버릴 것 같은 신경들을 가진 환자에 가까웠어. 난 당신을 진정으로 존경했어. 하지만 그건 지난 금요일이 오기 전까지였어. 당신도 허점을 보였으니까. 난 당신을 의심하기 시작했어. 교과서를 팽개친 당신의 그 예의 바르고 사려 깊은 모습에 그동안 내가 속아왔다는 생각이 들어버린 거야. 그래서 난 확인하고 싶었지. 내가 당신을 여기로 데려온 건 그 때문이야.

나는 고개를 흔들었다. 나는 멈추지 않고 고개를 흔들었다. 하룻밤이 지났다고 했다. 나는 겨우 몇 시간밖에 지나지 않은, 여전히 오늘인 줄 알았다. 홀로 시간의 저편으로 미끄러져 가버린 오늘처럼, 문득, 눈을 감기고 두 손과 발을 묶인 내가 나라고 확신할 수 없었다. 나는 입가에 미소를 머금었다. 모든 것이 불쌍했다. 내 눈을 가린 것은 너의 실수였어! 전화를 무작정 끊어버렸던 너는 실수를 한 거야! 너나 나나 모두 환자였을 뿐인데 너는 내게 의사이기를 강요한 거야! 나는 가능하다면 손을 뻗어 내 앞 어딘가에 팔짱을 낀 채 서서 나를 이윽히 내려다보고 있을 침착한 자에게로 다가가 그의 머리를 가만히 쓰다듬어주고 싶었다. 오, 불쌍한 그대여, 왜 나를 믿지 않는가! 그의 말이 사실이라면, 그는 방송 중에 전화를 걸어왔었다. 스토커에 대한 얘기를 나누고 있는 중이었다. 한 상업 광고에서 유난히 선정적인 춤을 추어서 일약 '스타'가 되어버린 고교생 여자 텔런트가 출연해 있었다. 그녀가 최근 스토커들에게 시달림을 받고 있다는 게 주된 얘깃거리였고, 나는 강 아무개라는 그 여자 텔런트가 너무 예쁘니까 지극히 당연한 일이라고 말했고, 덧붙여 나 같아도 짓궂은 전화를 하거나 밤중에 몰래 집 앞에서 기다릴 거라고 농담도 했다. 침착한 자의 말대로 그런 식의 농담은 교과서가 아니었다. 나는 미국의 레이건 대통령을 저격했던 한 남자에 대한 얘기를 곧바로 꺼냈다. 사람들이 그를 정신병자라고 치부한 것은 잘못된 일이라고 나는 말했다. 보들레르를 좋아하는 여자가 영화배우인 데다가 개성이 뚜렷하고 거기다 일류 대학을 우등으로 졸업했다면, 그런 여자를 속 깊이 흠모하지 않을 남자가 누가 있겠냐고 농담을 던졌다. 하지만 나는 누구도 그것이 농담만은 아니라고 여길 수 있도록 충분히 정색해서 얘기했다. 조디 포스터라는 여배우가 자신을 만나주지 않으면 대통령이라도 쏴버리겠다고 세상에다 떠들어댔던 것이 결국 그를 정신병자로 몰고 갔지만, 한 사람을 정신병자로 규정하는 데는 우리가 생각하는 것보다 훨씬 오랜 시간이 필요하다는 얘기를 나는 힘주어서 말했다. 침착한 자에게는 그것이 교과서였을까? 그 대목이 침착한 자로 하여금 나를 의심하게 만들었던 것일까? 남자 사회자가 내게, 선생님은 아까부터 일반인들도 충분히 연예인을 스토킹 할 수 있다고 하시는데, 만약 선생님을 누군가가 스토킹 한다면 그렇게 여유 있게 말씀하실 수가 있을까요, 하고 허를 찌르듯 물어왔다. 나는 대뜸 웃었고, 제가 그렇게 인기가 있던가요, 하고 큰소리로 떠들었다. 그러고는 당연합니다, 더구나 저는 정신과 의사이지 않습니까, 하고 자신 있게 말했다. 그 말이 좀 잘난 체한다는 생각이 들어 나는, 사실 누구든 저한테는 환자인 셈이죠, 스토커라면 더더욱, 하고 덧붙였다. 거기까지였다. 그리곤 전화 한 통을 받겠습니다, 하고 여자 사회자가 말했고 곧바로 침착한 자의 목소리가 들려온 것이다. 그의 말은 일견 장황한 듯 보였지만 시종 맥락을 놓치진 않았다. 그는 나를 지목해서 말했다. 당신은 모든 사람을 정신병자라고 생각하지만 누구도 정신병자일 수 없다고 말했는데, 당장 당신 병원에도 철창으로 둘러싼 병실이 있고 당신이 쓰는 환자들의 소견서에는 온갖 정신병증과 그에 따른 처방들이 적혀 있을 거 아닙니까. 그들은 엄연히 정신병자이고, 일반인들과 다르게 취급되는 거 아닙니까. 하지만 나는 당신이 저지른 논리적 모순을 탓하려는 게 아닙니다. 나도 당신의 의견에 동감을 표하고 싶지만, 그렇게 하는 것이 나 스스로를 정신병자라고 말하는 것에 다름 아니기 때문에 두렵습니다. 그렇지만, 당신은 당신 자신을 정신병자라고 하는 데 어떤 주저함도 보이지 않으면서도 전혀 두려워하지 않아요. 이건 어찌 된 일입니까. 그게 나 같은 사람에게는, 오만이거나 기만으로 보입니다. 하지만 그 둘 다 좋을 건 없잖아요. 당신에게는 그것들이 당신을 돋보이게 하겠지만 나 같은 사람에게는 절망을 안겨줄 뿐입니다. 거기서 그의 얘기는 중단되었다. 두 사회자는 내 눈치를 보고 있었다. 얘기가 주제와 빗나간 것 같은데요, 하고 남자 사회자가 논의 자체를 피해가려 하고 있었다. 하지만 나는 고개를 저었다. 대답을 하죠, 하고 나는 말했다. 하지만 카메라 앞에 웅크리고 앉아 있던 보조 연출자가 거기서 얘기를 끝내라는 사인을 보내왔다. 그는 손날을 세워 자신의 모가지를 자르는 시늉을 해 보였다.

　저는…… 당신과 생각이 달라요.

　나는 약간 화가 나 있었다. 그것은 눈과 입을 가리고 손과 발이 묶인 채로 끌려온 뒤 처음으로 일어난 것이었다. 충분히 이해할 수 있는 사건이었지만, 충분히 이해할 수 있다는 이유 때문에 나는 화가 치밀었다. 나를 향한 침착한 자의 목소리가 들려왔다. 하지만 나는 그의 말을 막아버리듯 주절거리기 시작했다.

우리는 아무도, 내가 누구인지를 말할 수가 없어요. 그렇게 말해서는 안 된다고 표현하는 게 옳겠지요. 우리가 우리 자신에 대해 얘기할 수 있는 건, 의사라거나, 선생이라거나, 카페 주인, 책방 점원, 탤런트, 과일 장수, 선거 운동원, 납치범……이라고 하는 것, 누구도 부인할 수 없는 그런 것들뿐이죠. 우리는 우리 자신을 포함해서 그 누구에게도 정신병자라고 말할 수 없습니다. 그건 어떤 사람을 훌륭한 사람이라거나 죽일 놈이라고 말해서는 안 되는 것과 같습니다. 우리가 두려움에 휩싸이는 것은, 누군가를 훌륭하다고 말해야 하고 스스로를 죽일 놈이라고 말해야 하기 때문이죠. 그렇지 않다면 무엇이 두렵습니까?

고요했다. 방 안에는 나 혼자만이 있는 것처럼 느껴졌다. 쉿내도, 침착한 자도, 침묵을 지키고 있었다. 나는 헛웃음 같은 콧김을 한번 뿜어내고는 말을 이어나갔다.

난, 당신들한테 납치되어 온 몸입니다. 하지만 난 지금 두려움이란 게 없어요. 전혀 없어요. 왜 그런지 압니까. 이런 일이 일어날 수 있다고 미리 예상했기 때문일까요? 그럴지도 모릅니다. 하지만 예상했든 안 했든, 이런 일이 일어났질 않습니까. 내가 어떤 짓도 하지 않았는데 어떤 일은 내게 일어납니다. 도대체 두려워할 게 뭐가 있어요. 논쟁을 하자고 했다면 나는 두려워했을지 모릅니다. 그거였다면 나는 나를 온전히 쏟아부어야 할 테니까요. 그렇지만 이건 아닙니다. 당신이 내 눈을 가리고 손발을 묶어놔버린 이상 나란 존재는 없어요. 당신이 가리고 묶어버린 어떤 불쌍한 한 인간만 있을 뿐이죠. 그러니 당신이 나를 두렵게 하려는 목적으로 나를 이렇게 했다면, 당신의 뜻대로 되지는 않았어요. 내게는 두려움이 없습니다.

거기까지 말을 하고 나서 나는 입을 다물었다. 쳇 내가, 완전히 돌았군, 썹새끼, 하고 말했다. 그러고는 성급하게 문이 열렸다가 닫히는 소리가 들려왔다. 침착한 자의 것으로 짐작되는 느린 발소리가 천천히 내 주위를 맴돌고 있었다. 그 소리를 들으며 나는 심한 허기를 느꼈다. 삶은 계란을 소금에 찍어 먹고 싶었다.

여자는 흐느끼기 시작했고, 나는 그녀를 내버려두었다. 나는 흰나비 두 마리를 차로 치어서 죽일 수 있다는 사실로부터 받은 충격을 추스르고 있었다. 우리는 이미 많은 것들을 차로 죽여왔다. 사람은 물론이고, 개, 고양이, 그리고 비 오는 여름밤 한적한 시골의 도로 위에서 무수한 개구리들이 차의 바퀴에 깔려 죽어갔다. 그러나 아직 단 한 번도, 나비를 차로 치어서 죽였다는 이야기는 들어본 적이 없었다. 그러나 나는 여자가 거짓말을 하고 있다는 생각은 들지 않았다. 그럴 수 있겠지,라는 가능성의 문제도 아니었다. 분명히 그녀는 허공에 뜬 채로 교미를 하고 있던 한 쌍의 흰나비를 자신의 차로 무참히 치어 죽였던 것이다. 눈물이 잔뜩 괴었고 벌겋게 핏발이 선 눈으로 여자는 나를 지그시 바라보았다. 나는 그녀가 왜 나를 찾아왔는지에 대해서 생각하지 않기로 마음을 먹었다. 그녀의 괴로움이 진료실을 나가는 순간 깨끗이 낫기를 바라고는 있었지만, 그게 그렇게 쉽게 이루어지지는 않을 거라는 것을 나는 잘 알고 있었다. 우리는 우리가 죽인 사람도 잊고, 개와 고양이와 개구리 따위도 잊는다. 그가 어떤 사람인가에 따라 잊는 시기가 다 다르겠지만 어쨌든 잊게 되어 있다. 사람인 경우는 약 3개월, 개나 고양이의 경우라면 일주일이면 망각의 늪으로 빠져들어간다. 개구리라면 목적지에 도착하는 순간 이미 까마득한 기억의 저편 벼랑 아래로 떨어져 산산이 부서진 뒤일 것이다. 그러나 나비는 다르다. 왜일까. 처음이기 때문이다. 망각을 전담하는 뇌의 기관이 아무리 명민하게 움직인다 해도 아무런 정보도 입력되어 있지 않은 상태에서는 작동될 리 없다. 잊혀 버릇하지 못한 것은 곧바로 잊히지 않는 것이다.

"저랑 식사라도 하실래요?"

여자는 고개를 저었고, 나는 고개를 끄덕였다. 의자에서 일어나기 전에 나는 그녀의 체크리스트 위에다 어떤 치료도 불가능하며 어떤 치료 행위도 행할 수 없는 상태라는 의미의 impracticable 이라는 단어를 적어 넣었다. 하지만 그 단어에는 또한 병이 아니라는 의미도 포함되어 있었다. 그녀는 환자가 아니라 나비를 살해한 최초의 인간이며 그것을 진술한 첫 보고자일 뿐이었다.

"주사나 약을 좀 드릴까요?"

"그렇게 해야 하겠죠?"

"아닙니다. 꼭 그럴 필요는 없습니다."

여자의 날카로운 코끝에다 입을 맞추고 싶었다. 사람들은 그녀를 정신이상자라고 말할 것이다. 그렇지 않다 해도 그녀는 우리가 사는 세상에 대해 지나치게 과민하다고 얘기되어질 것이다. 그러나 그녀는 두 눈을 가진 사람으로 외눈박이의 세상에 살고 있을 뿐이었다. 외눈박이 의사인 나는 두 눈을 가진 그녀에게 어떤 주사도 어떤 약도 주고 싶지 않았다. 오히려 나는 그녀의 육체에 입을 맞추는 것으로 내가 지닌 병을 치유하고 싶었다. 종종 이런 일은 일어난다. 완전한 육체나 완전한 정신을 지닌 자들이 아파하는 경우, 그들은 불완전한 의사에게 치료를 받으러 오지만 그들 앞에 의사란 오히려 심각한 환자일 수밖에 없는 것이다.

"가끔씩 들러주세요. 환자로서가 아니라, 뭐, 가능하다면, 친구처럼 말이죠."

"글쎄요…… 그렇게 할 수 있을지, 장담할 수 없네요."

"그러시겠죠. 이런 병원은, 별로 드나들고 싶지 않은 법이죠."

그녀는 그런 뜻이 아니라는 듯 고개를 저어 보였다.

"아무튼, 좋습니다. 당분간 차를 운행하지 마시고, 뭐, 가능하다면, 집에서 푹 쉬세요. 너무 조용한 음악 같은 건 듣지 마시고, 뭐, 가능하다면, 액션 영화 같은 걸 보도록 하세요. 사람들이 마구 죽어 나자빠지는, 뭐, 그런 거 말입니다."

여자는 한쪽 입꼬리를 비틀어 올리며 어색하게 웃었다. 나는 그녀와 함께 계단을 통해 병원을 빠져나갔다. 햇볕이 따갑게 내리쬐고 있었다. 차를 가지고 오지 않았다면 택시보다는 버스를 타고 가라고 그녀에게 말했다. 그녀가 가만히 고개를 끄덕였다. 나는 서양 사람처럼 어깨를 으쓱해 보이고는, 어차피 점심을 먹어야 하니까 버스 정류장까지 같이 가겠다고 말했다. 나는 그때까지 입고 있던 가운을 벗어 팔에 걸었다. 여자는 조심스럽게 걸었고, 우리는 아무 말도 하지 않았다. 걸어가면서 나는, 두 마리인지는 알 수 없었지만 나비를 본 듯했다. 등줄기가 서늘해지고 있었다. 여자는 버스를 타고 떠났고, 나는 병원 부근의 통북어찜 식당을 가기 위해 골목으로 들어섰다. 하지만 나는 점심을 먹지 못했다.

  의식이 들었을 때 나는 내 육체가 완전히 자유로워진 것을 알았다. 막막한 어둠이 거대한 대양처럼 내 앞에 펼쳐져 있었는데, 그 어둠을 바라보는 것은 분명히 내 두 눈이었다. 짙은 숲 내음이 아무 걸림도 없이 콧속으로 밀려들어왔고, 두 팔과 두 다리를 제약하는 것은 아무것도 없었다. 산속이었다. 물론 내가 짐작할 수 있는 곳은 아니었다. 사방 어디에도 불빛은 없었다. 완전한 어둠뿐이었다. 밤을 도와 우는 야행성 조류와 풀벌레의 울음소리로 사위는 가득했지만 또한 더없이 고요했다. 달이 떠 있지 않은 밤하늘은 맑고 투명했다. 별빛들이 그 안에서 유영하고 있었다. 간간이 빛의 꼬리를 끌며 별들이 사라졌다. 나는 일어서려 했다. 하지만 일어설 수가 없었다. 나는 두 개의 단어를 머릿속에 떠올렸다. 꿈, 혹은 죽음. 순식간에 불안해졌다. 사방을 빠르게 훑던 나는 팔을 엇갈리게 움직여 내 몸을 껴안았다. 내가 발가벗겨져 있다는 것을 알았다. 그 순간, 나는 더없이 침착한 한 남자의 목소리를 기억했다.

"당신을 죽여서 세상을 한 번 충격하려던 내 계획은 바뀌었소. 세상의 모든 충격이 일회적이라는 것을 알았기 때문이오. 하지만, 난, 계속 찾아볼 거요. 일회적으로 그치지 않는 충격을 말이요. 그렇지 않다면 인생이란 아무것도 아니니까."

정신병자가 아닌, 외눈박이 세상에 사는 또 다른 두 눈 가진 자의 목소리를 기억하며 나는 어둠 속에서 몸을 일으켰다. 다리가 부러졌는지 몇 번이나 일어서다가 곤두박질을 쳐야 했다. 나는 어둠을 더듬어 굵은 나뭇가지 하나를 찾아냈고, 거기에 의지해 몸을 일으켜 조금씩 움직여 나갔다. 날카로운 돌부리와 부러진 나뭇가지들이 맨발을 파고들었지만 나는 거의 아픔을 느낄 수가 없었다.

"이건 꿈이 아니야……"

낮은 중얼거림이 속절없이 내 입술을 빠져나가고 있었다.

서른 개의
門을
지나온
사람

1

나는 지금 서른여섯 살이고, 서른네 살에 목소리를 잃었다. 물론 잃은 건 목소리만이 아니다. 7, 8년을 끈질기게 지켜왔던 일자리를 잃어버렸고, 약혼식 따위를 치른 건 아니었지만 결혼을 약속했던 애인을 잃었다. 친구도 몇 놈쯤 잃었다. 자주는 아니었어도 거나하게 취하는 날이면 들르곤 하던 노래방도 잃어버렸고, 이런저런 메모들을 남기던 일제 소형 녹음기도 잃어버렸다. 하지만 목소리를 제외하고는 '잃었다'는 표현이 썩 어울리지 않는다는 사실을 나는 안다. 가령 직장에서는 쫓겨났고, 애인은 제 발로 떠났고, 몇 놈의 친구는 더 이상 연락하지 않았고, 노래방은 갈 필요가 없었으며, 소형 녹음기는 먼지를 뽀얗게 뒤집어쓴 채 책상 한쪽 귀퉁이에 좀 측은한 표정을 지으며 놓여 있을 뿐이다. 그렇다면 두 해 전, 정확히 1년 8개월 전에 내가 잃어버렸던 것은 오로지 나의 목소리뿐이다. 성대결절, 처음 들어보시죠? 의사의 하얗고 반듯한 이마 위로 흘러내린 몇 올의 까만 머리카락을 유심히 바라보며 내가 고개를 끄덕이자, 김동표라는 명찰을 단 서른 살 안팎으로 보이는 젊은 의사는 세련되게 미소를 지어 보이고는 고개를 살짝 저었다. 간단합니다. 선생님의 성대에 혹 같은 게 생겼다는 얘기죠. 목소리를 많이 쓰는 직업을 가진 분들에겐 심심찮게 일어나는 증상이죠. 밤무대 가수나 엠시, 보습학원 국영수 교사들이나…… 의사는 말끝을 흐리며 엑스레이 판독대에 불을 켰다. 흰빛이 눈부시게 쏟아져 나왔다. 그 밝은 흰빛이 판독대 위에 꽂힌 나의 '해골' 사진을 선명하게 비추어냈다. 젊은 의사는 볼펜 꼭지를 이용해서 기다란 목뼈 조각 사이를 톡톡 치면서 내 병증에 대해 설명하기 시작했다. 나는 젊은 의사로부터 몇 번 질문을 받았고, 대답 대신 고개를 끄덕이거나 가로젓곤 했다. 그때마다 그는 마치 나를 놀리기라도 하듯 고개를 끄덕이거나 저었다. 그러고는 판독대의 불을 껐다. 눈앞이 금세 어두워졌다. 나는 손가락 두 개를 사용해 조심스럽게 목 언저리를 누르고는 한없이 낮고 작은 기침을 했다. 기침 소리는 먼지처럼 내 입안에서 맴돌다가 다시 목구멍을 타고 폐 속으로 가라앉았다. 젊은 의사의 얼굴에는 예의 그 세련된 미소가 만들어지고 있었다. 선생님의 경우는, 이를테면 반반입니다. 아무 일 없었다는 듯이 낫거나 목소리를 상실하거나. 아, 뭐, 병이란 게 다 그렇죠. 나는 젊은 의사의 눈대신 이마를 바라보았다. 그의 것만큼 하얗고 반듯한 이마를 나는 본 적이 없었다. 그는 부유하고 화목한 가정에서 자랐고, 늘 우등생이었으리라는 생각이 들었다. 공부를 하며 밤을 새는 것이 그에게는 유일한 고통이었으리라고 나는 함부로 넘겨짚었다. 1980년도 초반에 나온 고물 승용차를 끌고 서울에서 부산까지 일주일이면 세 번씩 왕복하는 일 따위를 그는 결코 생각해보지 못했음을 나는 알 수 있었다. 술에 취해 비틀거리며, 씨팔, 개같은 인생이야! 하고 뇌까리지 않는 날이 지난 7, 8년간 단 하루도 없었던 사내를 그는 결코 상상해보지 못했을 것이다. 한 달의 반을 도로 위에서 보내고, 날마다 목구멍 너머로 얼마큼씩의 소주를 들이부어야 하는 그런 사내의 이마는 결코 반듯할 수도 또 하얄 수도 없다는 사실 같은 것에 그가 관심을 가질 수는 없을 것이었다. 그동안은 참 잘해주셨어요. 사실, 별것 아닌 게 진짜 큰 병이 되는 경우가 종종 있거든요. 약을 제시간에 복용하거나 정기적으로 검진을 받거나 뭐 그런 것도 중요하지만, 선생님의 경우처럼 의사의 지시 사항을 소홀하게 넘기지 않는 게 무엇보다 중요한 거죠. 방금처럼, 기침을 하실 때 손가락으로 목을 누르는 모습을 보고 느낄 수 있었습니다. 그래서 반반이라고 말씀은 드렸지만, 앞으로도 지금처럼 그렇게 주의사항을 잘만 지켜주신다면 분명히 좋은 결과가 나올 겁니다. 너무 염려하지 마세요. 젊은 의사 김동표는 친절하다는 것이 어떤 것인지를 모범적으로 보여주었다. 그는 전문용어를 쓰지 않으려고 애썼고, 그래서 그의 말은 부드럽고 쉬웠다. 온화한 미소는 그의 불패의 무기였다. 그에게서는 의사 앞에서 느낄 법한 긴장감도 거부감도 느껴지지 않았다. 물론 그의 친절 때문에 결국 이런 일이 벌어졌을 리는 없다. 또한 그 젊은 의사가 오진을 했다거나 내 병증을 지나치게 가볍게 여겼다고도 생각하지 않는다. 다만 운이 나빴을 뿐이다. 나는 스무 개가 넘는 의사의 주의사항을 철저하게 지켜냈다. 나는 처음 의사를 만나고 나왔을 때부터 한 달 동안 입 밖에다 단 한 음절의 말도 뱉어내지 않았다. 되도록 이면 음성을 사용하지 마세요,라던 그의 당부를 나는 완벽하게 실천해낸 것이다. 속으로 중얼거리는 짓조차 하지 않았다. 마침 방학이었으므로 강의를 할 필요는 없었지만, 속으로라도 중얼거릴까 봐 책 한 줄 읽지 않았다. 스트레스가 악영향을 줄 수 있다는 의사의 말은 나를 거의 명상가의 수준에 도달하도록 만들었다. 나는 시간만 나면 묵상을 했다. 두려움도, 걱정도 없었다. 안달하는 일은 결코 일어나지 않았다. 하루 한 갑을 피워대던 담배를 끊은 것은 당연한 일이었고, 골초인 친구들과도 일부러 만나지 않았을 뿐 아니라, 심지어 다음 학기에 전임강사 자리가 주어질지도 모른다고 언질을 주었던 모 대학 관계자들이 만나자고 할까 봐 집 안에 있을 때에도 나는 자동응답기를 작동시켜놓았고, 마치 해외 연수를 떠난 것처럼 속여서 차후에 연락하겠다는 서신을 띄우기도 했다. 하지만 나의 모든 노력을 비웃기라도 하듯 상황은 최악의 지점에서 우뚝 멈추어버렸다. 나는 결국 목소리를 잃은 것이다. 첫 진료로부터 정확히 한 달이 지난 어느 추운, 13일은 아니었지만 금요일이었다. 엑스레이 판독대에 불이 켜졌고 무수한 형광의 입자들이 해골 사진을 관통하자 젊은 의사는 만족한 웃음을 흘리고 있었다. 볼펜 꼭지로 내 목뼈를 두드리며 그가 입을 열었다. 완벽하군요. 여기 보이시죠? 아무것도 없어요. 결절이 전혀 보이지 않는군요. 선생님께서는 이제 완전해지셨습니다. 나는 의사의 것에는 훨씬 못 미쳤지만 제법 환하게 미소를 지어 보였다. 그러고는 고맙습니다, 라는 말을 하려고 입술을 움직였다. 그런데 갑자기 얼어붙은 듯 입술이 떨어지지 않았다. 마치 목에 뭔가가 걸린 듯한 느낌을 받았다. 그래서 기침을 해보려 했지만 그것도 여의치 않았다. 나는 손바닥으로 목덜미를 감싸며 필사적으로 입을 움직이려 했다. 이빨과 입술이 마구 떨리기 시작했다. 내 얼굴을 응시하고 있던 젊은 의사의 낯빛이 창백해지는 것을 나는 목격했다. 오, 왜 그러십니까? 그때에도 젊은 의사는 어색하게나마 웃고 있었다. 나는 처음으로, 젊은 의사를 두들겨 패버리고 싶었다. 그 웃음 좀 걷어치워! 말을 할 수만 있었다면 나는 분명히 그렇게 소리를 질렀을 것이다. 젊은 의사는 문밖을 향해 소리를 질렀다. 문이 열리고 키가 후리후리한 간호사가 들어왔고 의사는 내가 잘 알아들을 수 없는 외국어를 외마디처럼 내질렀다. 그러자 간호사는 진찰실 벽의 진열장에서 재빨리 주사기를 꺼내 그 안에다 주사액을 집어넣고는 내 팔뚝에 꽂았다. 내 얼굴은 불덩이처럼 달아 있었다. 나는 주먹을 꽉 거머쥐고서 필사적으로 소리를 만들어내려고 애썼다. 나는 지독한 변비 환자와 같았다. 내 입은 비집고 나오려는 똥 덩어리에게 결코 길을 열어주지 않는 고집스런 항문이었다. 머리의 혈관들이 죄다 터져버릴 것처럼 열에 들떠 있었다. 입술과 이빨만이 아니라 내 머리조차 와들와들 떨렸고, 서서히 온몸이 떨리기 시작했다. 그 떨림들을 나는 결코 제어할 수 없었다. 그리고 내 입술은 열리지 않았다. 제발…… 내 귓속으로 밀려드는 젊은 의사의 간절한 목소리를 들었는가 싶었을 때, 일순간에 모든 것이 완벽한 정적과 암흑 속에 갇히고 말았다. 나는 흔히 기절이라고 하는 것을 한 것이었다.

2

나는 어디로도 갈 수 없었다. 어딘가로 떠나고 싶다는 생각을 수없이 했었다. 부산으로 내려가서 태종대의 바다를 보고 싶다는 생각을 하자마자 나는 음료수 하나도 제대로 사 먹을 수 없을 거라는 생각이 들었다. 음료수를 사 먹기 위해서는 말이 필요하지 않을 수도 있었다. 그러나 목소리를 잃은 자에게 있어

음료수를 사 먹는 행위는 말과 긴밀한 관계를 맺고 있는 듯 여겨졌다. 아니, 그저 여겨진 것이 아니라 분명히 긴밀한 관계를 맺고 있었다. 콜라 하나 주시겠습니까? 얼마죠? 5백 원이라구요? 그런 말들이 췌사에 지나지 않을지는 몰라도, 목소리를 잃은 자에게 있어서 그것들은 췌사 이상의 의미를 지니고 있다. 나는 아무 말 없이 슈퍼마켓의 냉장고에서 콜라 한 병을 꺼내 아무 말 없이 카운터 위에다 5백 원짜리 동전 하나를 내려놓고 아무 말 없이 슈퍼마켓을 빠져나올 자신이 없었다. 아무 말 없이 냉장고에서 콜라를 꺼내고 있는 내게 혹시라도, 아저씨 뭐하시는 거예요? 하고 물어온다면 나는 그때 내가 어떤 행동을 취할 것인지에 대해 결코 상상할 수 없었다. 손에 쥔 콜라병을 바닥에 내동댕이치고는 열서너 살 먹은 천치 같은 계집애처럼 눈물을 질질 짜면서 후다닥 슈퍼마켓을 뛰쳐나갈는지도 모를 일이었다. 그렇다면 그 길로 나는 태종대 앞바다의 푸른 물길 속으로 몸을 날려버릴는지도 모를 일이었다. 나는 하루에 적어도 일고여덟 통의 전화를 자동응답기의 수신 장치를 통해 들어야 했다. 나, 규태다. 이번 동기회는 느티나무집이다. 13회 박동서 선배께서 이번에 격려차 참석하신다더라. 박 선배 알지? 꼭 참석해라. 은감원에 큰 자리 얻으신 거 축하도 드리고. 둘째 주 수요일, 7시, 잊지 마라. 국민학교 동기회 총무인 정규태의 홀떡 벗겨진 머리가 떠올랐지만 나는 미소조차 지을 수가 없었다. 녀석은 지독하게 노래방을 좋아하는 놈이었다. 녀석은 언젠가, 너같이 노래 못하는 놈은 아직 본 적이 없다,라는 말로 나를 주눅 들게 만든 적이 있었다. 술만 마시면 노래방을 찾는 못된 버릇이 내게 생긴 건 순전히 녀석 때문이었다. 교수님, 저 김선민이라예. 몇 번 전화를 드렸는데…… 방학 때 멕시코 가실지도 모른다고 하시더니 정말 가신 거라예?…… 문명발달사에이 학점 받은 게 저뿐이라는 거 알고는 얼마나 기뻤던지…… 요즘은 번즈의 서양사를 다시 읽고 있어예. 뭐라 칼까, 문장이 다시 보이는 거 있지예. 다, 교수님 덕분이라예…… 멕시코에서 돌아오시면 꼭 만나 뵙고 싶어예. 제 호출기 번호는…… 역시 웃음이 나올 법했지만 내 얼굴은 딱딱하게 굳어 있었다. 김선민이라는 여학생에 대한 기억은 그리 또렷하지 못했다. 죄다 길게 기르는 머리를 그 여학생만이 짧게 자르고 다녔다는 정도만 기억에 남아 있을 뿐이었다. 그 여학생이 문명발달사에서 에이 학점을 받은 여러 명의 학생들 가운데 어째서 자신만이 유일하게 에이 학점을 받았다고 생각하게 되었는지에 대해서는 알수 없었다. 그리고 에드워드 번즈의 서양사를 다시 읽으면서 새롭게 문장이 보이게 된 까닭이 왜 나한테 있는 것인지 그 역시 알수 없었다. 자신의 호출기 번호를 가르쳐주는 까닭도. 메시지를 남기지 않은 채 그냥 전화를 끊어버리는 경우도 있었다. 얼른 끊어버리건 혹은 한참이나 망설이다가 끊건, 내게는 차라리 그편이 훨씬 나았다. 하지만 그럴 때는 그들이 누구인지는 몰라도 혹시 내가 목소리를 잃어버렸다는 사실을 알고 있을지도 모른다는 생각이 들곤 했다. 그럴 때면 그들이 누구인지 알고 싶어졌다. 누나다. 너으 매형이 석청을 구했나 보더라. 친구가 티베트에 갔다 오면서 여러 통 가지고 왔다는데, 20만 원 줬다더라. 요즘 애들이 얼마나 별난지 이런저런 사고가 끊이질 않는다. 방학 때라 애들 숫자가 많이 늘어서 그런지, 엊그제는 이마가 터져서 열두 바늘 꿰맨 애도 있다. 너으 매형도 무척 바쁘다. 이래저래 너한테 갈 시간이 없을 것 같으니 니가 한 번 다녀가도록 해라. 속셈학원을 하고 있는 누나의 전화 속에는 그녀의 목소리보다 아이들의 떠드는 소리가 더 많이 섞여 있었다. 히말라야의 나무나 바위에서 따내는 천연 꿀인 석청이 호흡기에 좋다는 얘기를 누나가 여러 번 한 적이 있었는데 아마도 매형이 그걸 구한 모양이었다. 여전히 내 얼굴에는 미소의 기미가 없었다. 어금니를 꽉 깨물고 가만히 입을 열었다. 불안했다. 목젖이 간질거렸다. 무슨 소리가 터져 나올지도 모른다는 생각을 하면서 나는 가만히 입김을 불어보았다. 그러나 지난 두 달 동안 그랬던 것처럼 그 어떤 미세한 소리도 들려오지 않았다. 김동읍니다. 이번에도 제 뜻을 받아주지 않으시면 액수가 적은 때문이라고 생각할 수밖에…… 부디 제 성의를 저버리지 마세요. 그리고, 언제든 좋으니까 시간에 구애받지 마시고 계속 검진을 받아주시면 고맙겠습니다. 하루 전에만 전화를 주시…… 아닙니다, 그냥 찾아주세요. 오늘 점심시간에 다시 송금하겠습니다. 주치의였던 젊은 의사로부터 걸려오는 전화는 언제나 나를 당황하게 만들었다. 그는 내가 목소리를 잃은 것이 의료사고라고 생각하는 것 같지는 않았지만, 도의적인 책임을 면할 수는 없는 일이라고 했다. 그래서 그는 내 은행구좌에다 5백만 원을 넣어주었다. 한 달간의 치료 기간이 끝나던 날 완치를 장담했던 그의 앞에서 내가 발작을 일으키며 실신해버린 때로부터 일주일 뒤였다. 나는 닷새 동안의 수많은 촬영과 실험과 약물 투여에도 불구하고 끝내 목소리를 만들어내지 못했다. 사흘 뒤 의사를 찾아갔을 때 그는 굳은 표정으로 5백만 원을 송금한 영수증을 내게 보여주었다. 그날 병원에서 나오자마자 나는 내 통장에서 5백만 원을 인출해 다시 젊은 의사를 찾아가 돌려주었다. 며칠 뒤 다시 내 통장에는 김동표가 송금인으로 되어 있는 5백만 원이 입금되어 있었다. 다음 날 나는 병원 원무과에서 그의 은행 구좌번호를 알아내 5백만 원을 송금했고, 며칠 뒤 김동표는 내 통장에 재입금했다. 그리고 나는 며칠 전, 매형에게서 주민등록증을 빌려 매형의 이름으로 그에게 송금을 했었다. 전화의 내용으로 미루어 그는 다시 내게로 송금할 모양이었다. 텔레쇼핑 맨즈 콜렉션 사업부 박은진입니다. 금번 저희 사업부에서는 선생님의 사업에 획기적인 도움을 줄 수 있는 신상품을 입하하였기에 알려드립니다. 21세기형 핸즈프리킷트, 핸드폰을 직접 들지 않고도 마이크를 통하여 전화 통화가 가능한 제품입니다. 시거잭이 장착되어 있어 차량 운행 중에도 사용 가능함은 물론, 고함을 지르며 통화해야 했던 기존의 핸즈프리와는 비교할 수 없을 정도의 고감도 외부 마이크를 이용, 감도를 최대한 향상시킨 21세기형 최신 제품입니다. 시중가 12만 5천 원의 반액 가격에도 못 미치는 5만 9천…… 의외로 그 전화는 경직된 내 얼굴의 근육을 풀어주었다. 어떤 사람에게는 매우 요긴한 물건이 어떤 사람에게는 전혀 쓸모없다는 사실이 너무 당연하면서도 신기했다. 보아라 비디옵니다. 테이프 빌려가셨으면 갖다주셔야지요. 쓰……ㅂ…… 구프로도 아니고 완전 신프로잖아…… 요…… 아파트 상가 안의 비디오 가게에서 걸려온 전화였다. 대학을 졸업하고 무려 열아홉 군데에 시험을 보았다가 떨어져서 부모 주머니를 털어 가게를 인수했던, 머리가 벗겨지고 흰 머리칼이 많아서 도저히 청년 같아 보이지 않던 비디오가게 주인은 엄청나게 화가 난 듯했다. 나는 그를 충분히 이해할 수 있었다. 그는 여러 번 집으로 찾아와 초인종을 울렸지만, 나는 인터폰 모니터에 나타난 그를 확인하고도 문을 따주지 않았다. 그렇다고 비디오테이프를 가게로 갖다주지도 못했다. 이유는 간단했다. 그에게 미안하다는 말을 하고 싶은데 그렇게 할 수가 없었기 때문이었다. 물론 미안하다는 쪽지와 함께 건네줄 수도 있었고, 이른 아침이나 늦은 밤 자동 반납기에다 테이프를 슬쩍 밀어 넣을 수도 있었다. 하지만 나는 그렇게 하고 싶지가 않았다. 아니, 그때까지도 나는, 희망을 버리지 않고 있었다. 언젠가는 그의 앞에 나타나 환한 미소를 보내며 내 입으로 미안하다는 말을 할 수 있을 거라고, 턱없이 믿고 있었던 것이다. 영훈 씨, 저예

요. 누님하고만 얘기하는 데도 이젠 지쳤어요. 제발 좀 만나주
세요. 내일 아파트로 갈게요…… 얼굴만이라도 봤으면 좋겠어
요. 수신 장치에 갇힌 미영의 목소리는 한없이 낮고 음울했다.
그녀는 이제 머지않아 떠날 것이다…… 나는 그때 처음으로 혼
잣말을 중얼거려보았다. 그 소리는 이명에 갇힌 채 아주 먼 곳
에서 아주 낮게 메아리가 되어 떠돌았다.

3

거실에서 눈을 떴을 때, 나는 낮인 줄 알았다. 한낮의 태양이
얼굴을 따갑게 비추고 있다는 느낌을 받았기 때문이었다. 하지
만 나를 둘러싸고 있는 것은 촘촘한 어둠의 입자들이었다. 완벽
한 밤이었다. 살포시 얼굴을 들어 밖으로 눈길을 돌리자 거실
통유리를 가리고 있던 버티컬 사이로 맞은편 아파트의 층계마
다 밝혀진 형광등 빛줄기들이 보였다. 그러나 그것은 내가 느꼈
던 강렬한 빛은 아니었다. 그건 그저 꺼진 것이나 다름없는 희
미한 불빛에 지나지 않았다. 내가 보았던 건 분명히 이글거리는
한낮의 태양빛이었다. 내 머리맡에는 미영이 보내온 몇 통의 편
지가 뜯겨지지 않은 채 놓여 있었다.

4

탑골공원 근처의 대형 레코드점에서 헤드폰을 쓴 채 내리 세 시간 동안 음악을 들은 것은, 내가 목소리를 잃은 지 넉 달쯤 지난 때였다. 나는 그 레코드점에서 음악을 들으며 그해의 봄을 보냈다. 나는 말러의 저 유명한 교향곡 제1번 D장조 거인이 모두 다섯 개라는 사실을 그 봄에 처음으로 알게 되었다. 호렌슈타인이 지휘한 빈 프로무지카 심포니의 것, 레바인의 런던 심포니, 주빈 메타의 뉴욕 필하모닉, 오자와의 보스턴 심포니, 게오르그 솔티의 런던, 그리고 텐슈테트의 런던. 그중에서도 나를 압도한 것은 오자와의 것이었다. 지휘자가 달라질 때마다 장중한 오케스트라의 낱낱의 악기들이 어떻게 다른 소리들을 낼 수 있는지 신기했다. 나는 오자와의 다른 것들을 찾기 시작했다. 더욱 신기한 일이 일어났다. 그가 보스턴에서 만들어내는 소리와 시카고에서 만들어내는 소리가 달랐다. 프랑스 국립 오케스트라에서의 소리와 런던 필하모닉에서의 소리가 또 달랐다. 파리와 샌프란시스코에서의 소리는 너무도 달라서 경악하고 말았다. 파리에서는 차이콥스키를 들었고, 샌프란시스코에서는 베를리오즈와 거슈윈을 들었기 때문인지 몰랐다. 그러나 샌프란시스코에서 들은 차이콥스키 역시 파리에 비한다면 엄청난 이음(異音)이었다. 교향곡 6번과 로미오와 줄리엣의 거리보다 훨씬 멀고 아득한 거리, 어느 하나 같은 것이 없는 완벽한 이질의 음향이었다. 나는 오자와의 브로마이드를 구해 액자로 만들어 거실 한쪽 벽에 걸었다. 내 몸속에는 하루 종일 음표들이 유영하고 있었다. 미영으로부터는 더 이상 전화도 편지도 오지 않았다.

5

　여름. 비가 몹시 많이 내렸던 그때, 나는 김동표라는 젊은 의사가 송금해온 돈에 처음으로 손을 댔다. 어느 날 은행의 자동출납기에 통장을 찍어보니 잔고가 5백 몇 만 원이었다. 30만 원을 인출하자 잔액은 4백 7십 몇 만 원으로 줄었다. 마음이 편했다. 이 사실을 알게 되면 그 젊은 의사의 마음 역시 한결 편해지리라고 나는 확신했다. 하지만 나는 내가 목소리를 잃었고, 회복할 길이 점점 멀어진다는 사실을 인정해야만 했다. 그랬지만 왠지 절망감 같은 건 들지 않았다. 은행에서 인출한 30만 원으로 나는 한 점에 2만 원씩을 주고 난초 화분 세 개를 산 뒤 컴퓨터 가게에 들러 56kbps짜리 고속 모뎀을 구입했다. 큰 기대를 건 것은 아니었지만 나는 컴퓨터 통신이 얼마큼은 의사소통의 길을 열어줄 것이라고 줄곧 생각했었다. 김 아무개라는 내 나이 또래의 작가가 쓴 장편소설을 읽고 난 뒤였다. 소설의 주인공은 열다섯 살짜리 히키코모리(은둔형 외톨이)였다. 경석이라는 그 소년은 우연히 대학생인 형의 컴퓨터를 통해 통신을 시작하게 된다. 경석은 만우라는 청년과 채팅실에서 만나 대화를 나누었고, god-made라는 아이디를 가진 고등학생과 친구가 된다. 소설은 경석의 일상을 꼼꼼하게 추적하는 것으로 진행되고 있었다. 나는 그 소설을 읽으면서, 소설의 끝을 상상하곤 했다. 혹시 경석이란 소년이 컴퓨터 통신에서 만나 대화를 나누던 사람들과 직접 만나게 되고 그로부터 치유되었는가 싶었던 자신의 자폐 증세를 다시금 확인하게 되는 것은 아닌지, 두려웠다. 하지만 소설의 지은이는 지극히 따뜻하게 결말을 내리고 있었다.

빵집 안으로 들어서려던 경석은 발길을 우뚝 멈추었다. 빵집 안에는 빨간 장미꽃 한 송이를 탁자 위에 올려놓은 채 갸름한 얼굴의 여학생 하나가 창밖을 보며 앉아 있었다. 경석은 손에 들고 있던 장미를 빵집 입구의 쓰레기통에 버렸다. 그러고는 돌아섰다. 그때였다. 빵집이 있는 건물 안으로 쑥 들어온 키가 훤칠한 청년이 경석의 어깨를 툭 쳤다. 청년의 손에는 장미 한 송이가 들려 있었다.

"너, 경석이지? 맞지?"

소년은 아무 말도 할 수가 없었다. 경석은 자기 앞에 서 있는 청년이 만우라는 것을 알 수 있었다. 자신이 어떻게 경석인 줄 알았는지 궁금했다. 하지만 물을 수가 없었다. 그는 도망치고 싶은 생각뿐이었다.

"……"

"너한테서는 장미 냄새가 나."

경석은 만우가 이끄는 대로 빵집 안으로 들어갔다. 갸름한 얼굴의 여학생이 탁자에 놓인 장미꽃을 손에 들며 자리에서 일어나고 있었다. 경석은 창문을 타고 들어온 맑은 겨울 햇살이 소녀의 장미꽃 위로 내려앉는 것을 보았다. 소녀가 경석에게 장미꽃을 내밀며 말했다.

"랭보 씨, 저의 장미꽃을 받아주세요."

"……"

경석은 비로소 환하게 웃었다. 랭보는 경석이 가장 좋아하는 시인이었고, 통신에서 만난 만우라는 청년과 '신이 만든'이라는 특이한 아이디를 쓰는 문학소녀가 경석에게 붙여준 별명이었다. 랭보는 「소년 시절」이라는 시에서 이렇게 노래했다.

한 마리의 새가 숲 속에 있다.
그의 노래가 당신의 걸음을 멈추게 하고
당신의 얼굴을 붉히게 한다.

오랫동안 워드프로세서 작업을 해왔으므로 컴퓨터는 아무런 거부감 없이 나를 받아들여주었다. 나는 컴퓨터 통신 속으로 들어가 신문을 훑어보고 나서 대화방으로 들어갔다. 김 아무개라

166

는 소설가의 장편소설에 나오는 경석과 만우와 문학소녀 같은 사람은 좀체 만날 수가 없었다. 어느 정도 대화방 나들이가 익숙해져가자 나는 방을 하나 만들었다. 처음 얼마간은 방의 이름을 하루에도 여러 번 바꾸었지만 한 달가량 지나면서부터는 한 이름만을 썼다. '침묵의 강을 아십니까?' 아무도 들어오지 않았다. 내 아이디는 seiji였다. 오자와 세이지의 이름에서 따온 것이었다. 내가 침묵의 강을 아십니까?라는 방을 개설해놓고 하루 종일 빈둥거리며 사람을 기다리기 시작하고 닷새째 되던 날 늦은 오후였다. 나는 기다림에 지쳐 혼잣말을 하기 시작했다. 물론 컴퓨터 모니터의 푸른 여백 위에서였다.

침묵의 강이라니, 어느 나라에 있는 강입니까?
글쎄요, 아마 어느 나라에든 다 있을 겁니다.
가보셨던가요?
물론이죠. 저는 지금 그 강 위에 선상 가옥을 지어놓고 살고 있어요.
멋지군요.
그다지 멋있지는 않아요.
위험한가 보죠?
위험할 수도 있죠. 아니, 분명히 위험할 겁니다.
혹시 수상 구조원이 있습니까?
구조원이라…… 모르긴 해도 있기는 하겠죠. 하지만 필요는 없어요.

　왜 필요가 없는 거죠?

　거기 사는 사람들은 모두가 익사자들이니까요. 익사한 사람을 구조할 필요는 없지 않습니까.

　푸른 화면 위에 하얀 글씨가 또박또박, 내 이빨이 씹어대는 아몬드 조각처럼 박히고 있었다.

　당신은 왜 침묵의 강에 살게 되었나요?

　글쎄요, 아마 벌을 받은 것 같습니다.

　무슨 잘못을 저질렀죠?

　말을 너무 많이 했을 겁니다.

　구업?

　물론 험담을 한 건 아닙니다. 누굴 턱없이 비난하거나 해치는 말은 한 기억이 없어요. 있다면, 역사를 비난하거나 자의적으로 흠집을 냈겠죠.

　무슨 뜻인지?

　한 7, 8년간 대학에서 역사를 가르쳤었거든요.

　대학 교수셨구만?

　교수가 아니라 보따리장수였습니다. 시간강사 말입니다. 전임강사를 눈앞에 두고 얼마 전에 쫓겨났어요.

　대학에서 역사를 가르치는 사람이라고 모두가 침묵의 강에 살아야 하는 건가요?

물론 아니죠. 아까 말씀드렸듯이 저는 역사 자체를 인간의 삶에 있어서 아무짝에도 쓸모없는 지식의 쓰레기 더미라고 여기는 축이거든요. 스스로 그렇게 생각하면서도 학생들에게 가르쳤으니 당연히 벌을 받을 수밖에요.

그렇다면 당신을 침묵의 강에 살도록 벌을 내린 것은 역사의 신인가요. 아니면 당신의 비도덕을 심판하는 어떤 절대적인 존재인가요?

둘 다일 겁니다.

당신은 종교를 가지고 있어요?

저의 선친께서는 목사였어요. 하지만 저는 야훼나 예수를 믿지 않아요. 물론 부처님한테 복을 빌어본 적도 없구요. 무신론자이지요. 자신이 무신론자라고 자처하는 것도 종교적인 거죠? 그런 점에서 저 역시 종교인인 셈이지만.

그럼 당신을 도대체 누가 심판했다는 겁니까?

종교를 가지고 있지 않다고 해서 아무도 절 심판할 수 없는 건 아니죠. 심판할 수 있는 게 어찌 종교적인 존재이기만 하겠습니까.

그럼 어떤 존재가 인간을 심판한다는 말이오?

모든 것이.

모든 것? 도대체 뭐, 어떤 것?

가령 증오가 심판을 한다고 해도 틀리지 않죠. 질투가 벌을 내리고, 거짓이 벌을 내리고, 오만이 벌을 내리기도 하죠. 모든 관념이 자신을 심판할 수 있어요. 사랑도 심판하고, 그리움도 심판하고, 삶 자체가 심판을 할 수도 있어요.

에이…… 당신, 지금 말장난을 하고 있는 거야.

말장난이라고 했소?

그래. 당신은 관념의 유희를 즐기고 있는 거라구.

정녕 그렇다고 생각하시오?

그렇지 않으면, 뭐겠소?

그렇다면 한 가지 묻겠소.

어디 물어보시오.

당신은, 침묵의 강을 아시오?

대답할 수 없었다. 내 손가락은 키보드 위에 멈추어져 있었다. 나는 천천히 목운동을 하면서 시간을 벌었다. 나는 침묵의 강을 아는가? 안다고도 대답할 수 있고, 모른다고도 대답할 수 있었다. 그러나 나는 손가락을 움직일 수가 없었다. 그때였다. 푸른 화면 위에 타라락거리며 글씨가 떠오르고 있었다.

losstime님이 입장하셨습니다.

곧이어 낭비한 시간이라는 뜻을 가진 아이디의 주인이 내게 인사를 건네오고 있었다.

seiji님께 장미 한 송이를 드립니다.

그런 글씨 아래로 번개처럼 글씨들이 떠올랐다. 상당한 속타
였다. 채팅실을 마구 돌아다니는 꾼들이 있다는 얘기를 들은 적
이 있었다. 낭비한 시간도 그들 중의 하나일지 모른다는 생각이
언뜻 들었다. 하지만 그는 꾼들이 흔히 저지르는 무례한 짓을
결코 하지 않았다. 맞춤법을 무시하는 문장을 쓰거나 대뜸 말을
놔버리거나 하는 따위의 짓을 하지 않았던 것이다. 나는 한동안
낭비한 시간이 빠르게 찍어내는 문장들을 지켜보고 있었다.

침묵의 강이라…… 이건 어디에 있는 강입니까? 아마존의
지류 중에는 1년에 단 1초도 파도가 일지 않는 늪과 같은 강이
있다고 하던데, 혹시 그 강의 이름인가요?
……
대답이 없군요. 역시 침묵의 강답군요. 당신은 침묵의 강 위
를 떠다니는 한 잎의 낙엽인가요? 벙어리 뱃사공인가요? 아니
면 누군가를 기다리고 있는 주인 없는 나룻배인가요?
……
역시 대답이 없군요. 오, seiji님. 제발 대답 좀 해주세요. 제
가 드린 장미꽃 한 송이에 대해 고맙다는 말씀만큼은 해주셔야
하는 거 아닌가요?

내 손가락이 천천히 움직였다.

losstime님, 혹시 소설가 김정완 님을 아시나요? 그분의 소설, 「문밖의 사람들」을 읽어보셨나요?

내 물음에 대해 전까지와는 달리 낭비한 시간은 아무런 대답이 없었다. 내가 그렇게 물은 것은 장미 한 송이 때문이었다. 김정완이라는 소설가의 소설 마지막 부분에 나오는 세 사람의 등장인물은 각각 장미 한 송이씩을 가지고 있었고, 그들 중 문학소녀가 경석이라는 히키코모리에게 자신의 장미를 선사했다. 나는 그 소설을 떠올리며 낭비한 시간이라는 아이디를 가진 사람이 혹시 그 소설을 알고 있지 않을까 싶었던 것이다. 그러나 그는 내게 대답을 남기지 않은 채 느닷없이 훌쩍 방을 떠나버렸다. 나는 뽀얗게 일어나는 먼지를 본 듯했다.

losstime님이 퇴장하셨습니다.

푸른 침묵의 강 위에는 그가 남긴 잔물결이 찰랑거리고 있었다.

6

나는 기요시 쇼무라의 기타 연주곡 시디에서 그라나도스 곡 「고야의 미녀」만을 테이프 전체에 따로 녹음해놓고 하루 종일 그 노래만을 들었다. 어느 날 면도를 하다가 턱을 베었다. 나는 피를 닦지 않은 채 거울을 들여다보고만 있었다. 피는 세면대에 받아놓은 물속으로 뚝뚝 떨어졌고, 물은 점점 붉어져갔다. 턱에서 흘러 떨어지던 피는 마침내 굵은 고름 덩어리처럼 살갗에 엉겨 붙은 채 천천히 말라갔다. 폐 속에서 터져 나온 엄청난 고함 소리를 나는 들을 수 있었다.

7

9월 한 달 동안 나는 채팅실에 장미꽃을 기다리며라는 방을 개설해놓고 losstime을 기다렸다. 다른 뜻은 없었다. 나를 애타게 찾던 사람이 정작 말을 걸자 떠나버린 이유가 궁금했기 때문이었다. 장미꽃을 기다리며에는 수없이 많은 사람들이 들어왔다. 그러나 나는 언제나 똑같은 방법으로 그들을 내쫓았다.

잘못 들어오셨군요. 당신은 장미꽃이 아닙니다.

나는 사흘에 한 번씩 화원으로 가서 장미꽃을 한 송이씩 샀다. 내가 그렇게 한 것은 컴퓨터 책상 위에 놓아둔 장미꽃을 늘 싱싱한 것으로 두고 싶었기 때문이었으며, 그러면 내게 전자 장미를 선물했던 사람을 만날 수 있을 것 같았기 때문이었다. 나는 losstime이 나타나기를 기다리다가 지치면 인터넷으로 들어가 포르노 사이트를 돌아다녔다. 그러던 어느 날, 나는 컴퓨터의 본체를 뜯어내고 사운드 카드를 뽑아내 쓰레기통에 버렸다. 스피커도 분리했다. 더 이상 포르노 배우들이 거짓으로 질러대는 교성이 들리지 않았다. 어느 날 새벽, 컴퓨터 앞에서 깜박 잠이 든 나는 요란한 천둥소리를 듣고 잠에서 깨어났다. 거실로 뛰쳐나가 보니 전축 옆구리에 잔뜩 쌓여 있던 시디들이 우박에 맞아떨어진 과수들처럼 널브러져 있었다. 나는 그것들을 차곡차곡 쌓다가 어느 순간 흩뜨려버렸다. 그러고는 다시 쌓아놓지 않았다. 음악을 듣고 싶으면 흩뜨려진 것들 속에서 듣고 싶은 것을 골라 들었다. 푸치니의 「토스카」를 며칠 동안 계속 들었다. 한 주일 동안 계속 「오묘한 조화」만을 들은 적도 있었다. 나는 오묘한 조화를 거의 다 외어버렸다. 뜻도 알 수 없는, 어떤 종류의 언어도 아닌, 그저 소리이기만 한 그것을.

8

통장의 잔고는 2백 몇십만 원으로 줄어 있었다.

9

석청, 다 떨어졌으면 부탁해. 너으 매형 친구 분이 이번에 히말라야로 가신다더라. 병원은 잘 다니고 있지? 음…… 용기 잃지 마라…… 애들이 자꾸 줄어 걱정이다. 너으 매형 회사도 형편이 안 좋고…… 참, 미영이가 연락을 했었는데…… 석 달 전만 해도 매일 일고여덟 통씩은 걸려오던 전화는 간혹 누나가 걸어오는 것 말고는 모두 끊겼다. 동기회 대머리 총무 녀석은 더 이상 연락을 하지 않았다. 전화로 물건을 팔려는 여자들의 전화도 더 이상 걸려오지 않았다. 젊은 의사도, 비디오 가게 젊은 주인도, 문명발달사 강의를 들었던 여학생도. 나는 인터넷의 포르노 사진을 보면서 그 여학생을 떠올렸다. 하지만 그 여학생의 얼굴은 보이지 않았다. 나는 몇 번 수음을 시도했지만 사정을 할 수가 없었다.

10

11월이 시작되던 날 밤, 나는 아파트를 빠져나갔다. 술이 마시고 싶었다. 호수변의 포장마차로 들어갔다. 나는 선반 위에 놓인 소주병을 손가락으로 가리켰다. 40대 후반으로 보이는 여주인이, 안주는 뭘로 하실래요? 하고 물었다. 아무거나……, 하고 말하고 싶었다. 나는 김이 피어오르고 있는 어묵 냄비를 손가락으로 가리켰다. 여자가 입술을 삐죽이 내미는 것을 보며 나는 소주를 잔에다 따랐다. 반 시간가량 지났을 때 소주병 하나가 비었다. 나는 약간의 취기를 느꼈다. 두 명의 남자가 포장마차 안으로 들어섰다. 갑자기 포장마차 안이 소란스러워졌다. 나는 주머니에서 지갑을 꺼냈다. 왠지 소설가 김정완을 만날 수 있을지도 모른다는 생각이 들었다. 지갑에서 지폐를 꺼내려는데 방금 포장마차로 들어섰던 두 남자 중에 한 남자의 목소리가 귀를 파고들었고, 나는 지갑을 도로 뒷주머니에다 찔렀다. 나는 선반 위의 소주병을 손가락으로 가리켰고 여자가 마개를 따서 내게로 내밀었다. 짜샤, 내가 없으면 세상도 없는 거야. 넥타이를 느슨하게 풀어낸 남자가 두툼한 검정 잠바를 입은 남자에게 충고를 하기 시작했다. 태양이 돈다면 도는 거야. 좆같이, 씨발, 지구가 태양을 돈다는 걸 누가 모르냐? 하지만 뭐야, 우리는 지구에 살고 있단 말이야. 그러니 지구가 태양을 도는 게 아

176

니라 태양이 지구를 돈다는 게 도대체 뭐가 잘못 됐어? 그거나 그거나 뭐가 달라? 이론이라는 게 좆나 껍데기 아니냔 말이야. 검은 잠바는 넥타이를 한심한 눈길로 바라보고 있었다. 넥타이가 갑자기 내게로 고개를 돌렸다. 이보쇼, 안 그렇소? 나는 얼른 소주잔을 비워냈다. 뒤통수가 뜨끈했다. 누군가가 내게 말을 걸어온 건 지난 열 달 동안 그가 처음이었다. 생각보다 훨씬 당황스러웠다. 온몸의 세포들이 일제히 부글부글 끓어대는 것 같았다. 넥타이를 느슨하게 풀어낸 남자는 내게로 좀더 몸을 기울이며 취기에 젖은 목소리를 던졌다. 내 말이 틀렸소? 언제 이 나라가 백성들 생각해준 적이 있소? 그런데도 백성들은 죽으라고 박통, 전통, 노통, 김통을 섬겼단 말이야. 민주주의니 사회주의니 그딴 게 뭐냐구. 두툼한 검정 잠바가 넥타이의 소매를 잡아끌었다. 야, 취했으면 곱게 마셔. 태양이니 지구니 하다가 갑자기 박통 김통이 뭐야. 넥타이가 휙 고개를 꺾었다. 이 좆나 발 같은 새끼야. 내 말이 같잖다 이 말이지? 그래, 씨발, 나 무식한 놈이다. 무식해서 동사무소 서기나 한다, 왜? 씨발, 니기미 좆다. 포장마차 여주인이 희죽거리며 웃고 있었다. 나는 웃고 싶었지만 웃을 수가 없었다. 넥타이가 시비를 걸어올까 봐 두려웠기 때문이었다. 넥타이가 다시 내게로 몸을 돌리며 술잔을 내밀었다. 나는 엉겁결에 빈 술잔을 받아 쥐었다. 넥타이는 잔이 넘치도록 소주를 따랐다. 그러고는 토악질을 하듯 내뱉었다. 나 이 사람, 10년 동안 꼬박 동사무소에서 펜대 굴렸소. 그런데 씨발, 동네 유지 한 놈이 용돈 하라고 10만 원짜리 수표 찔러주는 걸 받았다가 모가지 댕강 짜르겠대. 이게 뭔 놈으 개 같은 수작이냐고. 억만 원 받은 놈 돈은 세탁까지 해주고, 그깟 10만 원 받은 놈 모가지를 짤라? 이게 무슨 놈으 민주주의냐구. 안 그래? 나는 술잔을 비우면서 엉거주춤 고개를 끄덕였다. 넥타이는 내가 건네준 술잔을 비틀거리며 받아 쥐는가 싶더니 갑자기 바닥에다 술잔을 내동댕이쳐버렸다. 포장마차 여주인이 기겁을 하며 두 손을 내저었다. 왜 이래! 여자의 깡마른 목소리가 귀청을 찔렀다. 넥타이는 의자 뒤로 벌렁 나자빠졌다. 그러고는 발버둥을 치기 시작했다. 도살자의 칼에 목을 찔린 돼지의 찢어지는 비명이 들려오고 있었다.

11

아파트로 돌아오니 자동응답기에 전화가 한 통 수신되어 있었다. 젊은 의사였다. 그의 목소리는 가랑비에 젖은 낙엽 같았다. 김동표예요……제 말……지금, 듣고 있어요? 미안해요…… 제법 오래 침묵이 흘렀다. 나는 마치 그가 옆에 있기라도 하듯 조심스럽게 일어나 거실 한쪽에 아무렇게나 던져져 있던 쿠션을 가져다가 배를 받치고 허리를 접었다. 알코올 기운이 잔뜩 담긴 한숨을 뱉어내자 젊은 의사의 목소리가 수신 장치를 통해

다시 흘러나왔다. 하지만 이상하지 않아요? 이건…… 악몽이
에요…… 전…… 제게는 조그마한 실수도 없었어요. 약물은
정상적으로 투여됐고, 수술을 할 필요도 없었죠. 그런데……도
대체 왜 이런 일이 일어나야 하는 거죠? 이건, 악몽이에요……
도대체 이유를 알 수가 없어요…… 전화는 계속되리라 싶은 대
목에서 끊겨져 있었다. 전화가 끊어지기 바로 직전에 뭔가가 부
서지는 듯한 소리가 들렸고, 뚜뚜뚜뚜…… 하는 단발음이 녹음
되어져 있었다.

12

더 이상 장미꽃 방을 개설해놓을 수가 없었다. 내 방에서 쫓
겨난 사람들이 다시 내 방으로 들어와 이상한 언어들로 도배를
해버리는 일이 빈번하게 일어났기 때문이었다. 나는 방을 없애
고 한동안 접속하지 않았다. 은행 통장의 잔고가 점점 줄어들고
있었으므로 나는 시디조차 마음대로 구입할 수 없었다. 자동차
검사일이 한 달가량 지나 있었다. 오자와 세이지의 음악이 지겨
워지기 시작했다.

13

아파트의 초인종이 울렸다. 인터폰의 모니터에 집배원의 모
자가 커다랗게 나타나 있었다. 나는 문을 땄다. 이제 문을 따는
정도의 손길은 전과 다르지 않았다. 속달입니다. 박영훈 씨 본
인입니까? 내가 고개를 끄덕였다. 집배원은 나보다 열 살쯤은
많아 보였다. 그는 내 눈을 노려보고 있었다. 도장 주시겠습니
까? 이번에는 나는 고개를 끄덕이지 않았다. 잠깐만요…… 나
는 몇 번이나 입속으로 그 말을 만들어냈는지 모른다. 내 얼굴
은 열에 들떠 있었다. 책상 서랍에서 도장을 꺼내들고 집배원에
게로 돌아가는 내 발길이 허둥거리고 있었다. 도장을 그에게 건
네주는 내 손이 몹시 떨렸다. 제발, 아무것도 묻지 말아주기를
얼마나 빌었는지 모른다. 나는 집배원과 눈을 마주칠까 봐 아예
현관 바닥만 내려다보고 있었다. 본인 도장 맞아요? 집배원은
집요함의 악마처럼 다시 물었다. 내 얼굴은 느닷없이 뺨을 얻어
맞은 듯 일그러져 있었다. 나는 천천히 고개를 끄덕였다. 내 두
손은 단단하게 말아 쥐어져 있었다. 그는 내 도장을 눈앞에다
바싹 끌어다 놓고는 한참이나 들여다보았다. 이 도장, 박영훈
씨 것 맞아요? 그가 다시 물었고, 나는 어금니를 꽉 깨물며 고
개를 끄덕였다. 관자놀이에서 볼을 타고 땀방울이 미끄러지고
있었다. 집배원은 눈을 치켜가며 나를 흘깃거리고는 손에 들고

있던 서류 위에다 도장을 꾹 눌러 찍었다. 그는 우표가 잔뜩 붙어 있고, 여러 개의 스탬프가 찍힌 편지봉투를 내게로 내밀었다. 나는 그를 향해 고개를 까닥해 보이고는 문을 닫겼다. 자물쇠를 채우려는데 바깥에서 그의 목소리가 들려왔다. 씨발, 혀에다 납을 달았나. 나는 거실로 돌아와 전축을 켰다. 볼륨을 잔뜩 올렸다. 때려 부수는 듯한 거친 음향이 한순간 거실 안에 울렸다. 나는 거실 한가운데 선 채로 편지의 겉봉을 훑어보았다. 김동표가 보낸 것이었다. 봉투는 무척 얇았다. 봉투의 윗부분을 찢고는 봉투 속으로 손가락을 집어넣었다. 조그마한 명함 하나가 집혀 나왔다. 우일신경정신과, 박사 유우일. 은은한 분홍빛이 감도는 명함에는 그렇게 씌어 있었다.

14

겨울로 접어들자 여러 날 거푸 눈이 내렸다. 겨울로 접어들고 얼마 되지 않은 어느 날, 나는 두 가지 일을 계획했다. 그 두 가지 일은 너무 갑작스럽게 떠오른 것이었기 때문에 과연 실현에 옮길 수 있을지 장담할 수 없었다. 내가 계획한 두 가지 일 중의 하나는 가지고 있는 음악 시디들 중에서 나중에 꼭 다시 듣고 싶어질 만한 최소한의 몇 개를 제외하고는 모두 내다 파는 것이었다. 책이라면 헌책방에다 팔 수가 있겠지만, 포장이 뜯겨져 나간 시디를 사줄 만한 가게가 있을 것 같지 않았다. 그래서 나는 좌판을 벌일 것을 생각했다. 내가 만약 목소리만 잃지 않았다면 어떻게든 레코드 가게들을 찾아가 시디를 떠넘기려고 생각했을 것이다. 이건 이래서 들을 만한 것이고 저건 저래서 사둘 만할 것이라고 설득을 했을 것이다. 그러나 아무 말 없이 시디들을 들고 가 레코드 가게 주인들 앞에 내민다는 것은 마치 때밀이수건들을 잔뜩 신고 다니며 강매하는 벙어리 행상인의 그것에 다름 아닐 터였다. 우선 나는 내다 팔 시디들을 고르기 시작했다. 하지만 한 시간가량이 지나도 겨우 스무 개 정도밖에 고르질 못했다. 막상 내다 팔기가 아까웠던 것이다. 웃음이 나왔다. 그래서 나는 오자와 세이지의 것들만 빼놓고 모조리 내다 팔기로 결심을 굳혔다. 모두 아흔 개였다. 나는 하얀 복사지를 손가락 두 개 만큼의 크기로 잘라 각 시디들의 정가의 3분의 1에 해당하는 값을 사인펜으로 써서 셀로판테이프로 케이스에다 붙이는 작업을 시작했다. 그 작업을 하면서 나는 몹시 불안했다. 이렇게 내다 팔고 나면 다시는 음악을 들을 수 없을지 모른다는 두려움 때문이었다. 나는 시디 케이스 위에 5천 원짜리, 4천 원짜리, 혹은 6천 원짜리 딱지를 붙이면서 시벨리우스를 지우고 아슈케나지를 지우고 카를로스 보넬을 지우고 카라얀을 지우고 장영주를 지우고 살바토레 아카르도를 지웠다. 나는 두툼한 외투에 목도리를 둘렀다. 쇼핑백에 아흔 개의 시디를 집어넣은 다음 야외용 돗자리를 챙겨 아파트를 나섰다. 호숫가 산책로에 좌판을 깐 첫날, 하늘은 곧 눈을 내릴 듯 찌푸려 있었다. 바람이 매섭게 불고 있었다. 바람이 불 때마다 시디 케이스 위에 붙여놓은 표딱지들이 플루트 소리를 내며 떨렸다. 사람들은 거의 없었다. 간혹 데이트를 나온 듯한 젊은 연인들이 무심하게 좌판 앞에 쭈그리고 앉아 이것저것 들었다 놓았다 하더니 묘한 웃음을 띠며 나를 힐끔힐끔 쳐다보다가는 가버렸다. 첫날, 나는 두 장의 시디를 팔고 만 원을 벌었다. 아니, 번 것이 아니라 만 원에 두 장의 시디를 넘겨주었다. 슈베르트의 가곡집 아름다운 물레방앗간 아가씨를 6천 원에 넘겼고, 멘델스존의 「무언가(無言歌)」를 4천 원에 넘겼다. 그 두 개의 시디를 사가지고 간 사람들은 군고구마 장수들이 흔히 쓰는 낡은 빵떡모자를 깊이 눌러쓴 서른두엇쯤 먹어 보이는 남자와 체스판 무늬의 목도리를 얌전하게 두른 대학생인 듯 보이는 젊은 여자였다. 두 사람은 좌판 앞에서 가장 오래 앉아 있었던 사람들이었다. 그들은 각자 따로 와서, 함께 갔다. 먼저 좌판 앞에 앉은 것은 여학생이었다. 10여 분쯤 뒤에 빵떡모자를 쓴 남자가 왔는데, 그들은 보물찾기라도 하듯 야외용 돗자리 위에 깔린 아흔 개의 시디들을 이리저리 헤집었다. 모두 클래식이네. 여학생이 모두 훑어보고 나서 한 말이었다. 클래식을 좋아할 나이가 아닌 것 같은데? 빵떡모자가 한 말이었다. 그 말에 여학생이 힐끔 남자를 보았다. 남자가 웃었다. 아저씨는 몇 살이나 되셨어요? 빵떡모자가 킥킥거리며 웃었다. 그러고는 우두커니 서 있던 나를 남자가 올려다보았다. 나는 그를 향해 희미하게 웃어주었다. 나는 그의 얼굴이 어딘지 모르게 낯익다는 느낌이 들었다. 그가 시디 하나를 들어 여학생 앞으로 보여주었다. 그가 고른 것은 멘델스존이었다. 이거 한번 들어봐요. 무언가? 그래요, 이건 무언가지. 두 사람이 마주 보며 웃었다. 빵떡모자가 장난스럽게 말했다. 무언가가 무언가 하면 바로 무언가지. 여학생이 맑게 웃었다. 이걸 사겠어요. 여학생은 빵떡모자의 손에 쥐어져 있던 멘델스존의 무언가를 받아 쥐고는 나를 올려다보았다. 아저씨, 이거 3천 원에 안 되나요? 여학생의 볼은 겨울바람을 많이 쐰 탓인지 발갛게 상기되어 있었다. 나는 가만히 있었다. 빵떡모자가 여학생의 어깨를 툭 쳤다. 이봐, 이거 원래 1만 2천 원짜리야. 여학생이 그의 얼굴을 바라보았다. 그는 뒷주머니에서 지갑을 꺼내 5천 원짜리 지폐 한 장과 천 원짜리 지폐 두 장을 내게 내밀었다. 그의 손에는 6천 원짜리 슈베르트 가곡집이 들려 있었다. 그의 눈이 내 눈 안으로 스며들어왔다. 천 원은 여기 이 학생 대신 드리는 겁니다. 그러고는 여학생에게 말했다. 자네가 나한테 자판기 커피를 한잔 사주게. 여학생이 환하게 웃으며 고개를 끄덕였다. 두 사람은 자판기 쪽으로 걸어갔다. 나는 순간 당황했다. 여학생은 자신이 내야 할 시디값 3천 원을 치르지 않은 것이었다. 내 손이 외투 주머니에서 쑥 빠져나와 마치 여학생의 뒷덜미를 낚아채기라도 하듯 앞으로 뻗어졌다. 하지만 내 팔은 허공에서 버둥거릴 뿐이었다. 빵떡모자와 여학생은 마치 연인이라도 되는 듯 나란히 자판기가 있는 곳으로 걸어가고 있었다. 나는 걸음을 뗄 수가 없었다. 내 얼굴은 벌겋게 달아 있었다. 내 시선은 안타깝게 두 사람의 뒤를 좇고 있었다. 자판기가 있는 곳으로 걸어간 여학생은 주머니에서 동전을 꺼내 투입구에다 밀어 넣고 있었다. 그러다가 잠깐, 여학생의 동작이 멈추어졌다. 여학생의 얼굴이 나를 향해 돌려졌다. 제법 멀리 떨어진 거리였지만 여학생의 얼굴에 당혹한 표정이 만들어지고 있다는 것을 나는 확인할 수 있었다. 여학생은 빵떡모자를 쓴 남자에게 뭐라고 말을 하고는 내게로 달려왔다. 여학생의 입에서는 하얀 입김이 무성하게 날렸다. 죄송해요, 제가 깜빡했어요. 저 아저씨가 제 시디값까지 내준 거라고 착각을 했지 뭐예요. 여학생은 지나치게 깊이 고개를 숙여 보였다. 아닙니다, 뭐 그럴 수도 있죠……, 나는 그렇게 말해주고 싶었다. 눈시울이 갑자기 뜨거워지면서 눈물이 핑 돌았다. 나는 여학생에게 고개를 끄덕거려주고는 얼른 호수 쪽으로 고개를 돌렸다. 강 위에 떠 있던 푸르고 흰 물비늘들이 낱낱이 뜯겨져 하늘 위로 풀풀 날리는 것 같았다. 해가 지고 사람들의 발길이 끊기면 나는 좌판을 걷고 자판기에서 아주 단 커피를 뽑아 마신 다음 아파트로 돌아왔다. 아파트로 돌아오면 나는 아무것도 먹지 않고 잠을 잤다. 잠에서 깨면 대개는 자정쯤 되었다. 냉장고에서 찬물을 꺼내 석청 한 스푼을 타서 마시고 난 다음, 나는 쇼핑백에 담긴 시디들 중에서 하나를 꺼내 틀었다. 언젠가는 다른 사람의 손에 넘겨질 노래들을 듣는 일은 무척 쓸쓸했다. 그러나 나는 쓸쓸함 때문에 시디 파는 일을 멈추지는 않을 것이었다. 시디들이 다 팔릴 때까지 나는 호수변에 좌판을 벌일 것이고, 잘 팔리지 않더라도 값을 내리는 일은 하지 않을 것이었다. 겨울이 더 깊어지면서 내게는 눈물 흘리는 일이 조금씩 줄어들고 있었다. 호수변에 좌판을 까는 일이 점점 익숙해져가듯 눈물을 참아내는 일도 많이 익숙해져 있었다.

15

어느 날 역사학자 월터 월뱅크의 문명의 과거와 현재를 인터넷으로 검색하던 나는 그와 비슷한 주제를 가진 인터넷 사이트가 무려 180만 개가 넘는다는 놀라운 사실을 발견했다. 알타비스타에서 검색한 것만 해도 정확히 1,826,890개였다. 내가 그 사실을 알게 된 날은 공교롭게도 내가 보유하고 있던 클래식 시디들을 내다 팔기로 마음먹었던 날이었고, 내가 느닷없이 계획한 두 가지 일 중의 다른 하나는 바로 그 180만 개가 넘는 인터넷 사이트를 모두 확인해보겠다는 것이었다.

16

3천 개 정도의 사이트를 검색하고 났을 때 겨울은 거의 끝나 있었다. 매형의 친구가 히말라야에서 새로 석청을 갖다주었고, 클래식 시디는 쉰다섯 개가 남아 있었다. 나는 시디를 넘기고 받은 돈 중에서 하루에 3천 원가량을 썼다. 천 원짜리 담배 한 갑과 소면 한 묶음, 그리고 양파를 샀다. 나는 양파를 하루에 서너 개쯤 먹어치웠다. 누나가 챙겨주는 밑반찬보다 나는 양파를 고추장에 찍어 먹는 것을 더 좋아했다. 양파가 정력에 좋다는 것을 신문에서 읽고 난 뒤였다. 나는 더 이상 인터넷의 포르노 사이트로 들어가지는 않았지만, 언젠가 호수변의 좌판에서 만났던 어린 여학생을 떠올리며 수음을 하면 사정을 할 수 있었다. 양파 덕분이었다.

17

3월이 오면 좌판을 거둘 생각이었다. 하지만 나는 아주 능숙한 벙어리 장사꾼이 되어 있었고 좌판을 걷지 않았다. 가끔 여학생이 와서 시디를 사주었다. 빵떡모자를 쓴 남자는 처음 몇 번은 다시 만날 수 있었지만 더 이상은 아니었다. 언젠가부터 여학생이 올 때는 늘 혼자였다. 먼 곳이 아지랑이로 가물거리던 어느 날, 그녀가 좌판으로 왔다. 나는 빵떡모자를 쓰고 있던 남자의 안부가 궁금했다. 그녀는 그의 안부를 알고 있을 것 같았다. 나는 한참이나 망설이다가 오래전부터 준비해두었지만 한 번도 사용한 적이 없는 메모지에 이렇게 써서 그녀에게 보여주었다.

빵떡모자 아저씨는 어디로 갔어요?

메모지를 건네받은 여학생은 눈을 동그랗게 만들어 나를 한참이나 바라보았다. 그러고는 가만히 고개를 끄덕였다. 미국으로 가셨어요. 내가 희미하게 미소를 지어 보였다. 여학생은 또 한참 동안 말없이 나를 바라보다가 입을 열었다. 그 아저씨, 재즈 평론가래요. 공부하러 미국에 가신댔어요. 그러고는 또 한참이나 그녀는 나를 바라보았다. 수화할 줄 모르세요? 나는 수화라는 말에 깜짝 놀랐다. 나는 목소리를 잃은 지 1년이 지나도록 단 한 번도 수화에 대해 생각해본 적이 없었다. 아니, 어쩌면 생각해보았을지도 몰랐다. 하지만 그걸 배워야겠다는 생각은 결코 해본 적이 없었다. 그걸 배운다는 건 나 자신에 대한 모멸이라고 생각했는지도 몰랐다. 그러나 그녀가 수화라는 말을 한 순간, 나는 마치 큰 잘못이라도 저지른 것같이 수치스러웠다. 그것은 마치 나 자신을 너무도 이기적인 인간이라고 인식

한 것과 같았다. 타인을 위해 어떤 배려도 하지 않는 이기적인 인간. 나는 불침을 맞은 듯 온몸이 뜨거웠다.

18

문명의 과거와 현재라는 주제를 가진 180만 개의 인터넷 사이트 중에서 5천 몇 번째의 것을 검색하고 있던 4월 어느 온화한 밤이었다. 나는 trolley라는 단어를 사전에서 찾고 있었다. 사전을 찾아보니 그것은 전차를 의미하는 단어였다. 내가 그때 읽고 있던 대목은 미국에 trolley car, 즉 전차가 맨 처음 운행되던 때의 일이었다. 미시간 대학의 한 역사학과 학생이 운영자로 되어 있는 홈페이지의 깨알같이 작은 글씨를 들여다보고 있던 나는 한순간 움찔했다. 모니터 위에 회색의 박스가 떠올라 있었다. 인터넷 메일이 수신되었음을 가리키는 안내문이었다. 나는 마우스를 움직여 메시지를 지운 다음 화면 우측 하단의 수신함을 클릭했다. 곧 편지함이 열렸다. 내 입이 반쯤 벌어졌다. 화면에는 @키를 이용해서 그려진 아주 탐스럽게 영근, 피처럼 붉은 장미꽃 한 송이가 피어 있었다. 그 아래에 두 줄로 된 글이 적혀 있었다.

46억 년 전에는 모든 것이 침묵이었다.

그대는 아직 침묵의 강을 표류하고 있는가?

편지를 보낸 사람은 losstime이었다. 그리고 그는 놀랍게도 문밖의 사람들을 쓴 소설가 김정완이었다. 소설가 김정완을 아느냐고 내가 물었을 때 그가 황급히 대화방을 떠났던 이유를 알 것 같았다. 마우스를 잡고 있는 내 손이 와들거리며 떨렸다. 나는 손바닥으로 얼굴을 훑어 내리고는 인터넷을 종료시켰다. 그러고는 곧바로 통신 프로그램으로 들어갔다. 접속해 들어가는 시간이 한없이 길게 느껴졌다. 몇 년이나 되는 것 같은 1, 2분이 지나고 통신이 열렸다. 나는 좌측의 메뉴판에서 대화방을 마우스로 찍었다. 여느 날과 다름없이 수없이 많은 방들이 개설되어 있었다. 200번대의 방 이름을 훑고 있던 내 눈을 거칠게 잡아끄는 방이 있었다. 그대, 침묵의 강을 아십니까? 그 방에는 단 한 사람만이 존재하고 있었다.

소설을 읽었어요. 한 1년쯤 된 것 같습니다.
짐작했어요. 그런데 우리, 소설 얘기는 하지 말기로 하죠.
……
사실 우린, 초면이나 다름이 없죠?
그렇다고 해야 할 것 같군요.
어딥니까?
서울입니다. 강이 잘 보이는 곳이에요. 거긴?

제법 먼 곳입니다. 여긴 강이 보이지 않아요. 대신 호수가 있죠. 아침과 저녁과 밤에는 안개가 무척 많아요. 어떤 때는 하루 종일 안개가 덮여 있는 날도 있죠. 여긴 물의 고향이에요.

어딘지 짐작이 가는군요.

궁금한 게 있어요.

……?

왜 낭비한 시간이라는 아이디를 쓰시는지.

글자 그대롭니다. 삶이 곧 낭비죠.

비관적이시군요.

그럴 겁니다.

살아가는 것을 낭비라고 생각하는 사람이 어떻게 그런 낙관적인 소설을 쓸 수 있는 것인지, 문득 의아했다. 하지만 나는 그런 것을 묻지는 않았다. 소설 얘기를 하지 말자는 그의 제안 때문만은 아니었다. 비관적인 세계관을 가진 사람이기 때문에 오히려 낙관적인 얘기를 하는 것이라는 생각이 들었기 때문이었다.

나이를 물어봐도 실례가 안 될는지……

살 만큼 살았어요.

얼마나 되어야 그런 말을 할 수 있죠?

글쎄요. 그쪽은 몇이나 되었나요?

서른여섯입니다.

살 만큼 산 건가요?

아뇨. 아직 좀더 살아봐야 할 것 같아요. 꼭 하고 싶은 일이 남아 있거든요.

뭐죠?

아직 팔아야 할 클래식 시디가 쉰 장쯤 남아 있어요. 그리고 검색해봐야 할 인터넷 사이트가 180만 개나 남아 있어서.

후후…… 죽지 않겠다는 말씀이군요.

아닙니다. 시디를 다 팔고 인터넷 사이트를 다 검색하고 나면 저도 살 만큼 산 거라고 말할 수 있을 겁니다.

그럼 이렇게 하죠.

……?

제가 내일 당신의 남은 시디 쉰 장을 몽땅 사드릴게요. 그리고 수일 안으로 180만 개의 인터넷 사이트를 저장하고 있는 시디를 만들어드리겠습니다.

나는 기분이 좋았다. 김정완이란 소설가가 결코 비관적인 사람이 아니라는 확신이 들었다. 우리는 그날, 대화방을 잠가놓고 아무도 들어오지 못하게 하고는 아침이 올 때까지 얘기를 나누었다. 그는 하품을 했다. 그는 컴퓨터를 능숙하게 다루었다. 부윰하게 창이 밝아올 무렵 화면에 하품하는 입을 커다랗게 그린 뒤, 아듀……라는 글자를 찍어놓고는 '침묵의 방'을 빠져나갔다. 그날 아침, 나는 목소리를 잃은 뒤 처음으로 엄청난 양의 식사를 했다. 냉장고에 남아 있던 과일들을 모두 먹어치웠고, 냉장고에 남아 있던 식빵을 모두 구워 먹었다. 그리고 1000밀리미터짜리 우유를 깡그리 비워냈다. 그러고 나서 이를 한 10분가량 닦았고, 욕조 가득 뜨거운 물을 받아놓고 천천히 목욕을 즐겼다. 나는 욕조 안에서 잠이 들었다. 깨어보니 욕조 안의 물이 식어 있었다.

19

여학생이 시디를 한꺼번에 다섯 장이나 사갔다. 그날 저녁, 나는 losstime과 만나 얘기를 나누었다.

시디를 왜 다른 사람에게 넘겨야겠다고 생각했죠?
남은 돈이 얼마 없었거든요.
팔아야 할 게 시디밖에 없었나요?
찾아보면 뭔가 더 있었을 겁니다. 그런데 뭐랄까…… 저한테 무척 중요한 것을 팔고 싶었다고나 할까요.
중요한 것이라. 시디가 그렇게 중요했나요?
예.
왜요?

아름다운 소리를 담고 있으니까요.

클래식이 아름다운 소리인가요?

그럼요. 오자와를 아세요?

오자와 세이지?

아시는군요. 전 그 사람의 오케스트라에 빠진 적이 있었어요. 물론 지금도 여전히 가장 많이 듣고 있지만.

대중가요는 아름답지 않아요?

글쎄요, 물론 아름다운 것도 있죠. 하지만 많지는 않아요.

대중가요를 잘 아세요?

아닙니다. 잘 모릅니다.

잘 모르면서 그렇게 말해도 되는 건가요?

……

가령 이렇게 얘기해보면 어떨까요.

……

자기가 애정을 가지고 있는 것만을 아름답다고 여기는 것은 아닌지. 문학하는 사람에겐 문학은 아름답고, 그림을 그리는 사람에겐 그림은 무조건 아름다운 것이고…… 사기꾼에겐 허술한 인간이면 모두 아름다워 보이지 않을까요?

틀린 얘기는 아닌 것 같네요.

또 이렇게 한번 말해봅시다. 사실 세상엔 아름다운 게 아무것도 없다고 말입니다. 뭐가 아름답죠? 문학이 아름다운가요? 그림이 아름다운가요? 인생이? 자연이? 컴퓨터가? 아이가? 예쁜 여자가?

　무슨 말씀이신지……

　나는 당혹스러웠다. 그가 화를 내고 있다는 생각이 들었다.
불안했다. 그의 말대로 세상에는 아름다운 것이 전혀 없을 수도
있다는 생각이 들었다. 푸른 화면 위로 흰 글자들이 빠르게 박
히고 있었다.

　아름다운 것은 아름다운이란 말이 수식하지 않으면 아무것도
아름답지가 못해요. 아름다운 사람, 아름다운 자연, 아름다운
그림, 아름다운 음악, 아름다운 마음…… 도대체 아름다움이란
뭡니까. 그건 그저 하나의 말일 뿐입니다. 거짓, 날카로움, 더
러움, 지겨움, 슬픔이란 것과 다를 게 없어요. 아름다운이라는
말로 수식되지 못하면 아무것도 아름답지가 않아요. 우리가 아
름답다고 여기는 건 모두가 그런 말에 현혹되어 있기 때문이 아
닐까요?

　나는 독감에 걸린 것처럼 이마가 뜨거웠다. 아니야……! 내
혓바닥이 그렇게 소리를 지르고 있었다. 그의 말은 부정되어야
했다. 아름다운 것은 아름다운이라는 수식어를 필요로 하지 않
는다. 아름다운이라는 말로 수식되지 않아도 아름다운 건 아름
다운 것이다. 내 입술이 파르르 떨리고 있었다. 나는 떨리는 손

가락으로, 아듀를 찍고는 침묵의 방을 빠져나왔다.

20

봄이 깊어지고 있었다. 좌판에 깔린 시디는 서른 개쯤으로 줄어들었다. 내가 검색한 인터넷 사이트는 만 개를 넘어가고 있었다. 내가 검색하지 못한 179만 개 이상의 사이트를 생각할 때마다 몸에서 힘이 빠져나갔다. 나는 몇 사이트나 더 검색하고 나야 이 적막한 짓을 그만두게 되는지, 자신이 없었다. 어쩌면 내일, 나는 더 이상 인터넷에 접속하지 않을는지도 몰랐다. 열흘 이상 나는 여학생을 만나지 못했다. 그녀를 아무리 떠올려도 발기는 되지 않았다.

21

해가 길어지고 있었다. 어둠이 몰려와도 호수변의 사람들은 떠나지 않았다. 어둠이 몰려온 뒤에 새로 나타나는 사람들도 많았다. 어느 날 좌판을 걷고 시디들을 쇼핑백에 넣은 뒤 야외용 돗자리를 둘둘 말고 있는데, 누군가 나를 향해 다가오고 있었다. 수염을 길렀지만 말끔하게 다듬은 탓인지 무척 단정해 보였다. 그는 검정 넥타이를 매고 있었다. 양복 윗도리는 그의 손에 쥐어져 있었다. 가만히 보니 그는 빵떡모자였다. 그가 내게 손을 내밀었다. 나는 엉거주춤하게 그의 손을 쥐었다 놓았다. 혹시, 영원히 그대를 잃는 것은 할 수 없다 할지라도, 있소? 그는 초등학교 저학년생이 책을 읽듯 또박또박 발음을 했다. 영원히, 그대를, 잃는 것은, 할 수 없다, 할지라도. 나는 그의 눈을 응시하며 베르디의 「가면무도회」 말이군요, 하고 말했다. 물론 내 눈이 그렇게 대답했을 뿐이었다. 나는 쇼핑백을 뒤지기 시작했다. 찾기가 쉽지 않았다. 팔렸소? 나는 얼굴을 들어 그를 쳐다보며 고개를 저었다. 가방 이리 줘봐요. 그는 내 손에서 쇼핑백을 낚아채고는 반쯤 말다 만 돗자리 위에다 시디들을 쏟았다. 여기 있네. 그는 파바로티의 건장한 몸집이 박혀 있는 시디를 집어 들었다. 6천 원이라는 가격표가 붙어 있었다. 그는 지갑에서 만 원짜리 지폐를 꺼내 내게로 내밀었다. 거스름돈은 놔둬요. 나는 돗자리 위에 쏟아진 시디들 중에서 쇤베르크의 「정화된 밤」을 얼른 집어 들었다. 그것을 그에게 주었다. 그가 멍한 눈길로 나를 바라보고는 시디를 받았다. 쇤베르크의 시디 케이스 위에는 4천 원짜리 가격표가 붙어 있었다. 나는 그에게, 슬픈 일이 있군요, 하고 말하고 싶었다. 그가 한쪽 입꼬리를 말아 올리며 혼잣말처럼 중얼거렸다. 산다는 게 우습잖아요…… 나이 어린 것들이 나이 먹은 놈을 남겨놓고는 가버리고 말이야…… 나이 든 놈은 그저 술이나 처먹고, 쓸쓸한 음악이나 들으면서 나이 어린 녀석을 떠올리고…… 대강은 짐작이 갈 만한 말을 남기고는 그가 불쑥 돌아섰다. 그러고는 힘겹게 몇 걸음을 뗐다. 그러다가 양복 윗도리를 어깨에 걸치며 내게로 다시 몸을 돌렸다. 당신, 일부러 말 못 하는 척하는 거 아니요? 나는 그를 향해 희미하게 웃어주고는 돗자리 위에 쏟아진 시디들을 쇼핑백에다 주섬주섬 챙겨 넣었다. 그는 한동안 그 자리에 서 있었다. 나는 돗자리를 말아 끈으로 묶고는 일어섰다. 미안하오. 그는 내 곁을 나란히 걸었다. 정미, 알죠? 나는 걸음을 조금쯤 빨리 했다. 그가 조금씩 뒤쳐졌다. 그의 목소리가 내 뒷덜미에 달라붙었다. 녀석이 갔어요. 아파트 옥상에서 떨어졌답니다. 나는 거의 뛰듯이 재게 걸음을 옮겼다. 길가에 켜진 가로등 불빛이 물결처럼 출렁거리고 있었다.

22

집으로 돌아오는 길에 나는 국산 양주를 한 병 샀다. 안주도 없이 그것을 천천히 마시면서 낭비한 시간과 얘기를 나누었다. 나는 여학생에 대해 얘기했다. 빵떡모자를 만났던 얘기도 했다. 여학생이 옥상에서 떨어져 죽었다는 얘기는 하지 않았다.

그 여자애를 좋아하는군요.

물론 좋아하죠.

사랑을 고백하고 싶은가요?

글쎄요, 저한테 그런 행운이 올까요.

어쩌면 그 여자애에게 더 행운일지 모르죠.

빵떡모자, 그 양반도 아마 그녀를 좋아하고 있을 겁니다.

듣고 보니 그렇군요. 삼각관계네요.

나는 그녀가 옥상에서 떨어져 죽었다는 얘기를 하고 싶었다. 내 안의 어떤 사악한 기운이 자꾸만 그렇게 내 손가락을 움직이려 했다. 그럴 때마다 나는 술병을 집어 들고는 찔끔찔끔 목구멍 너머로 부었다.

아직도 여전히 삶을 낭비하고 있어요?

물론이죠.

혹시 죽음 같은 거, 그런 걸 스스로 선택해보려고 하지 않았어요?

자살이라면, 글쎄요, 그것 역시 낭비니까, 굳이 제가 택할 필요가 있을까요. 언젠가는 자연스럽게 찾아오겠죠, 뭐.

전 김 선생을 무척 비관적인 사람이라고 생각했었는데 제 짐작이 완전히 빗나간 것 같아요. 오히려 너무 여유가 있어서…… 어떤 때는 절 놀리는 것 같아요.

그럴는지도 몰라요. 저 자신도 더러 깜짝깜짝 놀랄 정도니까요.

그건 김 선생 자신이 김 선생 자신을 놀린다는 얘긴가요?

그래요. 사실 제가 아는 많은 사람들은 자기 자신을 우롱해요. 그걸 아는 사람도 있고, 모른 척하는 사람도 있고, 모르는 사람도 있고.

술병이 비었다.

스스로 목숨을 끊는 사람은 물론 절망 때문이겠죠?

그렇게 생각하세요?

그렇지 않을까요? 절망하지 않는다면 왜 자살을 하겠습니까.

글쎄요. 오히려 절망에 이르기 전에 자살을 하는 건지도 모르죠. 절망이 찾아올까 봐 겁이 나서 죽어버릴 수도 있잖아요?

음……

이렇게 한번 말해봅시다. 자신이 절망하고 있는지, 자신이 가진 것이 절망인지, 그런 건 알 수 없는 거라고 말입니다.

이 세상에 아름다운 게 아무것도 없듯이 말이죠?

^.^

왜 웃어요?

영훈 씨도 저한테 많이 세뇌를 당했어요.

원한 거 아닙니까?

천만에요.

음……

영훈 씨, 자살하고 싶어요?

나는 아듀를 세 번이나 찍어놓고 침묵의 방을 빠져나왔다. 그
러나 평소처럼 황급히가 아니라 천천히.

23

아침에 일어났을 때 나는 몸을 움직일 수가 없었다. 지난밤에
마신 술 때문이 아니었다. 마치 누군가가 나를 옴짝달싹하지 못
하게 누르고 있는 것 같았다. 나는 조심스럽게 손가락부터 움직
여보았다. 하나, 둘, 셋…… 손가락 열 개는 아무 이상 없이 움
직여주었다. 나는 두 손으로 방바닥을 짚고는 천천히 몸을 일으
켜보았다. 목덜미에 강렬한 통증이 느껴졌다. 폐부 깊숙한 곳에
서 악! 하는 비명 소리가 터져 나왔다. 전화벨이 울렸다. 메시
지를 남겨달라는 녹음된 전자 음성이 들려왔다. 신호음이 떨어
지고 매형의 친구가 히말라야에서 석청을 가지고 왔다는 누나
의 목소리가, 예의 그 가라앉은 톤으로 들려오고 있었다. 나는
두 손으로 목덜미를 싸안은 채 꼼짝하지 못했다.

24

뒷목이 뻣뻣해지는 증세는 봄이 가고 여름이 오면서 빈번하게 일어났다. 잠을 자고 일어나면 도무지 몸을 움직일 수가 없는 날이 많아지고 있었던 것이다. 잠자리 때문이라는 생각이 들었다. 요를 깔지 않고 잠이 들거나, 베개를 베지 않고 잠이 들곤 했던 버릇 탓이 분명했다. 그 이후로 나는 잠이 들기 전에는 반드시 두툼하게 요를 깔거나 높이가 적당한 베개를 이용했다. 하지만 목이 뻣뻣해지는 증세는 쉬 가라앉질 않았다. 호수변으로 나가지 않는 날이 많아졌다. 호수변으로 나가지 않는 날이면 하루 종일 소파에 기대앉아 노래를 들었다. 한때는 내 몸 안에서 마음대로 유영하던 수많은 음표들이 서서히 내 몸 밖으로 빠져 달아나고 있었다. 세상에 남아 있던 그리움이 점점 줄어가듯.

25

여름이 갔다. 내가 검색한 인터넷 사이트는 1만 2천 개를 넘어서고 있었다. 아직 179만 개의 검색하지 못한 사이트가 남아 있었다. 시디를 사가는 사람은 이제 없었다. 오랫동안 서른 개가 남은 채로 있었다. 나는 머지않아 내가 자살을 할 수도 있다는 생각이 들었다. 그것은 거의 확신에 가까웠다.

26

쉬지 않고 계속되는 것은 침묵의 방에서의 대화뿐이었다. 그 방에는 김정완과 나, 오직 둘만이 존재했고, 끝없이 대화를 이어가고 있었다. 아무도 그 방을 기웃거리지 않았다. 어느 날인가 김정완은 침묵의 방을 어떤 네티즌이 '사이코드라마가 열리는 방'이라고 얘기하더라고 내게 말해주었다.

뒷목이 자꾸 뻣뻣해져서 아침에 일어나기가 힘이 들어요.
운동을 하지 않아서 그럴 겁니다.
김 선생은 운동을 하시나요?
무기력해질 때면 가끔.
언제 무기력해지나요?
글쎄요…… 가령, 텔레비전의 채널을 아무리 돌려보아도 재미있는 걸 발견하지 못할 때.
무슨 운동을 합니까?
뛰죠.
조깅 말입니까?

물론 그렇게 뛰기도 하죠.

그럼 다르게 뛰나요?

마라톤을 합니다.

이해할 수가 없네요. 하루 종일 컴퓨터를 하시면서 어떻게?

요령을 가르쳐드리죠. 매우 경제적으로 달리는 방법이에요.

……?

우선 눈을 깊이 감고 명상에 잠겨보세요. 어느 정도 마음이 가라앉으면 뛰기 시작하는 겁니다. 보스턴 마라톤에 참가한다고 상상해도 좋고, 올림픽에 참가했다고 상상해도 좋아요. 황영조 같은 사람과 함께 뛴다고 상상하면 훨씬 효과적이지요. 실제로 맥박을 체크해보면 엄청나게 빨리 뛰죠. 영훈 씨도 한번 해보세요.

어떤 경우 나는 김정완을 도무지 이해할 수 없었다. 어떤 경우 그는 생각나는 대로 떠들고 마음 내키는 대로 지껄이는 듯 보였다. 어떤 때 그는 거의 완벽하게 지적인 듯했지만, 어떤 경우 그의 모든 것이 유희 같았다. 어떤 때 그는 진짜 자폐증 환자 같았다. 통제되지 않는 관념들을 마구 쏟아내놓을 때 그랬다. 어쩌면 그에게는 컴퓨터 통신이란 것이 그런 자폐적이고 유희적인 놀음에 가장 적합한 공간일지 몰랐다. 간다는 말 한마디만 던져놓고 훌쩍 떠나버릴 수 있는, 아주 사소한 예의와 체면조차 완벽하게 무화되어버리는, 방만하도록 자유로운 공간이 바로 대화방일지 몰랐다. 그곳을 소설가 김정완은 아무런 거리낌 없이 사용하고 있는 듯 보였다. 그런 점에서 보자면 나 역시 다르지는 않았다. 나는 아듀, 아듀, 아듀, 아듀……를 무수히 찍어놓고는 후다닥 방을 빠져나와버렸다.

27

서른 개의 시디는 한 달째 단 한 개도 팔려나가지 않았다. 가을장마가 지루하게 이어지면서 나는 더 이상 호수변에 가지도 못했다. 뒷목이 뻣뻣해지는 증세는 서서히 몸속을 파고들어오는 살인자의 칼처럼 잔인하게 이어졌다. 비명을 지를 수도 없는 고통의 나날이 나를 천천히 죽음의 늪으로 빨아들이고 있었다. 김정완은 며칠째 침묵의 방으로 들어오지 않았다. 그러던 어느 날, 그로부터 메모가 왔다.

앓고 있습니다. 날씨가 좋지 않더니……

며칠 뒤에 다시 그로부터 메모가 왔다.

아직 목이 뻣뻣해져요? 그럼 좋은 침술원을 소개해드리죠. 약도와 전화번호를 메일로 보내드릴게요.

메일을 열었더니 김윤호 침술원이라는 곳에 관한 내용이 적혀 있었다. 김정완의 모친이 잘 가는 곳이라고 부기되어 있었다. 나는 메일의 내용을 프린트로 뽑았다. 언제 그곳에 가게 될는지는 알 수 없었지만.

28

김정완의 신변에 무슨 일이 일어났다는 느낌을 받은 것은 지루하게 이어지던 장마가 끝나던 날이었다. 통신에 들어간 나는 그로부터 온 메모를 읽고 마음이 다급해져 있었다.

우리, 한번 만나면 어떨까요?

너무 오랫동안 운행하지 않고 세워둔 탓인지 승용차는 시동이 걸리지 않았다. 배터리가 나간 모양이었다. 나는 핸드브레이크를 풀어놓고 차를 밀어서 시동을 걸어보기로 했다. 하지만 아파트 주차장에는 빼곡하게 차가 들어차 있었으므로 움직여 나가기가 만만치 않았다. 그러나 나는 포기하지 않았다. 이리저리 핸들을 움직여 주차된 차들의 틈을 빠져나가며 나는 힘껏 차를 밀었다. 차는 점점 빠르게 움직여 나갔다. 내 이마에서 미끄

러진 땀방울이 눈을 찔렀다. 눈이 따가웠다. 오, 살아 있음을
찬양하라!

29

  침술원을 들어서자마자 나는 벽에 붙은 커다란 사진을 보았
다. 검붉은 색안경을 낀 한 중년 남자의 사진이었다. 그 사진의
하단에는 '김윤호 선생 시술 장면'이라는 인쇄체 글씨가 박혀
있었다. 침술원 원장인 김윤호라는 사람은 시각장애인이었다.
나는 접수구에 접수를 하고 칸막이가 내려진 방으로 안내되어
침대에 걸터앉아 있었다. 그러고 5분쯤 지났을 때 방으로 흰 가
운을 입은 남자가 들어왔다. 김윤호 원장인 듯했다. 그는 눈을
볼 수 없는 사람 같지 않게 성큼성큼 내게로 걸어왔다. 그가 물
었다. 어디가 아프신가요? 그 순간 나는 당황했다. 나는 뻣뻣
해진 목덜미를 손바닥으로 훑으며 그를 바라보고만 있었다. 나
는 내가 말을 할 수 없다는 사실을 전혀 염두에 두지 않은 채
침술원으로 왔다는 사실에 적잖이 놀랐다. 그 역시 당황한 듯
곁에 선 간호사에게로 고개를 돌렸다. 이 환자분께서는 어디가
아프신가? 간호사의 눈과 내 눈이 허공에서 마주쳤다. 내 입술
이 가늘게 떨리고 있었다. 어디가 불편하시죠? 간호사의 물음
을 받는 순간, 나는 목소리를 잃고 나서 처음으로 가슴이 꽉 차

는 느낌을 받았다. 그건 마치 감동을 받았을 때 일어나는 느낌과 같았다. 돌연한 변화였다. 그것은 김정완과 통신상에서 만났을 때 느끼던 기꺼움을 닮아 있었다. 나는 가만히 손을 뻗어 침술사의 손을 거머쥐었다. 앞을 볼 수 없는 침술사의 손은 보기와는 달리 매우 부드러웠다. 하지만 침술사의 몸은 무척 경직되어 있었다. 나는 그의 손을 천천히 끌어당겨 내 뒷목에다 댔다. 침술사가 환하게 웃었다. 이런, 목이 많이 아팠겠군요. 나는 마치 그에게 보이기라도 하듯 크게 고개를 끄덕였다.

30

나는 지금 막 서른 개의 시디를 그것들이 원래 놓여 있었던 전축 옆에다 가지런히 진열해놓고, 그 옆에다 장미꽃 한 송이를 뉘어놓았다. 그 꽃은 소설가 김정완이 내게 선사해준 것이다. 나는 오늘 아침 그를 만났다. 김윤호 침술원의 2층 방에 그는 그림처럼 앉아 있었다. 그의 앞에는 컴퓨터가 놓여 있었고, 내가 그의 방으로 들어서자 그는 손을 들어 내게로 뻗었다. 그의 손은, 뭐랄까, 마치 의수처럼 보였다. 그리고 내가 그의 손을 잡았을 때, 나는 그것이 의수라는 사실을 확인했다. 담요에 싸인 그의 아랫도리는 마치 텅 빈 것 같았다. 그의 손에서는 따스한 온기가 느껴졌다. 나는 오랫동안 그의 손을 놓지 않았다. 한

참 뒤에 내가 손을 놓아주자 그는 아주 오래전부터 준비해놓은 듯 비닐에 싸인 장미꽃 한 송이를 건네주었다. 사흘이면 장미꽃은 시들어버려요. 그래서 사흘에 한 번씩 어머니께 장미꽃 한 송이씩을 사다달라고 부탁을 했었죠. 나는 장미꽃을 코끝에 대보았다. 그러곤 가만히 눈을 감았다. 눈앞으로 숨을 가쁘게 몰아쉬며 긴 언덕을 올라가고 있는 마라톤 선수가 보였다. 그 마라토너는 휠체어를 타고 있었다. 길게 오르막이 진 언덕 어디쯤에서 그는 휠체어를 내렸다. 그러고는 아주 느리게 언덕을 오르기 시작했다. 그 언덕 위에는 서른여섯 살 먹은 한 사내가 서 있었다. 그는 언덕을 오르고 있는, 팔과 다리가 없는 마라토너를 향해 손나팔을 만들어 힘껏 외치고 있었다. 그 소리는 언덕을 빠르게 내려가, 마라토너를 또 빠르게 지나쳐갔다. 그러고는 언덕 저편, 장엄한 일몰처럼 펼쳐진 길고 넓은 침묵의 강에 닿아, 낱낱의 음절로 부서져 햇살처럼 흩어지고 있었다. 거기에 활짝 열린 거대한 문이 있었다. 결승점처럼 보이는.

천 년 부(千年賦)

그때, 천부(天父)는 한창 건설 중인 도시로 내려왔다. 당신
은 바벨의 시민들이 짓기 시작한 거대한 탑을 난감한 눈길로 바
라보다가 노역자들의 숙소를 향해 걸음을 옮겼다. 해가 기울고
있어서인지 짓고 있는 탑의 상단부에는 사람들이 아무도 없었
다. 몇몇 사람만이 탑 주변에 흩어져 있는 벽돌들을 한쪽에 차
곡차곡 쌓는다거나 벽돌을 구워내는 가마의 화구(火口) 안을 들
여다보며 불씨가 살아 있는지 확인하고 있을 뿐이었다.

근자에 와서 며칠 야간에 공사를 진행했다가 노역자들이 집
단으로 농성을 하는 바람에 일시적으로 야간작업이 중단된 상
태였다. 하지만 야간작업이 노역자들로 하여금 농성을 하게 만
든 근본적인 이유는 아니었다. 난항을 거듭하던 탑의 건립이 시
민평의회에서 결정되었을 때, 함께 마련되었던 선결 사항들이

근자에 와서 흐지부지되고 말았기 때문이었다. 그것은 탑의 건설에 투입되는 인력에 관한 내용이었는데, 바벨의 시민이라면 한 사람의 예외도 없이 탑의 건설에 참가해서 자신의 신성한 땀과 피를 바쳐야 한다는 것이었다. 그래서 건설 현장에 투입되는 인력의 배치와 조정에 오랜 시간을 소모해야 했다. 하지만 그렇게 마련된 배치 조정표에 명시되었던 내용들이 시간이 지나면서 뇌물 수수와 야합 등으로 심하게 왜곡되었고, 현장에 일하러 나오는 사람들의 반수가량은 거의 매일 똑같은 얼굴이었다. 신성한 땀과 피는 그렇게 진정성을 상실해갔고, 이런 와중에 야간 작업을 실시하겠다는 평의회의 발표는 자신이 흘리는 땀방울이 그야말로 신성한 것이 되기를 기원하며 탑의 건설에 참여하고 있던 사람들로부터 엄청난 반발을 샀던 것이다.

노역자들 중에서 도시 외곽에 살고 있는 사람들을 위해 지어 놓은 천막으로 된 숙소 앞에 이르렀을 때, 천부는 귀를 때리는 고함 소리에 발길을 멈추었다. 그 서슬이 얼마나 시퍼랬던지 천부가 팽팽하게 잡아당겨놓은 대마로 짠 견인줄을 엉겁결에 끌어 잡는 바람에 천막의 지주대가 휘청거렸다.

"뉘시오?"

천막 입구에서 햇볕에 몹시 그을린 얼굴 하나가 쑥 나왔다. 천부는 그에게 좀 어색하게 웃어 보였다. 그러자 얼굴이 도로 안으로 들어가는가 싶더니 그 사람이 아예 천막 밖으로 나왔다.

"처음 보는 얼굴이외다."

사내는 50대 중반쯤으로 보였다. 맨몸 위에 조끼만 달랑 걸친 그는 노동으로 단련된 탄탄한 근육을 자랑하는 듯 보였지만 실상 그것은 세월의 흐름에 점점 사위어가고 있음이 분명했다. 팔뚝에조차 주름이 잡혀가고 있었다.

"이방에서 왔습니다."

천부가 초로의 사내에게 한 말이었다.

"어디 말이오? 가나안?"

"그보다 더 먼 곳에서 왔지요."

"허허, 하늘에서라도 오셨다는 얘기요?"

사내의 농담을 천부는 웃음으로 받았다. 천부는 천막 안을 기웃하는 시늉을 해보이며 사내에게 물었다.

"논쟁이 벌어진 모양이지요?"

"글쎄요. 요즈음엔 논쟁이라고 할 수도 없어요."

"무슨 말씀이신지."

"당신은 잘 알지 못하겠지만…… 언제부턴가 서로의 말을 알아듣지 못하는 현상이 일어나고 있지요. 그 때문에 몸싸움도 잦아졌고."

"왜 알아듣질 못한다는 말입니까?"

"난들 알 수 있나요."

사내는 시큰둥하게 대답하며 조끼 주머니에서 육포를 꺼내 한쪽 끝을 입에 넣고 우물거렸다.

"양고긴데 좀 드실라우?"

"아닙니다."

"당신은 무엇 하러 여기까지 왔소? 여행 중이오?"

"그렇다고 해야지요."

"상인이오?"

"상인은 아니오만 더러 팔기도 하지요."

"무얼 파시는데?"

"이것저것."

"어디 한번 봅시다."

"글쎄…… 보여드리기가 좀……"

천부의 어물거리는 모양을 사내는 미간을 찡그리며 바라보았다. 한참이나 그렇게 천부를 쏘아보던 사내는 씹던 육포를 꿀꺽 삼켜버리고는 물었다.

"일자리를 얻을 생각이오?"

천부가 고개를 저었다.

"그렇지 않음 여기서 얼쩡거리지 마시오. 괜한 오해를 살지 모르니까."

"……?"

"꽤나 선량해 보이오만, 이방에서 오셨다니 규찰대에 잡히면 꼼짝없이 죄인이 될지 모른다는 말이오."

"죄인이라면?"

"아까도 그러지 않았소. 우리 말들 속에 점점 알아들을 수 없는 말이 섞이고 있다고. 사실 요즈음엔 노역자들을 선별하는 중이라오. 창녀들을 제외하고는 이방인들을 하나씩 그들 나라로 돌려보내고 있소. 그 사람들 중에는, 다 그런 건 아니지만 더러 규찰대에 잡혀가서 고문을 당하기도 한다우. 고문을 당하면 꼼짝없이 죄인이 되는 거지. 이방의 정부에서 우리 바벨로 잠입시킨 첩자로 몰린다는 말이오. 대체 내가 뭔 소릴 늘어놓고 있는 거야. 첨 보는 작자한테……"

천부가 부드럽게 미소를 지으며 사내에게 물었다.

"이방인들이 많습니까?"

"유급 노역자들의 3분지 2는 아마 이방인들일 거요."

"그들이 당신네들의 말을 왜곡시킨다는 거군요."

"두말하면 잔소리지."

"창녀들은 모두 이방 여자들입니까?"

"역시 두말하면 잔소리지."

"이곳에는 창녀가 없습니까?"

"당연히 있지."

"그 여자들은 그럼 어디 있소?"

"당연히 유곽에 있지. 하지만 그 여자들은 여기 노역자들을 상대하지 않아요."

"그건 왜 그렇소?"

"구실이긴 하지만…… 저 신성한 탑을 위해서일 거요."

사내는 높이 치솟은 탑을 턱으로 가리키며 주절거렸다. 사내의 말과는 달리 탑은 그다지 신성해 보이지 않았다. 그저 붉은 벽돌로 둥글게 말려 올라간 밋밋한 건축물에 지나지 않았다. 천부가 사내를 보며 다시 물었다.

"창녀를 상대하지 않아야 신성해진다는 말입니까?"

"아무리 창녀라고 해도 그들 역시 바벨의 시민이고, 그들이 밤마다 사내들을 받아들이는 게 신성한 건 아니질 않겠소."

"이해할 수 없는 일이군요."

"그러게 말이요."

사내는 웃는지 우는지 모르는 표정을 지어 보였고, 천부는 천막의 입구로 성큼 다가섰다. 사내가 천부의 팔을 붙들었다.

"괜찮습니다."

천부는 사내를 돌아보며 희미하게 웃어 보이고는 천막 안으로 들어갔다.

시민평의회가 규찰대장을 전격적으로 파면한 사실이 도시를 한 차례 뒤흔들고 난 어느 날, 다시 천부는 땅으로 내려왔다. 천부는 이방인 노역자들이 첩자의 혐의를 받고 혀가 잘린 채 수감되어 있는 감옥으로 갔다. 혀가 잘린 이방인들은 말을 못 하는 고통보다는 제대로 밥알을 씹어 넘기지 못하는 고통이 훨씬 큰 듯 보였다. 그들은 하나같이 비쩍 말라 있었고, 죽을 날만 기다리고 있는 듯 삶에 대한 어떤 희망도 보이지 않았다.

간수는 술에 취한 벌건 눈으로 천부의 아래위를 훑어보고는 구린내 나는 입을 열었다.

"무슨 일이오?"

"당신은 규찰대장이 파면된 것을 모릅니까?"

"허허, 알고 있지요."

"알고 있으면서 당신은 왜 이들을 여전히 죄인처럼 감옥에다 가두고 있소?"

"뭘 모르시는구만. 저길 보시오."

간수는 술병을 집어 들어 목구멍 너머로 쏟아 붓고는 혀를 절 단당한 이방인들이 갇혀 있는 감옥을 손가락으로 가리켰다.

"저 사람들은 가라고 해도 가질 않아요."

천부는 감방 앞으로 걸어갔다. 그곳에는 자물쇠가 채워져 있지 않았다. 천부가 간수를 돌아보았다.

"이 사람들은 석방되었다는 사실을 모르오?"

"모르는지 아는지, 난 몰라요."

"그게 말이 되오?"

"난 분명히 저 사람들한테 제 나라로 돌아가도 된다고 말해 주었지만, 저 사람들은 내 말을 듣지 않아요. 왜 그러는지 난들 어찌 알겠소."

간수가 거짓말을 하고 있는 것 같지는 않았다. 규찰대장이 시민평의회로부터 파면을 당한 것은 이방인 노역자들에게 바벨어를 왜곡한다는 혐의로 고문을 가한 뒤 단설형(斷舌刑)을 내렸지만 여전히 탑의 건설이 지지부진한 상태에 머물렀기 때문이었다. 더구나 탑의 건설 현장에서뿐 아니라 바벨 시민들 사이에서도 의사소통에 지장이 일어날 정도로 이 나라의 말은 점점 더 왜곡되어가고 있었다. 부모와 자식 간에도 대화가 이루어지지 못하고, 부부간에도 서로의 말을 이해할 수가 없게 되었다. 대화가 이루어시시 못하사 이웃과 친구들은 툭하면 몸싸움을 벌였고, 랍비의 설교조차 알아들을 수가 없게 된 시민들은 저마다의 언어로 통성(痛聲) 기도를 올릴 뿐이었다. 결국 이방인 노역자들이 바벨어 왜곡의 주범이라는 규찰대장의 판단은 잘못된 것이었다. 하지만 이번엔 이방인들에게 혐의가 벗겨졌다는 사실을 알려줄 재간이 없었다.

"오만에 대한 형벌이 시작되었다는 풍문은 사실일 거요……"

간수의 중얼거림이었다. 천부가 간수에게로 다가왔다.

"그게 무슨 뜻이오?"

"허허…… 당신은 내 말을 잘 알아듣는구려."

"오만에 대한 형벌이라니, 무슨 뜻이요?"

"평의회 간부들 사이에서 그런 얘기가 나돌기 시작했지요……"

연신 술병을 입으로 가져가다가 간수가 입을 열기 시작했다.

"얘기를 하나 해드리죠. 나의 맏형은 랍비였어요. 지(知)의 스승이란 말이지요. 우리 집 식구들뿐 아니라 우리 마을 사람들은 모두 그분의 가르침을 신의 말씀으로 여겼어요. 물론 처음에는 말이지요. 하지만 최근에 와서 우리는 점점 그 사람의 말을 알아들을 수가 없었어요. 그럴 때마다 랍비인 나의 형은 우리들에게 매를 들었어요. 그분의 회초리는 우리의 어깨와 뺨에 붉은 줄을 만들었고, 우리의 이 머릿속에도 상처를 입혔어요."

간수는 손가락을 빳빳하게 세워 자신의 머리통을 쿡쿡 쑤셨다. 천부는 묵묵히 그의 말에 귀를 기울이고 있었다.

"나의 형은, 말하자면 이런 식이었소. 그 사람은 강을 거슬러 올라간다고 하질 않고 소강(遡江)한다고 말했어요. 탑을 쌓는 데 필요한 벽돌을 만들기 위해서는 강 상류에서만 나는 진흙이 필요했는데 나의 형에게서 교육을 받은 감독들은 상류의 진흙을 퍼내오기 위해 동원된 노역자들에게 '소강하라!' 하고 외쳤지요. 우리들 중의 그 누구도 나의 형인 랍비의 말을 알아듣지 못했듯 노역자들은 감독의 말을 알아들을 수가 없었죠."

술병을 기울이는 속도가 점점 빨라지고 있었다. 이미 취기에 젖을 대로 젖어 있었지만 그는 술병까지 씹어 삼킬 듯 그악스럽게 술을 들이마시고 있었다. 그러면서 점점 그는 다변가가 되어 갔다. 천부는 어금니를 꽉 깨물며 지그시 눈을 감은 채 거친 물길과도 같은 간수의 말소리를 들었다.

"랍비인 나의 형은 제단에 이마를 기댄 채 언어에 대한 우리의 무지함을 원망하면서 주절거리더군요. '오, 신이여, 저희들의 이 머뭇거리는 섭유(囁嚅)의 기도를 벌하소서!'라고 말입니다."

간수는 드러내놓고 비웃었다.

"훗, 섭유라니?"

"말을 하지 못하고 머뭇거린다는 뜻이 아닙니까."

"글쎄, 그걸 누가 알아들을 수 있단 말이오."

"난감하군……"

"시간이 지날수록 그 사람의 말은 더욱 완고하게 변해갔어요. 나중엔 아무도 그의 말을 알아들을 수가 없었어요. 사람들은 그의 영혼에 마귀가 들어 사악한 방언을 주절거린다고 비난하기 시작했죠."

"그래서 당신의 형은 어떻게 되었소."

"떠났어요."

"떠나다니? 어디로?"

"……"

간수는 말없이 손가락을 곧추세워 위를 가리켰다.

"죽었단 말이오?"

"예."

"그 참…… 스스로 목숨을 끊은 거요?"

간수의 고개가 슬슬 흔들렸다.

"그럼 누군가가 죽였군."

"그런 셈이지요."

"도대체 누가?"

"우리들."

"당신네 가족이?"

"하지만 나의 형이 그렇게 해주기를 원했어요."

"이해할 수가 없군요."

"그럴 거요. 나도 이해할 수가 없으니."

천부의 눈에는 슬픔의 여운이 가득했다. 천부는 바벨인들이 도시를 건설하려 했을 때 자신의 사자를 보내 그들의 음험한 계획에 대하여 한 차례 경고를 한 적이 있었다. 천부의 사자가 천부의 뜻을 전한 것이 간수의 형은 아니었지만 그 역시 랍비였다. 랍비만이 끝 간 데 없이 치솟아 오르는 바벨인들의 기운을 제압할 수 있으리라 여겼기 때문이었다. 천부는 단 한 번도 인간들의 행위에 간섭한 적이 없었다. 그때도 마찬가지였다. 도시를 건설하고, 그 도시의 상징물인 탑을 쌓아올리는 따위가 그들의 삶의 질과 아무런 관계가 없음을 넌지시 일러주려 했을 뿐이었다. 그것은 저 오랜 옛날 에덴의 동산에 심어진 과실에 대한 경고와 마찬가지였다. 인간들은 제멋대로 그 과실에 선과 악이라는 가당치도 않은 관념의 독을 저주처럼 심어놓았다. 선과 악이라니. 무엇이 선이고 무엇이 악하단 말인가. 존재하는 모든 것은 그 안에 선과 악을 동시에 지니고 있는데 어떤 과실이 도대체 선이며 악이란 말인가. 결국 인간들은 스스로 열매를 따 먹으며 그것이 악하다고 했다. 아벨을 돌로 쳐 죽인 카인도 마찬가지였다. 너무도 인간적인 실수에 대해서조차 인간들은 그것이 천부의 섭리라고 당당하게 말하는 실수를 저질렀다. 하지만 그것을 누구도 실수라 여기지 않았다. 노아, 오, 사랑하는 지혜자, 충실한 신의 사자였던 노아. 그에게조차 천부는 개입하지 않았다. 마흔 날의 밤과 낮을 뿌린 빗줄기를, 그 사실을 감당하지 못한 인간들은 그것이 천부의 저주이자 섭리라고 착각했다. 그리하여 거대한 배를 만들어 질기고 오랜 홍수를 이겨낸 노아는 왜곡될 수밖에 없었다. 인간들은 저들의 지혜가 아니라 천부의 말씀을 기꺼이 수행해낸 그 충실한 복종심만이 난사를 헤쳐 나갈 수 있는 유일한 길이라고 믿기에 이르렀다. 그러고도 굴욕감을 느끼지 않았다. 그런 자들이 이제는 자신들의 육체와 정신을 쓸데없는 도시의 건설과 탑을 세우려는 데 바치고 있었던 것이다.

간수가 빈 술병을 신경질적으로 내던졌다.

"머저리 같은 것들!"

술병이 이방인 노역자들의 감방 앞에서 요란하게 깨졌다. 천부의 눈이 힘겹게 껌벅여지고 있었다.

"얼어 죽을 놈의 방언!"

간수가 의자를 박차고 일어났다. 그는 비틀거리며 감방으로 걸어갔다. 그러고는 감방의 문을 거칠게 열어젖혔다.

"이 더러운 이방인들아, 어서 일어나! 일어나서 어서 너희들 나라로 가버려! 가버리란 말이야! 어서!"

간수는 닥치는 대로 이방인 노역자들의 몸뚱어리를 걷어차기 시작했다.

천부가 탑의 건설 현장 앞에 이르렀을 때 비가 푸슬푸슬 떨어지기 시작했다. 벌써 일이 시작되었어야 할 시각이었지만 웬일인지 노역자들은 삼삼오오 짝을 이루어 뭐라고 저들끼리 수군

거리기만 할 뿐 일할 생각은 하지 않았다. 빗줄기에 씻겨 더욱 희게 빛나는 얼굴을 쳐들며 젊은 남자 하나가 노역자들을 향해 열변을 토하고 있었다.

"하늘 아래 새로운 것은 없다──이것을 잠언이라 여기는 동안에 그대들의 생은 가여워지고, 풀꽃의 씨눈만큼 작아지고 말았다. 누군들 천부가 두렵지 않으랴. 허나 또한 누군들 당신의 비린내 풍겨나는 발바닥에서 가슴을 떼어내고 싶어 하지 않으랴. 자, 이제 그대들은 양자택일의 기로에 서 있다. 천부의 저주가 두려워 땅 밑을 파고들어가 땅속의 벌레들과 함께 꾸물거리며 살 것인가, 아니면 나를 따라 하늘에 닿도록 탑을 쌓아올려 천부의 턱을 보기 좋게 갈겨버릴 것인가!"

젊은이의 꽉 쥐어진 주먹이 허공을 휘돌 때마다 빗줄기들이 툭툭 튀었다.

"저 사람이 누굽니까?"

천부가 어느 노역자 무리에 슬그머니 끼어들면서 한 남자에게 물었다.

"새로 부임한 감독관이오."

천부는 벽돌 더미 위에 올라서서 열변을 토하고 있는 젊은이의 얼굴을 찬찬히 뜯어보았다. 낯이 익었다. 그는 지난번 천부가 노역자 숙소에 들어갔을 때 보았던, 노역자들과 심하게 언쟁을 하던 바로 그 청년이었다. 그와 가장 격렬하게 다투던 중년의 남자가 감독관이라고 했었는데, 그렇다면 그는 그 감독관의 후임인 모양이었다.

"전임 감독관은 사임을 했나요?"

"사임이라기보다는 쫓겨났다고 해야 옳지요."

"이유가 뭐였습니까?"

"뭐긴 뭐겠소, 통 말발이 서질 않았기 때문이지."

"통솔력이 부족했다는 말이군요."

노역자의 입술이 비딱하게 말려 올라가고 있었다.

"저 젊은이는 꽤나 통솔력이 있어 보이는군요."

천부가 슬쩍 운을 떼자 노역자는 또다시 비웃음을 흘렸다.

"평의회에서는 고육지책을 쓴 모양인데 소용이 없어요."

"소용이 없다니요?"

"저 사람들을 보시오."

노역자는 숙소로 쓰이고 있는 천막 쪽을 손가락으로 가리켰다. 노역자들로 보이는 10여 명이 커다란 보따리를 짊어진 채 천막을 나와서는 뿔뿔이 흩어지고 있었다. 그들은 건설 현장을 떠나는 것이 분명했다.

"신성한 땀과 피를 맹서했던 사람들이 왜 떠나는 거지요?"

"당연하질 않소."

"……?"

"무슨 말인지를 알아야 일을 하지."

"말? 무슨 말 말입니까."

"당장 저 젊은 감독관을 보아요. 당신은 저 사람이 무슨 말을 하는지 알아듣겠소?"

"아니, 그게 무슨 말씀이오? 저 사람은 지금 당신들이 탑을
왜 쌓아올려야 하는지, 도시를 왜 건설해야 하는지를 강변하고
있질 않소."

"허허…… 이 양반의 말도 못 알아듣겠군."

천부는 아연해졌다. 노역자의 눈을 응시하던 천부는 그가 괜
히 그러는 게 아니라는 생각이 들었다.

"내게 설명을 좀 해주겠소? 왜 당신이 저 젊은 감독관의 말
을 알아들을 수 없는지에 대해서 말이오."

"그럽시다."

노역자는 입맛을 다시고는 빗물이 흘러내리는 이마를 손등으
로 닦아냈다.

"여기가 어딘지는 아시오?"

"그럼요. 여기는 바벨이 아닙니까."

"그렇소. 바벨이 무슨 뜻이오?"

"신의 문이라고 알고 있소만."

천부의 말에 노역자가 갑자기 웃음을 터뜨렸다.

"왜 그러시오, 내 말이 틀렸소?"

"하하하, 틀리다마다."

"……?"

"처음엔 물론 그랬지. 신의 문이 아니었다면 어찌 여기 바벨
에다 하늘에 닿는 탑을 쌓으려 했겠소."

"그럼 이제 여기 바벨은 더 이상 신의 문이 아니란 말이요?"

"당연하지."

"그럼 뭐요?"

"혼란의 문이지."

"혼란의 문?"

"그렇소. 우리의 언어는 이제 더 이상 존재하지 않아요."

당신은 이해할 수 없었다. 언어가 존재하지 않다니. 지금 그의 입에서 주절거려지고 있는 것이 분명히 바벨의 언어인데도 그는 그것이 존재하지 않는 언어라고 떠들어대고 있었다.

어리둥절해 있는 천부에게 노역자가 속삭이듯 말했다.

"저 젊은 감독관은 시민평의회의 끄나풀에 불과하오."

"그건 또 무슨 농담입니까."

"농담이 아니오. 그들의 의지는 더 이상 우리들의 의지가 아니오. 저들은 처음부터 거짓말을 한 거요. 우리가 그것을 구별하지 못할 정도로 어리석었다면 지금도 여전히 우리는 사다리를 타고 오르며 벽돌을 져 나르고 있을 거요."

"무엇이 거짓말이었다는 겁니까?"

"바벨탑 말이오. 하늘에 닿도록 쌓아올린다던 저 탑."

"그게 왜 거짓말이란 거요."

"처음부터 평의회 사람들은 알았던 거요. 하늘에까지 탑을 쌓아올릴 수 없다는 것을."

"그건 불을 보듯 뻔한 일이질 않소. 그대들도 몰랐던 일이 아니었을 텐데."

"얘긴즉 그렇소."

"그런데?"

"하늘에 닿는 탑이란 무엇이오. 그건 천부에 대한 경외이지요. 그런데 평의회가 탑을 세우겠다고 했을 때는 그것은 경외가 아니라 염원이었단 말이죠. 도시를 건설하고 탑을 세우려 했던 것은 하늘을 향한 우리의 순수한 경배를 제물로 삼았어요. 그들은 우리에게 합의하도록 강요했어요. 하늘에 닿으려는 염원을 가진 존재로 우리를 유도했던 거요."

"평의회 사람들이 여러분들 가슴에 헛바람을 불어넣었단 말이군요."

"바로 그거지요. 헛바람…… 오랜만에 말이 통하는 사람을 만났구먼. 아무도 하늘에 닿으려하지 않는데 당신들은 하늘에 닿을 수 있소, 하고 부추긴 거지."

천부는 놀란 눈길로 노역자를 새삼스럽게 응시했다. 처음 바벨의 시민들이 제 땅에 도시를 건설하고 탑을 세우려하였을 때 천부는 그들의 오만함에 치를 떨었다. 그리고 그들이 자신을 능멸한다고 생각했었다. 그러나 천부는 오만함이든 능멸이든 그런 것에 오래도록 마음이 상한 건 아니었다. 그것의 부질없음을 알리고 싶었을 뿐이었다. 그러나 지금 노역자의 말을 듣고 나자 천부는 솔직히 당신 스스로가 부끄러웠다. 오만함을 지닌 인간이란 기실 평의회의 몇몇 권력자들이었고, 능멸이라고 해봤자 그 하잘것없는 몇몇의 교언(巧言)에 지나지 않았을 뿐이었다.

천부가 물었다.

"당신 생각이 사람들 모두의 생각이오?"

"보세요. 저 젊은 감독관의 열변이 얼마나 공허합니까. 저들은 아직도 자신들의 언어가 우리들의 가슴을 울릴 수 있으리라고 생각하고 있어요. 천부의 턱을 갈기다니? 하하하…… 천부가 들으면 아마 웃지도 않을 거요."

그렇게 말해놓고 노역자는 천막이 있는 곳으로 성큼 발을 뗐다. 그러다가 등 뒤로 고개를 돌렸다.

"그런데 당신은 누구시오, 첨 보는 얼굴인데."

노역자에게 천부는 슬쩍 웃어 보였다. 그는 의아한 눈길로 한참 동안이나 천부를 바라보았다.

바벨은 더 이상 신의 문이 아니었다. 그곳은 혼란 그 자체가 되어 있었다. 그러나 실은 혼란조차 아니었다. 바벨은 텅 비어버렸고, 도시를 건설하기 위해 까뭉갠 수많은 농토는 복원되지 못했다. 따라서 거기에는 혼란조차 존재할 수 없었던 것이다. 그곳은 이제 바람이 불면 파삭한 모래만이 갈피 없이 흩날리는, 그래서 아무도 살지 않는, 폐허였다.

수 없이 많은 천년이 지났다.

지하 수도원의 어둠보다 더 어두운 밤이 찾아와 있었다. 쇳조각을 철컹거리며 한 무리의 무장한 야경병이 거리를 지나갔다. 그들이 지나가기를 기다리다가 지상으로 나온 남자는 연신 주변을 두리번거리며 빠른 걸음으로 포도를 걷고 있었다. 그의 옆구리에는 큼지막한 보퉁이가 하나 들려 있었다.

그는 신의 손이라는 별명으로 더 많이 불리는 필경사 오귀스트였다. 그는 며칠 전 수도원의 승려가 맡긴 원고의 초고를 깨끗하게 새로 옮겨 쓰기를 마친 참이었다. 그 원고에 임시로 붙여진 제목은 「성스러운 글」 제1부였다. 거기에는 천부께서 세상을 만드시고 인간을 당신의 형상과 똑같이 만드신 위대한 성사에서부터 순결한 여인의 몸을 빌려 당신의 자식을 세상에 내려보내기 직전까지의 얘기를 담고 있었다. 그것을 승려에게 전해주기 위해 그는 어둠을 도와 길을 나선 것이었다.

오귀스트는 관청가로 이어지는 도로를 벗어나 집들이 다닥다닥 붙은 서민 주택가의 좁은 골목으로 들어섰다. 오늘따라 그는 심장의 박동이 유별나게 급하게 뛴다는 생각을 하고 있었다. 인적이 끊기고 개 짖는 소리마저 들리지 않아서 더욱 그랬지만 귓속을 파고드는 자신의 가쁜 호흡은 두려움마저 느끼게 했다.

필경 일을 해온 지 30년이 가깝도록 그렇게 쓰는 데 손끝을 떨어본 적이 없었다. 금서를 베껴 썼기 때문만은 아니었다. 사실 그는 그동안 온갖 종류의 글들을 두루 섭렵한 사람이었다. 그는 관청의 모든 서류들, 범죄자들의 심문 기록, 송가, 극시,

심지어 젊은 남녀들의 연문까지 쓴 적이 있었다. 그가 관공서에서부터 지하 수도원의 승려들에게까지 두루 일을 맡을 수 있었던 것은 누구도 따르지 못하는 그의 이력 덕분이었다. 그가 베껴낸 글에는 단 하나의 오탈자도 없었다. 심지어 그는 오문을 수정하기도 했는데, 그의 윤문 능력은 작가들마저 감탄하게 만들 정도였다.

그런데 그가 이번에 맡았던 일은 전의 것들과는 완연히 달랐다. 과장과 비약이 그 어떤 글들보다 심했지만 그는 도무지 어느 한 부분도 자의적으로 고치거나 바꿀 수가 없었다. 「성스러운 글」을 베껴내는 동안 그는 마치 천부가 그의 곁에 턱을 괴고 앉아 그가 하는 일을 시종일관 지켜보고 있다는 생각이 들 정도였다. 물론 그 일을 하는 동안 그의 작업실에는 그 누구도 방문한 적이 없었다. 승려의 심부름꾼조차 오질 않았다.

가죽신의 바닥이 거친 포도 위에 끌리는 소리가 깜깜한 어둠을 뚫고 과장스럽게 들려오고 있었다. 그럴 때마다 그는 발뒤꿈치를 든 채로 걸음을 죽였다. 그래서인지 종아리께가 유난히 당기고 아팠다. 그는 나무 문에 용의 문장이 붙어 있는 집 앞에서 걸음을 멈추었다. 재빨리 주위를 훑고 난 그는 문고리를 가볍게 들어 두어 번 문을 두드렸다. 그러면서 옆구리에 낀 보퉁이를 새삼스럽게 끌어 잡았다.

그때였다.

그는 어깨를 움찔했다. 등줄기로 서늘한 땀이 미끄러지는 것을 느끼며 그는 얼음처럼 굳어버렸다. 분명히 그를 따라온 사람은 아무도 없었다. 그런데 누군가가 자신의 어깨를 쳤다는 느낌이 든 것이었다.

"오귀스트."

낮고 음산한 목소리였다. 그는 두려움에 떨면서 고개를 천천히 뒤로 돌렸다. 사내 하나가 서 있었다.

"누, 뉘시오?"

"오귀스트. 그것을 이리 주시오."

낯선 사내는 그의 앞으로 손을 내밀고 있었다. 오귀스트는 옆구리에 끼었던 보퉁이를 가슴에 바짝 싸안으며 떨리는 음성으로 말했다. 그러면서 그는 재빨리 사내를 훑었다. 복장으로 보아 군인은 아니었다.

"왜 이러십니까?"

어둠에 싸여 있는 사내는 한동안 말없이 그의 눈을 응시하다가 입을 열었다.

"오귀스트, 그대의 잘못은 아니네."

"자, 잘못이라니요?"

"내게 그것을 주지 않겠다면 이 길로 당장 집으로 돌아가 그것을 태우게."

"무, 무슨 말씀……"

"그것은 그대의 일이 아니었다네. 그대는 다만 실수를 한 것이고, 지금이 그 실수를 만회할 수 있는 유일한 기회라네. 어서 그것을 내게 주든가 집으로 돌아가시게."

하지만 오귀스트는 알 수 없는 힘에 이끌려 가슴에 싸안은 보퉁이를 더욱 세차게 끌어안았다.

"그대에게서 빼앗을 수도 있으나 그건 의미가 없지. 사, 마지막으로 경고하네. 어서 내게 그것을 넘기게. 그렇지 않다면 주인이 문을 열기 전에 이곳을 빠져나가게."

"오, 왜죠?"

"그대에게 설명할 시간이 없네. 이제 곧 주인이 문을 딸 걸세. 그렇게 되면 수많은 천년 동안 인간들은 스스로 죄인으로 살아야 한다네. 한순간의 일이 수천 년의 일이 된다는 건 불행한 일이지."

"아……"

오귀스트는 또한 알 수 없는 힘에 이끌리는 것을 느꼈다. 그것은 자신이 왜 앞으로의 수천 년을 감당해야 하는지에 대해 무지하기 때문이기도 했지만, 또한 그런 일들이 일어날 수도 있다는 막연함 때문이기도 했다. 성스러운 글을 베껴내는 동안 어찌하여 그토록 자신의 손이 떨렸던가를 어렴풋하게나마 이해할 수 있는 순간이었다. 그는 맥이 탁 풀리는 것을 느꼈다.

"툭!"

오귀스트의 가슴에서 땅바닥으로 보퉁이가 떨어져 내렸다. 그리고 그와 동시에 용의 문장이 새겨진 집의 나무 문이 삐걱거리며 열렸다. 또한 그와 동시에 오귀스트 앞에 서 있던 낯선 사내의 모습이 흔적도 없이 사라져버렸다. 그때, 땅으로 내려왔던 천부는 하늘로 돌아갔다. 그리고 다시 땅으로 내려오지 않았다.

이야기의 유령

—죽음들 1

두려워라, 물고기

아이는 학교에서 돌아와 컵라면 하나를 끓여 먹고 비디오를 보기 시작했다. 비디오를 보는 동안 아이는 점퍼를 벗고 셔츠를 벗고 바지를 벗은 뒤 그것들을 차곡차곡 개어서 소파 밑에 쌓아 놓았다. 아이의 눈은 텔레비전 수상기에서 한순간도 벗어나지 않았다. 아이는 킴 베싱어가 몸에 착 달라붙는 검정 슈트 속에서 권총을 꺼내는 장면이 나올 때 소파 위로 슬그머니 누웠다. 그러곤 제 오른손을 팬티 속으로 집어넣었다. 화면에는 파삭한 먼지가 이는 멕시코의 어느 비행장 활주로가 나타나 있었다. 거기에는 거칠게 생긴 대여섯 명의 남자들이 요란하게 무장한 채 연신 주위를 살피고 있었다. 아이는 얼른 리모컨을 집어 들고

되감기 버튼을 눌렀다. 텔레비전 수상기에 두 개의 불투명한 줄이 그어지면서 화면 속의 그림들은 미친 듯 뒷걸음을 쳤다. 킴베싱어의 샛노란 머릿결이 출렁이면서 화면은 정상으로 돌아왔다. 소파에 드러누웠던 아이는 어금니를 꽉 깨문 채 조금씩 몸을 움직이기 시작했다. 화면에서는 아까 그랬던 것처럼 여체를 적나라하게 관찰할 수 있을 정도로 착 달라붙은 옷을 입은 베싱어가 허리춤에서 권총을 꺼내 들었다. 아이의 움직임은 훨씬 거칠어지고 있었다. 바로 그 순간, 아이는 문득 텔레비전이 얹혀 있는 원목 가구 왼편에 얌전히 놓인 어항을 주시했다. 아이의 동작은 그대로 멈추어졌다. 아이는 한동안 눈길을 어항에만 두었다. 어항 속에는 모두 여섯 마리의 금붕어가 들어 있었다. 아이는 마치 그 어항 속의 금붕어를 처음 보기라도 한 듯 뚫어지게 바라보았다. 얼마나 지났을까. 아이는 팬티 속에 찔러 넣었던 오른쪽 손을 슬그머니 빼낸 뒤 몸을 일으켜 소파 위에 가만히 앉았다. 아이의 눈길은 아까 텔레비전을 지켜볼 때 그랬던 것처럼 어항에서 단 한 번도 떼어지지 않았다. 또다시 얼마간의 시간이 그렇게 흘러갔다. 아이는 천천히 소파에서 일어나 주방 쪽으로 걸어갔다. 그러곤 싱크대 맨 위의 서랍을 열었다. 거기엔 숟가락, 젓가락, 포크 따위가 들어 있었다. 아이는 잠시 서랍 속을 들여다보다가 젓가락 하나를 집어 들었다.

그날 밤 거의 자정이 다 되어서야 집으로 돌아온 아이의 아버지는 곤히 자고 있는 아이의 볼에 입을 맞추고 이불을 목까지 끌어다 덮어주었다. 그러곤 살그머니 아이의 방을 빠져나와 소리가 나지 않게 문을 닫아준 뒤 거실로 나와 담배를 피워 물었다. 불은 켜지 않았지만 바깥에서 들어오는 불빛으로 인해 거실은 그다지 어둡지 않았다. 한 5분쯤 뒤, 아이의 아버지는 짤막해진 담배를 손가락에 끼운 채 재떨이를 찾기 위해 소파에서 일어섰다. 그는 텔레비전이 얹혀 있는 원목 가구 위에 재떨이가 놓여 있는 것을 보았다. 하품을 길게 뽑아내며 그쪽으로 무심히 걸어가던 아이의 아버지는 문득 발길을 멈추고 고개를 앞으로 쑥 뺐다. 아무래도 어항이 이상해 보였기 때문이었다. 그래서 그는 얼른 손에 쥐고 있던 라이터를 켜 어항을 비추어 보았다. 그 순간 그의 입이 딱 벌어졌다. 어항의 물은 마치 분홍색 물감을 풀어놓은 것 같았고, 그 속에서 놀던 여섯 마리의 금붕어는 모두 배를 까뒤집은 채 물 위에 떠 있었다. 그리고 그 금붕어들은 하나같이 눈이 있어야 할 자리에 깊은 구멍이 뚫려 있었다.

붉은 삽

　여고생 하나가 다섯 명 이상으로 추정되는 남자에게 윤간을 당하고 살해된 채 발견되었다. 경찰은 시체 주변에서 신형 샤프 펜슬과 화단을 가꿀 때 주로 쓰는 모종삽 하나를 발견하고, 일단 여고생 강간 및 살해의 용의자로 남학생들로 구성된 불량 서

클을 주목한 뒤, 사건이 발생한 후 일주일 동안 범행 현장 인근에 있는 중고등학교를 대상으로 탐문을 벌였으나 별다른 단서를 찾을 수가 없었다. 그동안 언론에 보도되지 않았던 그 사건은 경찰이 단서를 찾지 못해 전전긍긍하고 있던 무렵 작지 않은 크기로 기사화 되었다. 특히 유력 일간신문들은 약속이라도 한 듯 사건의 폭력성, 특히 청소년 범죄의 심각성을 강도 높게 지적하면서 그 상징과도 같은, 범행 현장에서 발견되었다는 모종삽을 클로즈업한 사진을 실었다.

아마도 그날부터였을 것이다. 시내에 있는 대부분의 철물점과 화원에 있는 것들은 물론이고, 시 외곽 지역의 철물점과 꽃집에 있던 모종삽이란 모종삽은 순식간에 동이 나기 시작했다. 남자 중학생과 고등학생들은 그들의 책가방에 모종삽을 하나씩 가지고 다니는 게 곧 유행이 되었다. 10대들이 주 시청자인 유명 개그 프로에서는 '모종삽 형제'라는 코너가 전격적으로 생겨났으며, 유사한 오락 프로그램에서도 속속 비슷한 포맷을 선보이기 시작했다. 그런가 하면 질과 양적인 측면에서 '덩달이 시리즈'나 '썰렁이 시리즈'를 능가하는 '모종삽 시리즈'가 젊은이들의 입에 오르내렸다. 그것만이 아니었다. '덩달이 시리즈'를 책으로 펴내 한때 짭짤한 재미를 보았던 출판사에서는 이번에도 다른 어떤 출판사보다 재빨리 '모종삽 시리즈'를 기획했는데, 아예 초판부터 『최신판 모종삽 시리즈』라는 표제를 달기로 편집회의에서 결정했다.

그러나 그 강간 살해 사건은 보름쯤 지나는 사이 미궁 속으로 빠져들고 있었다. 온 나라를 열기로 달구었던 여름이 서서히 지나가고 있었다. 아침저녁이면 제법 서늘했고, 때 이르게 누렇게 바랜 가로수 잎들이 거리에 드문드문 흩어져 바람에 날리곤 했다. 하루가 다르게 낙엽들이 몇 움큼씩 늘어나고 있었다. 이제 더 이상 사람들 사이에서 짧은 소매 옷은 발견되지 않았다. 낮 최고 기온도 12, 3도 안팎에서 더 높아지지 않았다. 사람들은 봄이 그렇듯 가을도 점점 짧아진다고 무척 아쉬워했다. 서점의 진열대에서 '모종삽 시리즈'도 어느새 자취를 감추었다.

그 가을의 어느 날 저녁.

중학교 3학년인 정 아무개는 동네 철물점에 들러 모종삽 하나를 샀다. 이미 모종삽이 유행하던 때는 아니었으므로 철물점에서 모종삽이 품귀 현상을 빚는 일은 일어나지 않았다. 그 학생은 곧 아파트로 돌아와 자기 방에 들어갔다. 그러곤 방바닥에다 신문지를 몇 장 펼쳐놓고 책상 밑에서 페인트와 붓과 시너를 꺼내 올려놓았다. 그런 다음 철물점에서 구입한 모종삽을 붉은 페인트로 칠하기 시작했다.

다음 날 밤 9시 텔레비전 뉴스 시간에 등장한 앵커맨은 몹시 상기된 표정을 지으며 약간은 떨리는 목소리로 말하고 있었다.

"이건 장난이 아닙니다."

하지만 그 앵커의 첫 마디를 제대로 이해한 사람은, 그것을 지켜본 사람 중에 그렇게 많지는 않았다. 왜냐하면 그 앵커의 다음 말에서 많은 사람이 혼선을 빚었을 것이기 때문이다. 그건 이런 것이었다.

"문제의 붉은 칠을 한 모종삽…… 쑥스러운 얘기입니다만, 제 아들 녀석이 가지고 있는 모종삽도, 바로 붉은 것입니다."

그러고 나서야 전날 밤 한 여중생이 성폭행을 당하고 살해되었다는 소식이 대여섯 명의 기자들에 의해 차례로 전해지고 있었다.

침묵이 죽인 사람

그는 귓속의 솜털 하나하나를 간질이는 바람의 손을 느꼈다. 그것은 마치 이발소의 여자 면도사가 면봉으로 귓속을 애무하는 것과 같았다. 그는 지금 자신이 어디에 있는지 도무지 알 수 없었다. 그의 눈과 입은 청테이프로 단단히 봉해져 있고, 의자에 앉은 몸은 꼼짝할 수 없을 정도로 굵은 동아줄에 결박되어 있었다. 소리를 지르려 해도 소리를 지를 수 있는 장치가 그에게는 더 이상 없었다. 코가 발성 장치의 하나가 아니란 것은 이미 확인하지 않아도 알 수 있는 노릇이었지만, 그러나 조금 전 그는 그 코를 이용해 소리라는 걸 만들어보려고 무진 애를 썼었다. 그러나 코로 소리를 낸다는 것이 얼마나 무모한 일인가를 확인했을 뿐이었다. 그나마 탈진 상태를 향해 한 발짝 더 다가선 느낌이었다. 그는 시간이 얼마나 흘러갔는지도 알 수 없었다. 시계를 확인해야만 시간의 흐름을 알 수 있다는 그 평범한 논리를 그제야 깨달을 수 있었다. 대충 두어 시간 정도 지난 것 같다, 라는 생각이 들긴 했지만 왠지 수긍할 수가 없었다. 시계를 볼 수 없는 상태에서 그런 짐작은 그에게 하등 도움이 되어주지 않았다. 갑갑할 뿐이었다. 눈과 입을 막아놓은 청테이프는 시간이 흐를수록 피부를 더 단단히 압박했다. 운이 없게도 녀석들이 청테이프를 쭉 찢어서 눈을 가리려할 때 그는 그만 눈을 반쯤 뜬 상태였다. 그래서 그런지 눈알이 몹시 아렸다. 눈을 완전히 감은 상태에서 청테이프가 발라졌다면 좀 나았을 것을, 하고 후회했지만 소용이 없었다. 배 속에서 꾸르르, 꾸르르, 하는 소리가 들려왔다. 그러자 점심 식사로 게 요리를 먹었던 게 환상처럼 떠올랐다. 비릿하면서도 달짝지근한, 푸석하면서도 쫄깃하게 씹히던 게살을 생각하자 입안 가득 침이 고였다. 그는 침을 삼키기 위해 막 목울대를 움직이는 순간 숨이 꽉 막히는 것을 느꼈다. 침을 잘못 삼켜 기침이 쏟아지기 직전의 그 미묘한 고통이 온몸을 팽팽하게 긴장시키고 있었던 것이다. 그러면서 그는 순간적으로 생각했다. 입을 단단히 테이프로 막아놓았으니 기침이 쏟아진다면 또 어떤 고통이 일어날까, 하고. 그는 눈 깜짝 할 짧은 순간에 그의 모든 땀구멍에서 일제히 서늘한 땀방울이 삐져나오는 것 같은 느낌에 휩싸였다. 그것은 참을 수 없는 고통, 그 자체였다. 그는 어떻게 하든 이 위기를 넘기고 싶었다. 그래서 그는 온 힘을, 그야말로 젖 먹던 힘까지 모두

동원해서 기침이 터지지 않고 침덩이가 목울대를 자연스럽게 흘러 넘어갈 수 있도록, 그 힘들을, 쏟아부었다.

"꿀꺽!"

바로 그 소리가, 뇌성처럼 그의 청각을 후려치고 있었다. 성공이다! 그는 어금니를 꽉 깨물었다. 눈물이 핑 돌았다. 얼마 있지 않아 눈에 고였던 눈물이 청테이프를 뚫고 볼을 타고 흘러내리기 시작했다. 제어되지가 않았다. 눈물 줄기가 볼을 타고 흐르다가 목덜미를 간질이며 타고 흐르는 것을 느낄 수 있었다. 그러나 이내 눈물은 그쳤다. 눈물을 흘릴수록 반쯤 뜨인 채 테이프에 밀착된 눈알이 더욱 쓰라렸기 때문에 더 이상 눈물을 흘릴 수가 없었다. 그는 길게 한숨을 뽑아내고 싶었지만 그렇게 할 수도 없었다. 그는 손가락을 꼼지락거려보았다. 하지만 녀석들이 얼마나 단단히 결박해놓았는지 손가락까지 피가 전달되는 통로가 모두 죄어져, 손가락이 움직이는 것 같기는 했지만 감각은 또렷하지가 않았다. 그는 새삼스럽게 절망스런 감정에 싸이기 시작했다. 누가 와줄까…… 녀석들이 마음을 고쳐먹고 다시 돌아와서 날 풀어주지 않을까…… 그러면 아무리 말도 안 되는 협박이라도 들어줄 텐데…… 어쩌면 녀석들이 요구하는 것보다 한 장 정도는 더 줄 수 있을지도 몰라…… 누가 와줄까…… 도대체 여기가 어디길래 인기척 하나 없지…… 시간은 도대체 얼마나 지난 것일까…… 그리 춥지 않은 걸 보면 아직 밤은 아닌 것 같은데…… 그렇게 소리를 내지 않고 생각 속에서 주절거리고 있는 사이, 그의 그 생각이라는 것 속으로 스멀거리며 기어드는 무언가를, 그는 보았다. 그 순간 소름이 쫙 끼쳤다. 그것은 어떠한 소리도 들리지 않는 상태, 바로 정적이었다. 안 돼…… 이건 아니야…… 그는 다시 그렇게 생각 속에서 주절거리기 시작했다. 그러면서 버둥거리기 시작했다. 더 이상 움직임 없이 있을 수는 없었다. 그는 발성 기관으로 효과적이지 못하다는 판단을 이미 내렸던 코를 이용해 어떠한 소리라도 만들어내기 위해 다시 헛된 노력을 시작했다. 훗훗, 쿵쿵, 으응…… 그는 의자에 ㄱ 자로 결박된 허벅지를 한껏 위로 치켜 올렸다가 허리를 이용해 앞으로 힘껏 밀었다. 바로 그 순간이었다. 그는 갑자기 무중력 상태에 놓인 듯했다. 머리가 거꾸로 처박히는 것 같았고, 몸이 중심을 잃고 빠른 속도로 회전하는 것도 같았다. 더 이상 자신의 의지에 의해 몸을 움직이는 것은 불가능하다고 그는 생각하고 있었다. 며칠 뒤면 허물어지게 되어 있는 7층짜리 건물의 5층 난간에서 의자에 단단히 결박된 한 남자가 건물 아래로 곤두박질치고 있는 것을 본 사람은 아무도 없었다. 주변을 지나가는 사람이 아무도 없었기 때문이기도 했지만, 있었다 해도 깊은 밤이라 보일 리가 없었다.

어느 자살자의 유언

대학원에서 생물학을 전공하는 25세의 한 남학생이 자신의 혈관에 다량의 독성 물질이 함유된 액체 8밀리그램을 주사하고 죽었다. 그의 윗도리 주머니에서 발견된, 사랑하는 지구의 모든 인간들에게,라고 겉봉에 적힌 유서에는 다음과 같은 짤막한 내용이 적혀 있었다.

"평화 시에 호전적인 인간은 자기 자신을 공격한다."

그 학생의 유서를 감식한 결과, 유서의 내용은 19세기 독일의 철학자 프리드리히 니체의 『선악을 넘어서』라는 저서 제76장을 그대로 옮긴 것이라는 사실이 밝혀졌다. 평소 그 학생은 매사에 성실했고, 자신보다는 남의 편에서 먼저 생각하는 사려 깊은 학생이었다고 주위 사람들이 증언하고 있는 가운데, 경찰은 그의 직접적인 사인인 독극물이 함유된 주사액을 사체에서 추출하여 국립과학수사본부에 성분 분석을 의뢰하는 한편, 유서의 친필 여부를 확인하는 작업을 진행 중이다. 한편 그 학생의 소속 대학 철학과 교수들과 일부 학생들로 구성된 현대철학 연구회에서는 긴급비상소집회의를 열어 호전적인 인간이 자기 자신을 공격하게 되는 대전제인 '평화 시'와 '현재'가 시간적으로 동일한지를 장시간 토론한 후, 자살한 학생의 주장을 그대로 받아들일 수 있을 만한 소지가 전혀 없다는 요지의 성명서를 회원 공동 명의로 발표했다.

이야기의 독

—죽음들 2

국도의 개

 국도변의 잡초들은 필터 바로 앞까지 태우다 버린 담배꽁초처럼 말라비틀어져 있었다. 건기가 계속된 탓인지 여느 때 같으면 행락 차량으로 줄을 이었을 도로에는 차 한 대 지나가지 않았다. 이쪽 끝에서 저쪽 끝으로 벌써 몇 번이나 고개를 돌리고 있었지만 바싹 마른 흙먼지만 가끔씩 지나갈 뿐이었다. 국도 좌우의 제법 너른 들녘에는 가슴이 짓무른 낮은 키의 벼들이 벌겋게 타들어가고 있었다. 물론 거기에 물을 대는 따위의, 죽은 논을 살리려는 농부의 어떤 모습도 찾아볼 수 없었다. 농부들은 오래전에 이미 그 들녘을 포기해버린 것 같았다. 청년은 도로변에 비딱하게 세워진 자신의 승용차를 물끄러미 바라보다가 쓰게 한 번 웃고는 한 시간 전쯤 신나게 달려왔던 국도 끝으로 눈길을 옮겼다. 달아오른 차의 엔진을 식혀줄 한 바가지의 물을 구할 수 없다는 사실이 그를 더 이상 느긋한 상태로 놔둘 수가 없었다. 그의 발치로 마지막 담배꽁초가 떨어지고 있었다.

그의 기억으로는 그가 지나온 가장 근접한 마을이 걸어서 좋이 한 시간은 걸릴 곳에 있었다. 이렇게 지나가는 차들이 없을 것 같았으면 차라리 걸어서 그 마을까지 가야 했었다고, 벌써 몇 번이나 자책을 했지만 그런 식의 자책이란 앞으로도 결국 그렇게 가게 되지는 않을 거라는 것을 입증하는 짓에 다름 아니었다. 그러나 그것은 결코 그가 게으른 때문은 아니었다. 그는 자신이 처한 상황을 잘 파악하고 있었고, 푹 퍼져버린 차를 일으켜 세울 냉각수 한 바가지를 구하기 위해 자신이 무엇을 어떻게 해야 하는지에 대한 계산은 충분하게 되어 있었다고 해야 옳았다. 마을로 내려가서 한 바가지의 물을 떠오는 데 소요되는 왕복 두 시간의 노동이 쓸데없는 게 아니라, 지나가는 차를 세워 어떤 식으로든 도움을 청하는 것이 훨씬 경제적이라는 사실은 거의 진리에 가까웠다. 아니 그것이 바로 진리였다.

하지만 진리는 땡볕 속에서 무참히 짓밟히고 있었다. 차가 멈추어버린 뒤부터 거의 한 시간 동안 도무지 차라고는 지나가지 않고 있었던 것이다. 아스팔트 위로 쏟아지는 뜨거운 햇볕과 그 열기에 버무려진 마른 흙먼지만이 기분 나쁘게 존재할 뿐이었다. 그런 불유쾌한 시간은 야금야금 여름의 뜨거운 가슴팍 속으로 전진해가고 있었다. 더불어 그 뜨거움을 청년 역시 똑같이 견뎌내야 했다. 그가 눈을 한 번 꾹 감았다 뜨자 누런 땀방울이 불거진 광대뼈 아래로 흘러내렸다.

국도 끝을 주시하고 있던 청년은 무슨 생각이 들었는지 풀어 헤쳐놓았던 셔츠의 단추들을 하나씩 여미기 시작했다. 그러곤 하품하는 뱀의 아가리처럼 쩍 벌려져 있던 차의 보닛 속을 들여다보며, 누가 이기나 보자, 하고 들릴 듯 말듯 한 소리로 중얼거렸다. 그런 다음 청년은 차 뒤편으로 돌아가 트렁크를 열었다. 트렁크 안은 오물로 가득 찬 쓰레기통처럼 여러 가지 물건들이 뒤얽혀 있었다. 그는 고개를 삐딱하게 만들어 트렁크 안을 들여다보다가 다짐하듯 침을 삼켰다. 그러곤 트렁크 안에 뒤얽혀 있는 물건들을 하나씩 차 밖으로 내던지기 시작했다. 맨 처음 던져진 것은 트렁크 한쪽 구석에 발기한 성기처럼 거꾸로 처박혀 있던 기름때에 절은 먼지떨이였다. 그는 그것을 집어 들고는 마치 분풀이라도 하듯 뒤 범퍼를 꽝 소리가 나게 두드리고는 땅바닥에다 던져버렸다. 그러곤 땅을 마구 파헤치는 광견처럼 트렁크 안의 물건들을 흩뿌리기 시작했다. 오래 묵은 신문지, 너덜너덜 해진 차 덮개, 청소기, 주유하면서 받았던 각종 휴지, 지도 책, 손전등, 장갑, 지난겨울 폭설이 내리는 대관령을 넘다가 산 스노 체인, 꾸깃꾸깃 뭉쳐진 토시, 때 절은 걸레…… 정말 광견이라도 된 양 씩씩거리며 물건들을 내던지던 그의 손길이 딱 멈추었다.

그의 손에 자그마한 드링크 한 병이 집혀 올라왔다. 청년은 씩 웃으며 그것을 바지 주머니에 쑤셔 넣었다. 그러곤 또다시 빠른 손놀림으로 트렁크 안의 물건들을 헤집어나갔다. 얼마 있지 않아 사이다 병 크기만 한 유리 세정제가 그의 손에 집혀 올라온 것을 마지막으로 트렁크 안은 깡그리 비워졌다. 그의 눈알은 쏟아지는 햇볕 탓만은 아닌 어떤 이유로 충혈되어 있었다. 충혈된 눈알과는 대조적으로 그의 낯빛은 창백했다.

청년은 차 앞쪽으로 걸어갔다. 그는 뚜껑이 열려 있는 라디에이터 속으로 바다 빛깔 유리 세정제를 조심스럽게 부었다. 쿨럭쿨럭 하는 소리를 내며 바싹 말라붙어 있던 라디에이터가 세정제를 들이키고 있었다. 세정제 통이 바닥을 드러내자 그는 바지 주머니에 찔러놓았던 드링크 병을 꺼내 뚜껑을 벗긴 뒤 역시 라디에이터의 좁은 구멍에다 쏟아 넣었다. 냉각수란 불순물이 완전히 정제된 상태의 증류수를 말하며, 따라서 유리 세정제나 드링크가 냉각수 역할을 해낼 수 없다는 사실에 대해 그는 전혀 신경 쓰지 않는 것 같았다. 그의 행동은 폭탄을 껴안고 거대한 전차를 향해 뛰어드는 자살특공대의 그것과 다를 바 없었다. 하지만 결코 그는 차를 망가뜨리려는 의도도 없었고, 더구나 자신의 목숨을 버릴 생각은 추호도 없었다. 그렇다고 그가 광견처럼 미쳐버렸다고 단정하기에는 그의 행동 하나하나가 너무나 진지했다. 그는 라디에이터의 입구에 뚜껑을 씌우려다가 천천히 고개를 끄덕였다. 그러곤 무슨 일인지 바지의 허리띠를 풀어냈다.

청년은 땅바닥에 떨어져 있던 유리 세정제 통을 집어 들고는 그 입구에다 자신의 성기를 들이대고는 조심스럽게 오줌을 받아내기 시작했다. 그는 오줌발이 끊기고도 한참 동안이나, 마치 몸 안의 수분을 죄다 털어내기라도 하듯 세정제 통을 붙들고 있었다. 그런 다음 그는 바지춤을 죄고는 세정제 통 안에 담긴 자신의 오줌을 라디에이터 속으로 부었다. 청년은 라디에이터의 뚜껑을 닫고 왼쪽에 붙은 냉각수 계기판을 확인했다. 거무죽죽한 액체가 간신히 MIN이라고 써진 눈금에 닿아 있었다. 그는 버릇인 양 침을 한번 꿀꺽 삼키고는 보닛을 세차게 닫았다.

청년은 미련을 떨치기라도 하듯 국도의 양쪽 끝을 번갈아 천천히 바라보고는 딱 한 번, 단호하게 고개를 가로저었다. 그가 한 시간 전쯤에 차를 몰고 달려왔던 길은 들녘을 완만한 곡선으로 가르며 그의 앞을 지나 약간의 오르막 경사를 이루며 몇 번 긴 곡선을 그리다가 불거지듯 툭 튀어나온 산자락에 묻혀 있었다.

청년은 지체 없이 운전석에 올라타고는 시동을 걸었다. 해수병 환자처럼 한동안 가르릉거리는 엔진음을 쏟아내던 승용차가 경쾌한 음향을 터뜨리며 앞으로 달려갈 자세를 취했다. 청년은 기어를 넣고 액셀러레이터를 세차게 밟았다. 운전석에 붙은 계기판의 붉은 바늘들이 바르르 떨리며 일제히 상승하기 시작했다. 청년은 룸미러를 슬쩍 훔쳐보았다. 그가 트렁크에서 꺼내 아무렇게나 던져버렸던 물건들이 빠르게 뒤쪽으로 물러나고 있었다. 씨팔······! 그는 부서뜨릴 듯 기어를 잡아당기며 액셀러레이터를 힘껏 밟았다. 폭발하는 듯한 엔진음과 함께 차가 요동을 치며 커브 길을 미끄러져 나갔다. 그는 평소의 운전 습관과는 달리 커브 길에서도 브레이크를 밟지 않았다. 오히려 더욱 세차게 액셀러레이터를 밟았고, 그 바람에 중앙선을 물고 돌던 차가 넘어질 듯 휘청거렸다.

청년이 모는 차는 이글거리는 열기가 솟구치는 아스팔트 위를 광견처럼 달려가고 있었다. 좌에서 우로, 우에서 좌로, 길이 만들어져 있어 갈 뿐이지 차라리 그것은 길길이 날뛰는 것 같았다. 마침내 그의 승용차는 툭 불거져 나온 산자락을 끼고 깊은 커브를 그리며 사라져갔다.

이제 국도는 완전히 비었다.

그곳을 떠나기 전에 청년이 미련처럼 바라보았던 국도의 끝에 길게 혓바닥을 늘어뜨린 개 한 마리가 느릿느릿 걸어오고 있었다. 그 개는 아스팔트 위로 솟구치는 열기를 헤치며, 자신의 이름이 '뜨거운 여름'이라도 되는 듯 모든 뼈와 근육을 움직이며 국도를 걸어오고 있었다. 그 개는 한 발짝을 뗄 때마다 자신의 뼈와 근육을 움직이는 대가라도 치르듯 숨이 넘어가는 소리를 질렀다. 헉······ 헉······!

그 개가 들녘을 가로지른 아스팔트 위를 걸어와 아까 그 청년이 아무렇게나 던져버렸던 물건들 속으로 코를 쑤셔 박고 있을 때, 아주 먼 곳에서 뭔가 폭발하는 소리가 들려왔다. 때 절은 먼지떨이를 앞발로 툭툭 건드리고 있던 개는 아주 잠깐 동안 그 폭발음이 들려온 국도의 끝을 바라보았다.

세상에서 가장 아름다운 다리 위의 한 남자

한 남자가 더울 때나 추울 때나 늘 똑같이 트렌치코트 차림으로 교량 공사장에 지난 1년여 동안 하루도 빠짐없이 나타났었다는 사실을 아는 사람은 거짓말처럼 아무도 없었다. 그도 그럴 것이 쉴 틈 없이 흙과 자재를 실은 덤프트럭과 레미콘 따위의 대형 차량들이 지나다니는 공사장은 단 한 번도 그에 의해서 방해받은 적이 없었다. 성수대교가 붕괴된 이후로 교량 공사의 공기가 예전에 비해 거의 두 배 이상 길어졌다는 사실도 공사장 인부들이나 공사 담당자들의 무감각에 일조를 했을지 몰랐다. 공사장에서 멀찌감치 떨어진 곳에 매일 빠짐없이 어떤 구경꾼이 출퇴근하듯 나타났다가 사라진다는 사실에 특별히 신경을 곤두세우기에는 세월이라고 불러도 될 만큼의 긴긴 시간이었던 것이다. 어쨌든 누가 신경을 써주든 말든 그 남자는 묵묵히 교량이 완성되기를 기다리며 매일 그 공사장에 나타났다. 비가 오는 날이거나 혹은 어려운 교각 공사가 끝난 뒤의 며칠 동안 공사가 진행되지 않을 때에도 그는 어김없이 공사장 주변에 나타나 어슬렁거리곤 했다. 어떤 때 그는 마치 정부의 정보 기관으로부터 공사장을 감시하도록 비밀리에 파견된 요원처럼 손가락 크기의 망원경을 두 눈에 갖다 대고 있기도 했다. 그런가 하면 옛날 구멍가게 같은 데서 외상 장부로 많이 쓰이던 작고 부피가 얇은 공책을 들고 다니면서 메모 같은 걸 끼적대기도 했다.

그렇게 1년쯤이 지나간 어느 날, 큰 기중기 몇 대가 굴뚝 위로 검은 연기를 펑펑 쏘며 여러 가지 모양의 철제 빔 같은 것을 옮기기 시작했는데 그 모양을 예의 공사장 주변에서 지켜보고 있던 그 남자는 약간 상기된 표정으로, 아치를 짜 맞출 모양이구나, 그럼 며칠 있지 않아서 완성이 되겠구나, 하고 중얼거리며 흥분을 가라앉히지 못했다. 아니나 다를까 그다음 날, 강의 남쪽과 북쪽 끝, 그러니까 교량의 양쪽 입구에 긴 플래카드가 내걸렸는데, 일주일 후에 있을 개통식을 경축한다는 내용의 문구가 붉고 푸른 글씨로 박혀 있었다. 물론 그 플래카드가 내걸리던 그날도 그 남자는 늘 나타나던 그 자리에 서서 마치 올림픽에서 금메달을 따고 시상대에 올라가 애국가를 들으며 태극기를 쳐다보고 있는 선수처럼 엄숙한 표정을 짓고 있었다. 그러다가 그는 가만히 트렌치코트 주머니에서 손수건을 꺼내 눈시울을 꼭꼭 눌렀는데, 아마도 감격의 눈물을 닦아내는 듯했다.

그로부터 일주일이 지난 토요일 새벽, 검고 흰 종이를 가루 내어 뿌린 듯 어둠과 빛이 촘촘히 뒤섞인 박명의 시간이었다.

교량의 남쪽 끝에 트렌치코트의 남자가 나타났다. 그는 주머니 깊숙이 두 손을 찌른 채 한동안 새로 놓인 교량을 감격에 찬 눈길로 훑고 있었다. 희고 노란 페인트로 그어놓은 차선은 어둠 속에서도 눈부시게 빛났다. 아직 차 한 대 지나가지 않은 다리 위의 아스팔트는 탄력 있는 흑인의 피부처럼 반들거렸다. 새벽 강바람에 팔락거리는 플래카드는 그 자체로 훌륭한 율동이었다. 팔락거리며 만들어내는 소리 또한 음악이었다. 다리의 북쪽 끝으로 서서히 옮겨가던 남자의 시선은 이윽고 완만하게 솟아오른, 장중하기까지 한 아치에서 멈추었다. 그것은 이 다리가 세워지기 전 볼품없던 시멘트 교량이었을 때에는 찾아볼 수 없었던, 참으로 아름다운 장식품이었다. 안쪽의 흰색과 바깥쪽의 푸른색, 그리고 아치의 곡선을 따라 무지개의 일곱 색깔로 시간에 따라 변하는 등은 이 세상의 그 어떤 다리에서도 볼 수 없는 독특한 아름다움을 만들어내고 있었다.

남자는 무엇에 홀린 듯 그 아치 쪽으로 발길을 옮기기 시작했다. 그의 얼굴 위로 끼얹어지는 싸늘한 새벽의 강바람은 그의 눈자위에 맺힌 이슬들을 가볍게 날려버렸다. 아직 그 누구도 지나가지 않은 다리 위를 그가 걸어가고 있었다.

남자는 사랑하는 사람의 몸을 정성스럽게 애무하듯 교량의 난간을 손바닥으로 쓸며 지나갔다. 다리는 유유히 흐르는 강을 가르며 남쪽과 북쪽을 잇고 있었고, 새벽을 걷어내는 해는 교량의 오른쪽 옆구리를 향해 빛줄기를 쏘며 일어서고 있었다. 남자는 교량의 한가운데에 불쑥 솟아오른 아치에서 발길을 멈추고는 떠오르는 해를 정면으로 바라보았다. 그러곤 코트 주머니에서 두 손을 빼내 마치 햇발을 껴안기라도 하듯 두 팔을 활짝 펼쳤다. 한동안 그는 그 자세를 유지하고 있었다. 자세히 보면 그의 팔은 점점 커지고 그 간격은 점점 넓어지는 것 같았다. 그 모습은 마치 동쪽에서 떠오르는 해를 부여안아 교량의 아치 위에 매달아놓으려는 것처럼 보였다. 동쪽에서 떠오른 해는 산 능선을 벗어나 빛들을 강 위로 흩뿌리며 하늘 위로 서서히 옮아가고 있었다. 남자는 천천히 고개를 들어 해가 움직이는 쪽으로 시선을 옮겼다. 그러고는 다리의 난간으로 올라섰다. 난간 위에 올라선 남자는 조금 전처럼 해를 향해 두 팔을 활짝 펼쳤다. 강바람이 남자의 코트를 국기처럼 펄럭였다. 그는 해가 쑥쑥 솟아오르는 속도에 맞추기라도 하듯 교량의 난간을 벗어나 가파른 아치를 오르기 시작했다.

이윽고 그는 아치 맨 꼭대기에 이르렀다. 그의 행동은 위험천만한 것이었지만, 다리 위에는 그를 제지할 사람이 아무도 없었다. 동쪽에서 떠올랐던 해는 이별의 아픔을 모르는 야속한 연인처럼 그를 버린 채 하늘의 중심을 향해 다시 빠르게 달아나고 있었다. 그는 더 이상 그 해를 좇아갈 수가 없었다. 그가 만약한 걸음만이라도 더 떼고 싶어 한다면, 그것은 더 이상 이 지상에 존재하지 않을 거라는 엄정한 증거가 될 것이었다. 기다리는건 오직 추락뿐이었다.

그때였다. 다리의 남쪽 끝에서 요란하게 자동차의 경적이 울렸다.

그리고 그 소리가 마치 출발을 알리는 총성인 양 남자는 허공을 향해 몸을 날렸다. 가볍게 솟구쳤던 그의 몸은 포물선의 정점에서 아주 잠깐 멈추었다가 이내 강 위로 곤두박질치기 시작했다. 그의 두 팔은 여전히 해를 껴안으려는 듯 활짝 펼쳐져 있었다. 그가 입고 있던 트렌치코트는 뒤집혀 펄럭였고, 그의 몸 어딘가에서 비둘기처럼 하얀 조각이 떨어져 나와 바람에 날렸다. 그 비둘기 같은 하얀 조각은 그의 주머니에 찔러져 있던 조그마한 공책이었다.

남자의 몸이 차가운 강물 위에 내려 잠기는 순간, 그의 공책도 물에 닿았다. "신이 우리에게 기억을 준 것은 우리에게 12월에도 장미를 가질 수 있도록 하기 위해서였다"라고 씌어져 있던 그 공책 속의 푸른 잉크도 그때 물에 닿았고, 얼마 있지 않아 그 잉크마저 강물에 섞여버렸다. 만약 그 공책이 강물을 흘러가 누군가에 의해 발견되었다고 해도, 그리고 거기에 잉크 자국이 조금이라도 남아 있어 그 공책 속의 문장을 그 누군가가 읽어낼 수 있었다고 해도, 그가 왜 강 위에 새로 놓인 다리 위에서 몸을 날렸는지에 대해 알 수는 없었으리라. 그러나 신이 우리에게 기억을 준 이유에 대한 명쾌하고도 낭만적인 그 아포리즘이 네버랜드의 영원한 소년 피터팬을 창조해낸 제임스 매튜 베리라는 사람의 시구라는 사실을 알고 있는 사람이라면, 혹시 모른다. 그러면 한 남자가 오랜 시간을 견뎌 비로소 몸을 날려야만 했던 이유가 새로 다리가 놓이기 전에 그 자리에 놓여 있던 초라하고 볼품없는 다리 위에서 한 여자가 뛰어내렸기 때문이라는 사실을 끈질기게 추적하여 알게 될지도 모르며, 그래서 한 인간이 제대로 살아간다는 것이 결국 제대로 죽으려는 것이라는 결론을 이끌어낼 수도 있을 것이다. 그리고 삶과 죽음 사이에 놓인 '기억'이라는 저 아름다운 다리의 존재에 그 남자가 얼마나 치를 떨었는지에 대해서도 정확히 알아낼 수 있을지 모르는 일이다.

자살의 문명과 문명의 자살

나는 한때 알프레드 알바레즈라는 사람에게 심하게 엮인 적이 있었다. 더 정확히 말하자면 그의 자살에 관한 오랜 숙고와 연구의 결과라고 할 수 있는 저서 『잔혹한 신, 자살의 연구』라는 한 권의 책에 엮였다고 해야 옳다. 그든 그의 책이든 아무튼 내가 그런 것에 엮이기 시작한 것은 고시 공부에 열중해 있던 대학 3학년 때인, 내 나이 스물하고도 두 살 때의 봄, 즉 1981년 5월이었다.

그 아름다운 봄날, 나는 도서관 열람실의 한쪽 구석을 차지하고 앉아 행정법 나부랭이를 읽고 있었으며, 창으로 흘러드는 햇살이 얼마나 따가웠던지 속으로 선글라스를 하나 구입해야겠다는 생각을 하고 있었다. 그 생각이 하도 엉뚱해서 괜히 눈을 가

늘게 만들어 뜨고는 슬그머니 고개를 들었는데, 맞은편의 큰 책상 하나 건너의 비어 있는 책상 위에 눈이 닿았고 예의 햇볕이 내려쬐어 눈이 부셨다. 시간이 좀 흘러 그 밝음이 눈에 익자 나는 그곳이 빈자리가 아니라는 사실을 알았다. 주인만 없지 책상 위에는 반듯하게 펼쳐진 책, 그리고 노트와 만년필이 가지런히 놓여 있었다. 조금 뒤 나는 보따리를 챙겨 자리를 떴지만 그다음 날과 다음 날, 그리고 또 그다음 날까지 내리 사흘 동안, 그 햇볕이 쬐어들던 책상 위의 책과 노트와 만년필은 한 치의 변화도 없이 내가 처음 발견한 그때 모습 그대로 놓여 있었다.

그 사흘 동안 나는 그 자리의 주인이 누구인지 알 수 없었는데, 그건 그 자리에 아무도 와서 앉질 않았으므로 당연한 일이었다. 사흘째 되던 날 나는 매우 강렬한, 스물두 살이 될 때까지 단 한 번도 겪어보지 못했던, 지독하고 모질고 고통스러운 충동에 휩싸였다. 도대체 거기에 놓인 책은 어떤 것이고, 그 자리의 주인은 어떤 사람인지를 알아봐야겠다는 충동은 좀체 억눌러지지가 않았다. 그런데 충동의 강도가 높아갈수록 왠지 나는 그 근처에도 갈 수가 없었다. 나는 결국 그 사흘 뒤에 이어진 일주일 동안 도서관에서 살다시피 했고, 물론 그 자리가 계속해서 비어 있다는 사실을 확인했다. 우연인지는 몰라도 어쩌다 도서관이 꽉 차서 빈자리가 하나도 없을 때조차 자리를 구하지 못한 학생들은 햇볕이 눈부시게 내려쬐는 그 자리에만은 아무도 앉질 않았다. 내 눈에는 마치 일부러 그러는 것 같았다.

강의실에 들어가 있거나 밥을 먹거나 심지어 잠이 들어서도 내 머릿속엔 그 주인을 알 수 없는 빈 책상이 마치 십자가처럼 박혀 있었다.

결국 그 빈자리를 발견하고 열흘이 지나서야 나는 그 자리로 갈 수 있었다. 더 이상 호기심을 억누를 만한 자제력이 내게 남아 있지 않았기도 했지만, 실은 그 괴이한 일의 진상을 확인하지 않고서는 다른 어떤 일도 할 수 없는 지경에 이르러 있었기 때문에 그 빈자리로 가지 않을 수가 없었다. 그리고 나는 알프레드 알바레즈의, 괴로움이 진흙처럼 엉겨 붙은 책 『잔혹한 신, 자살의 연구』를 발견하고 말았다.

시인 김광림이 번역한 책자의 표지에는 원제를 멋 부린 『비켜라 잔혹의 신』이라는 제목과 '자살의 연습과 삶을 위한 훈련장'이라는 부제가 붙어 있었다. 자살에 성공하기 위해 자살을 연습한다는 게 모순된 것이 아닌가 하는 데 생각이 닿는 순간, 열흘만에 비밀을 풀어낼 기회를 만들었지만 처음보다 더 모호한 수수께끼에 휩싸이고 만 느낌이었다. 언제인지 정확히 알 수는 없지만, 적어도 지난 열흘 동안 얼굴 한 번 비친 적 없는 빈자리의 주인은 자살을 연습하다 마침내 성공한 것은 아닐까? 공허한 물음이 머릿속에 메아리쳤다.

나는 그날 여느 때보다 일찍 도서관을 나와 서점에 들러 알바레즈의 책을 구입한 뒤 하숙집으로 돌아왔다. 그때부터 나는 엮이기 시작했다. 알바레즈 자신이 천재로 인정했던 동료 여성 시인 실비아 플라스의 자살에 입회한 사실과 거기서 받은 여러 가지 감회를 서두에 놓고 시작하는 『자살의 연구』는 알바레즈 나름대로 천착한 자살의 역사적 배경과 이론을 피력하면서 여러 유형의 자살 사건을 열거하고 있었는데, 저자가 비평가인 탓인지 그 큰 줄기는 문학에 닿아 있었다. 문학에 관한 한 거의 문외한이었던 나는 처음 그 책을 읽고 나서 문학과 관련된 몇 가지 순진한 결론에 도달해 있었다. 삶의 저변에 괴로움을 깔고 있는 사람이 작가라는 것, 따라서 그들은 죽음을 삶과 동일시하는 인식의 소유자이며 그들이 자살을 택하는 경우에 그것이 아무리 급격한 것이더라도 미숙한 인격자의 충동적인 발작과는 다르다는 것, 예민한 작가란 나름대로의 자살의 미학을 갖추고 있는 부류라는 것 등이 그런 것들이었다. 아마도 나는, 적어도 알바레즈의 그 책을 한 번 읽고 난 뒤의 나는, 어디 겁나서 문학이란 걸 하겠느냐, 라는 생각을 했던 것 같다.

물론 나는 지금 작가가 되었고, 그 당시 내가 내린 결론이 얼마나 우스운 것이며 또한 알바레즈의 책을 얼마간 오독했다는 사실을 알게 되긴 했지만, 그러나 나는 아직도 그때 내가 내린 결론으로부터 완전히 자유로워진 것은 아니다.

각설하고, 그해의 봄이 다 갈 때까지 나는 빨간 볼펜이 수없이 밑줄을 긋고 간 알바레즈의 책을 읽고 또 읽었다. 그리고 여전히 비어 있기만 했던 그 책상의 주인에 대한 풀 길 없는 의문에서 놓여나지 못했다. 학기 말 시험이 공고되자 나는 마치 정신병자가 된 기분이었다. 알바레즈의 책이 얌전히 펼쳐져 있는 그 책상의 빈 의자는 거의 완벽하게 '덫'이 되어 있었다. 그 빈 의자는 어서 빨리 와서 앉아보라고, 방만한 자세로 나를 유혹했다. 그것은 마치, 알바레즈가 로마 스토이즘의 자살 권장문들 중에서 가장 세련된 것이라고 칭찬하며 인용해놓은 세네카의 다음과 같은 말을 읊조리고 있는 것 같았다. "어리석은 자여, 무엇을 한탄하며 무엇을 겁내는가. 네가 보고 있는 앞길에는 화해(禍害)가 그치질 않을 것이니, 네가 지금 디디고 있는 절벽은 자유의 나라로 통하고 있다." 그러니 그 절벽에서 뛰어내려 자유의 나라로 나아가라,라고 말하는 것 같은 그 문장은, 나로 하여금 그 빈자리의 주인이 되라는 강렬한 암시로 작용하고 있었다. 실제로 나는 그 무렵, 전깃줄을 목에 걸었을 때 내 몸무게를 지탱시킬 수 있을 만큼 튼튼한 곳은 하숙집 안에서는 청마루 위의 굵은 소나무 대들보밖에 없다는 사실을 오랜 탐색 끝에 알아냈고, 만약 거기서 자살이란 것을 하게 된다면 혀를 빼문 내 꼴을 누가 가장 먼저 발견하게 될까, 그는 얼마나 큰 비명을 지를까 따위에 대해 진지하게 생각하곤 했었다. 권총 자살 같은 불가능한 방법을 제외하고 동맥 절단과 투신과 약물 복용 중에서 어떤 것이 내게 가장 어울리는지, 혹은 유서를 남기는 것이 좋은지 남기지 않는 것이 현명한지에 대해 궁리할 때, 나는 무척 진지해졌고, 진지해지면 질수록 더 우울했다.

드디어 마지막 과목의 학기 말 시험을 치른 날, 나는 학교에서 하숙집으로 돌아오자마자 서둘러 짐을 꾸렸다. 나는 잔뜩 화가 나 있었다. 폭발하기 직전의 화산처럼 나는 들끓고 있었다. 방구석에 처박혀 있던 때 절은 양말과 속옷을 가방에다 욱여넣다가 그중의 몇 개는 내 손아귀에서 찢어지기까지 했다. 내 귓속은 시위대가 벌레처럼 작아져 꽉 들어찬 것처럼 온갖 이명으로 시끄러웠다.

어금니를 자근자근 씹으며 나는 하숙집을 빠져나왔다. 정류장에서 터미널행 시내버스를 기다리는 동안 나는 수도 없이 차도로 뛰어들고픈 충동에 시달려야 했다. 누군가 내 등을 떠미는 것 같았고, 그럴 때마다 나는 고개를 뒤로 꺾었다. 그러다가 먼지가 뽀얗게 덮인 쇼윈도 속에서 벌겋게 상기된 얼굴을 하고 있는 내 모습을 보았을 때, 나는 "희생자는 스스로 희생당하게끔 행동하는 사람이다. 그리하여 마치 무의식중에 내뱉은 실언처럼 그로부터 죽음이 결정되어 나오는 것이다. 그는 자신을 죽인다는 일이 너무나 간단하여 결국 자신을 죽인다"라고 했던 발레리의 충동적 자살론을 완벽하게 이해할 수 있었다.

그러자 내 몸은 아편을 흡입한 것처럼 순식간에 가라앉았다. 약간의 현기증이 일었고, 견딜 만했다. 나는 더러운 빨래가 든 제법 큰 가방을 가볍게 어깨에 걸며 도로를 가로질러 마침 떠나려고 부르릉거리던 학교행 시내버스에 올라탔다. 버스를 타고 가는 동안 나는 지나간 봄날들을 정교하게 반추했다. 내가 얼마나 섬세하게 책을 읽었는지에 대해 감탄하는 식의 자위에 빠지기도 했지만, 그때 내가 나 자신에 대해 진정으로 고양된 것은 스물두 해를 살아오는 동안 지난 두 달 만큼 어떤 일에 대해 진지하게 궁리하고 고민했던 적이 없다는 사실이었다. 그 대상이 비록 음침하고 소모적이고 불길하고 패배적인 것이었지만 말이다.

누군가 요란하게 재채기를 터뜨리자 그것이 마치 신호라도 된 듯 버스 안의 승객들이 저마다 재채기를 해대기 시작했다. 나는 뒷주머니에서 손수건을 꺼내 코를 틀어막으며 멈추어 선 버스의 커다란 앞 유리 너머로 눈길을 던졌다. 학교 앞에서 전경과 시위대가 일전을 벌이는 중이었다. 버스 운전수는 버스를 길가로 붙여놓았고, 승객들은 하나둘 버스에서 내렸다. 학기 말 시험이 끝나는 날에 시위가 벌어지고 있다는 게 의외였다. 일단은 소주병들부터 비워야 했을 텐데.

나는 기숙사로 통하는 우회로를 따라 걷기 시작했다. 기숙사 입구의 긴 언덕길을 벗어나 캠퍼스 뒤편으로 접어들 무렵 이미 내 몸은 땀으로 온통 젖어 있었다. 교문 쪽에서는 여전히 팡팡거리며 최루탄을 쏘아대는 소리가 들려왔고 그쪽 하늘은 연기로 자욱했다. 20여 분이 걸려 도서관 입구에 도착했을 때 시위대로 보이는 한 떼의 학생들이 교문 쪽으로 난 도로를 따라 올라오고 있었다. 그들은 내가 걸어왔던 학교 뒤편으로 통하는 길로 무리 지어 달려가고 있었다. 나는 지독한 땀 냄새를 맡는 듯한 착각이 일었다.

나는 곧장 도서관 열람실로 들어갔다. 그리고 햇볕이 쏟아져 들던 구석의 창가 자리로 걸어갔다. 학기 말 시험이 끝나는 날인 탓도 있었겠지만 거칠 것 없이 몰려와 자욱이 깔린 최루탄 연기로 인해 열람실 안에서 자리를 지키고 있는 학생은 단 한 명도 없었다. 그러나 오직 그 자리만은 비어 있지 않았다. 처음 내가 발견했던 그 모습대로 거기에는 알바레즈의 책과 노트와 만년필이 놓여 있었다. 나는 내 마음 저 깊은 곳에서부터 솟아오르는, 진정으로 그것이 무엇인지 알아낼 수는 없었지만 깊은 감회에 젖고 있었다. 나는 텅 빈 열람실 안을 천천히 휘둘러보았다.

모든 책상은 깨끗이 비어 있었다. 그래서 늘 빈자리였던 그 책상은 더 이상 빈자리가 아니었다. 나는 의자를 가만히 끌어당겨 조심스럽게 체중을 실었다. 떨리는 숨소리가 내 몸 밖으로 비어져 나왔다. 나는 노트 위에 놓인 만년필을 조심스럽게 만져보았다. 마치 조금 전까지 누군가가 만졌던 것처럼 거기엔 온기가 남아 있었다. 햇볕 때문이라는 생각은 전혀 들지 않았다. 그것은 분명 사람의 온기였다.

얼마나 지났을까.

누군가의 손길이 내 어깨에 닿는다는 것을 느끼며 몸을 움찔하는 순간 내 귓속을 파고드는 한 사람의 목소리가 들려왔다. 그 목소리는 내 귀에 결코 낯설지 않았다. 나는 마치 돌아보지 않고 그 목소리의 주인을 알아내야 한다는 명령을 받은 것처럼 고개를 돌리지 못한 채 주의를 기울였다. 그 목소리는 나직하였으나 열정에 차 있었다. 그는 "겁이 나서 견딜 수 없는 이 세상"에 대한 아도르노의 질시와 "인간이란 독이든 빵을 갉아먹는 쥐처럼 독을 탐내어 그 빵을 먹고 죽어가는 존재"라는 셰익스피어의 독설을 내게 옮겨주었다. 그 순간, 나는 천천히 고개를 돌려 내 등 뒤에 선, 이곳을 오래도록 빈자리로 남겨놓았던 한 남자를 확인할 수 있었다.

그는, 창문을 뚫고 날아든 햇볕에 의해 만들어진, 나의 긴 그림자였다.

인간도 금수의 세계에 산다

사자를 금수의 왕으로 군림하게 만드는 가장 큰 이유는 그들의 힘이 다른 어떤 것들보다 강하다는 사실이다. 동물의 세계에서 힘이 세다는 것은 그 무엇도 따를 수 없이 위대한 덕목이다. 날카롭고 강인한 이빨과 발톱, 대담하고 빠른 몸놀림, 저돌적이고 끈질긴 공격력이 바로 그 힘에 의해 발휘된다. 그러나 조금이라도 더 야생의 세계 속으로 발을 들여놓아본 사람이라면 사자로 하여금 금수의 세계에서 왕 노릇을 하게 만드는 실질적인 요소는 협동심이라는 사실을 알 수 있을 것이다. 가령 그들의 이빨이나 발톱보다 몇십 배는 강하고 튼튼한 뿔을 지니고 있으며 덩치 또한 실히 두 배는 큰 물소를 사자가 어떻게 공격해서 쓰러뜨리는가를 보면 그 사실을 한눈에 알 수 있게 된다. 맨 앞에 선 암사자가 물소의 등짝으로 뛰어올라 물소가 달아나는 속도를 떨어뜨리면 그 뒤를 바짝 따르던 다른 암사자가 잽싸게 달려들어 물소의 목덜미에 송곳니를 박는다. 그다음 사자가 물소의 중요 부위를 정확히 깨물어 주저앉히면 호시탐탐 공격의 기회를 노리던 놈이 뒷다리를 낚아채 물어뜯기 시작한다. 그것으로 이미 물소는 초원에 눕혀져 발버둥을 멈춘 뒤지만 다섯째 사자, 여섯째 사자, 일곱째 사자……가 새까맣게 몰려와 물소를 덮어버린다. 징그러운 협력이다. 사자의 힘은 여기서 절정을 이루고, 금수계의 피라미드 맨 꼭대기에 거만하게 존재하는 것이다.

하필이면 어두운 골목길이었다. 성질 고약한 택시 기사는 거기다 그를 던져버리듯 내려놓고는 꽁무니로 세차게 매연을 뿜으며 사라져버렸다. 그는 픽 하고 코웃음을 치다가 고개를 절레절레 흔들었다. 취기는 택시 요금으로 운전기사와 실랑이를 벌이던 중에 벌써 달아나버렸지만, 지금 그가 내린 곳이 어디인지 영 갈피를 잡을 수가 없었던 것이다. 그의 집 근처의 주택가는 분명한데 가로등 하나 없는 길은 몹시 어두웠다. 옹기종기 이마를 맞댄 집들 위로 멀리 마치 감시하듯 빌딩들이 불빛을 쏘며 내려다보고 있는 모양이 이 도시가 얼마나 균형을 상실하고 있는지를 잘 보여주고 있었다. 낮과 밤, 굉음과 적막의 거리만큼 빌딩숲과 그곳은 멀고도 멀었다. 그는 우선 골목길을 벗어나야 겠다는 생각으로 택시가 사라져갔던 방향으로 걸음을 뗐다.

그런데 생각과는 달리 걸어갈수록 어둠은 점점 더 짙어져갔고, 그나마 들려오던 희미한 자동차 소리도 더 이상 들을 수가 없었다. 대신 뭐라고 속삭이는, 마치 불결한 하수구를 지나가는 쥐새끼들의 찍찍거림과 비슷한 소리가 들려왔다. 순간 등골이 오싹해지며 팔뚝엔 소름이 빼곡히 돋아 올랐다. 그는 걸음을 멈추었다. 그러곤 낮은 속살거림이 무언지 확인하려고 귀를 세웠다. 그러자 마치 그를 주시하고 있기라도 하듯 속삭임은 곧 멈추었다. 그는 고개를 돌려 그가 걸어왔던 길을 아득히 바라보았다.

돌아갈까?

그는 소름이 돋은 팔뚝을 손바닥으로 쓱쓱 문지르며 망설이고 있었다. 얼마 있지 않아서 그는 다시 코웃음을 쳤다. 한때 유도 선수였던 자신이 이런 일로 소름까지 지으며 무서움을 느끼고 있다는 게 어이없게 느껴진 것이다. 그는 괜히 옷을 툭툭 털고는 다시 걸음을 뗐다.

그러나 걸음을 다시 떼어놓는 순간 그 쥐새끼들의 찍찍기리는 소리는 어김없이 시작되었다. 하지만 이번에는 더 이상 걸음을 멈추지 않았다. 쥐새끼면 밟아서 창자를 터뜨려버릴 거라고, 그는 생각했다. 하지만 가라앉았던 소름 알갱이들이 팔뚝 위로 다시 솟아오르고 있었다. 그는 휘파람이라도 불어야겠다는 생각을 하며 입을 오므렸지만 생각만큼 멋진 소리를 만들어내지는 못했다.

어둠 속에서 비닐봉지가 바람에 파락거리며 날려가는 소리가 들려왔다. 그러곤 여러 명임에 분명한 발소리가 분주스럽게 이어졌다.

본드 챙겨, 새꺄!

낮지만 날카로운 사내애의 목소리가 들려왔을 때 그는 그 소리가 들려온 짙은 어둠 속을 주시하며 걸음을 멈추고는 몸을 웅크렸다. 그 모양은 10여 년 전 유도 선수로 한창 날리던 시절의 방어 자세와 꼭 닮아 있었다. 하지만 곧 그는 숨이 찼고, 다리엔 별로 힘이 배어들지 못했다.

그는 어떤 알지 못할 위험이 가까이 와 있음을 직감했다. 어둠 속에서 들려온 변성기를 갓 지난 사내애들의 수런거림은 그를 향해 천천히 다가오고 있었다. 하지만 거기엔 어둠만 존재할 뿐, 그 어떤 모습도 가늠할 수가 없었다. 몇 놈이나 되는지, 얼마만큼 덩치가 큰 놈들인지, 그로서는 알 수 없었다. 긴장된 시간이 야금야금 지나가는 동안 그는 몇 번이나 고개를 돌려 자신이 지나온 길을 더듬었다.

돌아갈까?

좀 전과는 완연히 다른 느낌이 그의 전신을 감싸고 있었다. 뭔가 끌리는 소리가 어둠 속에서 비어져 나왔다. 그의 몸은 뻣뻣하게 굳어져 있었다.

그가 굳은 몸을 풀기 위해 간신히 어깨를 움직였을 때, 어둠 속에서 그 어둠만큼 시꺼먼 것이 튀어나와 그에게로 달려들었다. 그는 그 시꺼먼 것을 걷어내듯 팔을 휘둘렀다. 그러나 그의 팔은 뭔가를 걷어내기는커녕 딱딱한 물체와 강하게 부딪쳤고, 그의 입에서 씨팔, 하는 욕설이 터져 나왔다. 그는 어둠을 가르며 그를 향해 내리꽂히는 또 다른 어둠의 덩어리를 발견하고 이번엔 손을 벌렸다. 그것은 정확히 그의 손바닥을 찢고는 달아나려했다. 그러나 이번엔 그의 손이 그것을 움켜쥐고 놓치지 않았다. 각목이었다. 맹인의 촉각만큼 정확한 것도 없다고 했던가. 어둠 속에서 움켜쥔 각목의 거친 촉감은 마치 눈으로 생생하게 목격한 듯 살아 있었다. 그 생생한 감각을 느끼고 얼마 있지 않아 가시들이 자신의 손바닥을 파고드는 것을 느끼며 그는 비명을 지르고 말았다. 그것은 더 이상 그가 저항할 수 없다는 것을 의미했다. 어둠 속의 정체 모를 놈들은, 차례차례 달려들어 정확히 급소를 찾아 송곳니를 꽂는 암사자 떼와 같았다. 그리고 그는 단 한 번도 제대로 저항하지 못하고 무너져 내리는 덩치만 커다란 가여운 물소에 지나지 않았다. 그가 무너져 내리는 데에는 그리 오랜 시간이 걸리지 않았다. 그는 비릿한 피 냄새를 맡았다. 뭉개진 콧등에 피가 엉겨 붙어 있었다. 허리 밑으로는 살아 있는 감각이 없었다.

그를 무너뜨린 놈들은 어둠 속으로 유유히 사라져갔다. 그는 점점 희미해져가는 의식으로, 어쩌면 그를 공격한 놈들이 자신이 체육 선생으로 있는 학교에서 얼마 전 퇴학을 당한 놈들일지 모른다고, 간신히 더듬고 있었다. 그는 웃고 싶었지만, 웃을 수가 없었다.

환상의 이쪽

내가 '달리는 감옥'에 1년간 수감된 이유는 어렵게 따져보지 않아도 딱 한 가지밖에는 없다. 변호사라는 것 때문이다. 잘 알려진 대로 '달리는 감옥'에 수감될 만한 죄는 그리 흔하지 않다. 그건 속도의 문제다. 우리 시대가 허용하는 스피드를 초과했을 때, 가령 자동차 운전자가 과속을 했을 때처럼. 물론 한 세기 전과 같이 '달리는 감옥'이 존재하지 않았던 시대라면 책정된 적당한 액수의 벌금을 내는 것으로 충분했겠지만, 인간의 감성이나 가치관이 변화하면서 행형(行刑)도 그에 따라 바뀐 것이다. 스피드에 관련된 죄의 형벌로 '달리는 감옥'을 상정하는 따위의 변화 말이다. 역사를 전공하여 지금은 그쪽 방면의 책을 만들어내는 출판사에 편집장으로 근무하고 있는 친구의 말이 문득 생각난다. 그는 최근에 일어났던 '타임캡슐 도굴 사건'의 범인이 '달리는 감옥'에 종신 수감된 일을 두고 이런 말을 했었다.

"무덤의 의미는 의외로 단순해. 산 자의 죽은 자에 대한 경의, 혹은 과거에 대한 불망의 의지, 뭐 그런 것이거든. 부장품의 많고 적음이나 그 가치의 높고 낮음을 막론하고 말이야. 예를 들자면 진이라는 나라의 왕이 만들었다는 거대한 황릉이나 납골당의 저 어두운 골방 한쪽에 웅크리고 있는 내 아버지의 그것이나 별로 다를 바가 없다는 거야. 통틀어서 경의와 불망으로 표현해버리면 그만이란 말이지. 그런데 무덤을 파헤치는 행위와 그 행위가 형벌로 다스려질 때 그 의미는 엄청나게 달라지지. 자네도 알다시피 납골당에 안치된 골분을 손상시켰다면 그건 친고죄에 해당하고 그나마 윤리의 형을 적용하면 그만이거든. 하지만 왕릉 같은 역사적 가치를 지닌 무덤을 파헤친 경우라면 당연히 '달리는 감옥'에 수감될 수밖에 없다 이거야. 요컨대 스피드의 문제란 말이지. 전자가 무덤에 대한 경의와 불망의 문제에 관련되어 그다지 우리 시대의 앞날에 큰 영향을 끼치지 않는 것이 되는 반면에, 후자는 역사 진전에 심대한 악영향을 끼치는 것으로 판단되어서 결국 '달리는 감옥'에 갇히는 신세가 되는 거지. 타임캡슐을 몰래 파헤쳤던 그 사람의 경우가 바로 여기에 해당된단 말이야. 타임캡슐이란 게 뭔가. 앞으로 4백 년이나 더 있어야 개봉할 수 있는 무덤이 아닌가. 그런 무덤을 파헤쳤으니 엄청난 과속이라고 할 수 있겠지."

그 말을 들었던 것은 내가 수감되기 훨씬 전이었다. 그리고 사실 속도의 문제와 관련된 범죄와 거기에 조금이라도 관련된 사건은 한 번도 맡아본 적이 없었으므로 학교에서 배운 지식 이외엔 전무한 상태였다. 더구나 변호사로 개업한 지가 벌써 10년이 지났으므로 그런 지식이란 것도 고철에 쓴 붉은 녹 같은 신세가 되어버린 지 오래였다. 그런데 지금 나 자신이 그 추상적이고 관념적인, 그래서 매우 비법률적인 한 문제에 봉착하고 만 것이다.

속도——도대체 이게 왜 문제가 되는 것일까. 자동차마다 달린 타코미터가 제한 속도를 초과할 경우 요란한 경고음을 울려대고, 그 소리는 계기판과 무선으로 연결된 경찰서의 상황판에 곧장 나타나 운전자는 꼼짝없이 법정에 서게 되어 결국 '달리는 감옥'에 수감되고 마는 일련의 과정, 즉 '과속죄'를 구성하는 본질적 요소인 속도. 이 구체적이고 명확한 질료가 어찌하여 추상적이고 관념적인 범죄의 요소로 탈바꿈될 수 있는 것이란 말인가.

나는 지금 감옥이 생긴 이래 단 한 명의 탈옥수도 없었다는 '달리는 감옥'의 제44호 차창을 통해 황혼이 내리고 있는 도회의 거리를 바라보고 있다. 아무렇게나 닦아낸 코피의 흔적과도 같은 놀이 자욱하게 번져 있는 거리는 고요하고 더없이 아름다워 보인다. 플라타너스 모양의 인공 수목에서 습도 조절용 안개가 피어오르고 있어서 한층 더 아름답게 보이는지도 모르겠다. 하지만 나는 안다. 그것들이 왜 그렇게 아름다워 보이는지. 그건 내가 갇혀 있기 때문이다. 그것도 '달리는 감옥'에.

나는 지그시 눈을 감아버린다. 하지만 차창에서 눈을 떼는 순간에 그러하듯이, 내가 눈을 감아버리는 그 순간 내 의식엔 눈을 뜨고 차창 밖을 내다보고 있을 때와 똑같은 현상이 일어난다. 달려가고 있는 것이다. 끊임없이, 찰나의 그침도 없이, 쉼없이. 이것이 바로 '달리는 감옥'에 수감된 자가 견디어야 하는 형벌인 것이다.

"44호 면회!"

제대로 잠을 이룰 수가 없어 부윰한 새벽빛이 내린 거리를 내다보고 있을 때 두꺼운 창유리에 그런 자막이 물처럼 흘러가고 있었다. 하지만 여러 번 반복되고 난 뒤에야 나는 그 자막을 제대로 읽어낼 수가 있었다.

처음 달리는 감옥에 수감되었을 당시, 차창에 뭔가 글씨 같은 것이 지나가고 있다는 사실을 인지하고 그것을 읽어보려고 했을 때 곧 구역질 같은 게 치솟았다. 그것은 달리는 차 안에서 창유리에다 입김을 불어 낙서를 하다가 속엣것을 모두 토해버렸던 어릴 적의 기억을 되살리게 했었다. 그러고 보면 '달리는 감옥'은 이미 오래전 내 의식의 한곳을 점유하고 있었는지도 모른다는 생각이 들었다. 물론 그것은 속도의 문제와 관련되어 있었을 것이다. 즉, 달리는 차의 속도만큼 비껴나가는 차창 밖의 풍경과 차창에 새겨진 글씨를 읽어내야 할 때 필요한 속도만큼 지나가는 글씨 사이에 생겨나는 미묘한 차이가 내 시각 기관에 혼란을 일으켰고, 그 혼란이 나로 하여금 구역질을 만들어낸 것이다. 나는 현기증을 털어버리기라도 하듯 머리를 한 번 세차게 흔들고는 창문턱에 놓인 라이팅 페이퍼에 손가락을 움직였다.

"날 찾아온 사람이 누구인가?"

그러자 곧,

"면회자는 당신의 대부(代父)!"

라는 자막이 흘러갔다. 나는 잠시 미묘한 감회에 젖어 라이팅 페이퍼에 아무것도 쓰지 못했다. 여자 친구보다 먼저 대부가 찾아와주었다는 사실이 한편으론 괜히 섭섭하기도 했지만, 다른 한편으론 역시 대부는 내 인생에 든든한 후원자임에 틀림없다는 뿌듯함이 느껴졌다.

나의 대부는 그다지 뚜렷한 직업을 가지고 있지 못하다. 10여 년 전 반정부 인사 한 분에게 자신의 작업실을 거처로 제공한 게 탄로가 나기 전까지 그의 직업은 소설가였다. 물론 그 소설가라는 것도 온전한 직업이라고는 할 수 없다. 오늘날 소설가란 반정부 운동을 하는 사람들과 마찬가지로 일종의 테러리스트라고 할 수 있다. 엄밀한 의미에서 소설가란 이미 7, 80년 전에 그 존재 가치가 거의 소멸해버린 직업으로서 지금은 컴퓨터 게임에 밑그림으로 사용되는 이야기 따위를 제공하는 스토리메이커를 간혹 그렇게 부르곤 할 뿐이다. 물론 이 경우의 소설가란 호칭과 나의 대부가 한때 가졌던 직업과는 아무런 관련이 없다. 이미 사람들 사이에서 과거의 소설가라는 말과 의미는 완전히 사라져버렸다고 해야 옳을 것이다. 그런 점에서 나의 대부가 그나마 가졌던 과거의 소설가라는 의미에 어울리는 직업을 스스로 포기하기 전까지 그는 분명히 소설가였다. 자기가 쓴 이야기가 게임 제작자들에 의해 받아들여지지 않을 경우 대부분 전업(轉業)을 하게 되는데, 그렇지 않고 이야기를 만드는 매력에 빠져 도저히 그 짓을 포기할 수 없는 몇몇 사람들은 지하화(地下化)하여 소수의 호사가들을 위해 과거의 그 소설가란 의미에 근접한 일을 하게 된다. 그들을 반정부 인사와 같은 테러리스트로 지칭하는 이유는 바로 여기에 있었다. 하지만 정부가 반정부 인사들만큼 적극적으로 그 소설가들을 적대시하거나 그들의 행위를 규제하지 않는 이유는 그들이 생산해내는 소설이란 생산품이 더 이상 사람들의 기호에 닿지 않는다는 판단 때문이다. 그들의 존재는 청소부나 용접공 따위가 그러하듯 거의 반세기 전에 소멸해버렸다고 굳게 믿고 있는 것이다. 가정이나 공장에서 쏟아져 나오는 온갖 쓰레기들이 그 즉시로 소각로에서 녹아

없어져버리듯, 그리고 땜질이 필요 없는 특수 합금으로 모든 구조물들이 제작되듯, 그래서 청소부나 용접공 같은 사람들이 전혀 무익하듯, 소설가들의 존재 또한 그렇게 잊히고 있었다.

나는 나의 대부가 기다리고 있는 면회실로 연결된 긴 복도를 걸어가고 있었다. 거기에도 차창이 있었고 그 차창 밖으로 속도감 있게 비껴가는 감옥 바깥의 풍경이 훤히 내다보였다. 어느새 그 풍경은 도회의 깎아지른 스카이라인에서 인공 잔디와 그 위에 송곳처럼 꽂히고 있는 샛노란 햇살로 바뀌어 있었다. 간혹 잔디 위에 펼쳐진 대형 스크린에는 백 년 전 아프리카의 각종 사파리들이 시시각각 재현되고 있었다. 기린과 코뿔소, 영양, 사자, 하이에나, 누와 표범, 그리고 이름을 알 수 없는 새들이 땅과 하늘에서 진짜처럼 숨 쉬고 뛰고 날고 있었다. 그 스크린 앞에 파라솔을 쳐놓고 소풍을 즐기는 어느 가족의 모습이 설핏 지나가는 것을 나는 보았다.

"44호, 컨베이어벨트 위에 있는 신발을 신도록!"

내가 면회실 앞에 다다랐을 때 면회객과 수감자 사이를 가로막고 있는 작은 유리창 위에 그런 자막이 흐르고 있었다. 나는 그 자막을 지워버리기라도 하듯 신경질적으로 손사래를 쳤다. 나를 면회 온 대부는 그 모양을 보고 미간을 찌푸렸다. 그가 내게인 듯 뭐라고 짧게 말했지만 나는 아직 이어폰을 귀에다 꽂지 않은 상태였기 때문에 그게 무슨 말인지 알 수 없었다. 나는 말라붙은 입술을 혓바닥으로 한 번 빨고는 컨베이어벨트 위에 얹혀 있는 '움직이는 신발'에 발을 꽂았다. 신발을 꿰찬 순간 내 몸이 쓰러질 듯 휘청거렸다. 또 한 번 내 꼴을 보고 대부가 인상을 찡그렸다. 나는 유리창 우측에 붙은 이어폰을 빼내 귀에다 꽂았다. 이명과도 같은 길고 가느다란 파장이 미세하게 느껴졌다.

"어떤가?"

"견딜 만합니다."

대부는 주머니에서 손수건을 꺼내 눈가를 훔쳤다. 나는 그의 눈에 맺힌 촉촉한 물기를 무표정하게 바라보았다. 미안하게도 내 주머니엔 손수건이 없었으므로 일부러라도 그래야 했다. 한동안 고개를 숙인 채 앉아 있던 대부가 천천히 입을 떼려했지만 내 몸이 여전히 중심을 잡지 못해 휘청거리고 있는 걸 보자 이내 입을 다물어버렸다. 나는 울컥 분노가 치밀었고 냉소적으로 뱉어냈다.

"처음이라 그렇습니다. 우라질 놈의 이 감옥도 처음이고 면회도 처음이지요. 지내다 보면 좀 나아질 겁니다. 약속할게요. 다음번 면회 땐 곡예사처럼 돼 있을 겁니다."

그렇게 말하면서도 나는 좀 전보다 훨씬 많이 휘청거렸다. 나는 컨베이어벨트 위의 속도감을 이겨낼 수가 없었다. 그것은 감방의 차창 밖으로 비껴 지나가는 바깥의 풍경을 볼 때 느낄 수 있는 속도감과는 전혀 달랐다. 그래서 다시는 면회 같은 걸 오지 말라고 소리를 지르고 싶을 지경이었다. 나는 휘청거리지 않기 위해 다리뿐 아니라 온몸의 터럭 한 올에까지 잔뜩 힘을 넣었지만 여전히 내 몸은 휘청거렸다.

"자네도 알다시피 나는 전에 '지하 감옥'에 수감된 적이 있었네. 거기에 있는 동안 나는 줄곧 생각했었지. 다시는 감옥 같은 델 가지 않겠다고 말이야. 내가 소설가를 때려치운 것도 그런 이유에서라고 할 수 있지. 그런데 이런 곳에서 자네를 보니 마음이 무겁구먼."

"그러지 마세요, 대부님."

나는 화제를 바꾸고 싶었다. 대부도 그런 생각을 한 듯 내 의뢰인에 대한 애기를 꺼냈다. 내 의뢰인이 양성 생식기를 가지고 있었던 사람이었다는 것, 그리고 그가 백여 년이 지나는 동안 아직 제대로 된 백신이나 치료약이 없어 여전히 불치의 병으로 인식되고 있는 후천성 면역 결핍증을 전염시킬 가장 확실한 범인이라는 것, 그런 그가 남자와 여자를 상대로 동시에 매춘 행위를 했다는 것 등등을 거론하고 난 대부는 다소 맥이 빠진 듯 말했다.

"어쨌든 자네를 이 지경으로 만든 건 내 책임일세."

대부는 그 의뢰인을 처음 내게 데려온 것이 자신이었다는 사실을 자책하고 있는 중이었다. 하지만 그 사실이 내가 '달리는 감옥'에 갇히게 된 직접적인 이유라고 할 수는 없었다. 그것은 전적으로 내 책임이었다.

"대부님께서 자책하는 모습을 보고 싶지 않습니다."

나는 그가 받고 있는 죄책감을 덜어주어야 할 의무가 있었다.

"도대체 재판부가 변론의 권리와 자유를 억압하는 이유를 납득할 수가 없어요. 그건 양성 인간의 성적 권리와 자유를 억압하는 것만큼이나 큰 죄악이죠. 하지만 정작 이번 사건의 문제는 그것을 넘어서 있어요. 이것저것 다 떼버리고, 도대체 이 사건으로 제가 왜 '달리는 감옥'에 수감되어야 하는 건지 도무지 알 수 없단 말이죠. 대부님은 이해하시나요?"

"언론에선 자네가 그 재판에서 리얼리티를 문제 삼았기 때문이라더군. 그게 자네의 의뢰인이 사형을 당하고 결국 자네까지 이 지경을 만들었다고 말이야."

"허허, 대부님께서도 그렇게 생각하고 계신 건 아니시겠죠?"

몹시 허탈한 심정으로 질문 같지도 않은 질문을 던졌다. 일정 부분 언론의 지적은 옳았다. 하지만 그건 내가 '달리는 감옥'에 수감된 이유가 리얼리티에 대한 의견 피력 때문이라는 부분만 옳을 뿐이었다. 왜냐하면 내가 법정에서 행한 변론 중에서 적어도 리얼리티에 대한 지적은 결코 잘못되지 않았기 때문이었다. 물론 백여 년 전, 그러니까 지금의 현실이라는 것을 '가공된 현실 VR = Virtual Reality'라고 명명했던 시절이라면 문제가 될 것도 없었다. 즉, AIDS가 인간의 성교에 의해 전염된다고 해서 3차원 안경과 헬멧과 촉감 장갑, 바이오센서 등으로 무장하고 컴퓨터와 섹스를 즐기는 소위 '사이버 섹스 게임'을 장려하면서부터 '리얼리티'라는 개념 자체가 바뀌어버렸음을 나는 법정에서 거론했던 것이다. 하지만 양성 인간이 두 개의 성적 존재와 동시에 성교를 한다는 것이 진정한 리얼리티라고 내가 주장하고 나서자 재판부는 곧 내게 '역사 퇴행죄'를 적용해버렸다. 내 의뢰인은 살인 및 살인미수죄가 적용되어 전기의자로 보내졌고, 나는 그를 변론하는 과정에서 언급한 리얼리티의 문제로 인해 '달리는 감옥'에 갇힌 것이다. 오늘날 우리 사회에서 적어도 리얼리티에 관한 한 그 누구도 내 의견을 변호해줄 사람은 없었다. 어쩌면 한 백 년쯤 전의 인간이 살아 있다면 내 생각에 동참해줄지도 모를 일이지만.

"대부님, 요즘은 무얼 하고 지내십니까?"

"글쎄……"

그는 선뜻 아무것도 하지 않는다고는 대답하지 않았다. 그는 한참 뜸을 들이다가 볼을 붉히면서 말했다.

"사실 자네가 이렇게 되고 나서 나는 아주 오래된 두 종류의 책을 읽고 있다네."

"그게 뭔데요?"

"하나는 140~150년 전에 살았던 푸코라는 사람의 책이고, 다른 하나는 우리 고전들이야."

"왜죠?"

"글쎄, 뭐랄까……"

그의 볼에 남아 있던 붉은 기운이 엷어지는가 싶더니 다시 홍조를 띠어가고 있었다. 나는 문득 그가 아주 낯선 사람처럼 느껴졌다. 그 이유를 알 수는 없었다. 대부는 겸연쩍은 웃음 끝에 입을 뗐다.

"내가 아주 오래된 사람이라는, 뭐 그런, 뜬금없는 생각 때문이지. 그런 생각을 하게 된 건 내가 발을 디디고 있는 이 현실이 환상같이 느껴져서야. 뭐랄까, 어떤 경계를 넘어서버렸다고나 할까. 왜 그런 거 있지. 넘지 말아야 할 선을 넘어버린 거 말이야. 거기 늪이 있는 걸 뻔히 알면서도 사람들이 우르르 몰려가니까 나도 따라가버린 것 같은. 그래서인지 되돌아가기가 쉽지 않아. 허허⋯⋯"

내가 '달리는 감옥'에 수감되고 얼마 있지 않아 대부가 면회를 온 뒤 근 반 년이 지나도록 아무도 나를 찾아오지 않았다. 면회실의 그 현기증을 일으키는 컨베이어벨트 위의 '움직이는 신발'을 생각하면 차라리 아무도 면회를 오지 않는다는 사실이 다행스럽게 느껴졌지만, 하루 종일 감옥의 차창에 붙어 앉아 느끼는 외로움은 의외로 깊었다.

가끔씩 나는 '달리는 감옥'의 차창에다 입김을 불어 손가락으로 낙서를 하곤 했다. 아주 어렸을 적 그랬던 것처럼. 하지만 더 이상 구역질 같은 건 일어나지 않았다. 형기의 반을 '달리는 감옥'에서 지내는 동안 나는 어느새 그 '달리는 감옥'이 만들어내는 속도에 꽤 많이 적응한 것이었다. 그러면서 나는 가끔씩

'달리는 감옥'이 존재할 필요성 따위에 대해 생각하곤 했다. 한 1년쯤이라면 이런 곳에 갇히는 것도 괜찮을 거라는, 그런 생각. 그건 내게 일어난 상당한 변화라고 할 수 있었고, 어쩌면 그것은 '달리는 감옥'을 고안해낸 사람들의 생각에 부합하는 것일지 몰랐다. 어쨌든 나는 속도에 대한 지독했던 반감과 현기증이 단 6개월 만에 사라져버린 일이 놀라웠고, 내 감각 기관이 정상적으로 돌아온 것에 대해 뿌듯함까지 느끼고 있었다.

그맘때쯤 나는 '달리는 감옥'에 수감된 이후 두번째 면회를 할 수 있었다. 나를 찾아온 사람은 역사서를 주로 발간하는 출판사 직원인 내 친구였다. 그는 한 가지 놀라운 소식을 내게 전해주었다. 그것은 나보다 약 6개월쯤 먼저 이 '달리는 감옥'에 수감되어 있던 한 남자의 자살에 관한 것이었다. 그 자살한 남자는 한때 세상을 떠들썩하게 했던 '타임캡슐 도굴 사건'의 범인으로 '달리는 감옥'에 종신 수감형을 언도받은 사람이었다. 그 사건과 그 사건의 범인에 대해서 친구는 큰 관심을 가지고 있었고, 언젠가 거기에 관한 자신의 의견을 내게 솔직히 털어놓은 적이 있었다. 이번에도 그 친구는 내게 자살한 수형자의 소식을 전해주면서 몇 가지 자신의 의견을 비쳤다. 그중에 어떤 부분은 그맘때쯤 내가 가지게 되었던 '달리는 감옥'의 필요성에 대한 것과 속도에 대한 내 의식의 변화에 적지 않은 충격을 주었다.

"그 친구의 자살을 지켜보면서 나는 한 백 년쯤 전에 미국에서 만들어진 어떤 영화의 한 장면을 떠올렸다네.「완전한 세상」
이라는 영화였는데, 거기에 보면 주인공인 탈옥수가 차를 훔쳐
타고 가면서 이렇게 주절거리지. 앞 유리 너머는 미래, 뒤 유리
너머는 과거, 미래로 빨리 가고 싶으면 액셀러레이터를, 천천
히 가고 싶으면 브레이크를 밟으면 된다고 말이야. 그 주인공은
차가 멈추는 곳을 현재라고 말하지. 난「완전한 세상」이라는 영
화의 주인공이 읊조리는 독백에서 그 남자가 자살한 이유를 찾
을 수가 있었다네. 이유는 바로 '달리는 감옥'에 종신 수감되어
있었다는 사실이야. 그에게는 미래란 의미가 없던 거지. 그는
브레이크를 밟아서 천천히 미래로 나아갈 수도 없었고, 결정적
으로는 어떤 방법을 동원해도 차를 멈추고 현재에 머물 수가 없
었던 거지."

나는 그 친구의 말을 듣고 나서 떠듬거리며 말했다.

"하지만…… 그게 인간의 숙명이 아닌가."

"숙명? 뭐가? 앞으로 나아가는 거?"

"나아갈 수밖에 없잖아, 우리 삶이란 게."

"그렇지."

의외로 친구는 선선히 고개를 끄덕였다. 그러나 그는 곧 내게
의문으로 가득 찬 눈길을 던졌다.

"이런 생각은 들지 않나? 가령 되돌아가는 것도 우리들의 숙
명이라고 말이야. 나아간다는 게 실은 되돌아가는 것이라고 말
이야. 자넨 이 '달리는 감옥'에 수감되어 있으니까 훨씬 잘 알

수 있을 텐데. 어때?"

나는 혼란스러웠다. 나는 6개월가량 '달리는 감옥'에 수감되어 있었고, 이제 그 속도감에 적응하고 있었다. 그래서 내가 '달리는 감옥'으로부터 벗어났을 때 이 시대와 사회가 요구하는 속도감에 좀더 잘 편승할 수 있을 것이고, 제한된 속도를 초월하는 죄 따위는 결코 저지르지 않을 것이었다. 역사는 진전하고 그 진전은 누구도 막을 수 없는 불문율이었다. 사실 그 실질적인 내용은 속도와 무관했다. 만약 그 내용을 문제 삼는다면 반드시 걸려드는 것은 '퇴행'이라는 덫이다. 내가 내 의뢰인을 전기의자로 보내버렸던 그 '리얼리티'라는 문제가 바로 그런 덫의 가장 대표적인 증거였던 것이다. 양성의 생식기를 가진 자가 자기 자신의 존재의 권리와 자유를 포기하거나 제한당할 수밖에 없다면 그것은 그 자신이 죄의 원천이기 때문이다. 지금의 이 세상은 그런 식의 죄악의 원천을 대체할 수 있는 수많은 대안들을 과거로부터 얻어왔고, 그것이 다름 아닌 역사의 진전이었다. 나는 한때나마 그것보다 우선하여 인간의 권리와 자유를 변론했었지만 지금은 거기에 상당한 수정이 가해진 상태였다. 어차피 인간이란 사회와 시대가 요구하는 제한된 속도를 초월할 수가 없는 것이다. 물론 그것은 내가 저질렀던 퇴행이 범죄라고 자백하는 일이기도 하다. 그런데 지금 내 친구는 그것을 송두리째 부인하려 들고 있었다.

우리들 사이에는 꽤 오랜 침묵이 흐르고 있었다. 나는 이제 그만 내 귀에 꽂혀 있는 이어폰을 뽑아버리고 감방으로 돌아가고 싶었다. 컨베이어벨트 위의 신발에 꽂힌 발이 저려왔다. 나는 고개를 푹 수그린 채 빠르게 흘러가는 시꺼먼 컨베이어벨트를 내려다보고 있었다. 그때 이어폰 속으로 내 친구의 목소리가 막막하게 흘러들고 있었다.

"그가 왜 타임캡슐을 파헤치려 했는지 이유를 알 수 있다면 그가 왜 이 '달리는 감옥'으로부터 벗어나려 했는지도 알 수 있을 거야. 어쩌면 엄청난 과거를 알고 싶어 했던 그의 욕망이 우리들의 이 불건전한 현재와 허망한 미래를 개선할 수 있는 유일한 길일지 모른다는 생각이 들어. 아무튼 잘 지내게나. 6개월이면 그리 길지는 않을 거야. 하지만 짧지도 않지. 자살한 그 남자도 수감된 지 고작 1년밖에 되질 않았으니까. 이만 가네."

나는 컨베이어벨트 위에 서서 내 친구가 떠나는 걸 지켜보았다. 그는 '달리는 감옥'이 비껴 세우는 바깥의 풍경의 속도만큼 내 시야에서 사라져갔다. 그는 전혀 흔들리지 않았다. "44호 면회 끝!"이라는 자막이 계속 반복되고 있었지만 나는 면회실을 쉬 떠날 수가 없었다. 막막한 현기증이 일고 있었다.

남은 6개월의 형기가 만료되는 날까지 나의 대부와 역사를 전공했던 내 친구가 각자 한 번씩 더 면회를 왔지만 나는 그 두 번의 면회를 모두 철회했다. 그들을 만나는 것이 두려웠기 때문이었다. 그들은 모두 내가 애써 적응한 속도감에 철저히 위배되

는 사람들이었다. 나는 내가 변했다는 사실을 알았고, 그 변화
에 대해 약간은 불안해하기도 했지만 그다지 싫지는 않았다. 하
지만 내가 그 변화를 깊이 의식한 것은, 그리고 그 변화가 더
이상 앞날의 내게 부정적으로 작용하지 않을 거라는 확신을 가
지게 된 것은, 어느 날 갑자기, 그러니까 찰나와도 같은 한순간
에 일어났다.

   그날도 나는 감방의 차창에 기대앉아 바깥을 내다보고 있었
다. 그날이 다른 날과 달랐다면 비가 오고 있다는 것뿐이었다.
내가 '달리는 감옥'에 수감된 지 거의 8개월이 지나는 동안 그
런 날은 한 번도 없었다. 지독한 가뭄인 모양이었다. 그날 나는
오전 내내 하늘 위로 인공 강우기가 낮게 떠 날아가는 걸 보았
다. 비행기의 꽁무니에서는 끊임없이 하얀 가루들이 뿌려지고
있었다. 그리고 오후가 되면서 비가 내리기 시작했다. 비에 젖
는 도회의 풍경은 더할 나위 없이 고적했다. 물속 깊은 곳까지
가라앉았다가 천천히 떠오르는 것같이 내 마음은 막막했다. 달
리는 차창에는 빗물이 쉼 없이 미끄러지고 있었다. 그러던 어느
순간이었다. 전혀 일정하지 않은 듯 보였지만 매우 일정한 방향
으로 비껴 흐르던 빗물 줄기가 내 시야에 타오르는 불길처럼 또
렷하게 각인되고 있었다. 창유리의 윗부분에서 긴 사선을 그리
며 아래쪽으로 떨어지던 여러 개의 빗물 줄기들은 유리의 어느
한 지점으로 빠르게 모여들어 아주 크고 풍성한 원을 형성하였

고, 그 통통한 동그라미는 마치 누군가가 의도적으로 터뜨려버린 것처럼 "팍!" 하는 소리를 내며 반대편으로 빠르게 미끄러져 흩어지는 것이었다. 그 순간 나는 거짓말처럼 내 동공이 파열되는 것 같은 통증을 느껴야만 했다. 그러나 그 통증은 동공의 파열에 의해 생겨난 것이 아니라 내가 지녀왔던, 나를 지탱시켜왔던, 그리고 내가 이 세상을 살아오면서 가졌던 모든 믿음과 확신을 갈가리 찢으면서 만들어낸 아픔이었다. 나는 속도의 무서움을, 그때 알았다. 그 속도를, 앞으로 나아감을, 조금의 멈춤도 허락하지 않는 세계의 전진을, 나는 무엇으로도 이겨낼 수 없음을, 그때 깨달은 것이다.

그 이후로 나는 나의 대부도 나의 절친했던 친구도 마주할 자신이 없었다.

"44호, 출감 준비!"

자막이 반복하여 유리창을 흐르고 있다. 내 마음은 마치 이 세상에 처음 태어나는 아이와 같이 설렌다. 나는 실없이 웃는다. 태어나는 아이의 마음이 설렌다고 누가 감히 장담할 수 있을까. 어쨌든, 나는 차창 앞에 붙은 라이팅 페이퍼 위에 천천히,

"제44호, 준비 완료."

라고 손가락을 움직였다. 자막이 흐르던 창유리에 셔터가 내려지고 감방의 출입구가 열린다. 내 앞에 긴 복도가 펼쳐진다. 그것이 새로운 세상으로 나아가는 길임을 나는 의심하지 않는다.

이곳을 나가면 맨 먼저 무엇을 할까를 생각한다. 인공 잔디가 깔린 넓은 초원을 달려가도 좋을 것이다. 아니 얼마쯤은 천천히 걷는 게 좋을지 모른다. 그러고 나서 아무 벤치에나 앉아 모든 사물이 실은 정지하여 있다는 사실을 오래도록 깨닫는 것도 중요할 것이다. 그러면 그동안 내 의지와는 아무런 상관도 없이 달려나갔던 그 모든 사물들을 내 의지로 움직여보고 싶어질 것이다. 벤치에 앉아 눈길을 천천히 움직이면 그 사물들은 움직여질 것이다. 눈길이 멈추는 곳에 그것들도 멈출 것이고, 다시 눈길을 움직이면 인형처럼 그것들은 움직일 것이다.

나는 가슴이 무언가로 뿌듯하게 차오르는 것을 느끼며 복도를 걸어 나간다. 내 머릿속을 가득 채우고 있던 생각들은 걸음을 뗄 때마다 조금씩 사라져간다. 1년은 길었다. '달리는 감옥'에서 보낸 지난 1년은 결코 짧지 않았다. 다시 들어오고 싶지 않다는, 두려움인 것 같기도 하고 희망인 것 같기도 한 무언가가 연기처럼 솟는다. 복도가 끝난다. 복도와 잇닿은 곳 바로 아래쪽에 면회실에 있던 것과 비슷한 컨베이어벨트가 설치돼 있고 그 위에 예의 그 '움직이는 신발'이 놓여 있다. 가슴의 뜀박질이 서서히 고조된다. 컨베이어벨트 위쪽에 붙은 수상기에 신발을 신으라는 자막이 흐르고 있다. 이제 '움직이는 신발'을 신기만 하면 나는 감옥의 바깥으로 나갈 수 있을 것이다.

나는 천천히 한 발을 내려디딘다. 내 어른거리는 시야에 깊은 호수로 내려가는 길이 보인다.

'달리는 감옥'은 나를 버리고 떠났다.

　나는 거리로 돌아왔고, 그 거리의 벤치에 내 여자 친구가 앉아 있는 걸 보았다. 그녀는 나를 한 번, 마치 처음 보는 사람처럼 힐끗 쳐다보았다. 나는 그녀가 앉아 있는 벤치로 천천히 걸어갔다. 내 발은 물속을 유영하는 것처럼 매끄럽게 나아가고 있었다. 그런데 이상하게 속이 불편했다. 속엣것을 게워내야 할 것 같았다. 이를 악물었다. 눈에 물기가 고였다. 나는 그녀의 곁에 앉았다. 그녀는 뭔가 불안한 듯 입고 있던 털스웨터의 굵은 실밥을 손톱으로 뜯고 있었다. 나는 그녀에게 지난 1년 동안 왜 면회를 오지 않았는지 묻고 싶었다. 하지만 그녀는 내가 미처 묻기도 전에,

　"보고 싶었어요"

하고 말했다. 그리고 이내 말을 이었다.

　"당신과 사랑을 나누고 싶을 때마다 전 컴퓨터와 섹스 게임을 했어요."

　둔기로 뒤통수를 얻어맞은 것 같았다. 하지만 나는 태연하게 그녀의 곁에 앉아 있었다. 구토증이 서서히 가라앉았다. 나는 그녀에게 왜 면회를 오지 않았는지 물을 필요가 없었다. 나는 벤치에 등을 깊이 묻고 다리를 쭉 뻗었다. 나는 '달리는 감옥'이 사라진 널따란 도로와 그 도로 건너편에 있는 높은 건물들을 바라보았다. 참 오래된 기억 하나가 떠올랐다. 열네 살 아니면,

열다섯 살쯤 먹었을 때였을 것이다. 수명이 50년인 인공위성 하나가 모든 임무를 마치고 영원히 우주 속으로 사라졌다는 텔레비전 뉴스를 보고 나는 참으로 많은 눈물을 흘렸다. 그런 기억이 내게 존재한다는 게 거짓말처럼 느껴졌다. 나는 곁에 앉은 여자 친구에게로 천천히 손을 뻗었다. 그리고 큰 울음과도 같은 목소리로,

"리얼리티!"

하고 말했다.

소설, 혹은 욕망과 초월 사이에서

김진수

　모두 열 개의 단편이 실려 있는 『서른 개의 門을 지나온 사람』은, 마치 작가가 그동안 노력을 경주해온 소설적 작업의 전모를 총괄적 지형도로 그려내기라도 하려는 듯, 그 관심사의 스펙트럼이 질적으로는 옹글고 조밀하면서도 또한 양적으로는 거대하면서도 포괄적이다. 이 지형도의 주름과 굴곡은 '나는 누구인가?'라는 근원적인 존재론적 질문으로부터 시작하여, 또 그로부터 파생되는 인간적 욕망과 언어에 대한 탐구를 넘어, 신과 초월의 문제에 대한 종교적—형이상학적 고찰에 이르기까지 폭넓은 진폭과 깊이를 보여준다. 그래서 하창수의 이번 소설집을 작가가 그동안 보여주었던 소설적 관심사의 다양한 면면들이 한데 모이고 어우러지는 하나의 거대한 문학적 저수지라고 불러도 무방할 성싶다. 뿐만 아니라 『서른 개의 門을 지나온 사람』에는 이 작가 고유의 미덕이자 장기인 미세한 일상의 풍경과 세밀한 마음의 움직임이 무심을 가장한 듯한 서정적인 가락을 동반하면서, 저 치열한 주제 의식들이 하나의 온전한 소설적 육화를 성취해내고 있다.

하창수의 소설 세계 근저에서는 언제나 참과 거짓이, 선과 악이, 아름다움과 추함이, 성스러움과 속됨이 서로를 배제하지 않고 동거하고 있다. 『서른 개의 門을 지나온 사람』역시 그러한 맥락의 연장선에서 관념과 서정이, 마음과 말이, 초월과 욕망이 서로를 다독이며 한 몸으로 섞이는 눈물겹도록 아름다운 풍경을 연출해낸다. 그러므로 모든 이분법적 사고에 의해 분리, 대립된 것처럼 보이는 이 세계와 삶의 꼴들을 '모순 그 자체로서 통일된 하나의 구조'로 간주하는 이 작품집을 그동안 작가가 천착해온 다양한 관심들의 한 결집체로 보는 데 큰 무리는 없다 할 것이다. 이번 작품집에서 이 같은 통합적 사유는 무엇보다도 '말'과 '소설'에 대한 문학적 탐색, 말하자면 보다 근원적인 맥락에서 '문학의 자기 성찰'이라는 주제에 대한 탐색으로 귀결되고 있는 것처럼 보인다. 여기에서 '말'과 '소설'의 문제는 바로 저 모든 이분법적 대립 항들이 길항하며 삼투하는 핵심적인 모티프로 작용한다. 이 모티프들은 욕망과 초월, 리얼리티와 환상, 삶과 죽음 '사이'를 가로지르며 횡단하는 하나의 장대한 존재론적—형이상학적 드라마를 구성해낸다.

·하창수의 작가적 탐구의 촉수가 닿는 곳은 그 어떤 단일한 하

나의 요소로 환원될 수 없는 세계의 복잡성 혹은 삶의 복합성이라는 사태일 듯하다. 이 복잡성과 복합성을, 이 작품집에 등장하는 한 인물의 말을 빌려, '카오스'라고도 또는 삶의 아이러니나 모순 혹은 역설이라고도 말할 수 있을지 모르겠다. 작가에게 있어서 삶과 죽음은, 운명과 초월은, 성과 속은, 사랑과 미움은 동전의 양면처럼 결코 둘로 분리될 수 있는 것이 아니다. 가령, 이번 소설집에 등장하는 「추상화(抽象話)」라는 작품에서 고고학을 예로 들어 '인간의 본질'을 설명하려는 한 인물의 다음과 같은 언급을 떠올려보기로 하자. "돌의 파편이나 흙 부스러기가 되어 흩어지기 직전의 것들을 또렷한 형상을 묘사한 구상화라고 한다면, 그것들이 와해되어버린 뒤에는 전혀 형체를 알아볼 수 없는 추상화가 된다는 거였다. 그런데 희한한 것은 그 와해되어버린 것이 오히려 최초의 상태에 더 가깝다는 사실이었다. 그것을 그녀는 추상적 상태라고 표현했고, 인간의 본질이란 그러하다고 덧붙였다. 그래서 그녀는 고고학은 시원의 비밀을 밝혀내는 데는 아주 실속 있는 접근법이지만 본질의 비밀을 밝히는 데는 오히려 그 유물들을 부숴버리지 않으면 안 된다는 상당히 도발적인 상상력을 발휘했다"(pp. 77~78). 또 다른 작품 「천지소설야(天地小說也)—설경(設經)」에 등장하는 다음과 같은 언급은 작가의 이 같은 세계관을 보다 분명하게 보여주는 한 증좌가 될 것이다.

음은 멈추고 양은 간다고 안다. 허나 음에도 양이 있고, 양에도 음이 있다. 어둠에도 밝음이 있고, 밝음에도 어둠이 있다. 습한 데도 마른 병이 생기고, 마른 데도 습해서 병이 생긴다. 움츠리는 것도 뻗치는 것일 수 있고, 뻗치는 것도 움츠리는 것일 수 있다. 빨아들이는 것은 상대를 달리하면 뱉는 것이 되고, 뱉는 것도 방향을 달리하면 빨아들이는 것이 된다. 멈추거나 가는 것도 다 그러하다. 안으로 들어가면 밖으로 나오게 되어 있고, 밖으로 나가면 다시 안으로 들어가게 된다. 어둠에 있는 밝음의 속으로 가면 다시 어둠과 만나고, 그 어둠이 깊어지면 다시 밝아진다. 또 그 안으로 들어가면 어두워지고, 또 밝아지고, 또 어두워지고, 그렇게 끝은 없다. 음양이 천지의 도가 되는 것은 이러한 이치 때문이다. 하여 큰 깨달음을 얻은 자가 던져놓기를, 나는 아무것도 아는 게 없노라, 하는 것이다. (「천지소설야」, pp. 109~10)

"예외 구역 혹은 특별 구역이라는 뜻을 가진"(p. 13) '엑스존'을 제목으로 삼은 작품에서 작가는 우선 이 세계와 삶이 철저하게 인과율에 의해 지배되고 있는 것처럼 보인다고 말한다. "그러나 웬만큼 세상을 살다 보면 다 알아지는 거지만, 모든 일은 그렇게 흘러가도록, 그렇게 일어나도록 되어 있는 법이다. 일단 하나의 일이 일어나면 그것이 원인이 되어 다른 결과를 낳고, 그것은 또 하나의 원인이 되어 다시 다른 하나의 결과를 생산하게 된다. 그리고 그것을 다시 원인으로 삼은 결과가 만들어지며, 그것은 또다시 다른 결과의 원인이 되는 것이다. 이걸 운명이라고 하든 신의 조화라 부르든, 그리고 인과의 속도 방정식이 참이든 거짓이든, 그런 건 중요하지가 않다"(pp. 10~11). 그런데 보다 중요한 사실은, 이렇게 인과율에 의해 직조된 것처럼 보이는 이 세계의 구조와 삶의 운동이 그 자체로 '모순의 통일'을 이룬다는 점이다. 정확히 말하자면, 하창수의 소설 세계에서 모든 모순과 대립은 모순 그 자체를 넘어서 있다고 할 수 있다. 그렇기에 양립할 수 없는 것처럼 보이는 모든 이항 대립들은 서로를 배제하지 않는 '열린 구조'를 형성하게 된다. 물론이 '열림' 역시 '닫힘'과 양립 가능한 것이라는 전제 아래에서 말이다. '자살의 집'이라고도 불리는 「엑스 존—자살 성소」에는 이 같은 사실이 "여기서 개방은 곧 죽음으로의 열림이기 때문이다. 희한하게도 Ex-8에서 열림이란 '닫힘'과 동의어가 되어버리는 것이다. 엑스 존 제8구역의 근무자를 제외한 실질적 이용자들에게는 출(出)은 없고 오직 입(入)만 있을 뿐이다"(p. 14)라고 기록되어 있다.

그러므로 이 소설집에 등장하는 다양한 형태의 죽음에 대한 기록은, 역설적으로, 복합적 형태의 삶에 대한 태도 혹은 해석으로도 읽힐 수 있다. 「이야기의 유령—죽음들 1」 「이야기의 독—죽음들 2」는 공통적으로 연작 형식으로 쓰인 다양한 죽음에 관한 기록들처럼 보인다. 「이야기의 유령」에는 모두 네 개의 죽임과 죽음의 사건들이 다뤄져 있고,. 마찬가지로 「이야기의 독」에도 네 개의 죽음의 사태들이 섬뜩하도록 치밀하게 그려져 있다. 작가는 왜 이러한 다양한 종류의 죽임과 죽음의 풍경들을 우리에게 던져놓은 것일까? 왜 이 죽임과 죽음들에는 그리 뚜렷한 이유나 근거들이 없어 보이는 걸까? 죽음은 아무런 준비도 없이 맞게 되는 우연한 사건들이라는 뜻일까? 그리고 왜 이 모든 죽음의 사태들 배후에는 그 정체를 알 수 없는 두려움이나 공포 같은 것들이 깃들여 있는 것처럼 보이는 것일까? 그 본질을 알 수 없는 이 같은 삶과 죽음의 사건들이 의미하는 바는 무엇인가?

이 같은 질문들에 답하기 위해 우리는 먼저 '나는 누구인가?'라는 작가의 존재론적 질문을 통과해야 할 성싶다. 왜냐하면 앞서 언급했듯이 하창수의 소설 세계에서 삶/존재와 죽음/비존재는 분리할 수 없는 것이고, 또 우리가 언급할 수 있는 것은 오로지 이 삶의 지평 안에서 일어나는 사태나 사건들일 뿐이기 때문이다. 「당신도 흰나비 두 마리를 죽일 수 있다」라는 작품에서 정신과 의사인 주인공은 다음과 같이 말한 바 있다. "우리는 아무도, 내가 누구인지를 말할 수가 없어요. 그렇게 말해서는 안 된다고 표현하는 게 옳겠지요. 우리가 우리 자신에 대해 얘기할 수 있는 건, 의사라거나, 선생이라거나, 카페 주인, 책방 점원, 탤런트, 과일 장수, 선거 운동원, 납치범……이라고 하는 것, 누구도 부인할 수 없는 그런 것들뿐이죠. 우리는 우리 자신을 포함해서 그 누구에게도 정신병자라고 말할 수 없습니다. 그건 어떤 사람을 훌륭한 사람이라거나 죽일 놈이라고 말해서는 안 되는 것과 같습니다. 우리가 두려움에 휩싸이는 것은, 누군가를 훌륭하다고 말해야 하고 스스로를 죽일 놈이라고 말해야 하기 때문이죠. 그렇지 않다면 무엇이 두렵습니까?"(p. 143)

이러한 세계의 구조와 삶의 운동의 탐구를 위해 이 소설집에서 작가의 관심이 가장 압축적으로 표현되고 있는 모티프는 무엇보다도 '말,' 특히 소설의 말의 역할과 기능이다. 사실상 많은 단편들로 구성된 『서른 개의 門을 지나온 사람』을 관통하는 하나의 핵심적인 탐구 주제 역시 이 '말' 혹은 '소설의 말'이라고 해야 한다. 특히 '소설가로서의 예수'의 삶을 추적하고 있는 「성자가 된 소설가」는 소설과 경전, 혹은 예술의 말과 종교의 말의 차이를 탐색하는 작품이다. 소설에 의하면, "예수라는 사람은, 우리가 지극한 성자로 알고 있는 그분은, 정녕 죽음에 이르기까지 소설가이지 않은 때가 단 한 번도 없었다는"(p. 62) 것이다. 이 작품에서 '소설' 혹은 '소설가'에 대한 작가의 관점이 드러나는 것은 세례자 요한의 말을 곱씹고 있는 다음과 같은 예수의 생각을 통해서이다. "마음을 발라 햇살 아래 널어놓는 말씀의 칼은 배워서 가질 수가 있는 것이 아니라 했습니다. 그것은 제가 이미 가진 것이라 했습니다. 다만 그는 칼을 벼리는 숫돌입니다. 하여 그가 없이는 언설의 힘을 날카롭게 유지할 수가 없을 것입니다. 스스로 숫돌이 되기 전에는"(p. 41). 여기에서 소설가로서의 예수의 다음과 같은 생각은 또한 작가 하창수의 소설관 혹은 소설의 언어관으로 이해하여도 무방할 것으로 보인다.

그녀(마리아——필자)가 요한을 만나러 가는 일이 얼마나 중요한 것인지를 그에게 말해주기 이전에, 이미 그는 앞으로 자신이 무엇을 하며 살아갈지 결정하고 있었다. 그것은 여전히 신의 말씀에 귀 기울이는 독실한 경청자이긴 했으나 경청자에 머물지 않는 무엇이었다. 그것은 자신이 들은 것을 사람들에게 옮겨주는 일이었다. 옮겨준다는 것——그것이 중요했다. 듣기만 한다면 신만으로도 족했다. 그러나 옮기기 위해서는 그 신이 만들어낸 가공품들, 즉 인간에게 주목할 필요가 있었다. 신보다는 차라리 당신의 피조물이 더 필요한 것이었다. 그의 관심은 신이 아니라 그 가공품들의 조잡하고 지리멸렬한 삶의 방향과 갈피 없이 흔들리는 나약한 성정에 있었다. 영원히 사는 신에게는 처음부터 흥미가 없었다. 당신이 만들어낸 저 수많은 가공품들의, 술병의 좁은 주둥이와 같은, 그 주둥이를 들락거리는 파리와 같은 하찮고 비루한 목숨에 예수의 관심이 쏠려 있었던 것이다. 그들은 자신이 비루하고 나약하다는 사실을 왜 모르는가. 그들은 왜 가공품으로서의 삶에 만족할 뿐인가. 그들의 사전엔 왜 운명이란 단어만 있고 초월이란 단어는 존재하지 않는 것인가. 그는 그 질문에 대답해줄 필요성을 느끼고 있었던 것이다. (「성자가 된 소설가」, p. 43)

다시 말해, 소설가로서의 예수의 관점에서 작가란 신보다는 그 피조물인 인간의 삶과 목숨에 대한 관심과 애정에 의해 성립된다는 것이겠다. 그렇기에 소설은 신이 부여한 '운명'보다는 인간 자신의 노력에 의해 성취되어야 할 '초월'에 대한 관심의 표현이어야 할 것이다. 전자에 무게가 실리면 그 말은 '경전'이 되고, 후자에 중심이 옮겨지면 그 언어는 '소설'이 된다는 뜻이리라. 예수는 바로 이러한 '인간적 초월'의 문제에 대한 대답의 필요성을 제기하면서, "그 필요를 채워줄 수 있는 것은 경전이 아니라 바로 소설이"라고 생각한다. 여기에서 경전과 소설의 차이는 다음과 같은 언급에 의해 보다 분명해진다. "이해가 아니라 암송을 요구하는 경전은 인간의 삶을 완전히 뒤바꾸어놓을 수 없다는 것을 예수는 절감하고 있었다. 삶의 전복(顚覆), 삶의 전도(顚倒)가 필요했다"(p. 44). 소설가로서의 예수에게 있어서 소설은 바로 이러한 "삶의 전복"의 유력한 수단이자 터전인 것이다.

「천지소설야」에서는 보다 직접적으로 세계와 말, 경전과 소설, 소설과 인간, 인간의 삶과 신의 관계가 중심 테마로 등장한다. 소설은 애초 여섯 소리(육성, 육음, 폐음)로부터 문자가 발생하고 난 다음에 등장하는 경(經) 이후의 언어적 산물이다. 보다 정확히 말하자면, 역사적으로 소설은 경전 이후에 등장한 위설(僞舌)이라는 언어적 형태의 한 파생물이다. 때로는 "위설이 정설(正說)이 되기도 하였으니, 바야흐로 거짓이 참보다 더 위세를 떠는 때가 도래했다. 이때 왕은 귀 밝고 말 잘하는 자들을 가려 뽑아 패관(稗官)이라는 말직을 주고 저자에 떠도는 얘기들을 주워 모으게 하였다. 나중에 이들이 엮은 것을 소설책이라 하였는데, 지혜가 높은 자들 중에도 때로 그 이야기의 재미에 빠져 지혜의 길을 버린 자가 적지 않았다. 신이 세상에 밥맛을 잃은 것이 이때이다. 크게 기지개를 켜고 가만히 턱을 괸 채 별별 생각을 한 것도 또한 이때였다. 모두 위설의 도를 넘어선 소설 때문임은 자명하다"(pp. 105~6). 「천년부(千年賦)」는 이처럼 말이 더 이상 그 본연의 의사소통적 기능을 하지 못한 채, 오히려 그것을 방해하고 가로막는 세계의 실상을 상징적으로 그려 보인 작품이다. 거기에서 "신의 문"(p. 227)이라는 의미를 갖는 바벨이 그 본뜻에서 왜곡되어 "혼란의 문"(p. 228)으로 전락한 것은 바로 말의 본뜻을 왜곡한 다음과 같은 인간들의 이분법적 욕망에서 기인하는 것으로 간주된다.

그것은 저 오랜 옛날 에덴의 동산에 심어진 과실에 대한 경고와 마찬가지였다. 인간들은 제멋대로 그 과실에 선과 악이라는 가당치도 않은 관념의 독을 저주처럼 심어놓았다. 선과 악이라니. 무엇이 선이고 무엇이 악하단 말인가. 존재하는 모든 것은 그 안에 선과 악을 동시에 지니고 있는데 어떤 과실이 도대체 선이며 악이란 말인가. 결국 인간들은 스스로 열매를 따 먹으며 그것이 악하다고 했다. 아벨을 돌로 쳐 죽인 카인도 마찬가지였다. 너무도 인간적인 실수에 대해서조차 인간들은 그것이 천부의 섭리라고 당당하게 말하는 실수를 저질렀다, 하지만 그것을 누구도 실수라 여지지 않았다. (「천년부」, p. 223)

「서른 개의 門을 지나온 사람」은 어느 날 갑자기 목소리를 잃고 "침묵의 강"(p. 167)에 빠진 한 인물이 어떻게 그러한 절망(의사불통)의 상태를 넘어 이 삶과 진정으로 화해하게 되는지 그 눈물겨운 고투의 과정을 세밀하게 그리고 있는 작품이다. 여기에서 "침묵의 강"은 아마도 저 바벨의 시민들이 마주한 "혼란의 문"의 또 다른 표현으로서, 말이 더 이상 의사소통의 수단이 되지 못하는 절망적인 세계의 상징일 터이다(그것은 또한 이 작품에 등장하는 김정완이라는 소설가가 쓴 장편소설 「문밖의 사람들」 속의 인물, 자폐아 경석의 세계이기도 할 것이다). 그러나 소설의 막바지에 등장하는 다음과 같은 환상 속의 장면은 이 의사불통의 자폐적 세계가 어떻게 이러한 절망적 상태를 극복할 것인가 하는 문제에 대한 하나의 강력한 암시를 제공한다. 거기에는 의수를 하고 하반신이 없어 휠체어를 타는, 그래서 명상 속에서만 마라톤을 하는 한 인물의 모습이 다음과 같이 감동적으로 그려져 있다. 아마도 삶은 이 같은 고투 속에서 새롭게 시작될 것이다.

눈앞으로 숨을 가쁘게 몰아쉬며 긴 언덕을 올라가고 있는 마라톤 선수가 보였다. 그 마라토너는 휠체어를 타고 있었다. 길게 오르막이 진 언덕 어디쯤에서 그는 휠체어를 내렸다. 그러고는 아주 느리게 언덕을 오르기 시작했다. 그 언덕 위에는 서른여섯 살 먹은 한 사내가 서 있었다. 그는 언덕을 오르고 있는, 팔과 다리가 없는 마라토너를 향해 손나팔을 만들어 힘껏 외치고 있었다. 그 소리는 언덕을 빠르게 내려가, 마라토너를 또 빠르게 지나쳐갔다. 그러고는 언덕 저편, 장엄한 일몰처럼 펼쳐진 길고 넓은 침묵의 강에 닿아, 낱낱의 음절로 부서져 햇살처럼 흩어지고 있었다. 거기에 활짝 열린 거대한 문이 있었다. 결승점처럼 보이는.(「서른 개의 門을 지나온 사람」, p. 209)

하창수의 작품 세계에서 이 같은 환상이 단순한 가상이 아니라 현실을 더 넓게 감싸고 조명하는 수단이라는 점은 각별한 주목을 요할 성싶다. 사실상 환상과 현실의 관계에 대한 탐구는 이번 작품집에서 핵심적인 모티프를 형성하는 말과 소설에 대한 탐구와 대위법적 구조를 형성하고 있다고 하겠다('리얼리티'를 문제 삼은 관계로 '역사 퇴행죄'라는 죄목으로 '달리는 감옥 44호'에 수감되어 1년을 살다 나온 한 변호사의 이야기를 미래 소설의 형식으로 쓴 작품 「환상의 이쪽」을 떠올려보라). 왜냐하면, 작가의 관점에 의하면, 환상이 그려내는 이 허구/소설의 세계야말로 또한 진정한 현실/리얼리티를 드러낼 수 있는 '말의 장소'이기 때문이다. 이미 작가는 「성자가 된 소설가」에서 "예수에게 있어서 소설은 민중들로 하여금 피폐한 현실을 견디게 하는 판타지이자 이상이었다"(p. 51)고 언급한 적이 있음을 기억하기로 하자. 이 같은 관점에서 작가는 결정적으로 "소설의 본질적 가치인 새로움의 발견"(p. 49)을 언급한다. 그렇다면 하나의 "판타지이자 이상"인 소설과 "새로움의 발견"으로서의 소설은 어떻게 관련되는가? 이 질문에 대한 대답은 예수가 세례자 요한의 죽음 이후 그의 동료들과 떨어져 광야로 들어가게 되는 이유 속에 존재할 성싶다. 동료들과 헤어진 후 예수가 남긴 다음과 같은 독백이야말로 이 질문에 대한 하나의 대답이 될 것이다.

"그대들은 나를 모르오. 그대들이 그대들 자신을 모르듯이. '나'란 존재는 모든 것보다 우월한 빛이요, 모든 것 자체요. 모든 것은 '나'에게서 나왔고, 또 '나'에게로 돌아가지. 장작을 쪼개도 '나'는 거기에 있고, 돌을 들추어도 거기에 '내'가 있질 않은가. 그대들이 그대 자신을 발견하는 그곳에서 나는 '나'를 발견하는 것. 그래서 나는 사막으로, 산중으로 가려는 것. 지금 저자의 인간들은 그 누구도 우리의 말에 귀 기울이지 않을 것이니, 그것은 그들의 책임이 아니라 우리들의 책임인 것. 사막과 산중에서 영혼을 단련하지 않았기 때문이오. 듣는 이 아무도 없는 곳에서 지껄이고, 듣는 이 아무도 없는 곳에서 떠들지 않음 없이 어찌 저 바위로 고막이 막힌 자들의 귀를 뚫을 것인가."(「성자가

된 소설가」, p. 61)

여기에서 분명하게 드러나듯이, "모든 것보다 우월한 빛이
요, 모든 것 자체"인 '나'를 새롭게 발견하는 것, 이것이 바로
소설가로서의 예수가 말하는 소설의 본질적 가치인 것이다. 결
국 소설의 '새로움의 발견'이라는 존재 의미는, 보다 정확하게
말하자면 '새로운 자아의 발견'에 있다는 뜻이리라. 이 새로운
'나'를 불교식 용어로 '참된 자아(眞我)'라고 하든 아니면 또 다
른 세계관의 용어로 '우주적 자아' 혹은 '초월적 자아'라고 하든
그 근원적 의미는 그리 달라 보이지 않을 터이다. 문제는 예수
가 규정하는, 이 새로이 발견된 자아의 특징은 무엇이며, 또한
이해가 아니라 암송을 요구하는 경전과 달리 삶의 전복과 전도
를 요구하는 소설의 구체적 수단이 무엇인가 하는 것이다. 단적
으로 말해, 예수에게 있어서 이 새로이 발견된 자아의 궁극적
규정은 '사랑'에 있다. 다음과 같은 예수의 진술을 직접 들어
보기로 하자. "나는 저들에게 사랑을 말하리라. 저들의 아가
리에 똥을 처넣는 대신 향기로운 철자들로 만들어진 꽃다지로
저들의 입안을 채우리라. 너희들의 신은 저주의 신도 징벌의
신도 아닌, 사랑의 신이므로. 사제에게 가 말하리라. 나의 아
비는 나의 어미를 사랑했으며 그 사랑은 신이 우리를 사랑하는
것 그 위도 그 아래도 아니라는 것을. 그것은 저 황홀한 아가
(雅歌)의 시인들이 사용했던 문법(文法)의 힘이라는 것을. 율

법가들에게 가서는 이렇게 말하리라. 에녹과 엘리야의 죽음 없는 죽음을 신비화하지 말라, 그것은 승천(昇天)의 우화일 뿐"(pp. 44~45).

바벨의 시민들이 가졌던 말에 대한 욕망은 초월의 욕망과 그리 먼 거리에 있지는 않을 것이다. 그것은 언제나 '지금—여기'를 넘어서려는 과잉의 욕구일 것이기 때문이다. 거기에서 '리얼리티'는 현존의 초라하고도 거추장스러운 존재 형식으로 간주될 것이다. 작가는, 소설가로서의 예수와 더불어, 저 모든 초월의 욕망에 앞서 인간이 딛고 선 이 현실의 지반을, 남루하고도 고통스럽지만 이 몸의 존재 조건을 온 힘으로 껴안고 사랑하라고 말하는 듯하다. 나는 이 사랑 역시도 초월의 한 형식으로 간주하고자 한다. 하지만 이 사랑은 이 세상 바깥으로의 초월이 아니라, 아무리 힘겹고 지난해 보일지라도 이 삶과 현실을 껴안고 넘어서려는 이 세상 안으로의 초월이다. 우리가 '존재 바깥에 있는 존재의 안'과 '존재 안에 있는 존재의 바깥' 같은 어떤 사태를 상정할 수 있다면, 초월이란 바깥으로 나가 안으로 들어가는 방향만 있는 것이 아니라 안으로 들어가 바깥으로 나가는 방향도 가질 수 있을 것이다. 「추상화」에 등장하는 저 '나선형 궤도'의 구조는 아마도 이 같은 사태를 도식화한 것일 터이다. 작가는 욕망과 초월이 삼투하는 이 삶의 나선형 궤도의 구조를 탐색하고자 하며, 이 궤도의 구조를 지탱하는 핵심적인 요체는 사랑임을 말하고자 한다. 소설은 이러한 삶의 탐색의 장이자 동시에, 소설가로서의 예수의 행적이 그렇듯이, 사랑의 실천의 장이 된다. 그런 의미에서 문학은 말의 욕망과 사랑이라는 초월적 상태의 긴장 영역을 형성하면서, 그 '사이'를 매개하는 작용을 할 것이다.

한 청년이 기이한 꿈을 꾸었다. 꿈속의 세상에는 꽤 많은 사람들이 있었는데, 얼굴은 다 비슷비슷했다. 하도 이상해서 자세히 살펴보니 그냥 비슷한 게 아니라 모두가 한 사람의 얼굴이었다. 표정들이 서로 다르고, 서로 말을 주고받기도 했지만, 그래봐야 그들은 모두 같은 사람이었다. 그는 '한 사람'의 얼굴을 하고 있는 많은 사람들 사이에 오직 '다른 한 사람'으로 존재하고 있었다. 그러다 문득 그는 자신의 얼굴을 확인하고 싶었다. 그는 거울 앞으로 다가갔고, 거울을 들여다본 순간 잠에서 깨고 말았다. 창밖은 여전히 깜깜한 밤중이었다. 그는 한동안 생각에 잠겨 있었다. 거울에 나타났던 얼굴을 기억하기 위해서였다. 자꾸만 그 얼굴이 그가 보았던, 같은 사람의 얼굴을 하고 있던 그 사람들의 얼굴이라는 생각이 든 것이었다.

그 꿈을 꾸고 난 뒤, 청년은 목표를 바꾸었다. 세상을 온전히 자기 자신으로 살고 싶어 소설을 쓰기 시작한 것이다. 경영학과를 우등으로 졸업해서 대기업에 취직해 '가난하지 않게' 사는 것이 지상의 목표였던 그는 느닷없이 목표를 수정했고, 수정된 그 목표는 확실히 재미도 있고 의미도 있어 보였다. "너는 너의 너른 길로 가라, 나는 나의 외나무다리로 건너갈 테니(你走你的 陽關道, 我過我的獨木橋)"라는 중국의 금언은 당시 그 청년의 일기장 맨 앞에 또박또박 쓰여 있던 에피그램이었다. 그로부터 꽤 많은 세월이 흘렀다. 중년으로 건너가버린 그의 얼굴에서는 더 이상 청년의 모습을 확인할 길이 없었다. 무서웠다. 하지만 그보다 더 무서운 것은 거울에 비친 자신의 얼굴이 자기의 것처럼 느껴지지 않는다는 사실이었다.

* * *

중단편소설을 묶어 책을 내는 게 17년 만인데, 어디 먼 데서 붕 날아온 느낌이다. 그 짧지 않은 시간 동안 책으로 낸 것은 모두 장편소설이었다. 소설의 진면이 아무리 장편에 있다 해도, 단편 특유의 함축과 절제의 미학을 견지하는 내공이 부족했음을 실감한다. 문장의 빈틈을 꼼꼼히 메워준 문지의 편집자들과 빈약한 소설들에 넘어지지 않게 고이 받침대를 세워준 김진수

평론가에게 감사를 드린다.

2010년 4월

하창수

수록 작품 발표 지면